I GRANDI TASCABILI
BEST SELLER
166

CW01662203

Della stessa autrice
nei "Grandi Tascabili" Bompiani

PAURA DI VOLARE
COME SALVARSI LA VITA
FANNY
PARACADUTE & BACI
SERENISSIMA
PAURA DEI CINQUANTA

ERICA JONG

Ballata di ogni donna

BOMPIANI

Titolo originale
ANY WOMAN'S BLUES

Traduzione di
TILDE RIVA

ISBN 88-452-1676-4

© 1989 by Erica Mann Jong
Pubblicato da Harper & Row, New York
© 1989 Gruppo Editoriale Fabbri, Bompiani, Sonzogno, Etas S.p.A.
© 1994 R.C.S. Libri & Grandi Opere S.p.A.
Via Mecenate 91 - Milano

VIII edizione "I Grandi Tascabili" marzo 1997

Per l'impossibile lui
che vive dentro di me.

E per M. N. B. con amore.

I blues non sono altro
che i fatti della vita.

Willie Dixon

Getta il tuo cuore davanti a te
e corri a riprenderlo.

Proverbio arabo

"Faccio una proposta piccola ma personale. Visto che non ha un nome, la chiamerò provvisoriamente Terra della Scopata."

Henry Miller

L'amore non è una parola che si può scomporre lettera per lettera né dire che comincia così e finisce così.

Anonima Alcolisti

Premessa

Come io sia arrivata a pubblicare questo curioso manoscritto – e come Isadora Wing sia arrivata a scriverlo – sono due tra le tante storie bizzarre che leggerete nelle pagine seguenti. Ho molti dubbi se questo libro possa essere definito "fiction" oppure "autobiografia", perché è stato il genio unico di Isadora Wing a cancellare i confini tra questi due generi letterari. Ma nel fare l'editing di Ballata di ogni donna, *che era necessariamente un manoscritto incompiuto e non ancora limato, ho dovuto affrontare anche un altro problema: e cioè che l'autrice ha lasciato, insieme col manoscritto incompiuto, una serie di dialoghi tra lei stessa e la sua eroina, in margine alla prima stesura. Mi sono dunque presa la libertà di inserire questi dialoghi nel testo – in corsivo – nei punti in cui mi è sembrato che Isadora Wing li avrebbe voluti. Abbiamo così la testimonianza unica di un'autrice che discute con la propria creatura, anzi la interrompe con critiche e frecciate... Un dialogo creativo che probabilmente avviene sempre nella mente degli scrittori di romanzi, ma al quale in genere non abbiamo il privilegio di assistere.*

Quando è stato scritto Ballata di ogni donna?

Da riferimenti interni al romanzo, si presume che sia stato scritto verso la fine degli anni ottanta, verso la fine cioè di quel decennio di ingordigia e di eccessi noto come l'epoca reaganiana. Questo collimerebbe con quanto sappiamo della vita di Isadora Wing e cioè che questa autrice ha quasi sempre scritto i suoi "romanzi" per reazione a disastrosi avvenimenti della sua vita personale e che verso la fine degli anni ottanta stava cercando di rom-

pere una sua ossessiva relazione con un uomo molto più giovane di lei, un certo Berkeley Sproul III, *un giovane e aitante erede* WASP, *purtroppo dedito all'alcool e alla droga.*

Il primo capitolo del romanzo è a mio parere una delle cose migliori che io abbia mai letto. È schietto e sincero al punto che sembra spingere al massimo la controfobia letteraria. Se Isadora Wing fosse viva oggi, mi chiedo se riuscirebbe ad accettare la pubblicazione di questo suo libro... tanto sembra scoperto e autentico. Pare che in qualche modo anche lei se ne rendesse conto, perché in una nota che scrisse in margine all'ultimo capitolo per la sua assistente e collaboratrice, dice: "Per favore, fammi una ricerca col computer per vedere quante volte torna la parola 'cazzo' nel primo capitolo. Ho l'impressione di affogare nel pelo pubico. Se lui la scopa ancora una volta giuro che mi metto a urlare!"

Forse a questo punto è necessario un altro piccolo avvertimento, prima di buttarci volenti o nolenti nel paesaggio endometrioide di Ballata di ogni donna.

Questo cosiddetto romanzo non è consigliabile ai bigotti e ai deboli di cuore. È vivo e palpitante al punto da shockare anche il più incallito libertino. Tuttavia ritengo che valga la pena di pubblicarlo, se non altro per dimostrare in che vicolo cieco sia finita la cosiddetta rivoluzione sessuale e quanto fossero disperate le cosiddette donne libere negli ultimi anni della nostra epoca decadente.

Ballata di ogni donna *è una favola dei nostri tempi; è la storia di una donna perduta nell'eccesso e nell'estremismo – una sessodipendente, alcooldipendente e cibodipendente. È il romanzo che Isadora Wing stava scrivendo quando l'aereo che aveva noleggiato, un de Havilland Beaver (nome che deve averla fatta certo sorridere) venne dichiarato disperso nel Pacifico del sud, nelle vicinanze delle isole Trobriand. (L'ultimo disperato tentativo di Isadora di raggiungere la serenità; vincere la paura di volare e andare nel sud Pacifico in cerca dell'utopia sembra il folle tentativo di mettersi a recitare la parte di Gauguin, visto che era fallito il tentativo di fare quella di Emma Goldman.) Mentre stiamo scrivendo questa prefazione, il relitto dell'aereo non è ancora stato ritrovato.*

Per molti anni Ms Wing aveva preso lezioni di volo. S'era diplomata pilota nel 1987 e si divertiva a pilotare il suo aereo personale, un Bellanca, nei cieli sopra la sua casa nel Connecticut.

Il suo aereo – un complicato monomotore che "decolla rapidamente e atterra in poco spazio", come diceva Ms Wing – si chia-

mava Amazon I, *nome che ritengo avesse scelto ironicamente. Come tutti i poeti, Ms Wing aveva la tendenza a dare un nome a tutti gli oggetti inanimati e per un certo periodo della sua vita ha guidato una Mercedes targata* QUIM.[1]

Durante il suo ultimo, tragico volo, Ms Wing era in compagnia del suo quarto e ultimo marito, il famoso direttore d'orchestra e compositore Sebastian Wanderlust, suo amico da quindici anni, col quale si era appena sposata. Non si sa se a pilotare l'aereo fosse lei o Sebastian, ma riferimenti interni ai suoi voluminosi diari dimostrano che molto probabilmente era lei stessa. Ms Wing lascia una figlia di undici anni, Amanda Ace, due figliastri, tre sorelle, i suoi anziani (ma ancora arzilli, benché affranti dal dolore) genitori e otto nipoti.

Dato che la figlia di Ms Wing era minorenne, gli esecutori testamentari hanno giustamente cercato una stimata studiosa femminista che facesse l'editing dei "lasciti letterari", per così dire, della Wing e li preparasse per la stampa. Questo triste, ma allettante compito, è toccato a me.

Avevo molto apprezzato il primo libro di poesie di Ms Wing, Fiori Vaginali, *in cui avevo colto subito qualcosa di nuovo nella poesia femminile, un antidoto alla tragica poesia fatalistica di Sylvia Plath e Anne Sexton; una poetessa che abbracciava e proclamava la propria femminilità con verve e joie de vivre. Il primo romanzo di Ms Wing,* Candida confessa, *il "succès de scandale" che rese famoso il suo nome, non era ancora uscito e a quel tempo Ms Wing era ancora un'insegnante d'inglese part-time alla* CCNY *di New York.*

Ci siamo conosciute come colleghe, femministe, coetanee, tutt'e due impegnate nella lotta per l'eguaglianza femminile, tutt'e due, immagino, sorelle in Shakespeare. Ricordo una bella ragazza bionda, sui ventinove anni, con un caustico spirito di autoironia, una specie di humor patibolare da diseredata e una tendenza a insaporire il discorso con parole yiddish, parole di quattro lettere e citazioni letterarie. Mi sentii immediatamente attratta da lei. Ma ricordo anche una grande tristezza nei suoi occhi e una vulnerabilità che sulle prime mi stupì.

[1] Quim (queme, quimby, quinbox, quin, quente o quivive) si riferisce al sesso femminile, chiamato anche vulva, fica, passerina, berta, e con un sacco di altri nomi fantasiosi. Chaucer dava la preferenza a "quem" o "quente". Shakespeare usava una serie di metafore tra cui "la più cara parte del corpo" e "occhio che più piange quanto più è felice".

Non ho mai conosciuto alcun altro altrettanto vulnerabile, eccetto la poetessa Anne Sexton (un'altra autrice della nostra serie e la nostra attrazione stellare di quell'anno) e non riuscivo a conciliare la spavalderia della Wing come scrittrice e la sua vulnerabilità come persona. Era come se le sue due metà non si fossero ancora riunite; ed è davvero difficile per me associare la giovane e fragile scrittrice che conobbi nel 1973, con la donna di mondo che pilotava il suo aereo personale, aveva un sacco di amanti e viveva all'altezza di quello che scriveva, prendendo l'ideale di scrittore alla Hemingway e facendolo suo per tutto il sesso femminile.

Nel corso degli anni, Ms Wing e io ci siamo viste raramente, ma abbiamo continuato a scriverci di tanto in tanto. Dopo la tragica scomparsa di Ms Wing, il suo figliastro Charles Wanderlust, un valente studioso di letteratura inglese (poesia preromantica), e sua sorella Chloe, psicoterapista di New York, mi hanno invitato a mettere ordine tra le carte ammucchiate sulla scrivania di Ms Wing, nella sua casa nel Connecticut.

A quanto pare, la famiglia di Ms Wing non ha mai interferito con la sua eredità letteraria, anche se uno dei suoi ex mariti minacciava di sporgere querela, se il nuovo libro avesse parlato di lui. Per fortuna questo non è mai avvenuto, dato che il nome di quest'uomo compare molto raramente perfino nei taccuini di appunti di Ms Wing. Quando Isadora Wing aveva deciso di buttarsi, niente poteva trattenerla e se c'era qualche fantasma che potesse preoccuparla, era piuttosto il fantasma di suo nonno, Samuel Stoloff, il pittore, o il fantasma di Colette, con la quale sentiva una grande affinità, o il fantasma di Amelia Earhart, di cui avrebbe presto condiviso la sorte.

Conoscendo la tendenza di questa scrittrice a portare sempre con sé tutti i suoi manoscritti durante i suoi interminabili viaggi, temevo di non trovare niente di valore, temevo che in realtà manoscritti e appunti fossero finiti in fondo al Pacifico, insieme con lei. E invece ho trovato un abbozzo ancora grezzo e incompiuto del suo ultimo romanzo, Ballata di ogni donna; una dozzina o più di taccuini marmorizzati, di Venezia, che risalgono agli anni settanta, quando Ms Wing stava scrivendo La figlia del Tintoretto; dei raccoglitori a molla con poesie inedite provvisoriamente intitolate Ninnananna per un dybbuk; una pigna di saggi inediti (molti dei quali non avevo mai visto); un altro raccoglitore col frammento di un manoscritto intitolato Manuale dell'amazzone, di Isadora Wing e Emily Quinn; varie cartelline di corrispondenza letteraria con scrittori di tutto il mondo; lettere *d'amore d'una sorprendente quantità di uomini e donne; mucchi di libri di antropologia e d'arte; ritagli su artiste varie e roba del genere. Di particolare interesse è il seguente brano, tratto da uno dei suoi taccuini d'appunti e datato ottobre 1987, contemporaneo cioè alla prima stesura di* Ballata di ogni donna.

"Da un po' di tempo ho voglia di scrivere un romanzo che contenga i materiali dell'egira creativa e che nella sua stessa forma, o mancanza di forma, illustri il 'processo' di scrivere un libro – specie le discussioni con me stessa o con l'eroina ai margini del manoscritto. Quello che voglio esprimere, è il flusso creativo stesso, la 'sensazione' della vita che lotta con l'arte e dell'arte che lotta con la vita... il caos e lo scompiglio di cavare un libro fuori da se stessi."

Mi ha sempre molto colpito la frase di Proust (di cui poi Colette si è appropriata): "Ce 'je' qui est moi et qui n'est peut-être pas moi." (Questo "io" che è me e forse non è me.) Ogni scrittore lotta con questo paradosso, perché sappiamo che non solo il protagonista, ma tutti i personaggi di ogni nostro libro fanno parte di quel misterioso mosaico che chiamiamo il nostro "io".

In risposta a questa affermazione e ad altri riferimenti interni ai diari e alle lettere (compresi appunti scarabocchiati da lei stessa sulla stesura incompleta, per indicare i punti in cui voleva che venissero inseriti questi elementi marginali), mi sono presa la libertà di ricostruire l'ultimo manoscritto di Ms Wing esattamente come lei avrebbe certo voluto che fosse.

Così Ballata di ogni donna, *un convenzionale romanzo a chiave su un'artista di nome Leila Sand (che all'inizio del romanzo sta lottando allo stesso tempo contro l'alcolismo e contro un'ossessione sadomasochista per un uomo molto più giovane di lei), è punteggiato qua e là da una serie di interruzioni di Isadora Wing che discute con Leila Sand (l'autrice che discute con la sua protagonista, con se stessa, insomma), che danno l'idea della vita che scorreva accanto al romanzo.*

Ms Wing, come molte donne del nostro tempo, credeva evidentemente che il segreto della felicità non stesse nell'illusione dell'"uomo perfetto", ma piuttosto nella forza che una donna trova dentro di sé. Una volta trovata questa forza, si poteva essere felici, con o senza un compagno. Questa ricerca di una felicità intima costituisce la favola di Ballata di ogni donna. *Il suo tema è la ricerca da parte di una donna del modo per uscire da un amore che la rende schiava e arrivare invece all'amore di sé, che non va confuso con il narcisismo. La cosa non dovrebbe stu-*

pirci, perché inevitabilmente uno scrittore "tende a includere nel libro che sta scrivendo tutti i conflitti che sta cercando di risolvere in quel particolare momento". (Intervista con Isadora Wing, 1987.)

Spero che questa prefazione abbia chiarito il mio profondo interesse per la storia della letteratura femminista, la mia ammirazione per la defunta Ms Wing e la mia severa preparazione al terribile compito di editor, biografa ufficiale ed esecutrice letteraria di una scrittrice così femminale – se posso usare questo termine winghiano – dei nostri tempi.

Mi sono assunta la responsabilità di correggere ovvi solecismi, di fare una correzione complementare delle bozze e di cambiare nomi e descrizioni dei personaggi, con grande soddisfazione sia dei legali dell'editore che dei legali del patrimonio di Isadora Wing.

Se in seguito al mio tentativo di fare cosa grata alla proprietà senza tuttavia togliere virilità alla pagina (o renderla troppo effeminata?), l'opera di Ms Wing dovesse risultare ancora un po' troppo rabelaisiana per i deboli di cuore, penso che dovremmo tenere conto del fatto che una totale libertà di spirito e di corpo fosse non solo il suo stile di vita, ma anche il messaggio che Ms Wing voleva offrire al mondo. Lei credeva nell'integrazione di anima e corpo e probabilmente le sarebbe stato di conforto sapere che li perse tutt'e due insieme. Vola, Isadora Wing. Dovunque tu sia, vola!

Caryl Fleishmann Stanger, Ph.D.
Preside del Dipartimento d'Inglese
Sophia College
Paugussett, Connecticut

1

Zucchero nella mia tazza

Ho bisogno di un po' di zucchero nella mia tazza,
ho bisogno di un piccolo *hot-dog* nella mia pagnottella...

J. C. Johnson

Sono una donna in preda a un'ossessione. Sto seduta accanto al telefono (che potrebbe anche essere fuori servizio) e aspetto che lui mi chiami. Tendo l'orecchio per sentire il rumore della sua motocicletta, che fa schizzare via la ghiaia sulla curva del viale. Immagino il suo corpo, la sua bocca ironica sulla mia, il suo cazzo che s'incurva e sono una frana di desiderio e di lotta contro il desiderio. Non so cosa sia peggio, se il desiderio o l'antidesiderio. L'uno e l'altro mi distruggono, mi bruciano e mi riducono in cenere. I nazisti non avrebbero saputo inventare un forno crematorio più efficace. Questo è il mio autodafé, la mia ossessione, la mia intossicazione.

Gli amici vengono a trovarmi e mi incitano a lasciarlo, mi danno un sacco di ragioni con cui io sono d'accordo. Ma non serve. Quello che provo non ha niente a che fare con la ragione. Più antico di Pan e dei sinistri dei che stanno in agguato nell'ombra dietro di lui, questo fuoco che arde dentro di me è in realtà la forza primordiale dell'universo. Chi può spiegare perché mai io abbia scelto di connetterla con un ragazzo-uomo biondo, che versa menzogne nel mio orecchio come versa il suo seme in quell'altro posto? Chi può credere alla dipendenza, all'ossessione, alla degradazione o all'amore? Solo chi ne ha provato il fuoco. Solo chi s'è bruciato a quella fiamma, ed è rimasto con la pelle secca e piagata come quella dei martiri del medioevo.

Ma le donne in genere non conoscono il lusso di provare questo fuoco. E in realtà neanch'io. Nella mia vita cosciente, sono una donna di successo (che importa ora cosa faccio?), la gente mi conosce per un'abile donna d'affari, una che legge con occhio d'aquila i contratti, che sa negoziare. Ma tutto quello che so della vita in quell'altra dimensione, qui non mi è di nessuna utilità. Anzi, si potrebbe perfino dire che mi rende ancora più vulnerabile. Perché più dura sono nello studio dell'avvocato, più desidero essere tenera qui, dove il solo pensiero del suo cazzo mi riduce in cenere.

Lasciate che vi parli del suo pene. È come un artiglio, demoniaco, un vero aculeo. È curvo dove dovrebbe essere diritto e quando è in riposo si appoggia da una parte, la sinistra. La sua politica, se ne avesse una, sarebbe il contrario, cioè di destra. Perché è il fascista, lo stivale in faccia, il bruto. Tutti gli uomini che vale la pena di portarsi a letto sono un po' bestie. Tutti i miti ce lo dicono: Pan con le sue gambe d'animale e la bocca d'uomo; la bestia per cui la bella lasciò il padre; il diavolo stesso con le streghe selvagge – le baccanti di Salem – che gli saltellano intorno all'ano corrugato. E glielo baciano. Parte del fascino sta nella degradazione, nel fatto che siamo creature nate tra pipì e cacca, e nei nostri momenti più neri ricordiamo ossessivamente questo dilemma.

Se venti uomini si mettessero in fila davanti a me in piena erezione ma con dei sacchi sulla testa e sulle spalle, io riconoscerei subito il mio amore (posso chiamarlo così?) dalla curva del suo pene. Furioso e rosso nell'erezione, circonciso (non per motivi religiosi ma per l'epoca in cui è nato), curvo come un boomerang che torna sempre dal suo padrone; che mi piaccia solo perché mi lascia? Forse è perché posso possederlo solo per brevi interludi, che mi tiene sua schiava? Lo amerei meno se fosse sempre qui con me?

Non c'è pericolo. Perché amo un uomo eternamente in fuga. Mi chiama la sua strega, la sua baccante, la sua padrona, il suo amore e poi deve subito scappare via.

Credo che in tutti gli uomini ci sia un pizzico di questo... comunque lo esprimano. La nostalgia di tornare nel grembo materno, la paura di essere inghiottiti, di restare completamente passivi tra gli enormi seni della dea madre è così forte, che appena sentono di stare cedendo alla nostra forza primordiale, subito devono correre via. Di qui la battaglia tra i due sessi: lei lo vuole per sempre al sicuro tra le sue gambe; lui, spaventato dal desiderio di restare, scappa.

Dove, non ha importanza. In guerra. In ufficio. Al golf. Alle miniere di sale. Al tennis. Nell'iperspazio. A tuffarsi nel profondo mare. A pallacanestro. A Las Vegas. Da un'altra donna. È sempre la stessa fuga.

L'uomo che amo s'è costruito un museo al macho nel mio garage. Sega elettrica. Punching ball. Motocicletta. Manubri. Lo amo in parte perché non riesco a domare la creatura selvaggia che abita dentro di lui. Perché questo è un altro paradosso dei sessi: quello che amiamo nell'altro, cerchiamo di ucciderlo.

Il mio amore è un furfante, un truffatore, un cowboy, uno stallone, un vizioso, un artista, un bellimbusto, un dandy. Non ha fissa dimora. A volte dà come indirizzo una cassetta postale, a volte una segreteria telefonica, a volte un numero che non risponde, a volte un indirizzo da cui ha appena traslocato. Una volta l'ho sentito dire a sua madre che poteva scrivergli a Parigi all'hotel Charles de Gaulle.

"Ma sai bene che a Parigi non esiste nessun hotel Charles de Gaulle!" gli ho detto. "È un *aeroporto.* Come puoi fare una cosa simile a tua madre?"

"Se tu conoscessi mia madre come la conosco io, capiresti che è solo autodifesa. Non avevo scelta."

Se conoscessi mia madre come me e *autodifesa.* Sono queste le parole magiche. Perché lui è sicuro (come tutti i bambini) che in qualsiasi parte del mondo ci troviamo, appena cominciamo a scopare furiosamente, sua madre ci scoprirà e passerà attraverso il muro della nostra stanzetta come un vampiro in un film degli anni quaranta. E così so che è da sua madre che fugge, quando fugge da me – il mio vagabondo, il mio mago, il mio stallone, il mio imbroglione, il mio cowboy, il mio furfante, il mio amore bugiardo. Eppure so anche che quando torna, è leale, fedele, retto, deciso e sincero come il piccolo boy-scout che alberga dentro di lui. Darebbe la vita, per me e per le mie gemelle. Passerebbe nel fuoco e nuoterebbe nel ghiaccio. Si aprirebbe un varco nella giungla a mani nude, morderebbe via la testa a serpenti velenosi, toglierebbe la pelle ad armadilli e porcospini. È il mio uomo e io non posso fare a meno del nettare che gli si addensa tra le palle.

Visto che non può essere buono, sarebbe meglio che fosse del tutto cattivo, così almeno potrei odiarlo. Ma come posso odiarlo quando è proprio la sua cattiveria che lo rende così bravo là dove conta, cioè a letto?

Arriva con in testa un casco alla Darth Vader, jeans di pelle nera, giubbotto di pelle nera, stivali di struzzo nero dalla punta affusolata. Sui tacchi ha dei veri speroni. Speroni d'argento. Che tintinnano. Mi solleva tra le braccia, mi tiene stretta per un momento, con il mio corpo caldo premuto contro il suo cuoio nero liscio e gelido di vento. Appena sento i sassolini che schizzano sul viale e il motore ruggente della sua moto, anche il mio motore si mette in moto. Il cuore mi martella e il battito si propaga per tutto il corpo come un tam-tam della giungla, desta un'eco in quell'altro cuore che ho tra le cosce e alla fine inumidisce i boxer di seta rossa che ho messo per l'occasione. (Sono veramente mutande a gambaletto, non quelle loro smorte parenti americane che sono le mutandine, perché le ho comperate a Londra, dove "lo sporco weekend" è ancora veramente "sporco" e gli indumenti fatti allo scopo sono, di conseguenza, più osé.)

Chi può descrivere il desiderio, quando è così caldo, così succulento, così urgente? Le parole non lo sfiorano. Forse solo la musica può echeggiarne l'intensità crescente, il vigore, il calore, la vibrazione. Una volta ho dipinto il desiderio. (E va bene, il segreto è svelato: ora sapete cosa faccio.) Era una tela rotonda col centro di un infuocato arancione e ondate di rosso e lavanda tutt'attorno. Quello era il mio cosiddetto periodo astratto, che seguiva il cosiddetto periodo figurativo e precedeva il cosiddetto periodo postmoderno dei fotogrammi fissi. Quelle ondate rosse e lavanda – una contusione futurista – ora sono dentro di me, mentre lui mi passa le mani sui glutei, scivola tra le mie cosce e trova il punto setoso in cui le mutandine si aprono e io divento puro liquido.

Cosa succede dopo, lo sapete già. E forse lo so anch'io, solo che sono fuori di testa dal desiderio. Cadiamo per terra in anticamera (larghe tavole di quercia, un tappeto all'uncinetto e alcune particelle di polvere che si inseguono, come fossero palle secche di amaranthus nella scia dei nostri cavalli galoppanti) e proprio lì sulle tavole del pavimento facciamo la bestia a due schiene in un groviglio di cuoio nero e di seta, dopo aver scostato gli abiti solo quel tanto che basta a scoprire le nostre due parti che si possono unire.

E così – vestiti, col casco, con la pelle di caprone sotto il cui segno ci accoppiamo – veniamo per la prima tumultuosa volta. Pare che questo serva solo a scaldare il sangue per la prossima volta, e ora cominciamo a strappare via barriere di seta e di pelle e di metallo (le mie mutande, la sua giacca di cuoio, il suo casco) e ben presto siamo nudi sulle tavole di questo pavimento secentesco, con una gran confusione di indumenti sparsi tutt'attorno a noi: i nostri testimoni.

"Mia strega," sussurra lui.

"Mio diavolo, mio mago, mio amore..."

È di nuovo dentro di me, di nuovo in erezione, la lancia curva del suo pene che corrisponde al desiderio teso che mi trascina, la punta del suo glande tocca il punto profondo dentro di me che distilla puro liquido, la pozione stregata dell'universo.

Devo continuare? Come possono due persone fare l'amore a questo modo e poi dividersi? Dovrebbero essere uniti per sempre, fatti uno sotto la luna beffarda che illumina i loro corpi bluastri, ammantati di cielo. Ma l'ironia di questo genere di sesso è che prospera nella lontananza e gli amanti che si amano così non possono vivere insieme o se lo fanno, allora un po' della magia del loro accoppiamento se ne va. Solo a questo patto possono vivere insieme abbastanza a lungo da fare il porridge, dipingere una casa, piantare un giardino... o un bambino.

Una volta abbiamo provato a vivere insieme, Dart e io. (Il suo nome vero non è molto diverso: si chiama Darton, da un lontano stregone di famiglia.) Io però l'ho sempre chiamato Dart, che è come dire dardo, giavellotto. Mi sembrava molto appropriato, visto che lui viveva del suo cazzo e agitava in continuazione la sua lancia. Ah, quand'ero più giovane trovavo divertenti gli ormoni maschili e quello che fanno fare agli uomini. Pensavo che gli uomini dovessero cercare di somigliare di più alle donne (che allora supponevo fossero più razionali), ma adesso che ho quarantadue anni so che la gloria del sesso maschile sta proprio nel loro essere così diversi da noi – anche se naturalmente questo ci fa infuriare, come vuole appunto la natura, perché la furia è un aspetto del nostro impulso a congiungerci.

L'ho conosciuto in un ranch per turisti – il "C" Ranch (con la C alla rovescia, curva come il suo pene); io ero la turista e lui il cowboy. Non che fosse realmente un cowboy. Era un vecchio studente di prep school dell'est, che per un'estate giocava a fare il cowboy, ma io non lo sapevo. Sotto le Grand Tetons (le Grandi Tette, come le hanno sfacciatamente chiamate i francesi), sul tappeto verde tempestato di fiori selvatici sulle rive del grande Snake River, lui aveva l'aria di un cowboy autentico, che cavalcava il suo destriero. Almeno sembrava autentico a quella cowgirl venuta dai canyon di New York, che voleva farsi cavalcare da lui.

Ero andata in quella bellissima parte del mondo (Moose, Wyoming) per liberarmi da una vecchia storia d'amore, là dove gli alci vanno a liberarsi delle loro corna e lui era un appassionato venticinquenne e io un'ancora più appassionata trentanovenne che girovagava per i campi di bocche di leone, lupini azzurri e rudbeckie su un vecchio pony indiano. Lo guardai: capelli biondo sporco, un malconcio cappello da cowboy, camicia da cowboy strappata, quelle commoventi palpebre rosa da bambino e, sotto, quei penetranti (non uso mai gli aggettivi a caso) occhi celesti-celesti – e fui presa all'amo. Più tardi lui mi agganciò meglio a letto. Solo venticinque anni, ma conosceva bene il suo potere e lo fece conoscere anche a me. Che gli piacesse il mio lavoro, fu la ciliegina sulla torta (o per meglio dire sul cazzo) perché anche lui era un aspirante artista d'un genere affine al mio e mi disse che plasmava con la creta sculture del west alla Remington, quando non plasmava corpi femminili con la sua costola in più.

Alla fine dell'estate, ci ritrovammo a Soho e Litchfield County. C'era una sua amichetta di cui dovevo sbarazzarmi (una sciocchina di ventitré anni, la prima di una serie), ma poi finimmo per vivere insieme, soprattutto perché non riuscivamo a sopportare l'idea di stare separati una sola notte.

In principio era meraviglioso: una storia folle esaltata dalla droga, giorni di vino e rose, marijuana e crisantemi, cocaina e calle. Notti di continuo folle amore, in cui si perdeva il conto delle scopate, perché non avevano né fine né principio. Guardavo le sue narici e vedevo l'eternità. Le notti potevano essere lunghissime, epoche misurate in tempi geologici, o potevano essere minuti. Impossibile dirlo. Mentre ci accoppiavamo, catene montuose emergevano dalla crosta terrestre e crollavano; la roccia si formava dalla lava fusa; sorgenti calde sgorgavano fuori dal terreno; vulcani estinti ridiventavano attivi. Per un anno, non lavorai e lui nemmeno. Girammo per il mondo, da un letto di dimensioni regali con lenzuola triple, a un altro letto di dimensioni regali con lenzuola triple.

Viaggiavamo sempre a spese di qualcun altro. Andavamo da Dokumenta, Kassel, alla Fiera dell'arte di Basilea, dal Whitney a palazzo Grassi, da Düsseldorf a Monaco, da Venezia a Vienna, da Nizza a Parigi, da Madrid a Mallorca, da Londra a Dublino, da Stoccolma a Oslo, da Tokyo a Hong Kong a Pechino. Che importava dove fossimo, quando stavamo a letto? Ricordo confusamente altri artisti, galleristi, collezionisti, critici d'arte, come fantasmi di una tragedia shakespeariana. O erano ubriachi e fatti come noi, oppure noi eravamo abbastanza ubriachi e fatti per tutti. Di tanto in tanto, io, essendo la più vecchia e quindi anche quella che sarebbe dovuta essere più responsabile, mi svegliavo e mi chiedevo se per caso non stessimo diventando alcolizzati e drogati, ma in mezzo a tutta quella folla, chi poteva dirlo? Tutti gli artisti bevevano e si facevano. O così credevo io. L'unica volta che mi inquietai veramente, fu quando Dart portò un po' di marijuana in URSS – senza nemmeno dirmelo.

Eravamo arrivati nel nostro grande albergo di Mosca e stavamo per buttarci sul letto a riaffermare la nostra primordiale congiunzione (dopotutto erano passate sette ore da quando avevamo fatto l'amore a Copenaghen ed eravamo tutt'e due in crisi di astinenza, come forse solo i galeotti possono capire), quando Dart mi sorrise con quel suo timido sorriso stile "amami" (sorriso in cui si era esercitato fin da bambino con sua madre, le sue bambinaie, le sue sorelle e tutte le femmine che gli capitassero a tiro) e tirò fuori da sotto la soletta dei suoi stivali da cowboy due joint appiattiti di purissima marijuana Humboldt County. Ricordai di colpo dove ci trovavamo, esaminai con cura la nostra stanza dorata in cerca di telecamere e microfoni nascosti, guardai il mio amante-bambino e il sangue mi si gelò letteralmente nelle vene. Fino a quel momento non gli avevo mai parlato con rabbia.

"Gettali," gli dissi.

"Intendi dire che non vuoi fumare?" disse incredulo il mio ragazzino.

"Gettali, e *subito*."

"Neanche un tiro?"

"Neanche uno." Poi lo guardai mentre buttava i due joint nel cesso sovietico, con una lacrima all'angolo del suo bell'occhio azzurro, senza rendersi conto che quella roba poteva essere il nostro passaporto per la Siberia, vita natural durante.

Furiosa com'ero per la sua sbadataggine, per la sua incapacità a rendersi conto del pericolo in cui ci aveva messo, non riuscii nemmeno a sgridarlo e non solo per via dei microfoni nascosti nella stanza. Anche il mio cuore era stato manomesso. Ero così legata a lui anima e corpo, che sgridare lui, sarebbe stato come sgridare la ragazzina che c'era in me. Che strana combinazione di forza virile e ingenuità infantile era Dart! Credeva di poter accendere un joint e fare sparire il Gulag.

Quel pomeriggio non facemmo l'amore. E per due che lo facevano sempre appena arrivati in qualsiasi stanza d'albergo, era una specie di separazione, la prima di molte. Aveva a che fare con la droga, che pensavamo ci unisse, ma che in realtà ci divideva... perché questo è, naturalmente, il paradosso della droga.

La storia di Dart era triste, come quella di tutti i bambini cresciuti in un ghetto. Era nato in una ricca famiglia, a Philadelphia, in una casa in Rittenhouse Square, piena di mobili Chippendale, di porcellane cinesi, di scaldaletto del Seicento, di tappeti orientali sfilacciati, di stanze piene di scarpe mai usate, pigne di riviste degli anni trenta, insomma questo genere di cose. Sua madre beveva sherry e prendeva troppi seconal; suo padre beveva bourbon e seduceva le debuttanti. Le bambinaie bevevano gin e seducevano Dart. Era nato con un'erezione, diceva sempre sua madre (con quella sua risata sfumata e sbronza) e da quel momento in poi nessuno che si fosse occupato di Dart gli aveva mai permesso di dimenticare che il cazzo era la parte più importante del suo corpo. Una volta pensavo fosse divertente, ma ora credo che sia molto triste per un ragazzo essere considerato soprattutto per quell'appendice che ha in comune con tutti gli altri uomini – anche se la sua è più grossa e più bella. A volte, quando ci penso, mi metterei a piangere per Dart e vorrei cambiargli nome, chiamarlo, che so, Daniel, e dargli una vita reale, come avrei voluto per mio figlio.

Ma non ho figli maschi. Ho due figlie gemelle, di nome Michaela e Edwina. Dart è diventato il mio amante e mio figlio, una combinazione pericolosa e forse impossibile.

Questo *Wanderjahr* continuò dopo Mosca, Tokyo, Taipei, Hong-Kong, Canton, Shangai, Pechino, Bangkok, Borobudur, Singapore, Bombay, Nuova Delhi, Abu Dhabi, Baghdad, Gedda, il Cairo, Atene, Tunisi, Nizza, Lisbona, Bahia, Rio... ma la vita nel letto di un hotel di lusso (sia che si tratti dell'Okura, o del Ritz, o del Peninsula, o dell'Oriental, del Shangri-La, del Goodwood Park, del Cipriani, del Bel Air, del Plaza Athénée o del Vier Jahreszeiten) è sempre la stessa.

La mia amica Emmie una volta ha detto che un albergo di lusso è come un ospedale, dove ti portano il cibo su un carrello, ti arrivano grandi mazzi di fiori dai tuoi conoscenti (e mai dai tuoi innamorati, come tu vorresti) e ricevi regolarmente bigliettini di cortesia o cartoncini d'auguri. Il personale è quasi sempre di pelle scura e non parla la tua lingua e ha la stessa sovrana indifferenza nei tuoi confronti, sia che tu giaccia a letto moribonda per qualche rara malattia o sdraiata sotto il tuo amante. Per loro non fa differenza: sono solo altre lenzuola da lavare. In realtà puoi fare il giro del mondo col tuo amante senza mai vedere altro che l'increspatura del suo ano o la sagoma del suo cazzo. Così passò un anno: uno dei più lunghi o più brevi (a seconda se ero fatta o no) anni della mia vita. Ma alla fine tutti gli amanti devono alzarsi dal letto – e fu così che cominciarono i nostri guai.

Ci stabilimmo insieme a Roxbury, in casa mia, un edificio il cui corpo centrale era stato costruito nel Seicento, mentre le ali sono del Settecento e dell'Ottocento. Lui aveva bisogno di un'auto, naturalmente, così gliene comperai una che lo portasse da me. Sapevo che poteva anche portarlo lontano da me, ma all'inizio di una storia d'amore non si pensa mai a queste cose. Un'auto normale non sarebbe stata abbastanza per il mio chéri, così gli comperai una Mercedes. Era un modello classico, completamente revisionato, del 1969, di quando cioè lui aveva tredici anni: un sogno da tredicenne. E gli feci mettere la targa DART. (Non mi mancava il senso dell'humor, col mio amante, anche mentre lui mi riduceva in cenere.)

Mi piaceva comperargli delle cose: un vestito da cowboy di camoscio bianco con lunghe frange e stivali di lucertola bianchi e crema, con un enorme *stetson* bianco per coronare il completo. Asciugamani cifrati col monogramma DVD. Gioielli (che Dart perdeva regolarmente). Attrezzature elettroniche (che lui di solito rompeva). Pullover di cachemire, scarpe di coccodrillo, costosi libri d'arte, carta da lettere cifrata, pigiami di seta, biancheria di seta, a mucchi. Lui era la mia *shiksa* e io lo trattavo di conseguenza, allo stesso modo in cui il mio ricco zio inglese Jakob di Odessa, pellicciaio nel West End, diventato poi signorotto di campagna, trattava la sua ballerinetta. Sono una donna di grande stile e avevo capito subito che Dart era un grande mantenuto.

Ma lui, aveva grande stile? Mai una volta l'ho visto rifiutare un dono. Anzi, nonostante la gioia di ricevere, c'era sempre un piccolo broncio sul suo labbro inferiore, che pareva dire che il dono era sempre un pochino al disotto di quello che lui si aspettava. Se gli davi un'auto, pareva che avrebbe voluto un elicottero. Se gli regalavi un abito bianco da cowboy, pareva che avrebbe voluto anche il cavallo intonato all'abito. Se gli davi un anello, pareva che avrebbe voluto anche un orologio. Naturalmente non diceva mai niente del genere, anzi, se tu glielo avessi chiesto, lui avrebbe negato con passione. Ma in qualche modo tu capivi che il dono lo avrebbe saziato solo per un po' e che poi la sua fame avrebbe richiesto altro alimento.

Era come un grande dio primitivo vorace, voglioso di vergini, ghirlande di fiori, cuori strappati, buoi immolati, calici di sangue, offerte bruciate... Era la mia gioia offrirgli tutto questo. Che senso aveva il mio successo, se non potevo permettermi un uomo bello e audace come Dart?

Avevo sempre vissuto come un uomo, avevo gestito la mia carriera, i miei investimenti, perfino la mia gravidanza esattamente come l'avrebbe fatto un uomo (Michaela e Edwina sono nate col taglio cesareo il giorno e l'ora che io stessa avevo stabilito), così pensavo di potere controllare anche Dart. Questo è il guaio. Non è così che la natura ha fatto gli uomini. E più sono divertenti a letto, più sono incontrollabili. Perché è quell'intima sfrenatezza, che garantisce la sfrenatezza a letto.

Pan non si compera un'assicurazione sulla vita e non rientra per cena tutte le sere alla stessa ora. Mi posso anche comperare un'assicurazione sulla vita. Ma io avevo assoluto bisogno di un po' più di serenità, di quanta non me ne garantisse la convivenza con Dart.

Ma e l'amore? mi chiederete. Cosa c'entra l'amore con tutto questo? So che lui mi amava con passione. Mi amava come il coltello ama la ferita che apre, come la tarantola ama il maschio di cui divora la testa; come il lattante ama il capezzolo che prende tra i denti e morde, finché non ne sprizza sangue mescolato a latte.

Dart non intendeva essere crudele. Ma era fatto così... come lo scorpione che punge il cavallo che lo trasporta sull'altra riva del fiume (ricordate la favola di Esopo?).

In qualche modo, quando eravamo insieme, le cose avevano la tendenza a perdersi: portafogli, carte di credito, gioielli. Forse perché eravamo spesso fatti o forse perché insieme entravamo in un cerchio in cui il gorgo era re, e ordine e struttura uscivano dalla nostra vita. Io la consideravo una prova d'amore, perché l'amore non è forse oblio di sé? E chi ha più bisogno di questo oblio di sé, di una come me che ha vissuto tutta la vita per la disciplina, per l'arte, scimmiottando la durezza d'un uomo nonostante il suo cuore di donna?

Quando conobbi Dart, avevo passato trentanove anni ad arrampicarmi sulla montagna di vetro del destino di una donna artista: volevo un po' di gioia, una ricompensa a tutti quegli anni in cui m'ero arrampicata disperatamente e dapprima parve che Dart mi desse tutto questo. Non c'era solo la sua generosità a letto, insieme con la sua perversione punitiva (che io sentivo di *meritare* per avere sfidato gli dei col mio successo), ma anche il suo modo di coccolarmi. Dart entrò in casa mia e si assunse il compito di curare e proteggere Leila Sand. Mi faceva da guardia del corpo, cuoco, maître d'hotel, maggiordomo, factotum. Era bravo nel tenere a bada la gente, nell'allontanare gli scocciatori, tipo fan, ex mariti, ex amanti, possibili parassiti. Si installò in casa mia, insomma, come il parassita ufficiale, il giullare di corte, la lancia da diporto di sua maestà, lo spirito folletto... che, come ricorderete, è un altro nome per il diavolo.

Fino all'epoca di Dart ero sempre stata una lavoratrice molto disciplinata. Nessun artista riesce a combinare qualcosa, altrimenti. Avevo uno studio nella Litchfield County, un silo d'argento con un lucernario tipo osservatorio che dominava la mia tenuta – e avevo un appartamento a New York. Preferivo lavorare in campagna, dove il canto degli uccelli non invadeva ma accompagnava il mio lavoro. Ma quando stavo facendo qualcosa di importante, dovevo fermarmi dove ero, perché a quel tempo le mie tele erano sempre di grandi dimensioni. E poi c'è qualcosa di molto conservatore anche nell'arte più d'avanguardia: ama crescere in un solo posto.

Dart si installò in casa mia come mio maggiordomo, mi rese indispensabili i suoi servigi (e dire che mai in vita mia mi ero permessa di dipendere da qualcuno) e poi cominciò a trovare scuse per scapparsene via. Proprio quando mi cullavo nell'illusione di avere finalmente trovato il mio compagno, la mia musa vivente, il marito del mio cuore, il Maurice Goudeket della mia Colette, lui cominciò a passare sempre più tempo a New York nel mio appartamento, e sempre con qualche buona scusa. Doveva incontrare un gallerista che era interessato al suo lavoro. Doveva comperare del materiale. Doveva andare alla fonderia. Gli avevo dato il sogno di ogni giovane artista: un capannone in cui lavorare, tempo a volontà, spesato di tutto e fu proprio allora che cominciò a fuggire via da me, o forse da se stesso. Non l'ho mai capito.

Dove andava durante tutto quel tempo? Schizzava via rombando con l'auto che gli avevo comperato, rifiutando di lasciarsi legare a un preciso orario per la cena, rifiutando di dirmi dove andava, e la mia immaginazione saltava subito alle peggiori conclusioni: altre donne, qualche imbroglio, spaccio di droga, il gioco, altri uomini.

"Ti chiamerò," diceva, mentre saliva a bordo della sua Mercedes rosso-sangue (comperata col mio sangue) e a volte lo faceva e altre no.

Quando mi lamentavo, lui si infuriava e diceva: "Ma alla fine torno sempre da *te*!" Oppure mi accusava: "Non ti *fidi* mai di me! Mi fai continuamente domande!" *Tu sempre, tu mai*, ecco il linguaggio del servaggio maschile.

Così mi mettevo a passeggiare avanti e indietro nel mio studio-silo, cercando di lavorare, ma la pace del mio spirito era perduta; tendevo l'orecchio allo squillo del telefono, o al rumore della sua/mia auto, chiedendomi se sarebbe o meno tornato a casa per cena; chiedendomi se dovevo domandarglielo o no (le domande lo facevano sempre infuriare) e bevendo un bicchiere di vino dietro l'altro. Cominciai a lavorare ubriaca. Non lo avevo *mai* fatto prima. Pur con tutta la mia indulgenza per erba, mescalina, hashish, coca, vino, non li avevo mai mescolati col mio lavoro. Il mio lavoro era sacro. Ma adesso il mio silo, quel mio evidente simbolo fallico, che era stato la mia libertà, era diventato la mia prigione. Andavo avanti e indietro, legata a quel telefono muto, come fosse una divinità domestica, non osavo uscire per timore che lui mi chiamasse, non osavo salire in macchina e andare a New York, per paura di trovarlo nel mio appartamento con un'altra donna, non osavo invitare un'amica, per timore che lui tornasse all'improvviso e mi volesse tutta per sé, non osavo muovermi, non osavo dipingere, sollevare il telefono e chiedere aiuto.

Mi sentivo come la ragazza dell'*Histoire d'O*, incatenata per il labbro al suo amante, in modo da non potere mai dimenticare la sua schiavitù, una schiavitù che amava e odiava insieme, perché il tintinnio della sua catena faceva di lei una donna. Dart aveva deliberatamente deciso quella mia sottomissione, quella mia distruzione? O era qualcosa che faceva per istinto, che aveva imparato sulle ginocchia di suo padre, l'arte sottile di ridurre in cenere le donne forti?

E poi arrivava, sempre nel momento in cui avevo ormai rinunciato ad aspettarlo. E mi sollevava tra le braccia, senza dire nemmeno una parola sgarbata. "Amore mio, mia strega, mia baccante, mio tesoro," mi mormorava e la dolcezza delle parole affondava dentro di me più profondamente d'una daga. Poi mi faceva girare su me stessa e mi prendeva dal di dietro, col suo cazzo duro, arcuato, demoniaco. E io gemevo di puro sollievo, che fosse tornato, che fosse salvo, che fosse dentro di me e poi scopavamo tutta la notte senza farci domande, fino alla prossima volta.

2
Decifrare il fuoco

Se vuoi sentirmi delirare, tesoro
Dammi quello che imploro.
Fa placare il mio amore.

Bessie Smith

Dart era dolce. Se Dart fosse stato sgarbato o meschino, sarebbe stato tutto molto più semplice. L'avrei lasciato subito. Ma all'inizio era difficile che Dart mi dicesse qualcosa che non fosse affettuoso, dolce e tenero. Anzi, parlava come quei cartoncini di frasi fatte per auguri. Solo che poi i fatti smentivano le parole. Era come certi attori o certi politici – tutti dolcezza e sincerità a parole, ma poi in pratica solo persone di cui diffidare. "Sarò sempre qui, a tua disposizione," diceva Dart. Ma in realtà il più delle volte non sapevo nemmeno dove rintracciarlo.

Escogitavo in continuazione sistemi per tenermelo vicino. In viaggio, era relativamente facile, visto che stava sempre al mio fianco. Per questo viaggiavamo tanto. Ma a casa, era più difficile. Se lo studio che gli avevo dato – un delizioso piccolo granaio, illuminato da lucernari, col fienile trasformato in soppalco con camera da letto, bagno personale e perfino una cucinetta – non bastava, allora mi arrovellavo per inventare qualcos'altro. Qualche progetto di lavoro in comune, qualcosa che potevamo fare insieme (anche se poi toccava regolarmente a me realizzarlo, mentre lui era Dio sa dove – mi colpisce a un tratto l'idea che in realtà non l'ho mai visto dipingere o scolpire), ritratti e fotografie che io potevo fargli, brunch e cene con gente importante che poteva essergli utile per la sua carriera. Ma tutte queste cose funzionavano solo per un po'. Lui era fermamente convinto che avremmo dovuto lavorare insieme (cosa difficile per due artisti con una diversa visione delle cose), ma io avrei fatto di tutto per tenermelo vicino, e così tentai anche questa follia.

Ho qui davanti agli occhi uno dei quadri che ho dipinto su disegno suo (lui aveva scarabocchiato un abbozzo su un tovagliolo e poi io l'avevo dipinto) ed è inutile negare che è un aborto. Non è affatto nel mio stile. Avevo dipinto (come stregata) una interpretazione piuttosto cretina del nostro primo incontro sulle Tetons: cowboy e cowgirl che cavalcano nel tramonto su prati in fiore, un'immagine più adatta a una di quelle cartoline di auguri pseudohippy che a una mostra di nuovi lavori di Leila Sand. Ma niente paura: se guardo in basso a destra per vedere come è firmato il quadro, non vedo traccia del mio nome, ma solo "Darton Venable Donegal IV", a grosse lettere vermiglie.

In nome della nostra vita in comune, arrivai perfino ad acquistare una casa in Greene Street e ad aprirvi una galleria per giovani artisti, in modo che Dart potesse esporre i suoi lavori (lui diceva che era solo fottuta scarogna, se non era mai riuscito a trovarsi una galleria tutta sua). Dart s'era buttato come un pazzo nei lavori di ristrutturazione dello stabile, e poi nell'organizzazione della prima mostra collettiva e del lancio della galleria – chiamata, in nome del nostro primo incontro, Grand Teton Gallery. Ma poi, appena la cosa aveva dato segni di andare veramente bene, Dart di colpo aveva perso ogni interesse nell'impresa, come sempre accadeva con tutte le cose che gli promettevano quel successo che lui affermava di volere. In qualche modo non riusciva mai a mettere insieme il materiale per una mostra personale, anche se prometteva continuamente che l'avrebbe fatto. (Lui sosteneva che era il *mio* successo a bloccarlo.) E non si occupò mai nemmeno di mandare avanti la galleria, come aveva promesso di fare. Alla fine assunsi una graziosa ragazzetta – che Dart alla fine sedusse – ma nemmeno allora lui *cominciò* a lavorare per la sua personale.

Eppure a volte sapeva essere così tenero, con me, e così affettuoso. Ricordo una volta che aveva girato per tutta la città in cerca di un gesso che io volevo. E ricordo la volta che rimase tutto il giorno all'aeroporto Kennedy, perché aspettavo una spedizione di materiale dall'Italia e lui sapeva quanto ci tenessi che tutto arrivasse in perfette condizioni. Ricordo come si prendeva cura di me quando ero malata, mi portava il tè a letto, mi portava il consommé, discuteva coi medici a proposito di una mia eventuale allergia a questo o quell'antibiotico. Ma adesso sono arrabbiata e non voglio pensare a queste cose: però sono successe e non posso certo cancellarle. Se solo potessi tornare indietro nel tempo, fino all'inizio della nostra storia e riviverne la dolcezza, venderei l'anima al diavolo. È troppo facile lasciare che la fine avveleni l'inizio di un amore, quando si è disgustati da tutti i continui tradimenti. Ma all'inizio, quando speri di aver trovato il Tuo Unico Grande Amore, il mondo ti pare pieno di tenerezza, cammini sollevata da terra, come se avessi le ali ai piedi, e il cuore sembra una palla di elio, gonfia e perfetta.

"Sono solo il tuo specchio," mi diceva sempre Dart al tempo del folle, appassionato inizio del nostro amore, quando scopavamo tutte le notti in giro per il mondo – ma credo che allora non mi rendessi conto di quanto fosse vero.

Dart era una luna che aveva bisogno del sole per risplendere. Sapeva sorridere in un certo modo – testa inclinata da un lato, occhi azzurri scintillanti, bocca con gli angoli rialzati in una specie di antica mezzaluna – da sciogliere il cuore di chiunque. Durante uno dei nostri primissimi viaggi, mentre eravamo seduti uno accanto all'altra annebbiati dallo champagne, affondati nelle poltrone di prima classe di un aereo, ricordo di avere notato il modo in cui Dart mi sorrideva: pareva avesse fatto *le prove.* Era come se qualcuno gli avesse detto quanto era affascinante il suo sorriso e lui lo avesse provato e riprovato davanti allo specchio. Questo, lo pensai i primi giorni, ma poi, naturalmente, me ne dimenticai. Quando stavo stretta al suo cuore, ridotta senza più un filo di buon senso dall'instancabilità del suo cazzo, non lo guardavo più con occhio critico – e il suo sorriso diventava solo un sorriso, le sue cause le mie, i suoi dolori i miei.

Se avessi una macchina del tempo per innamorati e potessi rituffarmi nel passato a mio piacere per rivivere uno dei nostri viaggi, mi chiedo quale sceglierei. Il porto di Hong-Kong al tramonto e le nostre furiose scopate in un enorme letto al Mandarin? O Vivaldi che usciva a fiotti dalla radio, mentre facevamo appassionatamente l'amore nella stanza che era stata di Hemingway, al Gritti di Venezia? O il capanno cadente (fatto di pino di paleria) al Lazy "C" Ranch nel Wyoming, dove scopavamo tutta la notte, felicemente stupiti di avere trovato il nostro partner sessuale? (Dart era il primo uomo che avessi mai conosciuto che come me andasse pazzo per il sesso, che non fosse schizzinoso per sapori e odori, l'unico così giocherellone, vizioso, depravato e selvaggio.)

No... non sceglierei nessuno di quei grandi alberghi, dove sparpagliavamo salviette, lenzuola, sperma, secrezioni viscose e saliva. E non tornerei nemmeno alla prima volta nel paradiso del Wyoming, fatto di pesca con mosche artificiali per esca, cavalcate e focaccine al miele fatte in casa, trota alla griglia e uova strapazzate. Sceglierei invece, abbastanza stranamente, un viaggio che facemmo una volta in Jugoslavia per spendere tutti i dinari bloccati, guadagnati con la vendita dei miei quadri in quel paese.

Mi pare ancora di vedere Dart steso su una spiaggia lungo la costa dalmata (tra Dubrovnik e Spalato, suppongo). Sopra di noi una strada panoramica, intagliata nel calcare. In certi punti si sgretola e crolla, come l'odissea della nostra vita. Sotto di noi sciaborda l'Adriatico. La spiaggia è rocciosa e noi abbiamo steso sugli scogli teli e asciugamani, sui quali è sparpagliata l'attrezzatura da sub coi resti del nostro picnic, fatto di uva, prugne, formaggio, pane e vino rosso fatto in casa, in una sinuosa bottiglia di vetro verde, vergine di etichetta. La spiaggia è deserta e noi due siamo nudi (non spogliati – questo parente più educato della nudità) nel sole abbagliante. Ci stiamo cospargendo a vicenda di lozione solare: prima lui mi unge la schiena con infinita tenerezza, poi io la ungo a lui. Poi lui mi spalma le labbra, i capezzoli, le cosce, le ginocchia... poi mi infila la sua dolce testa ricciuta di ragazzo tra le ginocchia e mi passa lentamente la lingua prima su un lato poi sull'altro del clitoride, spingendo la lingua dentro e fuori da quella cavità in cui vorrebbe risalire, facendomi venire ancora e ancora e ancora, prima di decidersi a farmi mettere in ginocchio e scoparmi brutalmente, quasi dolorosamente, dal di dietro, l'ardore del suo cazzo pari all'ardore del sole che ci brucia. Dopo, stiamo stesi uno tra le braccia dell'altro sulla spiaggia rocciosa, io con la testa sotto la sua ascella, dove annuso l'odore che lega i miei cicli mestruali alla luna, il suo dolce sudore che si attacca in tremule gocce ai riccioletti biondo miele nella curva dell'ascella.

Ricordo i peli ricciuti uno per uno nella luce del sole, la tendenza che la peluria delle sue ascelle aveva ad aggrovigliarsi in piccoli nodi – che poi io tagliavo teneramente, con la forbicina delle unghie; ricordo le volute di peli biondo cenere intorno ai suoi capezzoli, la curva del suo ventre caldo (non piatto come lui vorrebbe, accidenti – l'accidenti è suo, non mio) e quel suo ariete di cazzo, ingannevolmente dolce in riposo, un piccolo bocciolo di rosa che si piega a sinistra e stilla una lacrima di rugiada lucente. Ricordo la forma dei suoi lombi, la vena azzurra che pulsava là dove la gamba si congiunge all'inguine, il pelo dorato sui suoi polpacci, la lunghezza dei suoi tendini. E poi ricordo l'odore un po' buffo di tarlato che aveva la sua bocca, non sgradevole, ma con un che di corruzione ("l'odore di tarlato che ha il denaro vecchio," diceva lui, perché sapeva anche prendersi in giro con spirito). Avevo notato quell'odore all'inizio e poi avevo smesso di notarlo... solo per notarlo di nuovo alla fine.

Attraversammo la Jugoslavia a bordo d'una piccola utilitaria jugoslava, una Zastava, l'unica macchina che fossimo riusciti a noleggiare. Il motore doveva essere fatto di plastica, perché da qualche parte sui monti della Macedonia tirò le cuoia. Scoppiettando, la Zastava si bloccò su una strada di montagna in una regione di fabbriche e miniere infernali, dove pareva che i contadini dalla faccia di cuoio con fazzoletti sudati intorno al collo, estraessero il piombo. Ovviamente non si trattava di piombo, ma quella polvere scura stava sospesa nell'aria come una caligine grigiastra, facendo pensare a gnomi nel regno di Oz e di Ev, a fabbriche sotterranee e regioni dall'infernale bagliore.

Non c'era un'anima che parlasse una parola d'inglese in quella terra infernale e non c'erano autorimesse.

"Per caso hai una gruccia di fil di ferro, tesoro?" mi chiese Dart, alzando gli occhi da sotto il cofano dell'auto, venendo tutto tronfio verso di me, come se volesse essere insignito della Legion d'Onore.

Non gli chiesi certo perché. Anzi, non volevo nemmeno saperlo. Dalla mia costosa valigia a piccolo punto coi bordi di cuoio estrassi la gruccia, come se fossi un'infermiera che assistesse a uno di quegli aborti sul tavolo di cucina della mia gioventù. Ero piena d'ammirazione per quella sua abilità tutta WASP di aggiustare le cose – io che ero cresciuta nelle misere Heights di Washington in mezzo a uomini ebrei che pensavano che quando qualcosa si guastava, si dovesse "chiamare l'omino", inevitabilmente un polacco, o un irlandese o un latino, o comunque uno che apparteneva a quella sottoclasse che esisteva all'unico scopo di risparmiare agli ebrei ogni lavoro manuale. Qualcosa nell'abilità di Dart nell'aggiustare cose come la valvola a farfalla, mi eccitava. Pareva avesse una dimensione sessuale.

E così Dart riuscì effettivamente ad aggiustare la Zastava. Mentre ci allontanavamo scoppiettando nel tramonto jugoslavo, pensai che avevo finalmente trovato la persona che avrebbe aggiustato anche me; il mio compagno, la mia droga, il mio propulsore, il mio amore.

L'amore è la più dolce delle droghe. Quale donna non venderebbe l'anima per il sogno dei due fatti uno, per la dolcezza di fare l'amore al sole sulla spiaggia adriatica con un giovane dio dalle ascelle foderate d'oro? Eravamo compagni, soci, amanti, amici. Io che anche nei miei precedenti matrimoni avevo sempre conservato la mia ossessiva individualità, ora mi abbandonavo alla dolcezza della coppia, della complicità, dell'essere in due uniti contro un mondo di estranei ostili.

Bisogna ammetterlo: le donne famose attraggono furfanti e accattoni. Gli uomini più dolci, quelli normali, sono più timidi ed esitano ad accostarsi. Così ci si guarda attorno e si vede un mondo pieno di Claus von Bulow, di chéri, di Morris T., insomma un mondo di cacciatori di dote, gigolò e imbroglioni. Gli uomini per bene, proprio perché sono per bene, esitano... e in amore, come in guerra, chi esita è perduto.

La vera chiave per capire Dart era suo padre, anche se io mi rifiutai di ammetterlo per quasi cinque anni. Darton Venable Donegal III era una canaglia cacciatore di dote vecchio stile. Henry James avrebbe potuto rendergli giustizia – o anche Dickens. Era alto uno e ottanta, capelli bianchi, viso rosso, e assolutamente incapace di qualsiasi emozione umana. Parlava come una persona, pareva una persona, mangiava come una persona, ma più lo conoscevi (una contraddizione nei termini, visto che era fondamentalmente inconoscibile), più ti rendevi conto che stava impersonando un essere umano, come certe malvage forme di vita che nei racconti di dozzinale fantascienza fingono di essere umane.

La prima volta che incontrai il padre di Dart in carne e ossa, era il giorno del Ringraziamento del primo anno che Dart e io stavamo insieme. Eravamo stati invitati – o meglio convocati – alla villa dei vecchi Donegal a Philadelphia per prendere parte a quella autentica festa americana. Devo ammettere che la mia infanzia ebraica in Dickman Street mi ha lasciato un'eterna, affascinata curiosità per le antiche usanze WASP. Quando scopavo Dart, non scopavo semplicemente un uomo, scopavo la storia americana, il mito del MAYFLOWER, il passato coloniale. Mentre i miei antenati spezzavano con le mani il loro pane di segale in Ucraina, quelli di Dart sceglievano in mezzo a una pletora di forchette d'argento e prendevano il tè alle Colonial Dames d'America. Questa analogia che riguarda il modo di stare a tavola era perfettamente calzante, perché anche se la famiglia di Dart era in declino (come solo i WASP socialmente importanti possono esserlo), aveva ancora abbastanza argenteria e porcellana cinese per servire presidenti e re – nell'improbabile eventualità che qualche presidente o qualche re andasse a trovarli.

Comunque, non arrivarono né presidenti né re. Ma solo il loro figlio venticinquenne e la sua innamorata trentanovenne. Dart era solleticato dalla gelosia del padre nei miei confronti (il padre di Dart infatti conosceva e apprezzava il mio lavoro). Avere venticinque anni e portare a casa un'amante più vicina alla generazione dei genitori che alla propria, è una specie di trionfo, un'ostentazione di superiorità che non mancava di avere il suo effetto su di me.

Capii la gioia di Dart quando mi portò a cena a casa sua e io dovetti constatare che suo padre aveva la peggio, nel confronto, perché continuava a lasciare cadere gli oggetti: argenteria, hors d'oeuvres bollenti e alla fine anche un bicchiere da vino di cristallo di Baccarat, i cui frantumi scintillanti dovette raccattare con elaborata raffinatezza.

La casa dei genitori di Dart era disordinata e piena di vecchiume. Mi faceva pensare ai fratelli Collier. Sedie di finto cuoio strappato stavano sotto ritratti ovali di antenati di famiglia. Antichi pezzi Chippendale erano fianco a fianco con sedie pieghevoli di K-art. La stoffa dei mobili imbottiti era ridotta a brandelli grazie alla solerte opera dei quattro gatti di famiglia, Catullo, Petronio, Bruto e Giulio Cesare (chiamati rispettivamente Cat, Pet, Brute e Julie).

Quando entrammo in soggiorno, il padre di Dart era in ginocchio davanti al camino, intento a riattizzare il fuoco (cosa in cui i maschi di famiglia sembrano piuttosto bravi).

Balzò in piedi e si vide subito che il vecchio Darton era più alto del suo già alto figlio.

"Bene, ragazzo mio," disse stringendo energicamente la mano di Dart, "fa' le presentazioni."

"Leila Sand," disse Dart, tutto fiero di scopare con un nome famoso.

"Bene, bene," disse il vecchio Darton. "Quale onore!"

Mi sedetti vicino al fuoco, su una poltrona di finto cuoio rosso (la cui imbottitura sembrava quanto mai vogliosa di uscire a vedere la luce del giorno), e i due Darton padre e figlio andarono in cucina a prendere i drink e le tartine. Mi gustai la scena, così esotica per me, dato l'ambiente da cui provengo, quanto i palazzi gemelli del sultano del Brunei.

La formalità tra Darton III e Darton IV, i mobili frusti, i pezzi antichi Chippendale, l'odore diffuso di naftalina e di piscia di gatto... Tutto per me parlava di waspismo – e il profumo che ne emanava era un afrodisiaco, quanto probabilmente il mio ebraismo lo era per Dart.

Il salotto dell'appartamento cittadino guardava su un giardinetto con una fontana nel mezzo, in cima alla quale un piccolo Eros rabbrividiva intirizzito nell'aria gelida. C'era una luce invernale, ma nella stanza faceva un bel calduccio. Sentii nostalgia di Dart. La nostra unione fisica era tale, che se lui non era nella stessa stanza per più d'un momento, mi sentivo subito esclusa. Quando eravamo insieme, ci tenevamo sempre per mano, ci toccavamo le ossa iliache, ci sfioravamo. Quando ci toccavamo, pareva entrassimo in un luogo primordiale, dove niente importava se non il fatto di toccarci. Era la sensazione più forte che avessi mai provato e cancellava ogni discriminazione, giudizio, senso del tempo.

Comparve la madre di Dart.

Anche se Dart mi aveva avvertito che era obesa, non ero affatto preparata alla sua vista. Era una donna dalle spalle larghe, che pesava forse centocinquanta chili, con un visetto pallido da bambina che si perdeva nei doppi e tripli menti. Portava i bei capelli biondo cenere come doveva portarli quando aveva sette anni: trattenuti ai due lati del viso da una sbarretta di tartaruga; e sul viso aveva l'inconfondibile espressione d'una bambina che ha appena rubato la marmellata. Indossava un abito informe di crêpe nero, con una fila di lustrini intorno alla scollatura rotonda e ai piedi aveva degli stivaletti di capretto bianco, da bambina. Quando si sedette sul divano – cosa che fece immediatamente – la grassezza le impedì di incrociare le gambe o di tenerle unite, perciò rimase con le ginocchia aperte lasciandomi vedere le mutande antiquate e un pezzo delle cosce carnose.

"Bene, salve," disse con una vocina dolce, affogata nella ciccia. A sessant'anni era più infantile delle mie figlie di sei, come se in lei qualcosa si fosse fermato e il corpo fosse invecchiato, mentre la mente fosse rimasta allegramente, o meglio ostinatamente, nell'infanzia. "Non voglio crescere," pareva dicessero i suoi occhi azzurri. Vidi subito la somiglianza tra lei e suo figlio, la stessa determinazione a rimpinzarsi di leccornie – fino alla nausea, se necessario – solo per dimostrare che facevano quello che volevano.

"Allora, dov'è il mio drink?" chiese petulante Mrs Donegal. "E dove sono le mie tartine?"

Mi guardò. Provai la vaga sensazione di dovermi scusare.

"Ven! Ven!" strillò lei con una melliflua scala ascendente. "Veeen!" Ven era il diminutivo del padre di Dart. (Mrs Donegal veniva chiamata Muffie, diminutivo di Martha, e Dart, per i suoi, era Trick, per via di qualche etimologia di linguaggio infantile che non avevo afferrato bene.) Nelle famiglie ebree non esistono questi problemi di nomenclatura. A quel tempo trovai la cosa enormemente pittoresca. "Ven", "Muffie" e "Trick": non erano nomi che capitava di sentire spesso, nelle Heights di Washington.

Mr Donegal arrivò con le tartine, sistemate su quei vassoietti di alluminio a scomparti, che si usano per scaldare i pasti pronti surgelati, a loro volta appoggiati su un enorme vassoio d'argento inglese stile rococò. Erano piccole ghiottonerie calde di vario genere, tipo tartine di caviale, pâté de foie gras e salmone affumicato. Ce n'era abbastanza per sfamare una dozzina di persone.

Mrs Donegal presiedeva alla distribuzione delle tartine. Era chiaro che non ci si poteva servire da soli.

"Vuole del caviale, cara?" mi chiese Mrs Donegal. E senza aspettare risposta, mi passò una tartina, con il seguente commento: "Mangio caviale dall'età di tre anni, che fu appunto quando mammina me lo fece assaggiare per la prima volta. Finii tutto il vasetto di Beluga col cucchiaino della pappa. Può immaginare come si arrabbiò la tata! Ma mammina disse: 'Non la punisca, Nurse Frith – era la mia prima tata – non è mai troppo presto perché una ragazza impari ad apprezzare il Beluga...' "

Risi un po' forzatamente. La storia era così palesemente preparata – come se fosse già stata raccontata infinite volte in simili circostanze, sempre per la stessa ragione. Era una specie di codice, e io lo avevo decifrato subito. Voleva dire: "Sono nata ricca, eccentrica e viziata e spero che troverai la cosa deliziosa, perché è il mio unico asso nella manica. Mangiavo il caviale da bambina e adesso lo mangio ancora e sono ancora una bambina."

"Ah, ah," risi. "Ah, ah."

Mrs Donegal parve non accorgersi della vacuità della mia risata. Felice di avere un nuovo pubblico per le sue vecchie storie, continuò a parlare del gusto di mammina in fatto di caviale, del suo debutto da ragazzina allo Stork Club, del suo viaggio di nozze in Europa con Ven (la Delahaye s'era rotta sulle Alpi) e di quanto era caruccio Trick da piccolo. Per tutto il tempo non fece che fumare Pall Mall a catena, deglutire martini e infilarsi in bocca una tartina dopo l'altra.

Dart mi aveva detto che sua madre dormiva tutti i giorni fino alle cinque, praticamente non usciva mai di casa ed era atterrita da quello che avrebbe trovato nel mondo esterno, dal quale s'era ritirata poco dopo la nascita del figlio. M'ero aspettata di trovarla strana, ma la sua stranezza superava tutte le mie previsioni. Non che fosse sgradevole... anzi... solo che sembrava che recitasse brani di commedie, provati e riprovati innumerevoli volte.

"I cartoncini!" disse Mr Donegal. "Abbiamo dimenticato i cartoncini!" Dopodiché andò sulla veranda quasi impraticabile, zeppa com'era di giornali, scatole, elettrodomestici mai aperti e abiti, per tornarne con una serie di buste di varie dimensioni e due scatole di cellofan del fiorista.

"Oh, Ven! Che *dolce* da parte tua!" esclamò Mrs Donegal.

"Una per te. E una per lei!" disse Mr Donegal porgendo a ciascuna delle due signore presenti una scatola da fiorista.

Aprii la mia con trepidazione, non solo perché detesto i bouquet da appuntare sul petto, ma anche perché indossavo un abito di camoscio molto delicato, che si sarebbe certo rovinato se l'avessi trapassato con una spilla. Nella scatola c'era un mazzolino di rose tropicana un po' vizze, legate con nastrini arancione e oro.

"Oh, grazie!" mentii. Mrs Donegal aveva un mazzolino identico, che parve riempirla di giubilo. Se lo appuntò immediatamente, con il gambo rivolto di sghembo verso i grandi seni tremolanti.

"Che carino!" disse. "E adesso vediamo i bigliettini!"

Mi misi a giocherellare col mio bouquet, sperando che nessuno si accorgesse che non me l'ero messo. Niente da fare. Mr Donegal si fece avanti ad appuntarmelo sul petto, rovinandomi l'abito di camoscio e dandomi una rapida ma inequivocabile palpatina.

"Felice giorno del Ringraziamento alla mia cara moglie..." leggeva Mrs Donegal ad alta voce. "In questo giorno, mia carissima moglie, ti esprimo la mia riconoscenza, perché sai fare di ogni festa motivo di gioia e di allegria. Senza di te la vita non sarebbe divertente, perciò ti saluto, mia adorata. Felice giorno del Ringraziamento dal tuo Ven..."

Come a un segnale, Mr Donegal si chinò a baciare la sua immobilizzata mogliettina.

"Oh, Ven," disse lei, "che tesoro..."

"Mai come te," disse Ven, come se recitasse a memoria.

"Che bella famiglia siamo!" esclamò Mrs Donegal.

Dall'espressione dei due visi maschili, si capiva subito che quella scenetta era stata recitata più d'una volta.

Mrs Donegal procedette con la lettura degli altri cartoncini d'auguri del marito, tutti altrettanto zuccherosi e ipocriti. Lei sembrava sinceramente commossa dai sentimenti espressi. Era la prima volta che vedevo qualcuno prendere sul serio dei biglietti d'auguri ed ero davvero stupefatta. Ero cresciuta in un mondo in cui sentimenti del genere erano motivo di grande ilarità. Al tavolo della *mia* famiglia la regola erano caustico umorismo e frecciate ironiche. Mi ero sempre chiesta chi comperasse quei bigliettini d'auguri: ora lo sapevo.

A un certo punto, prima di cena, Dart scomparve ai piani superiori della casa e per un po' non si fece più vedere...

Io rimasi sola alle prese con l'arduo compito di fare conversazione con Ven e Muffie.

La cosa più strana di quella coppia era che la loro conversazione pareva sempre riguardare cose accadute prima del 1947. A lei piaceva parlare della scuola di Miss Porter, della festa del suo debutto, del viaggio di nozze – due anni di baldoria in Europa – mentre a lui dei tempi di Princeton, del club, degli allegri scherzi dei compagni di classe e di come aveva quasi fatto la *Rivista* della facoltà di legge ad Harvard. In quella casa il tempo si era fermato. Da un momento all'altro sarebbero potuti entrare personaggi dickensiani, come Miss Havisham o Mr Micawber. Non c'era da meravigliarsi che l'unico figlio fosse sparito in bagno, e, a quanto pareva, non avesse più intenzione di riemergere.

Sentii compassione per Dart, che aveva dovuto farsi una vita partendo da un materiale così poco promettente. In realtà era un orfano, perché non c'era nessuno in casa che potesse occuparsi di lui. I suoi genitori erano tutt'e due prigionieri del passato.

"Abbiamo molti artisti in famiglia," disse Mr Donegal. "Non mi stupisce affatto che lei e Trick andiate così d'accordo. Oltre a Trick, c'era zio Wesley – vero Muffie? – che era un famoso paesaggista del Vermont." Ven mi indicò un tormentato quadretto con un ponte coperto, appeso sopra il caminetto. "E poi c'era zia Millicent, che faceva dei nudi."

"Non solo quelli," disse Muffie, roteando gli occhi con aria di disapprovazione. "Faceva anche altre cose."

"Mrs Donegal intende riferirsi al suo periodo lesbico, immagino, durante il quale dipingeva signore in varie pose, diciamo così, compromettenti..." si premurò di informarmi Mr Donegal.

"Diciamolo pure," fece Mrs Donegal.

"Mrs Donegal ritiene che il sesso orale sia una moda superata," disse Mr Donegal, sbirciandomi lascivo. "Lei che ne pensa?"

Arrossii. Chissà perché, Mrs Donegal mi faceva pensare a quella battuta di Enid Bagnold, che diceva: "Ai *miei* tempi, solo le negre avevano degli orgasmi..."

"Be', ehm..., ha avuto i suoi adepti nel corso della storia. Gli antichi greci, per esempio..."

"È *perrrfetta* per Trick," esclamò Mrs Donegal. "Sono le uniche due persone al mondo capaci di parlare di antichi greci e sesso orale nello stesso istante."

Proprio in quel momento Trick (o Dart) ricomparve, imbambolato come un prosciutto natalizio. Qualunque cosa avesse fatto nel cesso, non era certo qualcosa che si comperava alla luce del sole.

"Ven, è pronta la cena?" chiese Mrs Donegal.

"Non ancora, mia cara," rispose Mr Donegal. "Le ragazze si stanno ancora affaccendando."

La conversazione languiva. Nel dubbio, sta' zitta, mi dicevo. Di solito ho la battuta pronta, ma in quel momento non mi veniva in mente un accidente di niente da dire. Forse era l'odore diffuso di waspismo, i gatti, i discorsi o la vodka liscia che avevo bevuto col caviale, ma tutto quello che mi veniva in mente erano banalità di saggezza distillata, tipo "Per un punto Martin perse la cappa", oppure "Risparmiare i centesimi e sperperare le lire". Cosa diavolo c'era nei Donegal, che mi faceva parlare come l'*Almanacco del povero Riccardo*? (Anche se durante la mia egira ero stata sposata a un erede WASP, era stato negli anni sessanta, quando tutti facevano a gara a buttare alle ortiche la tradizione. E ora, negli anni reaganiani, quella roba veniva di nuovo presa sul *serio*. Stranamente, mi ero adeguata.)

Arrivò la cameriera ad annunciare che la cena era servita. Era una brunetta sui diciotto anni dall'aria scontrosa, con addosso un miniabitino di poliestere bianco, con l'orlo storto. Ai piedi portava stivaletti bianchi da cowboy, di plastica, e sui capelli lunghi e arruffati aveva un grande fiocco bianco. Aveva l'aria di essere stata assunta attraverso l'ufficio di collocamento del riformatorio locale.

"La cena è servita," disse la ragazza masticando una gomma.

Mr Donegal si alzò (era seduto sul divano sfondato accanto alla moglie) e nel farlo, dallo smoking di velluto verde gli scivolò fuori un pacchetto di preservativi. "Excita", c'era scritto sul pacchetto a vistose lettere rosa. Io lo vidi. E lui vide che l'avevo visto, e mi guardò con aria di sfida, rimettendoselo in tasca. Fu un attimo, come dicono a teatro. Quale aforismo recitava l'*Almanacco* in questo caso?

Così andammo a cena. Entrammo nella formale sala da pranzo, con la tavola apparecchiata in modo elaborato con una foresta di bicchieri da vino di cristallo molato, un'abbagliante varietà di forchette e cucchiai, candelabri gemelli d'argento ornati di palline natalizie rosse e verdi.

"Ringraziamo il Signore," disse Mr Donegal, prendendo la mia mano e quella di suo figlio. Con l'altra mano strinsi la mano di Mrs Donegal, che a sua volta stringeva quella di Dart.

Chinammo la testa.

"Padre celeste, ti siamo sinceramente grati per quanto stiamo per ricevere e promettiamo di badare sempre ai bisogni degli altri. Ti ringraziamo per tutti i doni che ci hai concesso nell'anno passato e che ci concederai in quello a venire... Amen."

Pensai ai preservativi. Mr Donegal alzò lo sguardo e ficcò i suoi scintillanti e maligni occhi azzurri nei miei. Era sicuro che non avrei detto niente. Non era certo una casa in cui ci si metteva l'anima a nudo. L'aria era pervasa da uno strano gas che impediva alla gente di dirsi fastidiose verità. La conversazione si trascinava scivolando sulle palline di melone, le palle di Natale, cose di routine. Mr Donegal tornò sull'argomento dell'arte, in cui si dichiarava un esperto. Mi chiese cosa ne pensassi di Elisabeth Vigée-Lebrun, Mary Cassatt, Berthe Morisot, Rosa Bonheur. Dissi che le ammiravo molto tutte quante. Allora lui mi chiese se le artiste donne erano ancora discriminate. Io gli risposi che la discriminazione esisteva sempre, ma sotto nuove forme.

Dart mi guardava con adorazione e ammirazione. Quando tenevo testa a suo padre, il suo amore non conosceva limiti. Avevo la sensazione, come mi è capitato spesso in vita mia, di essere su un palcoscenico, in una commedia surreale. Spesso la vita sembra terribilmente strana e le azioni più banali – come una cena per il giorno del Ringraziamento, per esempio – possono essere più strane di un viaggio nello spazio. Mi sento come il visitatore d'un altro pianeta, che osserva il rituale umano con stupore e incredulità.

"Ti amo," mi disse a lettere mute Dart, dall'altro capo del tavolo.

"Ti amo," risposi allo stesso modo.

"Be', ragazzo mio, che hai fatto ultimamente," chiese Mr Donegal al figlio, "oltre che far felice la nostra Leila?" Il tono era d'accusa. Mr Donegal stava accusando il figlio di essere un gigolò: era la padella che diceva al paiolo, fatti in là che mi tingi. Dart prese la dovuta aria frustrata e sulle difensive che la circostanza richiedeva.

"Ho cercato di mettere ordine negli affari di Leila," disse. "Stiamo pensando di aprire una galleria in Greene Street."

"Che splendida idea," disse Mr Donegal. "Ottima, ottima davvero. Per un'artista come lei, avere la sua galleria personale è davvero un'ottima cosa."

"Ma non pensavo alla galleria per il *mio* lavoro," dissi. "Ho già un gallerista che si occupa di vendere le mie cose... la McCrae Gallery. Era per Trick, e altri giovani artisti, per cercare di lanciarli..."

"Ma è splendido," disse Mr Donegal. "Lei ha proprio l'aria d'una vera donna d'affari, Leila... una qualità ammirevole, specie in un'artista." (Mr Donegal diceva spesso le cose come se fosse lui l'arbitro definitivo.) "Cosa ne direbbe se le rivelassi che ho un'ottima proposta d'affari da farle?"

"Oh, no!" mormorò Mrs Donegal. Ma Ven continuò imperterrito.

"Se lei mi affida anche solo cinquantamila dollari da adesso a gennaio, penso di farle triplicare il capitale."

Dart gemette e guardò sua madre. Mrs Donegal sembrava più pallida del solito.

"Un altro dei tuoi piani balzani per ridurci all'ospizio," disse.

"Sciocchezze, Muffie cara, è il mio sistema per conservare il capitale. Se vuoi davvero diventare ricca, bisogna pur correre qualche rischio, di tanto in tanto. Mrs Donegal crede che quelle camicie imbottite che stanno dietro gli sportelli della Morgan Bank sappiano veramente cosa farne del denaro. Ma se riescono appena a star dietro al tasso d'inflazione!" (Mi piaceva molto come Mr Donegal pronunciava la parola camicie; ci metteva una sillaba in più, in modo che diventava camiiiicie. Aveva la voce che sapeva di denaro: la voce che Gatsby avrebbe sempre voluto avere e che non riuscì mai a comperarsi.)

"Cosa ne farebbe del denaro?" chiesi.

"Be', lo triplicherei in meno di tre mesi investendolo in operazioni a termine nella nafta da riscaldamento, come ho intenzione di fare col mio..."

"Dovrai passare sul mio cadavere," bisbigliò Mrs Donegal, in modo appena percettibile. "Hai già perso abbastanza quattrini."

"Dobbiamo proprio parlare di soldi il giorno del Ringraziamento?" intervenne Dart. "Lo trovo di pessimo gusto."

"I giudei non sono mai diventati ricchi preoccupandosi del cattivo gusto," disse Mr Donegal. Mi diede un'occhiata e si corresse: "Volevo dire gli ebrei."

"Giudei non è mica una parolaccia, Mr Donegal," dissi, mentre la cena mi restava nel gozzo, come vomito che stesse per salire. Volevo dire a Mr Donegal che la sua immediata associazione degli ebrei con il cattivo gusto e l'avidità di denaro, era non solo antisemita ma anche un cliché indegno della sua intelligenza, ma non mi uscirono le parole. Mi sentivo debole e stordita. Avrei voluto essere altrove. Era la solita storia, quando qualcuno faceva battute antisemite; sentivo l'impulso di correggerlo con enfasi e allo stesso tempo provavo un gran mal di stomaco, per cui non ci riuscivo mai. Qual era la risposta? Percorsi con l'alluce la gamba di Dart sotto il tavolo. Mrs Donegal prese il campanello di cristallo e lo agitò per chiamare Miss Riformatorio. La cena del giorno del Ringraziamento era in pieno svolgimento. Dopo le palline di melone, venne servito un enorme tacchino. La serata si stendeva davanti a noi, sconfinata come il Sahara. Mr Donegal si mise a trinciare il tacchino come se stesse facendo un sex show dal vivo. C'era qualcosa di osceno nel modo in cui manipolava le cosce, facendole staccare alla giuntura, per poi tagliarle via con un coltello affilato.

Insoddisfatta di ciò che accadeva nel presente, Mrs Donegal si rifugiò di nuovo negli anni quaranta, l'ultimo decennio in cui s'era sentita a suo agio, e iniziò a raccontarci che era stata una ragazza manifesto per l'USO, durante la guerra.

"Sì," disse Mr Donegal, "mentre io rischiavo la vita nel Pacifico, Mrs Donegal posava nuda per degli artisti lascivi." L'idea di Mrs Donegal che posava nuda non collimava con nessun genere di lascivia.

"Lui *voleva* che io posassi nuda," disse Mrs Donegal. "Ma io non lo feci."

"Sì, sì, cara," fece Mr Donegal, fingendosi geloso, sia pure in modo poco convincente.

Mrs Donegal, tutta compiaciuta, triplicò i suoi menti e sorrise civettuola. Mr Donegal le strizzò l'occhio in una parodia di flirt stile anni quaranta e la discussione a proposito delle operazioni a termine venne dimenticata. La coreografia della danza rituale del loro matrimonio era stata stabilita molto tempo prima ed era tanto improbabile che cambiasse, quanto i numeri di uno stanco ma collaudato musical da un pezzo in cartellone. Erano amici intimi di tavola, amici da cartoncino d'auguri e complici nell'autoillusione. Ogni buon matrimonio è in parte una folie à deux, ma quello aveva vinto la palma del successo d'una vita. Era come se Miss Havisham si fosse unita con Mr Micawber.

Dopo cena, Mr Donegal insistette per portarmi a fare il giro dei cimeli di famiglia. Mentre Dart si raccoglieva con sua madre in intima comunione, io mi trascinai di malavoglia dietro a Mr Donegal per stanze e stanze di scatole, anticaglie zeppe di ragnatele, pigne di giornali, scaffali incurvati dal peso, zeppi di libri polverosi e armadi pieni fino a scoppiare di roba di tutti i generi. Ogni oggetto davanti al quale Mr Donegal indugiava doveva illuminare di gloria la famiglia. C'era l'elmetto del padre, della prima guerra mondiale, il sorridente ritratto di nozze della madre irlandese, il fregio che stava sul cofano della famosa Delahaye che aveva tirato le cuoia sulle

Alpi, una veduta aerea della precedente villa di famiglia a Philadelphia (liquidata da tempo per pagare le tasse di successione). Alla fine salimmo nell'attico, un ammuffito emporio pieno di polverose rastrelliere di abiti. In pratica era un museo del costume, in cui si stipavano tutti gli abiti senza corpo degli antenati dei Donegal: abiti degli anni venti, uniformi della prima guerra mondiale, abiti da sposa, redingote. Se gli abiti si fossero per magia riempiti dei corpi di tutti quegli scomparsi Venable, Donegal e Darton – che danza macabra!

Mr Donegal sollevò un abito anni venti sottile come un raggio di luna, tutto scintillante di perline.

"Di mia madre," disse Mr Donegal. "Non vorrebbe provarselo?"

"Oh, no, grazie," dissi.

"La prego," insistette lui. "Mi farebbe talmente piacere vederlo addosso a qualcuno."

"Non credo che mi andrebbe bene," ribattei.

"Ma certo che le andrà bene," disse Mr Donegal. "Era sottile come lei... e anche lei aveva capelli tiziano, biondo veneziano, come diceva lei. Sarebbe un onore per me fargliene dono."

Lui era insistente e io temevo di sembrare sgarbata, così presi l'abito, sparii dietro una fila di abiti, mi tolsi il vestito di camoscio (bouquet compreso) e sollevai con cura sopra la mia testa quella guaina polverosa e scintillante. Ero così intenta a non rompere quel cimelio, che non vidi (o non sentii) Mr Donegal insinuarsi alle mie spalle. Prima di accorgermene, una delle sue mani era sul mio seno e l'altra sull'inguine. Infilò rapidamente l'indice sotto la chiusura del mio body di pizzo color crema e me lo passò scherzosamente sul clitoride. Lanciai uno strilletto, ma ero immobilizzata perché avevo tutt'e due le braccia alzate per il timore di rompere l'abito.

"La prego!" dissi attraverso la stoffa sottile, ma Mr Donegal mi ignorò. Ora mi si premeva addosso e sentivo la sua erezione, curiosamente curva come quella del figlio. Lasciai cadere l'abito, un mucchietto di polverosi raggi di luna, e schizzai dietro un'altra rastrelliera di abiti, dove rimasi immobile, aspettando che Mr Donegal venisse a reclamarmi. Mi venivano in mente immagini di caccia alla volpe e io ero la volpe atterrita in attesa che i cani annusassero l'odore della mia paura. Passarono quaranta secondi, ma Mr Donegal non arrivava. Avevo il respiro aspro e corto – un misto di paura e, devo osare dirlo? eccitazione sessuale. Aspettavo rabbrividendo nel mio body di pizzo finché alla fine capii di essere rimasta sola nella stanza.

Tremante, umiliata, ritrovai la strada fino al mio abito di camoscio, me lo misi, mi ricomposi e scesi di sotto.

In salotto mi trovai davanti a un quadro di Hogarth della famiglia Donegal che chiacchierava tranquilla intorno al fuoco, come se niente fosse.

Mr Donegal stava accarezzando l'abito di sua madre, che teneva amorevolmente in grembo, come un cucciolo. Pensai che l'intera famiglia doveva essere completamente pazza – e pericolosa, per giunta – e che avrei dovuto scapparmene via subito. Purtroppo non ascoltai il mio istinto.

Mentre scendevo in mezzo a loro, Mr Donegal si alzò e mi tese l'abito scintillante.

"Un piccolo ricordo del nostro incontro," disse, sostenendo il mio sguardo.

"Non posso..." dissi.

"Sciocchezze," disse Mr Donegal. "Lei deve. Le va alla perfezione."

Presi l'abito, con la sensazione di essere pericolosamente oltre le mie capacità di comprensione.

Sulla via del ritorno a Roxbury da Philadelphia, Dart era desolato e contrito.

"Sono mortificato che ti abbia chiesto del denaro," disse.

"Non preoccuparti," dissi. "Capisco cosa vuoi dire, quando parli di lui. Non è facile stargli dietro."

"Non hai visto che la metà," disse Dart. "Tanto per cominciare, non ha mai combattuto nel Pacifico: è un'invenzione totale. E poi, lo sai che una volta è stato in prigione?"

"La cosa non mi sorprende," dissi. Ma dopo avere sentito la storia che Dart mi raccontò delle malefatte del padre (aveva sottratto il denaro di un cliente ed era stato espulso dall'albo), non ebbi il cuore di raccontargli quello che era successo in soffitta. Mi chiesi quasi se era successo davvero o se mi ero immaginata tutto, evocandolo dalla polvere e dai raggi di luna.

"Voglio essere un brav'uomo per te," disse Dart/Trick, con le lacrime che gli rigavano le guance. "Non voglio essere come mio padre." E credo che fosse sincero. Ma tra gli uomini e i loro padri, l'intenzione è l'ultima cosa che conti.

3

Ballata della donna forte

Senza un padre che mi guidi,
Né una madre che mi curi,
Tutta sola porto i miei guai.
Senza un fratello con cui spartirlo,
Questo fardello tutta sola devo portare.

Bessie Smith

Non sono sempre stata la regina di Soho e di Litchfield County. Sono cresciuta povera, nelle Heights di Washington, con una madre che aveva l'abitudine di farsi arrestare davanti ai luoghi più strani, come la Casa Bianca, le Nazioni Unite, il consolato russo, durante dimostrazioni per i Rosemberg e un padre che faceva gioielli in argento nell'Ottava Strada, che era un beatnik e un hippy molto prima che queste parole venissero inventate e un alcolista molto prima che tutti sapessero che bere non è solo uno svago innocente.

Insomma, vengo da una "famiglia disfunzionale", per usare la terminologia in voga oggi. (A volte mi chiedo se esista un altro tipo di famiglia. Nessuno che io conosca viene da una famiglia funzionale, qualunque sia l'anomalia.)

Mio padre era un elemento fisso del Village e di Provincetown fin dagli anni trenta. Dolph Zandberg, nato nel 1900, morto nel 1982, l'anno in cui ho conosciuto Dart. Dolph era marxista negli anni trenta, oppositore alla guerra negli anni quaranta, accanito consumatore di erba, alcool e funghi negli anni cinquanta e una leggenda del Village negli psichedelici anni sessanta. Conosceva tutti, da Edmund Wilson a Ken Kesey, da Henry Miller a Jackson Pollock. Alle frange di ogni movimento di frangia del ventesimo secolo (come l'uomo di duemila anni di Mel Brooks), mio padre poteva dire di tutte le eroine della controcultura, da Louise Nevelson a Margaret Mead: "Tesoro, con quella ci sono stato." Lui e mia madre, Theda (da Theda Bara, naturalmente), hanno costituito uno dei primi "matrimoni aperti". Non che il loro abbia funzionato meglio di quelli che sono venuti dopo. Era tenuto insieme dalla dubbia colla dell'alcool, della dottrina marxista e di me, solitaria figlia unica, nata quando mio padre aveva quarantaquattro anni e mia madre ventinove, quasi una vecchia zitella, per i suoi tempi.

Oh, so bene che Dolph e Theda devono avermi adorato, come io del resto adoro le mie due gemelle, Edwina e Michaela, ma questo non significa che sapessero amarmi in modo sano. Anzi, sono sicura che non sapessero nemmeno cosa fosse la salute. Narcisisti com'erano, tutti presi dal dramma del loro tempestoso matrimonio, a volte mi ignoravano e a volte invece mi trattavano come la *Wunderkind* del mondo occidentale.

A quattro anni, non facevo che disegnare, disegnare, disegnare. Non riesco quasi a ricordare momenti in cui *non* stessi disegnando. Riuscivo sempre a "cogliere la somiglianza", come diceva mio padre. E fin dall'inizio gli rubai tutti i trucchi: sculture Origami di carta, filo d'argento piegato come fosse caramella mou; collage fatti con stoffa, carta, pezzi di giornale, plastica e seta.

Quando sostenni l'esame alla Music and Art avevo dodici anni ed ero più brava della maggior parte degli insegnanti e loro lo sapevano. Gli oh! e gli ah! davanti alla mia cartella di disegni si sprecavano. Frequentavo la Music and Art ai vecchi mitici tempi in cui i miei compagni di scuola erano future leggende, come Charlie Gwathmey, Isadora Wing e Tony Roberts. Non ero particolarmente felice in quella scuola, ma chi è felice a quindici anni?

Isadora: Meglio dirla giusta, cara, se hai davvero l'abominevole intenzione di mettermi nel tuo romanzo come un personaggio reale!

Leila: Allora, chi è il vaso e chi è il vasaio?

Isadora: Nel dubbio, ti metti a citare Omar Khayyam. Il fatto è che sai maledettamente bene di avere dato alla Nostra Eroina una versione alla rovescia dei tuoi anni di liceo. Tu eri brava, perciò l'hai fatta cattiva. Qualsiasi lettore riesce a individuare questi rovesciamenti romanzeschi a un miglio di distanza. Dovrai inventare qualcosa di meglio.

Leila: Aspetta, il meglio deve ancora arrivare.

La M&A allora si trovava in cima a una collina che pullulava di ubriaconi, tra la Centotrentacinquesima Strada e Convent

Avenue e per andarci prendevo la sotterranea, che pullulava di esibizionisti, in Dykeman Street. La scuola era avvolta in un *gemütlich* alone di marijuana e jazz nero.

Alla M&A imparai quattro cose: che Bessie Smith sapeva tutto quello che c'era da sapere sulle donne; che i neri avevano la chiave magica per il cuore di tenebra dell'America; che la Terra della Scopata costava cara ma ne valeva la pena; e che un artista è un eterno paria e un ribelle nell'America borghese... checché se ne dica.

Alla M&A mi vestivo sempre di nero (dalle calze al berretto a calza), fumavo Gauloise e per boyfriend avevo un bel ragazzone alto di Harlem, che si chiamava Snack – un sassofonista che mi ha insegnato tutto sul jazz, sull'erba e sul sesso. Cambiai il mio nome da Louise Zandberg in Leila Sand (con grande orrore di mio padre e delizia di mia madre: Georges Sand era una delle sue eroine predilette), imparai a truccarmi gli occhi col kajal, a mettermi il rossetto sui capezzoli (non che i miei rosei capezzoli di quindicenne ne avessero bisogno) e mi tagliai i capelli a caschetto, come Louise Brooks (uno dei miei primi idoli). Avevo i capelli d'un rosso preraffaellita (rosso tiziano, o veneziano, come diceva Mr Donegal), ma lo stile era puro anni venti. Ero la piccola del Greenwich Village, cliente abituale del Peacock, del White Horse, del Lion's Head, visto che facevo la spola tra Dykeman Street, dove viveva mia madre (in un caos e in uno squallore crescenti) e l'Ottava Strada, dove abitava mio padre, sopra il suo negozio.

Quando io avevo circa dodici, tredici anni, la follia di Theda aveva già fatto scappare Dolph. Lui aveva un'amante, di nome Maxine, che a volte stava con lui sopra il negozio e cercava invano di accattivarsi le mie simpatie col suo affetto pseudomaterno. Io però ero una ragazzina intransigente e devo averle dato parecchio filo da torcere – almeno quanto a mia madre. Odiavo mia madre, ma ero assolutamente solidale con lei per quanto riguardava Dolph e Maxine.

Imbronciata, silenziosa, sempre vestita di nero – scortata da un boyfriend nero – ero la classica ragazzina incubo dei genitori. Camminavo per l'Ottava avvolta nella nuvola di fumo delle mie Gauloise, con una copia dell'*Essere il nulla* stretta sotto il braccio che non era allacciato intorno alla vita di

Snack, mentre lui, a sua volta, portava il sassofono e un coltello a serramanico. Snack era alto uno e novantotto (mi sono sempre piaciuti gli uomini alti) mentre io ero (e sono tuttora) alta un metro e cinquantadue (come Elizabeth Taylor, un'altra mia eroina). Avevo grandi tette, grandi fianchi e un vitino sottile come quello di Rossella O'Hara. Ero considerata una ragazzina sexy, anche se in realtà non sono mai stata bella in vita mia, ma i ragazzi facevano ressa intorno a me, perché pareva che avessi quel certo non so che. Il profumo del sesso è un potente afrodisiaco e certe ragazze ce l'hanno, e altre, magari anche molto carine, no. Non ha tanto a che vedere con l'aspetto, quanto con l'odore, perché gli esseri umani sono più vicini al mondo degli insetti e degli invertebrati di quanto la loro presunzione non faccia loro credere. Con tutto quel sex-appeal che mi ritrovavo fin da ragazzina, di solito dovevo più badare a tener lontano l'altro sesso che ad attirarlo. (La natura è crudelmente ingiusta, quando si tratta d'amore.)

Tenevo alla larga i ragazzi bianchi col mio caustico sarcasmo e il mio prodigioso talento – che ostentavo come un cazzo – e propendevo per i ribelli, i reietti e i neri. Non avevo invidia del pene: in realtà pensavo di *avercelo*. Mi diplomai alla M&A nel 1961, andai alla Yale School of Arts e l'estate del 1964 (in cui ero al terz'anno) stavo nel Mississippi con Goodman, Schwerner e Chaney. Che non sia rimasta uccisa, è da ascriversi alla prudenza più che alla provvidenza, o a mera fortuna cieca, la stessa fortuna che mi ha sempre misteriosamente assistito nei giorni in cui bevevo, mi drogavo e guidavo l'auto. Gli dei devono avermi risparmiato per qualche loro misterioso disegno, perché di certo io badavo poco alla mia vita. Quale fosse questo misterioso disegno, ancora non lo sapevo, ma qualunque cosa fosse, lo avrei plasmato con le mie stesse abili mani.

Da mio padre ho ereditato un'enorme abilità nel fare le cose, mani da artigiano e un occhio per cogliere subito i giusti contrasti di forme e colori. Tutte doti innate, secondo me. Nessuno ce le può insegnare, semplicemente crescono dentro il nostro vero io, se il nostro vero io non è bloccato. Da mia madre ho ereditato il dono della teatralità, quasi al limite della follia. Ero una cattiva allieva al liceo e ancora peggiore al college. Già d'allora avevo il dono della pubblicità. Una volta, molto prima che Charlotte Moorman si avvolgesse nel saran per suonare il violoncello, andai alla festa di Halloween d'una compagna di scuola avvolta nella carta stagnola. A Yale, *secoli* prima dell'avvento delle Guerrilla Girls, imprecavo contro il mondo dell'arte dominato dai maschi (era l'inizio degli anni sessanta, prima che il femminismo diventasse chic, o anche solo tollerato), ma non ero affatto contraria ad accattivarmi i critici d'arte col mio sex-appeal se poteva servire alla mia carriera. Già allora capivo – forse proprio grazie allo spettacolo di mia madre vittimizzata da mio padre – che le donne come classe erano così discriminate, che in amore e in guerra tutto era lecito. E continuai a pensarlo fino a Dart.

Visto che ero così forte nella mia integrità contro l'altro sesso, cercavo la carne viva. I ragazzi in genere erano troppo deboli per me. Li potevo manovrare troppo facilmente. Una giovane donna conscia dei propri poteri sessuali è molto rara, ma è imbattibile. Se poi è anche intelligente e ha talento e ha la folle presunzione – non posso chiamarla fiducia in me stessa – che una madre pazza e un padre alcolizzato possono darti, allora niente la può fermare. Ecco, questa ero io. Inaffondabile, imbattibile, inarrestabile.

Dopo avere spezzato il dovuto numero di cuori al liceo e al college, feci quello che nessuno a scuola si sarebbe aspettato da me: sposai un ricco ereditiero. Thomas Winslow era il rampollo di una famiglia alcolizzata quanto la mia ma infinitamente più ricca. Lui studiava letteratura inglese a Yale, con un interesse particolare per la poesia romantica e non so se lo sposai perché era il ragazzo più alto con cui fossi mai uscita (uno e novantanove), o perché fosse biondo con gli occhi azzurri (del colore del denim sbiadito) o perché avesse dichiarato la sua intenzione di lasciare tutti i suoi averi al SNCC (Student Nonviolent Coordinating Committee) – ecco una sigla che esce dal passato – o perché sapesse recitare *Ode a un usignolo* a comando. (*"Il cuore mi duole/ e un sonnolento torpore affligge i miei sensi,/ come se della cicuta avessi bevuto.../ o vuotato un greve sonnifero/ fino alla feccia..."*: che fosse una premonizione?) Poteva essere per una qualsiasi di queste ragioni. O forse ero semplicemente stufa di respingere gli uomini e sposarmi sembrava la risposta giusta. Perlomeno così mi sarei potuta concentrare sul mio lavoro.

Thom e io venimmo sistemati dai suoi genitori in una villa a Southport, che noi ci affrettammo a riempire di radical, militanti neri e pacifisti. Dipingemmo le finestre di nero, riempimmo le stanze di pop art e cominciammo a bere e drogarci, uscendo definitivamente dalle grazie di una comunità che aveva ospitato la famiglia di Thom per quasi un secolo. Ci avevano dato una splendida villa stile neoclassico e noi la trasformammo in una stamberga, tutto in nome dell'arte e della rivoluzione sociale. Perché quelli erano i tempi dei Beatles, della guerra del Vietnam, degli happening, delle marce per la pace e delle Estati d'amore. Thom, come tutti gli uomini che ho amato, era troppo debole per me, ma adorava il mio lavoro e avrebbe fatto qualsiasi cosa per favorirlo. A quel tempo il mio stile era eclettico, a dir poco. Facevo degli happening con Yoko Ono (quando stava ancora con Tony Cox, prima che incontrasse il suo Beatle), spettacoli di dubbio gusto in cui i partecipanti borghesi erano costretti a spogliarsi e a strisciare dentro certi tubi di stoffa, o a calarsi le mutande guardando con aria sognante in certe vecchie macchine fotografiche. (Già allora mi interessavano i fotogrammi fissi, che poi hanno avuto una parte così importante nella mia storia con Dart, come saprete fra poco.)

Thom Winslow mi aiutava e mi incoraggiava in tutte queste imprese: comperando opere d'arte, sostenendo i radical e i loro movimenti, affittando appartamenti, finanziando tutti i miei esuberanti e stravaganti progetti. Visto che lui era così compiacente, io lo disprezzavo totalmente. Sapevo che era disperatamente innamorato di me – e questo mi rendeva noncurante. Ma erano i tempi a essere noncuranti. Tutti conoscevano l'inestimabilità di tutto e il valore di niente. Diversamente dai nostri odierni fratelli, gli yuppy, noi proclamavamo il nostro disprezzo per il denaro – ma quello che in realtà disprezzavamo erano la lotta e il dolore. Ci aspettavamo che il mondo ci venisse offerto su un vassoio d'argento (magari coperto di graffiti)... e per un po' fu così.

Thom Winslow era un buon ragazzo, simpatico e scioccato. Io ero la sua rabbia, la ribellione che non aveva l'energia di esprimere da solo. Una volta, prima che ci separassimo, lo sentii per caso dire a un famoso gallerista a una cena: "Per tutta la vita, sono sempre andato alle scuole giuste, ai club giusti, alle feste di debuttanti giuste e poi ho sposato Leila Sand, alias Louise Zandberg!" Thom lo diceva con orgoglio: effettivamente era il successo più grande della sua vita, in quel momento, ma io mi incazzai moltissimo perché aveva rivelato il mio vero nome. (Forse avevo anche percepito il sottofondo di rabbia che ben presto ci avrebbe diviso.)

Che differenza possono fare vent'anni! Adesso Thom è sposato con una debuttante dalla mascella rigida, della sua stessa fede (protestantesimo senza Dio) e della sua stessa classe sociale (radicalismo del fondo fiduciario), che potrebbe anche essere andata a scuola di ballo con lui, a Southport. Vivono nel Vermont e producono cessi ambientalmente sani, che trasformano la merda in fertilizzante per rose. Per quanto avesse il cuore spezzato quando io me ne andai con Elmore Dworkin, un espressionista astratto, Thom è riuscito a trasformare tutto in fertilizzante. Ci vuole la *merde* per fare crescere le rose, come dicono i francesi.

E questo mi riconduce alla carne viva – che stavo cercando, quando mi innamorai di Elmore, che era più vecchio di me, molto più famoso e sapeva tutto quello che c'era da sapere sul cunnilingus (giochetti con la lingua che aveva imparato durante i suoi anni verdi, per usare una metafora, a Parigi). Conobbi Elmore, mi innamorai della sua pittura e della sua lingua (anche se forse non in quest'ordine). Era il 1974: come pittrice avevo già ricevuto abbastanza riconoscimenti da potermi guadagnare da vivere col mio lavoro e da vedere il mio nome comparire sulle pagine del *New Yorker* e di *Vogue* (*People* e *Architectural Design* sarebbero arrivati più tardi). Non era il massimo della fama, ma una fama più di classe e più discreta nel mondo dell'arte, prima che il mondo dell'arte diventasse un completo circo dei media.

Conobbi Elmore a New York, a una cena alla quale Thom non era potuto venire perché aveva un terribile attacco d'influenza. Che razza di moglie, ero! Alle sette lasciai mio marito solo in Park Avenue a tossire l'anima, e alle undici lasciai la festa con un irsuto artista di vent'anni più vecchio di me. A mezzanotte mi stavo facendo leccare la micina facendo le fusa per l'estasi, in un appartamento di John Street. Alle tre e mezzo di mattina ero di nuovo a letto in Park Avenue, ad abbracciare il mio futuro ex marito, senza nemmeno la buona grazia di sentirmi vagamente colpevole. Nel frattempo dalle finestre dell'appartamento di Elmore avevo ammirato il color rosa sedere-di-bambino che assume il cielo durante una tempesta di neve e avevo in egual misura ammirato il cazzo e i quadri di Elmore.

In una sola notte avevo conosciuto il più promettente artista della scuola di New York, orgasmi molteplici, e la marijuana Humboldt County.

"Divertita, tesoro?" mi chiese Thom, girandosi nel letto e tossendo convulsamente.

"Mmmm," risposi, e lui mi prese una mano e se la portò sul pene. Scopammo come pazzi, e il nostro accoppiamento era reso più appassionato dall'inequivocabile – anche se fantomatica – presenza di una terza persona nel nostro letto. Non avevo mai goduto tanto con Thom. Ma ancora non ero arrivata alla carne viva.

Il mio matrimonio con Elmore, la nascita delle gemelle, la nostra inevitabile separazione non si possono liquidare in due parole. Ho sempre pensato che quando i futuri genitori di figli straordinari si incontrano – a una festa, o a una stazione termale o alla lega antialcolica, o dovunque sia di moda per giovanotti e signorine da marito incontrarsi al giorno d'oggi – angeli, fate e sibille (dipinti da Michelangelo, o almeno da Tiepolo o da Veronese) stanno sospesi sulle nuvole sopra le loro teste e li spingono verso il copriletto più adatto. La natura è tutta furiosamente tesa alla riproduzione. Perché gli esseri umani dovrebbero credere di esserne esenti? L'appartamento di Elmore, la lingua di Elmore, l'erba di Elmore (per non parlare dell'influenza di Thom) erano solo trucchi per fare uscire dall'etere le gemelle e farle scendere sulla terra il più in fretta possibile.

Nel momento in cui vengono concepiti dei figli, si smette di essere un io e si diventa semplicemente un tubo cosmico, un imbuto sull'eternità. Per questo, sospetto, avere dei figli è un momento tanto critico nella vita di una persona. Quando si diventa genitori, arriva il primo assaggio di assenza di ego, ci si unisce alla danza cosmica. Dal momento in cui aprii le cosce a Elmore Dworkin, in quell'appartamento di John Street, il mio matrimonio con Thom Winslow era destinato a finire. Forse era destinato a finire comunque – perché le gemelle morivano dalla voglia di nascere – e sono state tanto le gemelle quanto me a scegliere il loro padre.

Se mi guardo indietro, oggi che le gemelle hanno dieci anni (sono le mie bimbe del bicentenario, nate nell'anno del bicentenario), capisco che dovevano avere per padre un irsuto ebreo della mia razza, un altro anarchico dagli occhi neri i cui antenati venivano dall'Ucraina. Non avrei mai potuto mettere al mondo delle figlie WASP, più di quanto non avrei mai potuto smettere di disegnare o di dipingere. Ricordo che una volta mentre ero incinta delle gemelle (Elmore e io quell'anno vivevamo in Toscana, in una fattoria a Strada nel Chianti) guardavo alla televisione un documentario della Rai su Auschwitz, in cui si vedeva la distruzione di bambini come quelli che io portavo in grembo e piansi di gioia e di dolore all'idea di reintegrare la razza ebraica. La cosa stupì me stessa più di chiunque altro, perché non sono mai stata per niente religiosa (anzi, era un articolo della mia particolare specie di fede ebraica essere senza fede). Ma quando si tratta di avere dei bambini, pare che venga a galla il nostro atteggiamento conservatore. Incinta, diventai iperebrea, iperartista, ipersensibile. La gravidanza, insomma, rivelò la mia vera natura buddista. Diventai solo ancora di più me stessa.

Come fu il mio matrimonio con Elmore? All'inizio, un paradiso. Alla fine, un purgatorio – per non dire un inferno (l'inferno sarebbe arrivato dopo, con Dart). Chi più felice di due artisti che vivono insieme, lavorano, allevano i loro figli, cucinano, amano, passeggiano e girano per le chiese e le gallerie d'arte italiane?

Vivevamo nella fattoria di un amico, nel Chianti, guardavamo su distese di olivi d'argento e vigne che si avvinghiavano tortuosamente sui fianchi delle colline. Dormivamo ogni notte abbracciati, finché la gravidanza non ce lo impedì, dopodiché comiciammo a dormire a cucchiaio, con il petto di Elmore sulla mia schiena e il suo cazzo contro i miei glutei, che mi solleticava dal di dietro e spesso si svegliava dentro di me.

Com'è dolce l'amore, quando è dolce! Due sfrenati, sudati amanti, che si svegliano nel loro letto comune, sconvolto dall'amore! E come è raro! Quando lo abbiamo, quasi non l'apprezziamo. Lo si apprezza di più quando lo si perde che non quando lo si ha, come succede per quasi tutte le cose a noi inquieti mortali – compresa la nostra vita.

Ricordo come eravamo a quel tempo: Elmore aveva cinquantadue anni contro i miei trentaquattro ed era pazzo di me come io di lui. Portava i capelli neri lunghi, la barba grigia lunga e le labbra rosse che spuntavano tra i peli come una fica. (Gli uomini con la barba hanno spesso la bocca simile a una fica; forse è per questo che amano mordere la passerina. È come baciare se stessi in uno specchio.)

Vivemmo quell'anno in un groviglio di cosce, storia dell'arte e olio extra vergine. Bevevamo il vino della nostra campagna, versavamo l'olio sui pomodori del nostro orto. Scendevamo a Firenze nella nostra vecchia Fiat scoppiettante per passeggiare sottobraccio agli Uffizi, all'Accademia e a palazzo Pitti. Mangiavamo bistecche alla fiorentina (per amore delle bimbe) e funghi porcini alla griglia (per amor nostro), dipingevamo felici nello stesso studio pieno di correnti d'aria, mentre la radio strepitava musiche di Vivaldi o Monteverdi.

Vivevamo per l'amore, per l'arte, per il letto, per le bambine. Era facile in Italia, un paese in cui le priorità sono in quell'ordine. Ricordo ancora lo sguardo rapito negli occhi neri di Elmore, il giorno in cui appoggiò l'orecchio al mio ventre e rimase lì ad ascoltare come se fosse il rumore del mare in una conchiglia di nautilo. Il lavoro andava a gonfie vele, le piccole crescevano, il nostro amore cresceva. La nostra canzone era *Our Love is Here to Stay*, il nostro amore è qui per restare, e non ne dubitavamo mai, nemmeno per un istante. Ah, le montagne Rocciose possono sgretolarsi, Gibilterra può crollare, sono fatte solo di creta... ma il nostro amore è qui per restare. O così credevamo allora. In realtà, erano le nostre *bambine* che erano lì per restare.

Ricordo il giorno di luglio in cui caricammo sulla vecchia Fiat cibo, abiti, cane e radio, per dirigerci alla volta della Svizzera, alla clinica di Losanna, dove avevamo deciso di fare nascere le gemelle. Cantavamo tutt'e due (cantavamo spesso, allora). La vita, pensavamo, non poteva essere più dolce – e avevamo ragione.

Ci vollero tre giorni per arrivare in Svizzera. Non facevamo a gara con il tempo, perché era da un pezzo che avevamo deciso che quando fossi stata incinta di otto mesi, saremmo andati in auto in Svizzera e saremmo rimasti in un albergo vicino alla clinica – perché pare che i gemelli siano spesso prematuri. (Potevo vivere e dipingere in Italia, ma come Sofia Loren, volevo che i miei figli nascessero in Svizzera.) Una settimana circa dopo il nostro arrivo a Losanna, cominciai a perdere liquido amniotico e risultò più prudente che mi mettessi a letto in clinica. Elmore e Boner (il nostro pastore tedesco) vennero in clinica con me (le regole, come sempre, vengono infrante per la gente famosa) e Elmore leggeva per me, mentre aspettavamo di vedere se era il caso di fare un cesareo o di entrare in normale travaglio.

Quello fu il periodo più bello della mia vita. Stavo a letto come una regina, in attesa di partorire le mie principessine (la amniocentesi mi aveva informato sul loro stato di salute e sul loro sesso), mentre Elmore mi leggeva *Canti dell'innocenza* e *Canti dell'esperienza*. Tenevamo tutt'e due un album. E disegnavamo tutt'e due. Ho tenuto un album della gravidanza in cui ci sono diversi schizzi di Elmore che legge accanto al mio letto, che ascolta il mio ventre, che dipinge nel suo studio; e lui ha tenuto un album della gravidanza in cui ci sono vari schizzi di me a vari stadi di gravidanza. (Tengo i due album dorso contro dorso – o pancia contro pancia, che è lo stesso – su uno scaffale nel mio studio nel Connecticut e ancora adesso non riesco a guardarli senza una stretta al cuore. Che tempo beato e benedetto, fu quello! Come è potuto finire?)

Cominciò a finire il primo agosto, quando essendo la gravidanza compromessa dalla rottura del sacco amniotico, decidemmo insieme col nostro dottore surrealista – si chiamava Breton, che ci crediate o no! – di portare alla luce i due tesorini col taglio cesareo. Entrai in sala parto come un'artista e un'amante e ne uscii come un'artista e una madre. Dal momento in cui le due rosee gemelline mi vennero consegnate nel loro lenzuolino rosa, l'universo dell'amore cominciò a scivolare via... irrevocabilmente.

O forse non fu solo il fatto di essere diventati genitori che cominciò a erodere il matrimonio. Forse fu il fatto che la mia stella era in ascesa, mentre quella di Elmore era in eclissi. Sull'onda dell'interesse per l'arte femminile, che il movimento femminista aveva provocato, i miei dipinti (che a quel tempo erano tele erotiche fatte di oggetti come conchiglie, fiori, pietre, ossa trasformati in icone monumentali in uno stile che ricordava vagamente quello di Georgia O'Keeffe) cominciarono a suscitare un enorme interesse, mentre le astrazioni di Elmore, stile Hans Hofmann, cominciavano a sembrare superate. O forse era l'alcolismo, perché Elmore beveva sempre di più. O forse beveva come sempre, ma aveva superato quella sottile linea invisibile. È difficile dire quale di questi tre fattori abbia dato il colpo di grazia al nostro matrimonio.

Tornammo a New York, mettemmo su casa, studio e nursery nell'appartamento che ora Dart usa per le sue liaison e ci lanciammo nella sfida di allevare le gemelle, gestire due carriere parallele e lottare contro il mondo dell'arte di New York.

Improvvisamente diventai l'artista donna simbolo del momento, l'eccezione che confermava la regola, il sapore-delmese. L'arte vaginale era "in" e le mie forme, conchiglie e ossa, fiori e pietre parevano esattamente quello che la gente voleva. Il fatto che avessi due belle gemelle non guastava. Fotografata come una duplice madonna, nel mio studio davanti a un paio di labbra dipinte di color viola fucsia, ero l'immagine perfetta dell'artista in quell'epoca vaginale. E la lingua di Elmore era sempre meno sul mio clitoride e il suo cazzo sempre meno sui miei glutei.

Sempre meno cantavamo "il nostro amore è qui per restare". E sempre più trovavamo scuse per andare alle feste da soli, per lamentarci l'uno dell'altra con gli amici, per azzannarci in cucina, in bagno, nella nursery.

Chissà perché un matrimonio va in pezzi? Le ragioni sono ineffabili, quanto quelle per cui la coppia si unisce all'inizio. Viviamo in un mondo, in cui tutte le leggi dell'amore e del matrimonio sono cambiate drasticamente e continuano a cambiare a cicli sempre più brevi. Una volta ci si sposava per avere e crescere dei figli; adesso sono pochi i matrimoni che riescono a superare le pressioni di questi eventi. I figli sono seccanti interruzioni della passione e del narcisismo, le due ossessioni della nostra epoca. Se un figlio è un'interruzione... immaginatevi due! Il fatto è che la natura ha fatto gli esseri umani troppo complicati e troppo intelligenti per il loro stesso bene. Siamo creature con un disperato bisogno di priorità per vivere, anzi per sopravvivere e nell'epoca moderna le nostre priorità sono diventate troppo confuse. L'amore è una cosa troppo mutevole, perché si possa vivere per lui. E l'arte, troppo solitaria. Amore e arte sono sufficienti. Ma quando c'è un artista uomo e un'artista donna, verrà prima il lavoro di lui o quello di lei? L'ego maschile, la foga del testosterone e la maggior parte delle regole sociali, affermano che l'uomo deve essere al centro, o s'intristisce. Ma che succede se per il momento il lavoro della donna è in ascesa? E se è lei che mette il pane in tavola e anche le tette in bocca ai bambini? Allora deve fingere, per amore dell'ego del maschio, che non è lei a fare queste cose, anche se continua a farle? Lettore, io *ci ho provato*. Ma non sono riuscita a mantenere l'illusione. Quando le bambine avevano due anni, ebbi la mia mostra di maggior successo e proprio in quello stesso anno Elmore ebbe uno scontro col suo gallerista e lo piantò in asso e furono proprio questi due fatti gemelli a dare il colpo di grazia al nostro matrimonio.

Elmore se ne andò, lasciandomi col mio successo, le terribili due volte due (perché Mike e Ed non erano certo bambine facili), il cane chiamato Boner (un po' per via di Michelangelo Buonarroti e un po' per Rosa Bonheur) e facili sedativi a base di gin, vodka, vino ed erba. Perché fu allora che cominciai a mettermi nei guai con l'alcool e la droga.

Sola con le mie figlie e il mio lavoro, provavo un senso di abbandono terribile. Sentivo che venivo punita per il mio successo (ed era proprio *così*). Per la prima volta in vita mia trovai difficile farcela. In altre parole, per la prima volta in vita mia, io che me ne ero sempre creduta esente, mi rassegnavo al destino di moltissime donne– cominciavo a sentirmi una vittima.

Come odiavo quella sensazione! Per tutta la vita, avevo disprezzato le donne che si lagnavano, le donne che maledivano la loro sorte di donne, le donne che affermavano di avere chiuso con l'amore. Non mi sono mai *definita* una femminista. Odiavo quell'etichetta. Ma la maternità mi aveva radicalizzato in uno strano nuovo modo. Essere abbandonata con due figlie aveva portato a galla sentimenti così terrificanti, che non sapevo cosa farne. Così cominciai a bere.

In apparenza, la vita andava avanti. Non era certo una vita di privazioni. Avevo uno splendido appartamento, una casa in campagna, un'assistente e una bambinaia. Se mi sentivo abbandonata io, con quel sistema di supporto, immaginate cosa devono provare le altre donne! Una ferita profonda era stata inferta al cuore della mia umanità. Avevo realizzato il mio destino d'artista e di donna e per punirmi Elmore mi aveva lasciato.

Siamo giusti. Elmore aveva dei problemi suoi. Dovrebbe esserci un punto nella piattaforma della National Organization for Women, secondo il quale gli uomini oltre i cinquanta dovrebbero avere una dispensa speciale, ed Elmore aveva effettivamente superato i cinquanta. Si preoccupava molto. Il suo cuore, il suo pene, la sua carriera, tutto stava cedendo e c'ero io, che avevo trentasei anni e stavo in cima al mondo (o così sembrava). Elmore non lo aveva potuto sopportare e, a quanto pareva, nemmeno io.

Per rendere le cose ancora peggiori, ci dividemmo. E cominciammo a bere sempre di più. E a scopare a destra e a manca. E tutte queste cose ci facevano solo sentire peggio (anche se questo è il senno di poi) e le bambine soffrivano per il nostro egoismo, come sempre succede ai bambini.

Cambiai un sacco di amanti – più giovani, più vecchi, della mia stessa età – ma niente di duraturo. Cercavo l'estasi, la carne viva. Ma la verità era che il matrimonio con un altro artista è il massimo dell'estasi, e io l'avevo perduto. Piangevo una morte, la morte della mia dolce famigliola e niente poteva sostituirla. Andai avanti così alla meglio per qualche anno, cercando di fare il mio lavoro, con l'ostacolo sempre più grande dell'alcool (che io naturalmente negavo fosse un ostacolo)... finché non incontrai Dart.

Dart non era solo un grande scopatore, era un cavaliere su un destriero bianco. Mi trovò quando la mia fiducia in me stessa era a zero e mi ridiede coraggio. Coraggio o cazzo, in fondo è lo stesso, perché mi diede un infuso di forza vitale, quella forza che Dart sprizzava dai pori e dal cazzo.

Lo amavo, Dio, come lo amavo! I famosi fotogrammi fissi erano nati dal mio amore per lui – come anche le tele del cowboy. Perché per adorazione di quel bel giovanotto, feci quello che Rembrandt fece per Saskia, quello che Wyeth fece per Helga e Leonardo per Monna Lisa: lo dipinsi (o lo fotografai) e lo resi famoso come il mio ispiratore.

I fotogrammi fissi erano nati dall'amore e dal desiderio di tenere Dart vicino a me. Quando posava, perlomeno era *lì*. Il suo narcisismo lo esigeva, la mia arte lo esigeva e le due cose avevano trovato un punto d'incontro, il modo di adattarsi l'uno all'altra, come i nostri due corpi.

Dal momento in cui incontrai Dart, cominciai a disegnarlo. Mi seduceva talmente. Ero affascinata da lui nel senso arcaico della parola – presa da un incantesimo – legata a lui dalla magia, dalla passione, da invisibili lacci di seduzione.

Dai suoi schizzi, elaborai le tele del cowboy – enormi primi piani a tecnica mista di Dart come il Cavaliere solitario, Dart come Roy Rogers, Dart come Gary Cooper in *Mezzogiorno di fuoco*. Presi queste immagini culturali dalla mia infanzia e vi sovrapposi questo bel ragazzo. Mescolai quel ragazzo nato negli anni cinquanta con le immagini sacre della mia infanzia degli anni cinquanta, e la passione con cui lo feci non andò sprecata per nessuno.

Naturalmente non a tutti piacevano questi quadri. Anzi, qualcuno li odiava – segno che erano *vivi*. Ma la passione era innegabile – e la passione è la chiave dell'arte, come è la chiave di tutto, nella vita. Senza passione, gente, quadri, piante, libri, bambini, muoiono.

Dart mi aveva restituito il dono della vita e io ricambiavo il favore. Quando le tele del cowboy vennero esposte – e andarono quasi subito esaurite – cercai altri modi per rendere memorabile il mio amante, e mi dedicai ai fotogrammi fissi.

La fotografia mi aveva sempre affascinato, l'avevo sempre considerata non un'arte minore, ma una manipolazione della luce sulla retina, con una sua peculiarità, come dipingere ad olio o scolpire nel marmo.

Alla scuola d'arte, avevo studiato con un allievo di Moholy-Nagy, che mi aveva aperto gli occhi sulle possibilità delle fotografie, stampe al bromuro d'argento, stampe al platino dai toni dorati e l'intero arsenale di effetti fotografici a disposizione dell'artista che sappia vedere la fotografia come un'arte. Avevo messo in serbo queste lezioni in un cantuccio del mio cervello per ricorrervi nel futuro – e ora mi tornavano alla mente nella mia passione di rendere Dart memorabile.

Mi procurai una macchina fotografica vecchio stile, circa del 1910 (più o meno come quella che avevo usato ai tempi di Yoko Ono) e cominciai a fotografare Dart in vari abbigliamenti, che erano metafore delle sue molteplici personalità. Arlecchino in abito variopinto; il Cavaliere solitario (di nuovo); la rocky star come pulsazione (con Elvis-the-pelvis proteso verso la macchina fotografica); il giovane WASP in abito da sera; san Sebastiano trafitto dalle frecce; l'Hell's Angel dell'Inferno vestito di cuoio nero; Gesù Cristo in perizoma, sulla croce. Lo fotografavo nel mio studio (dove potevo controllare perfettamente la luce e lo sfondo) e poi stampavo in platino o in argento, a seconda dell'effetto che desideravo ottenere. Le copie migliori venivano poi ingrandite, fino a ottenere delle gigantografie a colori, tipo poster del cinema. Questa serie, intitolata semplicemente "Fotogrammi fissi di Dart/Trick Donegal", ebbe ancora più successo della serie di tele del cowboy e Dart, per mano mia, diventò una star.

La storia di Pigmalione è stata raccontata un'infinità di volte, ma mai con la donna nel ruolo dell'artista e dell'uomo nei panni di Galatea. Eliza Doolittle diventa una signora, ma dopotutto resta sempre una brava ragazza ("Sono una brava ragazza, io!") e sia nella versione di Shaw (in cui la ragazza finisce per ribellarsi a Higgins) che in quella di Lerner e Loewe, in cui abbandona Freddy Eynsford Hill per la figura paterna di Rex Harrison, finisce comunque per legarsi fedelmente a un solo uomo, per lasciare insomma l'impronta per tutte le donne nella società.

Ma cosa ne è di Pigmalione, quando il creatore è una donna e la sua creatura un uomo? Semplice: la creazione tradisce il creatore col maggior numero possibile di giovani ammiratrici nubili.

Non che Trick/Dart volesse intenzionalmente tradirmi. Solo che, essendo diventato una star grazie alle mie ricreazioni del suo personaggio, ora era assediato da giovani e graziose ammiratrici. La sessualità che avevo scoperto in lui, trasudava da quelle foto, da quelle tele, e chiunque le guardasse, non poteva fare a mano di percepirla. Dart era diventato di proprietà del mondo e tutti lo volevano scopare. Era maledettamente colpa mia. Da quell'appassionata che sono di Bessie Smith, avrei dovuto essere tanto saggia da accettare il consiglio che dà nel suo *Blues del letto vuoto.*

Quando hai un grande amore,
non andar mai in giro a spargere la notizia.
Le ragazze te lo soffieranno
e ti lasceranno col blues del letto vuoto.

Ma io ero caduta nella mia stessa rete: l'artista in me era più forte della donna. Un'innamorata appassionata avrebbe tenuto nascosto il suo bel giovanotto. Una appassionata artista invece ne faceva una star: e poi fu il caos.

L'arte rimodella la vita più di quanto la vita non modelli l'arte. Provate a immaginare cosa sarebbe successo se Helga fosse scesa dalle copertine di *Time* e di *Newsweek*, per finire tra le braccia di tutti i giovanotti che la bramavano? Cosa avrebbe fatto Wyeth? Sarebbe impazzito? Si sarebbe dato all'alcool e alla droga? Ma lui era curato dalle donne – moglie e modelle – coccolato, tenuto tra due guanciali. E il tempo, questa grande medicina, aveva fatto il resto. Lui aveva Helga (comunque l'avesse) e aveva anche Mrs Wyeth. Diverso il destino della donna artista. Io avevo le gemelle, avevo Dart e adesso avevo anche tutte quelle ragazzette che telefonavano chiedendo di Dart. Non mi pareva giusto.

Be', sono forte, pensavo. Avrei superato la crisi. L'infedeltà sessuale non era poi la cosa peggiore del mondo. Che Dart si scopasse pure le sue puttanelle, se poi alla fine tornava da me. O così pensavo. Più facile a dirsi che a farsi.

E questo ci riporta all'estate in questione, in cui Leila (parlo di me in terza persona solo per scherzo – o nelle crisi molto gravi) è accanto al telefono e aspetta che Dart compaia sulla sua motocicletta. Le gemelle sono in California col loro padre (che insegna all'UCLA). E io sono nel Connecticut, a tentare di mettere insieme qualche tela per una nuova mostra. Ma la mia concentrazione è andata a farsi benedire, la mia musa è scappata via. Mi dico che la mia musa è dentro di me e che dovrei essere in grado di lavorare, ma in realtà non faccio altro che tendere le orecchie al rombo della moto di Dart sul vialetto di ghiaia, o allo squillo del telefono che annuncia il suo arrivo.

Il Connecticut è splendidamente verde quanto può esserlo il Connecticut – e io sono a pezzi. Sola col mio cane, nel mio studio-silo senza nemmeno Mike e Ed a distrarmi, non posso ascoltare altro che la ghiaia schiacciata sotto le ruote della moto di Dart, che sembrano passarmi proprio sul cuore.

4

Penelope

Le cose più volgari che ti diceva,
ti eccitavano fino al midollo.
Le cose più volgari che ti diceva,
ti eccitavano fino al midollo.
E niente era troppo sporco da fare,
per quell'uomo.

Bessie Smith

Penelope lo aveva capito, amando Ulisse: aspettare per anni che un uomo torni a casa, fa impazzire una donna.

Io aspetto. Aspetto. E mentre aspetto, cerco di dipingere. E non riuscendo a dipingere, bevo. E quando ho bevuto, sprofondo nella disperazione. È mezzanotte di un venerdì, quando lui fa ritorno. È stato in città uno, due, o forse anche tre giorni - ho perso il conto. Ho passato buona parte del tempo parlando al telefono con Emmie, che è appunto quello che sto facendo in questo momento.

"È tornato," dico, grattando la pancia a Boner con un alluce nudo. (Il cane, che riflette il mio umore come sanno fare i cani, è depresso quanto me.) "Cosa faccio? E cosa ne faccio dei *fucili*?"

"Ha dei *fucili*?"

"Emmie," le dico, "tutti i *goyim* hanno dei fucili."

"Be', *io* no," ribatte Emmie.

"Non ho mai pensato a te come a una *goy*."

"Grazie," dice Emmie, perché capisce che è un complimento. "Solo promettimi che gli dirai di portarsi via i suoi fucili, capito?"

Strano, vero, come a volte le relazioni si arrotolino su se stesse? Quando ho conosciuto Dart, circa cinque anni fa, lui girava su una motocicletta, che poi ha abbandonato per la Mercedes rossa che gli ho regalato io. Adesso, per qualche motivo, è tornato a usare la moto e a lasciare la Mercedes (DART, il suo alter ego) in garage. Deve sentirsi terribilmente in colpa per qualcosa - anche lui, che ha così pochi sensi di colpa, in confronto con la gente normale.

La moto si ferma con un rombo e uno scoppiettio del motore, e sento i suoi stivali sulla ghiaia del viale.

Mi spruzzo qualche goccia di *Lumière*, mi gonfio un po' i capelli e corro alla porta. Non voglio che capisca che stavo al telefono con Emmie. Dart non ha simpatia per Emmie, perché sa (tutti gli uomini lo sanno istintivamente) che Emmie ed io parliamo di lui. Che questi discorsi siano una questione di sopravvivenza, gli uomini non lo capiscono (o forse lo capiscono fin troppo bene ed è proprio per questo che si seccano: come osiamo sopravvivere?). Sanno solo che abbiamo qualcosa che loro non possono toccare e in cui non possono entrare; un rapporto come tra sorelle, di affetto reciproco, una rete di salvezza, che ci afferra al volo, quando loro ci lasciano cadere.

"Piccola," dice Dart, sfilandosi il casco alla Darth Vader e afferrandomi il culo.

"Ciao, tesoro," dico io, alzando gli occhi su di lui per farmi baciare. Niente frasi tipo: "Dove diavolo sei stato?" o "Perché non mi hai chiamato?" Se una donna vuole un animale come Dart, deve essere controllata e furba, non lasciare mai trapelare la gelosia, non mostrarsi mai possessiva.

Ahimè, è impossibile. Anche le donne sono esseri umani.

Nessun bacio in arrivo. "Hai lavorato?" mi chiede, come se sapesse di avermi guastato la concentrazione e ne fosse contento.

"Sì," mento. "Una nuova serie di quadri."

"Di me?" chiede lui, ansioso di farmi da musa ispiratrice, anche se non rispetta la sua parte del patto.

"Certo, tesoro."

"Stai mentendo?" mi chiede. "Ho la sensazione che tu stia mentendo. Lo sai cosa ti succede, quando dici le bugie, vero, cattiva bambina?"

"Sì," dico io, molto *gamine*, molto eccitata.

"Andiamo nello studio, voglio vedere cosa hai fatto."

Ed esce a grandi passi dalla porta sul retro, attraversa il prato ed entra nel mio studio-silo, con una zaffata puzzolente di cuoio nero e polvere della strada.

Nel mio studio, regna il caos più totale. Tele bianche ammucchiate contro il muro, fotocolor scartati dalla mostra dei fotogrammi fissi (su alcuni ho fatto dei ghirigori di acrilico, coprendo le immagini fotografiche con scarabocchi alla Warhol), tele rimaste dalla mostra del Cowboy, un doppio ritratto delle gemelle intitolato *Figlie Doppelgänger*, che ho lasciato a metà, perché non mi pareva abbastanza buono, e i soliti autoritratti che comincio quando non ho altri modelli sottomano.

Il caos del mio studio rispecchia il caos della mia mente – un milione di cose cominciate e nessuna portata a termine. Un frenetico girare in tondo, alla ricerca di ispirazione nel passato, nelle mie figlie, in me stessa.

"Allora... hai mentito," dice lui. "Conosci la punizione."

"La conosco," dico io, tutta eccitata.

"Chinati sul cavalletto," ordina lui, " e tirati giù i pantaloni."

Isadora: Non posso credere che Leila si comporti davvero così. Dopotutto è un'artista, un'eroina, una femminista. Perché mai dovrebbe lasciarsi maltrattare da questo putz!

Leila: Per amore. Hai presente, l'amore?

Isadora: Cosa c'entra l'amore con questo?

Leila: Moltissimo. Questa è la storia di quella sottilissima linea che separa l'amore dall'autoannullamento. Stiamo parlando di arrivare alla carne viva, qui. Devi averlo provato anche tu, qualche volta. O sto sognando?

*Isadora: Ho letto l'*Histoire d'O, *ma non sono abbastanza francese per crederci.*

Leila: Aspetta.

Ora lui comincia a slacciarmi la cerniera e io, in previsione di quel momento, mi sono messa delle mutandine di pizzo nero sotto i jeans. Mi strappa via i jeans dal sedere, ma mi lascia le mutandine di pizzo. Poi tira fuori un frustino da uno stivale di cuoio nero e comincia a battermi il sedere in modo provocatorio, compiaciuto dall'idea che io stia china sul mio cavalletto, al quale è appoggiato un suo ritratto non ancora finito.

La gragnuola di colpi sui miei glutei mi eccita oltre la mia volontà di resistergli. L'umiliazione è più mentale che fisica, dato che non è tanto il frustino a ferirmi, quanto il sapere che è stato con un'altra donna per tutti i giorni che è stato via. Lo incito con urletti e chiedendo perdono, mentre lui mi colpisce il didietro. (Gli sto chiedendo perdono delle *sue* colpe, come sono solite fare le donne innamorate.) Mentre lui mi frusta – dapprima leggermente, poi sempre più forte – la fica comincia a dolermi dalla voglia di lui, a scaldarsi per lui, a gonfiarsi per lui. Con perfetto tempismo, Dart mi trascina per terra e mi copre, cuoio nero contro merletto nero, fredda cerniera di metallo contro caldo ventre bianco, e finalmente il suo cazzo duro e curvo esplora dentro di me, trova il mio centro, trova il suo nido.

"Strega," mi sibila.

"Mio uomo, mio compagno, mio amico."

Gli mordo l'orecchio, gli faccio un succhiello, gli mordo il labbro, con un gemito gli graffio la schiena sotto il dolcevita bianco macchiato di rossetto, che porta sotto il giubbotto da motociclista.

Quando è profondamente dentro di me, si ferma; mi tiene stretta stretta, mi morde il collo, succhia, poi ricomincia a muoversi dentro di me.

"Mia strega, mia compagna," mormora affondando dentro di me ancora, ancora e ancora. E gli vedo sul viso quell'espressione contorta che ha quando sta per venire.

"Dammelo, dammelo tutto, piccolo, tutto," mormoro e lui viene con una convulsione così violenta, da scuotere la tela sopra di noi.

"Ti amo, Leila."

"Lo so." Gli prendo la testa tra le mani, come a un bambino. Ed è vero. So che sarò sempre la sua dama, il suo amore, la sua Ginevra. Ma come io riesca a sopportarne la pena, non so.

E una piccola parte di me – forse la parte che è ancora Louise Zandberg, la parte che la mia analista chiamerebbe la mia mente sana – è ritta in piedi, a una certa distanza, e dice: "Questa storia deve finire o non ce la farò a sopravvivere."

Dart resta con me per tutto il weekend. Ed è un weekend diabolicamente dolce, come all'inizio del nostro idillio. Passiamo ore a letto, ad ascoltare alternativamente Mozart e Tom Waits, mentre il cane – non più così depresso – sta accovacciato ai nostri piedi. Cuciniamo insieme, facciamo lunghe passeggiate, solo per fermarci sulla riva di un ruscello a scopare nei boschi. Nuotiamo in un bel lago vicino alla mia proprietà. Facciamo un picnic. Parliamo. Siamo in comunione perfetta.

Comincio a sciogliermi, a sentirmi di nuovo amata, a sentire che la vita non è poi tanto male, che posso lavorare ancora, sentire ancora. Il pugno stretto della mia mente comincia ad allentarsi.

E appena tutto questo comincia a succedere, Dart lo percepisce col suo sesto senso da stregone. Sente che mi schiudo a lui, che lo amo, che mi amo... e guarda il Rolex d'oro che gli ho regalato (abbiamo appena fatto l'amore teneramente sul divano del soggiorno, davanti al caminetto e sono le dieci di sabato sera) e dice: "Piccola... devo andare."

Strappata a me stessa, frustrata e fustigata, mi alzo con lui, il viso contorto dal dolore, come il suo, quando sta per venire. Lo seguo in bagno, lo guardo farsi la barba (mentre si ammira attraverso i miei occhi che lo fissano), cospargersi di *Vétiver* (un profumo che gli ho fatto conoscere io e che sembra fatto apposta per lui) e fasciarsi i fianchi di cuoio nero, per lasciarmi di nuovo.

Non protesto. Sono decisa ad aprire la mano e lasciarlo andare, perché so che solo se non lo trattengo, forse tornerà di sua spontanea volontà.

Aspetta che io preghi e implori, ma non gli darò questa soddisfazione. Aspetta che io gli chieda dove va, ma non lo farò. Mascella serrata, fronte aggrondata, lo osservo fare toilette, lo aiuto a vestirsi, sapendo che molto probabilmente un'altra lo spoglierà.

Tutta la mia notevole forza di volontà e il mio autocontrollo sono concentrati su lasciarlo andare e non mostrarmi addolorata (anche se è un mistero come lui possa non vedere il mio dolore, conoscendomi come mi conosce). Boner mugola a nome mio. "Sst, buono," dice Dart, strofinandogli il muso, come vorrei che facesse a me.

Guardo Dart indossare i jeans di pelle nera, direttamente sulla pelle, senza mutande. "Odio le mutande, il senso di costrizione che ti danno," mi ha detto una volta. (Oh, attenta agli uomini che non portano le mutande: tua madre ti metteva in guardia, contro uomini del genere!) Lo guardo infilarsi la maglietta di seta nera a collo alto (mi ha lasciato quella bianca macchiata di rossetto da lavare). Mi concentro sul mio coraggio, per non trattenerlo. A volte la cosa più difficile al mondo, è lasciare andare qualcuno.

All'ultimissimo minuto, quando lui mi sta già dando il bacio d'addio e si sta infilando il casco, uno spiritello dentro di me, qualche creatura a me estranea, qualche *dybbuk* che mi possiede, sbotta: "Ma se avessi bisogno di te, dove ti posso trovare?" Le parole mi sono appena uscite, che già le rimpiango, già vorrei rimangiarmele, già mi dispero, come uno dei disgraziati dell'Inferno dantesco, condannati a ripetere all'infinito il loro peccato.

Lui allora si gira e sputa quasi queste parole: "Non ti aspetterai che dopo avermi buttato fuori, ti dica anche dove mi puoi trovare!" E si allontana, manda su di giri la moto e riparte per New York, o per Dio sa dove.

Mi verso un altro bicchiere di vino e chiamo Emmie. Ho perfino dimenticato di parlargli dei fucili.

La mia migliore amica Emily Quinn è quella che mi salva la vita da più anni di quanto io non ami ricordare. È il risultato di collegi di suore e di un'infanzia trascorsa in una famiglia dell'alta borghesia a Manhattan e in Virginia; ora si guadagna da vivere come scrittrice di libri di saggistica su argomenti di grande attualità. La *Gioia della donna* l'ha fatta diventare ricca negli anni settanta. Una biografia di Victoria Woodhull, frutto di una meticolosa opera di ricerca, le è valsa la stima generale negli anni ottanta e ora sta scrivendo il suo primo libro senza inibizioni sulla menopausa, per gli anni novanta.

"Avresti mai detto che saremmo vissute tanto a lungo da vedere la menopausa diventare chic?" mi ha chiesto un paio di giorni – ora mi sembrano un paio d'anni – fa.

"Vivremo tanto da vedere di *tutto*," le ho risposto. Adesso però non ne sono più tanto sicura. La partenza di Dart mi ha distrutto in un modo insolito. Credevo di essere una sopravvissuta, per usare un termine abusato. Stasera me lo domando.

Emmie è dura, ma tranquillizzante. Mi sta seguendo in questa mia separazione da Dart con infinita tenerezza. Mentre la chiamo al telefono, me la immagino coi suoi bei capelli castano dorato lunghi fino alla vita, con un nastro di velluto nero, gli zigomi straordinari, la vita sottile e il seno alto. Ha l'aria che tutte le donne dovrebbero avere a cinquant'anni: serena, saggia, alta e sottile, occhi chiari, qualche ruga giusto per essere più femminile – e infinitamente gentile. Emmie ha una volontà di ferro. Ed è anche spiritosa. Spesso diciamo che ci stiamo avviando ridendo verso l'apocalisse.

A settant'anni saremo ancora qui tutt'e due a lavorare, a ridacchiare e a scopare.

Ma Emmie stasera non è in casa a scrivere, come fa spesso il sabato sera. (Emmie ha un amante a Parigi, un uomo sposato, un ricco armatore greco che arriva nel porto di New York abbastanza spesso da renderla felice e se ne va abbastanza presto da lasciarla scrivere: una nuova sistemazione non del tutto sgradevole per la donna lavoratrice di questa fin de siècle.)

Il telefono squilla e squilla. Alla fine entra in funzione la segreteria telefonica di Emmie.

Una raffica di Bach e poi: "Questo è il 798-2727. Per favore lasciate un messaggio dopo il segnale acustico."

"Aiuto!" grido nel telefono; poi, come ripensandoci: "Sono nel Connecticut." E riattacco.

La squisita crudeltà di Dart nello scegliere proprio il sabato sera per andarsene, non è certo andata sprecata. E nemmeno la crudeltà di scoparmi, coccolarmi e poi sparire. Penso a tutte le crisi che abbiamo avuto in questi ultimi sei mesi, e di colpo mi è chiaro che devo rompere con Dart, e rompere definitivamente, se voglio sopravvivere. La sofferenza è troppo grande. Ogni volta che accetto un suo comportamento – la settimana scorsa ho ricevuto l'addebito sulla mia carta di credito del conto di un albergo in cui è stato con un'altra, la settimana prima ho trovato delle foto di una biondina volgaruccia, che pareva la cameriera di un ristorantino di quarta categoria, l'altra settimana ancora, delle lettere d'amore di una rossa che lavorava alla galleria – sta esagerando – capisco che è il suo senso d'inferiorità, sempre il modello, mai l'artista, a condurlo a questi eccessi. So che a modo suo mi ama. Ma non mi basta più. Devo amare me stessa. La mia barca deve continuare a navigare, ma come è possibile, con questo pirata nella stiva, che fa continuamente dei buchi nella chiglia? Dove si deve tracciare la linea tra l'indulgenza e l'autodifesa? Vorrei un soldo per ogni donna innamorata che si è posta questa domanda.

Sola col telefono muto, la mia bottiglia, il mio cane e quel mio caos di studio, crollo. Mi sembra di avere perso il controllo della mia vita. Tutto il mio successo non vale niente, di fronte a tanta devastazione. I figli a volte aiutano a tirarsene fuori, ma le mie bambine non sono qui, adesso.

Penso a Dart: è la sua creazione migliore. Se non sa dipingere o scolpire, è perché tutta la sua capacità artistica se ne va nella creazione della sua stessa persona, impresa tutt'altro che trascurabile. Inventa continuamente se stesso: come potrebbe inventare dei semplici quadri? Un artista deve essere un imbuto tra l'ispirazione e la materia. Dart è allo stesso tempo musa e creazione. Io fotografavo solo quello che vedevo. Eclettico, mutevole; ora il Cavaliere solitario, ora Arlecchino, ora Elvis Presley... Dart era fonte perenne di ispirazione, di fascino e di seduzione. Non era solo il suo cazzo: era la sua fantasia. E il modo in cui questa si agganciava alla mia fantasia. I migliori amanti sanno usare tanto la fantasia che il cazzo. La prima essendo più rara del secondo.

Crollo sul letto con tutte le luci accese – il letto che serba ancora le recenti tracce di Dart. Penso a tutte le cattiverie che mi ha fatto ultimamente: le bugie – inutili bugie su piccole cose e grosse bugie su grandi cose. Ricordo il giorno in cui ho visto la sua moto parcheggiata davanti alla stazione, mentre aveva detto che sarebbe andato ad aiutare una nostra vicina a ridipingere la casa. Penso a tutte le volte che ho risposto al telefono, solo per sentire riattaccare dall'altra parte. Penso alle foto di altre donne lasciate in giro per la casa, ai conti, alle lettere d'amore, alle spese addebitate sulla mia carta di credito. Dart compie trent'anni il prossimo weekend. Tutto questo finirà... o è solo l'inizio? Devo aspettare che passi, oppure devo cambiare le serrature e sbatterlo fuori? Chi può consigliarmi? Chi, se non la voce dentro di me?

Questa è la voce che Sybille, la mia psicanalista, chiama la voce della mia mente sana. "Ma nella tua mente sana, cosa pensi?" mi chiede sempre. E io so esattamente cosa vuole dire. Vuol dire la voce di quel feroce avvocato che è dentro di me, la parte sana, equilibrata di me che sta dalla mia parte, quel piccolo, scintillante pezzetto di egoismo, circondato da un buio impenetrabile. Tendo invano l'orecchio alla voce della mia mente sana, e riesco solo a sentirla a tratti, tra le interferenze dell'ossessione.

Mi infilo carponi nel mio grande letto sfatto e tiro su le coperte. Boner si accuccia ai miei piedi e fa un grosso sospiro canino. Il mio letto è il mio santuario. Un monumento alla passione, al celibato. È un letto antico di ferro laccato di bianco, con volute di ottone e acciaio, coperto da una brillante trapunta Amish, decorata con una stella caleidoscopica, adorno di cuscini di tutte le dimensioni, in pizzo bianco e avorio.

In questo letto mi sento *al sicuro*. Quando ci entro, spesso penso alla frase: "Era costretta a letto", e capisco perfettamente il senso di protezione, di rifugio che c'è in queste parole. Fuori dalla grande finestra panoramica (aperta nelle spesse mura secentesche) si stende il verde Connecticut, ora immerso nel buio. Vedo mentalmente le protuberanze a mammella delle sue colline, i granai rossi, i silos d'argento, annidati sotto la falce dorata della luna, semivelata dalle nubi sospinte dalla brezza.

Amo il Connecticut. Tra queste colline, mi sento al sicuro e protetta. Mi piace lavorare qui: abbastanza lontano dal mostro di New York, da non sentirne le interferenze mentali, e abbastanza vicino da captarne la carica elettrica. Ma la verità è che a me piace attaccarmi alle dolci colline a mammella, sia in Toscana che nella Litchfield County, in Umbria o nel Veneto. L'unica cosa che amo più di queste colline, è il mare. Il Mediterraneo, il Pacifico, l'Atlantico, l'Egeo, il mar dei Caraibi... qualsiasi mare mi va bene.

Il mare, il mare. Dart e io sognavamo di fare vela per le "isole dello zucchero", come le chiamavano i pirati del Settecento. Amavamo i Caraibi e al colmo del nostro idillio spesso scappavamo a Barbados, in Giamaica, a Tortola, St. Kitts e St. Barts. Dart mi ha insegnato a nuotare in Giamaica, al largo di una spiaggia di sabbia bianca, vicino a Port Antonio. A Tortola, mi ha insegnato ad andare a vela e a scendere sott'acqua. Quando penso a lui, lo vedo nuotare come un biondo tritone – un alto e biondo WASP (cresciuto praticando il tennis, il nuoto, la caccia e ogni altro genere di sport), che insegna a una piccola ebrea dai capelli infuocati (educata alla paura fisica) a non trasalire alla vista di un pescecane martello, a essere fisicamente coraggiosa, a considerare amica la natura e il mare come il suo elemento naturale, ad abbandonarsi nell'acqua, invece che contrarsi per la paura.

Dart mi ha insegnato molto. Mi ha dato molto. Non era uno scambio impari. Io gli facevo dei regali, ho fatto di lui una star, ma anche lui mi ha regalato molto: per prima cosa, mi ha riportata dal regno dei morti. Gli amanti si danno l'un l'altro la vita. È questo che rende così irresistibile l'amore, poco importa quello che dicono i guastafeste. Chi può resistere a qualcuno che lo fa sentire vivo? Chi può resistere a sale, sperma, mare e *shakti*? Perché l'amore altro non è che il dono della vita. (Anche se a volte il prezzo da pagare, è la morte.) E se gli artisti amano tante volte e tanto forte, è perché hanno in corpo la rabbia di vivere.

Bevo il mio vino e piango. La perdita di Dart mi sembra profonda, abissale, fatale. Se avessi il numero della cameriérina, la chiamerei, mi umilierei; gli offrirei qualsiasi cosa, pur di farlo tornare. Grazie a Dio, non ho il suo numero.

Mi alzo e metto su un disco di Bessie Smith. Mentre lei snocciola un blues dopo l'altro, piango fino ad addormentarmi con tutte le luci accese.

Sì, sono pazza
e hò ragione di esserlo
dopo quello che mi ha fatto il mio paparino.
Gli ho prodigato tutto il mio amore.
Ma giuro che non amerò mai più.
Voi donne sapete
cosa vuol dire
essere innamorate di un uomo infedele.
La prima volta che mi chiamerà dolce mammina
in quel suo modo adorabile,
ecco cosa gli dirò:
una volta ero la tua dolce mammina,
mio dolce paparino,
ma adesso sono così acida che di più non si può...

5

La Terra della Scopata
o
Ballata di ogni donna

Buon giorno tristezza, come stai tristezza?
Be', sono venuta a fare quattro chiacchiere con te.

Bessie Smith e Clarence Williams

Sono di nuovo a Yale – o meglio è una specie di incrocio tra Yale e la Music and Art. In alto, in cima al giardinetto di Convent Avenue, qualcuno ha costruito una gabbia, eretta su travi di metallo incrociate, come la vecchia soprelevata della Terza Avenue che rombava sopra Bloomingdale, quando ero una bambina. Lassù, nel cielo, c'è una stanza speciale, fatta come una gabbia, dove gli amanti si incontrano quando vogliono entrare nella Terra della Scopata.

Ci sono andata bigiando un sacco di lezioni, rischiando la promozione per l'anno scolastico, e quando arrivo, la prima cosa che faccio, è tirare le tende; sono tende alla veneziana: che altro tipo di tende volete che ci sia, nella Terra della Scopata?

In uno stato di grande eccitazione, aspetto l'arrivo del mio amante, di Dart.

In sogno, sono tutta umida, palpitante, terribilmente eccitata. In qualche modo so che tutta la mia vita dipende da questo incontro.

Lui arriva, vestito non di cuoio nero ma di seta bianca. È *veramente* Elvis Presley e non Dart: capelli scuri, faccia grassa e gonfia, due labbra da bambolotto di celluloide, che si aprono e si chiudono meccanicamente. Forse *è* proprio un bambolotto di celluloide e non una persona. Eppure lo voglio... ah, come lo voglio! Gli apro la cerniera dei pantaloni bianchi, gli sbottono la camicia di cowboy di seta bianca, lo stringo, lo accarezzo, gli sussurro parole d'incoraggiamento e d'amore. Poi, quando gli apro la patta dei pantaloni di raso, vedo che al posto del pene ha un taglio profondo, brulicante di vermi, lumache e chiocciole. Disgustata, ma anche stranamente eccitata, cerco di richiudergli la lampo, ma non ci riesco. I vermi e le lumache sgusciano fuori. Una lumaca sta percorrendo una gamba dei pantaloni bianchi, lasciando la sua lucente scia bavosa. I vermi vengono decapitati dalla cerniera, alla quale io sto dando degli strattoni. Alzo gli occhi sul viso di Dart e vedo che la faccia da bambolotto è tutta scrostata. Sotto, non c'è niente, un niente bianco: un viso senza tratti, occhi, naso e bocca inesistenti, come la testa di una bambola di legno lavata dal mare.

Amaramene delusa, spingo da parte il bambolotto-uomo e cerco la via per uscire dalla Terra della Scopata. Non c'è nessuna porta. Solo questa gabbia sospesa sulla città – New York? New Haven? – in cui sono intrappolata per sempre. Sento la voce di mia madre che dice: "Louise, tu credi sempre che le regole che valgono per gli altri, non valgano per te." E la mia mente sana è chissà dove.

Mi sveglio nel mio dolce e verde Connecticut, con tutte le tapparelle alzate, le luci e lo stereo accesi. Davanti alla mia finestra panoramica, ondeggiano i pioppi e le tsughe. Ai piedi della mia collina, ci sono i granai rossi e i silos d'argento della prospera Litchfield County. Veleggio nel cosmo sul mio letto bianco come su una nave di ferro, ma il sapore amaro del sogno non se ne va.

Mi distendo in mezzo al letto e lascio che il sogno mi riprenda. Ora le immagini cominciano a dipanarsi, come maniche di un golf di lana lasciate cadere dall'ago da calza circolare. Cerco di strisciare di nuovo dentro il mio sogno, se non altro per capirlo... ma il sogno se ne è andato. Sono sola a letto, tra le verdi colline del Connecticut e dove sia Dart, solo Dio lo sa.

Immagino che il mio letto sia una nave spaziale intergalattica. Su questo letto di ferro bianco, in questa casa rivestita di legno bianco, navigo nell'universo. Sotto di me le stelle scintillano nello spazio nero. Tutt'attorno a me, sugli asteroidi, ci sono le persone della mia vita: le gemelle, che salutano con la mano come due principessine disegnate da Saint-Exupéry; mia madre, Theda, che mi fa cenno dal suo manicomio intergalattico; mio padre, che fa uccelli Origami che volano nello spazio fino alle gemelle (le gemelle che lui non ha mai visto, ma che ovviamente *vede*) e poi Snack, Thom, Elmore, Dart... e ognuno mi saluta con la mano dal suo asteroide. Anche Emily, che pianta un roseto sul suo asteroide ed esalta la straordinaria energia delle donne in menopausa.

Vedo la terra, un puntolino che si sposta velocissimo nello spazio profondo. Dalla mia posizione di vantaggio sul letto intergalattico – che ora ha lasciato la terra e naviga senza difficoltà nel cosmo – vedo non solo la piccolezza della terra, ma anche la sua incredibile vulnerabilità. Terra, luna e stelle possono essere spazzate via in un secondo da una ventata di brezza cosmica. E nel mio letto filo attraverso lo spazio-tempo, con l'unica compagnia di un cane per consolarmi. La solitudine è l'ultima dimora, ha detto un vecchio e saggio *roshi*. Ma è una solitudine popolosa, una solitudine popolata di fantasmi e di persone in carne e ossa. Dal mio letto saluto con la mano tutti quelli che ho amato. È una visione molto tranquillizzante. Scendo barcollando dal letto, faccio uscire Boner e mi stropiccio gli occhi.

Vado verso la cucina, con una breve sosta allo stereo per mettere un altro disco di Bessie Smith, intitolato *Any Woman's Blues*. Mentre Bessie canta "Il mio tesoro è andato via", sbatto pentole e padelle, mi faccio il caffè e metto sul fuoco un pentolino di farinata d'avena, che in realtà non ho nessuna voglia di mangiare.

Il mio tesoro è andato via,
ma non mi ha detto dove,
non mi ha detto quando,
non mi ha detto perché,
e non mi ha detto addio.
Sono triste, molto triste...
So che ama un'altra
ma non mi ha detto chi...
So che morirò.
Perché lui non corre a casa?

A sentire Bessie Smith sembra tutto così semplice. La voce del dolore femminile che prevede l'imprevedibilità maschile, e afferma cantando che tra uomini e donne non c'è niente di nuovo sotto il sole. Tu credi che ti si stia spezzando il cuore, pensi che nessuno si sia mai sentito così? Ecco che arriva Bessie a ricordarti che milioni di donne – nere, bianche, gialle e marrone – hanno pianto così prima di te e hanno trasformato questo dolore in una bella e melodiosa canzone. La cosa mi consola? Non molto.

In cucina, sul ripiano, ci sono un sacco di bottiglie vuote; la loro vista mi dà una stretta al cuore. Sono stata io a bere tutte quelle bottiglie di Pomerol, Merseult, Pinot grigio? Mi sembra quasi impossibile. Di certo le abbiamo bevute Dart e io insieme. Ma la testa che mi martella e la bocca arida mi convincono che devo avere avuto qualcosa a che fare, con queste bottiglie vuote. Mi pulsa la testa, non ho molta coordinazione nei movimenti. Bevo il caffè come se fosse l'elisir di lunga vita, poi vado barcollando in bagno a lavarmi i denti. Lungo il tragitto, rovescio il caffè sul pavimento di quercia, quasi ci scivolo sopra, mi chino a pulire la macchia con un angolo del mio accappatoio, e proseguo.

Affronto la mia faccia nello specchio del bagno. Quello che vedo non mi piace. È un viso pieno di dolore, due cerchi scuri sotto gli occhi, bocca triste e imbronciata, guance gonfie e pallide. Il mio viso è lo specchio della mia vita; più di molti altri visi, non nasconde niente. È la faccia di una donna in un profondo stato di turbamento.

Ho sempre dimostrato dieci anni meno della mia vera età, ma adesso nutro seri dubbi in proposito. Direi piuttosto che ne dimostro dieci di più. Qualunque cosa mi stia facendo quest'uomo, non giova certo alla mia bellezza.

Il mio viso è come la mia tavolozza. Ne conosco ogni centimetro, ogni poro dilatato, ogni piccola voglia, ogni afflosciamento della pelle, ogni chiazza. Gli occhi un tempo verde nocciola, sono di uno smorto color fango. I miei riccioli color tiziano sono ciuffi di un colore indefinito intorno alle mie guance un tempo rosee. Apro l'accappatoio ed esamino il mio corpo. Anche i miei seni sono sconfitti e sembrano afflosciati. I larghi capezzoli rosa, tanto lodati da tutti i miei uomini, da Snack a Dart, sembrano rimpiccioliti, raggrinziti per la frustrazione. E la cicatrice del taglio cesareo, sbiadita in una pallida cerniera lampo di carne sopra il mio cespuglio rosso, è di nuovo irritata e infiammata. Mi giro e vedo le sferzate rosse sul sedere. Il cuore mi balza in petto. Come me le sono fatte? Non me ne ricordo.

Un puzzo di bruciato mi arriva alle narici. Corro in cucina e trovo il tegame della farinata d'avena fumante e bruciato sul fuoco. Un odore acre di cereale bruciato mi riempie il naso.

Spengo il fornello e butto nel lavandino il pentolino di farinata. Si sente un sibilo. Faccio scorrere dell'acqua nel tegamino e una fumata di fumo d'avena assale il mio naso. E chi aveva voglia di farinata, poi?

Squilla il telefono.

"Ehi, cosa succede?" È Emmie (che in quel momento è vicina come la voce intima della mia mente sana).

"Ho bruciato la farinata d'avena," dico.

"Cosa è successo con Dart ieri notte?"

"Se ne è andato. Prima mi ha fatto diventare tutta ben rilassata e zuccherosa e calda e ben disposta verso di lui, poi se ne è andato, quel bastardo. Vorrei tagliargli via il cazzo e ficcarglielo in bocca. Vorrei ammazzarlo... vorrei ammazzarli tutti. Sono dei marziani. Non possono soltanto scoparci. Devono anche aprirci, fare in modo che li amiamo, allora ci scopano e poi se ne vanno. Sono pronta a entrare nella comunità lesbica. Dai, Emmie... vorresti essere la mia ragazza?" (La comunità lesbica è un vecchio scherzo tra noi due. È dove finiremo, quando rinunceremo agli uomini. Cioè presto.)

"Aspetta un momento. Torna indietro. Dimmi cosa è successo veramente."

Allora provo, provo pazientemente a spiegarle cosa è successo tra me e Dart tra il suo arrivo e la sua partenza. Le racconto tutto, lasciando fuori solo i segni rossi delle frustate sul sedere e la sfilata di bottiglie vuote in cucina. Insomma, lasciando fuori tutto.

"Come ti sei sentita quando ti sei alzata, stamattina?" mi chiede.

"Perché?"

"Tu dimmelo e basta."

"Mi sono svegliata in preda al panico, dopo avere fatto dei sogni terribili. La prima sensazione, è stata di disperazione: tutta la mia vita mi sembrava andata, impazzita, fuori dal mio controllo. Mi sentivo in vena di suicidio. Poi ho cominciato a riprendermi e ho avuto delle visioni di me, nel letto, che viaggiavo fluttuando nel cosmo..." Mi metto a piangere. "Emmie, non ce la faccio più a vivere così. Non lo sopporto. Tutto è *dolore, dolore, dolore.*"

"Perché pensi che sia così?"

"Perché la vita è dolore, dolore, dolore."

"E anche meravigliosa. Un dono. Una benedizione."

"Non propinarmi queste stronzate da ottimista idiota..."

"Saranno cose semplici, ma non sono stronzate. Puoi *scegliertì* il modo di vedere la vita. Se vuoi vivere nelle tenebre di Eeyore o nella luce del sole. Chi può scegliere, se non tu? Che altra ragione c'è per questo passaggio, se non la gioia?"

"Stronzate."

"Sai perché la gente ama il tuo lavoro? Per la gioia, per la forza vitale che ne trapelano..."

"Che lavoro? Non riesco a lavorare, non lavoro. Non faccio che starmene qui seduta a pensare a Dart. E bere."

"Leila, vuoi davvero smetterla? È di questo che si tratta? Vuoi davvero smetterla e riprenderti la tua vita?"

"Sì."

"Pensaci. Non c'è nessuna legge che ti obblighi a riprenderti la vita. Puoi continuare anche così. Puoi anche ammazzarti, se vuoi. Mi mancheresti... ma avresti comunque il diritto di farlo. Puoi lasciare alle tue figlie l'eredità di un'altra artista suicida, oppure puoi fare qualcosa di diverso."

"E come?"

"Vuoi che te lo mostri? Vuoi fidarti di me?"

"Che altra scelta ho? Non posso continuare *così*."

"Allora resta lì e aspettami. Arrivo subito."

Mentre aspetto Emmie, mi scolo un'intera bottiglia di Pinot Grigio. Dapprima l'alcool mi rilassa e mi fa sentire calma e intontita, mentre ascolto Bessie Smith, ma poi quando allo stato d'annebbiamento subentra un mal di testa martellante, comincio a pensare a vari modi di suicidarmi. Potrei tagliarmi le vene nella vasca da bagno... con tutto quel sangue rosso che offusca l'acqua limpida. Potrei farmi un autoritratto fotografico, mentre la vita si spegne. Sistemare il tempo d'esposizione della macchina fotografica, entrare nella vasca e poi... Quando verranno a prendermi, non troveranno solo il mio corpo morto, ma anche la testimonianza fotografica dell'atto che mi ha ucciso. Altro che immagini postmoderne! Oppure potrei tagliarmi le vene e spargere il sangue fresco su una tela. "Dart se ne è andato", la intitolerei. Oppure potrei aprire il forno, aprire il gas e fare come Sylvia Plath. (Solo che il mio forno è elettrico!) Oppure potrei avvolgermi nella vecchia pelliccia di visone di Theda (che conservo nel mio armadio da quando mia madre è morta), montare sulla Mercedes color sangue di bue, targata DART, e aspirare l'ossido di carbonio, come Anne Sexton (però la Mercedes è decappottabile, perciò l'ossido di carbonio potrebbe uscire).

Quando finisce l'effetto del vino, mi imbottisco di valium e di aspirina. Poi rovisto sotto il letto, in cerca della busta di erba, con cui ho visto Dart arrotolarsi una sigaretta, la notte prima che se ne andasse. Accidenti, s'è portato via anche l'erba.

"Quel bastardo s'è preso anche l'erba!" grido.

In ginocchio, frugo sotto il letto alla ricerca d'una cicca di marijuana appena fumabile, mi appiattisco sulle tavole di quercia del pavimento per riuscire a raggiungerla, ma la cicca sfugge alla punta delle mie unghie consunte. Finalmente la infilzo col dito indice e mi tiro in piedi. Comincio a cercare un fiammifero, frugando per tutta la casa, dal caminetto in soggiorno, alla stufa a legna in cucina. Non c'è nessuno strumento incendiario, a parte me! Giro inciampando per la casa, maledicendo, senza riuscire a trovare un fiammifero, un accendino, qualcosa... quando squilla il telefono.

Dart! Dart vuole tornare! Mi ama. È pentito. È stato con una delle sue solite ragazzine e sente terribilmente la mia mancanza. Ha capito quanto valgo. Mi precipito al telefono. Forse è la voce della mia mente sana.

"Ms Sand?" È una voce sconosciuta.

"Sì."

"Ms Sand, mi chiamo Wesley Hunnicutt e rappresento il Paugussett Memorial Gardens di Paugussett, Connecticut..."

"Il... cosa?"

"Il cimitero, il Memorial Gardens di Paugussett. Stiamo contattando tutti i proprietari di casa della contea, perché abbiamo un'occasione unica per l'acquisto di alcuni loculi."

"L'acquisto di *cosa*?"

"Loculi per lei e per i suoi cari."

"Come ha avuto il mio nome?"

"Come proprietaria di casa nella cittadina di Roxbury, il suo nome è reperibile al municipio. Se vuole concedermi un po' del suo tempo..."

"Un loculo!"

"Be', vede, a noi piace pensare che sia un investimento in pace dello spirito, una fetta di serenità..."

Sbatto giù il telefono.

E cado per terra singhiozzando, con la guancia premuta sul legno caldo del parquet, dove Dart e io abbiamo fatto l'amore tante volte. Boner viene a leccarmi la faccia. Penso all'uomo incappucciato che nel film *Amadeus* andava da Mozart a commissionargli il *Requiem*, annunciandogli la sua morte. È proprio quello che è appena successo anche a *me*. La Morte mi ha dato appuntamento. E non ha detto quando sarebbe tornata...

Sbatto la fronte per terra come un bambino autistico. Continuo a picchiarla, finché non comincia a sanguinare, anche se non sento dolore. Finalmente il dolore arriva e anche un barlume di coscienza. "Dio..." dico ad alta voce, "...non voglio morire. Rivoglio la mia vita. Per favore, Dio, ridammi la mia vita."

Sono ancora in ginocchio sul pavimento dell'anticamera con la fronte incrostata di sangue e il cane steso accanto a me, quando due ore dopo, Emmie apre la porta d'ingresso ed entra.

Isadora: Questa tua Leila è proprio un caso disperato. Penseranno tutti che sono io. *Diranno tutti che battevo la testa per terra e che ero sadomasochista, che mi umiliavo per un buono a nulla qualsiasi. Non sono mai scesa così in basso. Perché vuoi che il tuo personaggio sia così patetico?*

Leila: Ogni donna ha questo potenziale.

Isadora: Non io. E non tu.

Leila: Hai una memoria molto selettiva. Non hai mai battuto la testa per terra?

Isadora: Mai.

Leila: E non hai mai bevuto per dimenticare?

Isadora: Be', forse un paio di volte...

Leila: E non sei mai stata vittima dell'alcool, della droga, del cazzo?

Isadora: Ancora questa *parola. Non voglio più sentirti usare questa parola.*

Leila: L'uccello? Devo continuare con le mie canzoni dell'uccello?

Isadora: Ma cosa conta quello che dico io? Sei la mia creatura, ma come mia figlia, anche tu vivi di una vita tutta tua.

Leila: E non era quello che volevi?

Isadora (sospirando): Difficile sapere per cosa preghiamo.

6
Esperienza, forza, speranza

Datemi uno spinello e tanto gin.
Ammazzatemi, perché sono nel peccato.
Ammazzatemi, perché sono pieno di gin.

Wesley Wilson

E fu così che andai alla mia prima riunione dell'Anonima Alcolisti.

Immaginatevi una chiesa stile neoclassico nel rurale Connecticut, senza nessuno che entri dal portone principale e un sacco di gente che entra invece da dietro. (Ah, il ritorno alla chiesa dal di dietro! Che arcano simbolismo, nell'epoca dell'AIDS!) Il mio idraulico, Mr Raffaella, è tra quella gente. E così pure un rinsecchito artista dalla barba grigia, di New Milford, che ho conosciuto una sera a una cena (e di cui non ricordo il nome); la bibliotecaria locale; qualche teenager cencioso e altri invece lustri e tirati a pomice; un vecchio negro con cinque o sei denti in tutto, un certo numero di cittadini dall'aria solida, casalinghe e altri yankee del Connecticut, non alla corte di re Artù, ma coi loro begli stivali da barca, i pantaloni di velluto a coste e camicie di madras. *Perché sto tremando?*

Emmie mi conduce nel seminterrato della chiesa, come se fossi una bambina di due anni il primo giorno d'asilo. La stanza è molto fumosa e molto accogliente. La gente sta seduta su sedie pieghevoli o sta in piedi accanto all'unico tavolo, a bere caffè, a fumare accanitamente, a mangiare biscotti, ad abbracciarsi, a parlare tra loro. Il mio primo impulso è scappare. *Cosa diavolo ci faccio, qui?*

Il mio idraulico mi fa un cenno con la testa e mi dice: "Benvenuta." Sono troppo nervosa per rispondergli. Né Miss Buone Maniere, né il suo contrario, mia madre, mi hanno mai insegnato cosa dire quando il tuo idraulico ti saluta a una riunione dell'Anonima Alcolisti. Emmie mi porta vicino alla caffettiera e mi prepara un caffè con un mucchio di latte e zucchero, poi mi accompagna a una sedia nella parte anteriore della stanza.

"Come sapevi che la riunione era qui? Non sei nemmeno del Connecticut!"

"C'è un libro delle riunioni."

"Sei così fottutamente efficiente!" le dico.

Lei mi guarda e sorride. Dolcemente. "Ero assolutamente terrorizzata la prima volta che ci sono venuta. Succede a tutti."

"Cosa devo fare?"

"Niente."

"Sai bene che è la cosa più difficile del mondo per me."

"Per questo ti ho portata qui. Se poi non ti va, non sei obbligata a tornarci."

"Mai più?"

Emmie ride.

Alle pareti della stanza ci sono dei pannelli di cartone con delle scritte. "Prima le Prime Cose". "Pensa" (questo è attaccato alla rovescia). "Vacci piano!" Banalità. Ma questa gente non sa parlare inglese? Ci sono anche due enormi liste. Una si intitola: "I dodici gradini". E l'altra: "Le dodici tradizioni". La prima riga dei Dodici gradini, dice: "Abbiamo ammesso di essere impotenti di fronte all'alcool, e che la nostra vita era diventata ingovernabile." Non leggo oltre.

"Dove portano, quei gradini?" chiedo a Emmie.

"In cima al tuo monte," dice lei. "Comunque tu lo chiami."

"Monte Leila," dico.

"È un sostantivo o un verbo?"

"Un verbo," dico prontamente, per nascondere la paura.

Odio quel gergo. Voglio disperatamente andarmene.

"Non mi ci trovo, qui," dico a Emmie.

"Prova a fare l'editing del primo gradino: 'Ho scoperto di essere impotente di fronte a Dart, e che la mia vita era diventata ingovernabile.' Poi ascolta e vedi se ti va quello che senti."

Alzo gli occhi verso il primo gradino e sostituisco "Dart" alla parola alcool. La mia vita è tutto meno che governabile. La mia vita è... Mi metto a piangere. Nessuno sembra accorgersene, eccetto una donna che mi si avvicina e mi abbraccia. "Sei venuta nel posto giusto," mi dice e mi dà il suo numero di telefono su un pezzetto di carta gialla. Entrata in un mondo in cui la gentilezza sembra la regola e non l'eccezione, voglio andarmene. La riunione ha inizio.

Qualcuno fa degli annunci e legge un preambolo pieno di parole come "forza", "speranza", "amicizia" e "sobrietà". Poi una donna, presentata come Fleur di Boston, si alza e comincia a parlare.

Decido che Fleur di Boston, una donnina dall'aria spaventata, sui quarantacinque, sarebbe perfetta nella parte di Blanche du Bois in una produzione filodrammatica di *Un tram che si chiama desiderio*. Ha capelli bruni a ciuffi, uno sguardo remoto negli occhi grigiastri ed è magra come un uccellino, al punto da sembrare quasi fragile. I suoi polsi sono così esili, che si ha l'impressione che solo a toccarli si possano spezzare.

"Si dice," comincia lei con un marcato accento di Back Bay, "che gli alcolisti rovinano la vita della gente che sta loro intorno. Non mi sono mai innamorata di un uomo che non fosse un alcolista e bevo raramente, se non insieme con gli uomini della mia vita. Loro bevono, perciò io bevo. Non bevo per bere, capite, ma per amore."

L'ultima cosa che voglio sentire è la storia di una donna che è riuscita a liberarsi dell'amore. Sono terrorizzata – non che il programma con me fallisca, ma proprio che abbia successo. Odio l'aria di zuccherosa sicurezza che regna in questa stanza. Rivoglio il tumulto: il tumulto dentro.

"Mi sono svegliata in un sacco di letti senza sapere come ci fossi finita e ho visto accanto a me uomini che russavano, di cui non conoscevo il nome," dice Fleur. "In principio, erano uomini coi quali andavo a scuola, uomini di cui conoscevo la famiglia, ma alla fine erano uomini che non erano mai andati a scuola, che non avevano più né famiglia né madre e che non erano mai stati in chiesa."

Ecco dove mi porterà la mia vita: nel seminterrato di una chiesa, ad ascoltare banalità? Sono un'artista, io. La mia vita non è *mai* stata come quella degli altri. Anche adesso, sono a Dubrovnik con Dart, e stiamo scendendo giù per una stradina di ciottoli, a bordo della Zastava. È mezzanotte. Luglio. Non riusciamo a trovare un albergo. Abbiamo bevuto il vino locale dalla bottiglia per tutto il giorno – e quando la macchina sbanda su una stradina quasi verticale, per un pelo non andiamo a sbattere contro le mura massicce di una fortezza. Lancio un urlo. "Un colpo mancato, anche se di poco, è sempre mancato," dice Dart.

"Quando la polizia venne e trovò la mia bambina," dice Fleur, "io ero in stato di incoscienza in camera da letto..."

Un bambino morì, mentre ero a Dubrovnik con Dart. Una femminuccia. Io ho due bambine. *Cerco* di ascoltare, ma non riesco proprio a concentrarmi sulle parole di Fleur.

Guardo invece la lista intitolata "I dodici gradini".

1. Abbiamo ammesso di essere impotenti di fronte all'alcool e che la nostra vita era diventata ingovernabile.
2. Siamo arrivati a credere che una Forza più grande della nostra poteva ridarci la salute.
3. Abbiamo deciso di affidare la nostra volontà e la nostra vita alle cure di Dio, *come noi Lo intendevamo*.

Forse "Dio" è davvero la mente sana, penso.

"La mia bambina mi venne portata via e messa in un istituto," dice Fleur. "Io fui mandata in prigione, dove tentai per tre volte di togliermi la vita e venni rinchiusa in un ospedale psichiatrico per detenuti, prima di diventare finalmente sobria e cambiare vita."

Un attimo di tregua, penso, mentre le lacrime mi scendono per le guance.

"Perché proprio io? chiedevo furiosa a Dio. E perché mia figlia? Per anni non sono riuscita a trovare una risposta. Ubriaca, portavo estranei in casa mia. Avrei potuto ammazzare me e i miei figli in un incidente d'auto, o in un incendio o avrei potuto sparare loro per sbaglio con la pistola che tenevo per difendermi dagli intrusi... gli intrusi che io stessa invitavo in casa mia, con la scusa dell'amore."

Voglio allontanare da me la storia di Fleur, e allo stesso tempo voglio ascoltarla. Sono inquieta, furiosa – e stranamente affascinata. Tra i brani della storia di Fleur e i sogni di Dart, tremo e mi agito. Mi alzo e vado a prendere una manciata di biscotti, poi torno al mio posto.

4. Abbiamo fatto un esame e un coraggioso inventario morale di noi stessi.
5. Abbiamo ammesso davanti a Dio, a noi stessi e a un altro essere umano l'esatta natura dei nostri errori.
6. Eravamo completamente preparati a dare a Dio il compito di eliminare tutti i nostri difetti di carattere.

Poi segue un lungo e noioso racconto dei gradini della guarigione di Fleur, che comprende anche i suoi tentativi per riavere l'ultimo figlio rimastole, un bambino che, credeteci o no, si chiama Donegal. Fleur è "sobria" ormai da dieci anni. La figlia che ha perso oggi avrebbe diciannove anni. Lavora in un ospedale per bambini al minimo della paga e trova un "particolare piacere" nell'occuparsi delle ragazzine. Dice di aver rinunciato al sesso per almeno sette dei suoi dieci anni di sobrietà – un attimo di respiro! – ma recentemente ha conosciuto "un uomo che l'ama per quello che lei ha sofferto e per la pace che ha trovato". Lui le ha dato un'altra figlia, in cui vede la possibilità di "sfatare il suo destino".

Gesù, come odio lo stupido ottimismo! E il peggio deve ancora venire.

"Grazie al Programma," continua Fleur, "sono felice di essere viva. Comincio sempre la giornata chiedendo a Dio di guidare i miei passi e ogni sera vado a dormire ringraziandolo. Il mio lavoro in ospedale consiste nel dare consigli alle adolescenti. Cerco di aiutarle a capire che l'amore comprende anche l'amore di se stesse e che ognuna di loro ha un giardino dentro di sé, che non devono avere un uomo per dare valore alla loro esistenza. Secondo me, anche in questa nostra epoca presumibilmente femminista, le ragazze ancora non lo sanno. Pensano di non essere niente, senza un uomo, e si sacrificano sull'altare dell'amore romantico, dell'amore sessuale... dimenticando Dio, dimenticando l'amore divino, dimenticando tutto, a parte la cieca necessità di sentirsi valorizzate dall'attenzione di un uomo. Cercano dovunque l'oggetto del loro amore, mentre non si accorgono che il più meritevole oggetto d'amore è lì, dentro loro stesse."

"Andiamo a farci fottere fuori di qui," dico a Emmie.

"Tra poco," dice lei.

"Dopo tutti i miei tentati suicidi," continua Fleur, "ho capito che potevo dare un senso alla morte della mia bambina, solo restando sulla terra dopo di lei e dedicando la mia vita al servizio di altre bambine. E in questo mio lavoro ho trovato una grande gioia – e anche dolore – che ha cambiato tutto quello che prima credevo di sapere. Non so perché Dio abbia deciso di infliggermi questa dura lezione, ma forse sono stata io ad attirarmela con la mia ostinazione. Perché io credo che siamo noi stessi a procurarci queste lezioni, secondo le nostre esigenze."

Un attonito silenzio accoglie questo discorso. Poi lentamente la stanza ricomincia ad animarsi. A uno a uno, tutti si alzano e cominciano ad applaudire e ad abbracciare Fleur.

Ci sono cinque minuti di pausa per un caffè, prima che comincino gli interventi dei partecipanti.

"Sono così tutte le riunioni?" bisbiglio.

Emmie ride. "Nemmeno per sogno. Questa era fatta espressamente per te. Il Programma è come l'elisir di Mary Poppins: diventa la medicina adatta per qualsiasi male. Tu volevi la cura per la sesso-dipendenza? L'hai avuta."

"È proprio l'ultima cosa di cui vorrei essere curata," dico.

"Lo so," ribatte Emmie. "Opporsi alla cura è il primo gradino della cura."

"Devo parlare?"

"Solo se vuoi sentirti meglio."

Durante quasi tutti gli interventi, tiro su dal naso e studio la lista dei Dodici gradini.

7. Abbiamo umilmente chiesto a Dio di eliminare i nostri difetti.

8. Abbiamo fatto una lista di tutte le persone a cui abbiamo fatto del male e ci siamo ripromessi di fare ammenda.

9. Abbiamo fatto ammenda con queste persone quando ci è stato possibile, a parte quando questo poteva ferire loro o altre persone.

10. Abbiamo continuato a fare l'inventario personale e quando avevamo torto, lo abbiamo ammesso subito.

11. Abbiamo cercato attraverso la preghiera e la meditazione di migliorare il nostro rapporto con Dio *come noi lo concepiamo*, chiedendo solo di sapere quello che Lui vuole da noi e di avere la forza di farlo.

12. Essendo arrivati al risveglio spirituale attraverso questi gradini, abbiamo cercato di portare questo messaggio agli altri alcolisti e di mettere in atto questi principi in tutto.

Alla fine, viene passato un cestino per le offerte e poco prima che la riunione venga aggiornata, Fleur si rivolge a me.

"La signora dai capelli rossi," dice, indicandomi.

Guardo Emmie per sapere cosa devo fare. Forse in realtà è a lei che Fleur si rivolge.

Lei si stringe nelle spalle.

"Sono Leila," dico, "e non bevo da un'ora."

"Benvenuta," dice Fleur. "Funziona, se lo fai funzionare."

Quasi tutti nella stanza si girano e si mettono ad applaudirmi, come se fossi un'eroina.

Dopo la riunione, la gente indugia intorno al tavolo del caffè e dei dolcetti. Molte donne mi si avvicinano a darmi il loro numero di telefono. Prendo tutti quei pezzetti di carta e li infilo nel mio filofax, pensando di gettarli via appena arrivo a casa.

Se li prendo, almeno potrò andarmene da qui.

Mentre mi riporta a casa con la sua station wagon color argento, Emmie dice: "Sai che per tutto il primo anno non ho mai aperto bocca, alle riunioni? Me ne stavo lì in fondo alla stanza, e *mi nascondevo.*"

"Io ho *dovuto* dire qualcosa. Non so nemmeno perché. Per quasi tutto il tempo, non stavo nemmeno ad ascoltare. Fissavo la lista dei Dodici gradini e pensavo che somigliano molto al 'Codice d'amore'..."

"Cos'è il 'Codice d'amore'?"

"Le regole dell'amore dei poeti provenzali non sono altro che una complicata codificazione dell'amore. Sono state scritte *secoli* fa. Eppure non è cambiato nulla."

"Allora, cosa ne pensi della riunione?" chiede Emmie.

"Noiosa," dico. "Anzi, sarebbe meglio dire noiosissima."

"So cosa vuoi dire. Certe riunioni sono noiose da morire. E ti dà fastidio il fumo. E le banalità... un atteggiamento di banalità, lo chiamo. Eppure, funziona. Come dicono loro, funziona se lo fai funzionare. Non so nemmeno perché funzioni. La grazia, suppongo."

"Da quanto tempo lo fai, Emmie? E perché non me lo avevi mai detto?"

"Non me lo avevi mai chiesto."

"Però avresti potuto *dirmelo.*"

"Perché? Se alcool e droga erano ancora un divertimento, per te, perché avresti *voluto* saperlo? In realtà non lo volevi sapere, altrimenti me lo avresti chiesto."

"Da quanto tempo sei socia?"

"Circa una decina d'anni. Ho cominciato a Parigi, quando stavo in Boulevard Raspail. Ricordi il mio periodo di orge parigine? Ah, gli anni sessanta che stavano diventando gli anni settanta... prima che la droga ci intossicasse."

Emmie aveva vissuto a Parigi dal 1969 al 1979, un bel periodo per stare a Parigi. Aveva scritto lì il suo primo libro, un libro sulla liberazione sessuale delle donne che in realtà era un libro sulla liberazione personale. A Parigi faceva parte di un giro di gente in continua bisboccia, che comprendeva tutti quelli che fossero qualcuno nel mondo del cinema e degli intellettuali e che si dedicava a tutto spiano a droga, sesso e rock and roll. Il modo perfetto per una ragazza uscita da una scuola di suore di trascorrere gli anni settanta. Io allora vivevo una vita diversa, prima con Thom, poi con Elmore, poi con Elmore e le gemelle, perciò la vedevo solo in occasione delle mie rare visite a Parigi. Non avevo mai saputo che si drogasse, pensavo che le sue uniche droghe fossero il sesso e la cioccolata. (La sua scorta d'emergenza arrivava a venticinque centimetri di Toblerone.)

Certo non rispondeva all'idea che io, o chiunque altro, potesse avere di un'alcolizzata.

"Così sei diventata sobria senza dirmelo. Sapevi che avevo un problema?"

"Sapevo che tu eri convinta di poter controllare tutto della tua vita. Che è già un problema, se non ci si riesce."

"Credi che io sia un'alcolista?"

"Quello che penso io, non ha alcuna importanza. *Tu* pensi di esserlo? È una delle poche grandi malattie che ci dobbiamo diagnosticare da soli – come l'amore. Non importa quello che io, o chiunque altro, pensi. Forse tu sei una comune amore-dipendente e bevi solo con gli uomini. *Io* non lo so. Io so solo che il Programma mi ha salvato la vita."

"Andiamo, Emmie, questo è delegare agli altri le proprie responsabilità."

"No, non è vero, la verità è che non ti ho mai visto cadere per terra sbronza e la verità è che tu vivi la tua vita in modo abbastanza ragionevole, prendendoti cura di tutti, me compresa, ma non mi sembra che ti diverta molto. Eccoti lì, con le tue belle gemelle, una carriera fulminante, tutta la tua intelligenza, il tuo spirito e la tua vitalità, e sei pronta a gettare la spugna, solo per un giovanotto vizioso."

"Un che cosa?"

"Un Dart qualsiasi."

"Ma io *amo* Dart. Non avevo mai provato niente..."

"So benissimo che ami Dart. Ma quanto ami *Leila*?"

Colpita dalla domanda, rispondo: "Non molto."

"Allora c'è qualcosa di fondamentalmente sbagliato. Perché Leila è amabile."

"Tu dici?" chiedo, leccandomi le lacrime. "Dici sul serio?"

"Tesoro, ma perché mai pensi che sia stata qui tutto questo tempo? Perché sei una persona odiosa? Anche con tutta la tua follia, quella che tu chiami la tua *mishugga*, sei sempre la persona migliore che conosca. Tu dai, dai, e dai. A tutti. Meno che a Leila. Adesso tocca a lei."

"Ma sono un'alcolista?"

"Non lo so," mi risponde Emmie. "Chiedilo a te stessa, non a me."

Giriamo per il verde Connecticut a fare spese. Mazzi di fiori. Pomodori. Aglio. Pasta. Poi torniamo a casa mia e ci mettiamo a cucinare.

Facciamo sugo di pomodoro fresco per la pasta e bistecche di pesce spada ai ferri e pannocchie di grano fresco. Muovendoci indaffarate tra la cucina e la griglia in giardino, siamo assurdamente felici.

"E alle cinque," dice Emmie, "ci facciamo focaccine e tè col miele."

"Diventerò grassa come un porco."

"Ne dubito," dice Emmie.

Per un'oretta, seduta con Emmie e il cane nel verde dell'inizio d'estate del dolce Connecticut, sono in pace. Dopo pranzo, ci stendiamo sul fianco della mia collina e guardiamo le nuvole in cielo, dando loro un nome, a seconda dell'animale o dell'uccello cui somigliano. Sembra che ci sia qualcosa di drasticamente sbagliato, qualcosa che manca.

"Dart. Chissà quando avrò notizie di Dart."

"Mai, spero. Ma dubito che riesca a starsene lontano."

"Come fai a dirlo?"

"Leila, tu hai bisogno di Dart come un pesce di una bicicletta. È Dart che ha mille volte più bisogno di te, che non tu di lui."

"Se ha tanto bisogno di me, dov'è adesso?"

"Lontano, a provocarti. Se tu smettessi di farti provocare, sarebbe lui a diventare pazzo. State facendo una specie di danza. Tu hai bisogno di stare in sospeso e lui ha bisogno di tenerti in sospeso."

"E il sesso?"

"Già, e il sesso?"

"Non è mai stato così bello come con lui. La verità è che se comincio a essere così contenta di me, non permetterò più a Dart di strapazzarmi e se non permetto a Dart di strapazzarmi, lui non mi scoperà più..."

"Tu l'hai detto, non io."

"Secondo me non è possibile avere un grande rapporto sessuale, senza un briciolo di violenza e di prepotenza... è come connaturato al sesso. Quando li adoriamo, cediamo su tutto. Tutto il mio intelletto si ribella a questa idea, eppure le mie *kishkas*, le mie viscere, sanno che è vero. Quando Dart mi scopa, sento di essere viva. Quando non lo fa, avvizzisco."

"Hai mai pensato che queste sono sensazioni, non fatti?"

"Non ho mai vissuto senza un uomo. Ho bisogno del sesso per alimentare la mia creatività. Ho bisogno della carne viva, per arrivare a contatto con l'ispirazione."

"Tu hai bisogno di *te* per alimentare la tua creatività. Dart ti allontana da te stessa. Dalle gemelle. Dal tuo lavoro. Se fai di te stessa il centro della tua vita, se smetti di dare via la tua forza, uomini di altro genere si sentiranno attratti da te – uomini tuoi pari, non dominatori e deboli."

"Come chi? Thom era un debole. Elmore, nonostante tutte le sue chiacchiere sull'uguaglianza, era tanto un dominatore che un debole. Perfino le gemelle lo sanno. Quando le ho accompagnate all'aeroporto, Ed mi ha detto: 'Mammina, perché dobbiamo andare da papà? Papà è solo un bambino grande. Sei tu che ci mantieni, che ti prendi cura di noi. Lui ci dà solo degli ordini.' Allora le ho detto: 'È vostro padre e voi lo amate.' E Mike: 'Ma sei *sicura* che sia nostro padre?' 'Sicurissima,' le ho detto. 'Okay, mammina,' ha detto Ed, 'ti crediamo sulla parola.' "

"Loro sanno che lui è un debole e uno smidollato. Loro sanno su chi possono contare e su chi no. Io cerco di dire loro quanto è grande Elmore, e loro mi ridono in faccia. Hanno dieci anni, ma sanno già tutto. Una volta mi hanno perfino chiesto se l'avessi mai fatto su un aereo. 'Sì,' ho risposto, 'Umido o asciutto?' Ci ho riflettuto un attimo, poi ho risposto 'Asciutto.' 'Ah, ma allora non conta,' ha detto Ed. 'Noi pensavamo al Mile-High Club.' 'E che ne sapete del Mile-High Club, voi *pisher*?' ho chiesto io. 'Noi leggiamo,' ha detto Mike. 'E vediamo quei video che hai tu,' ha detto Ed. (È stato uno choc, ma ho fatto finta di niente.) 'Bene,' ho detto, 'se c'è qualcos'altro che volete sapere sul sesso, per favore chiedetelo a mammina. Non rivolgetevi agli estranei, d'accordo?' 'D'accordo, mammina,' ha detto Ed, 'ma sappiamo già tutto.' 'Già, anche il sesso pantrico' ha detto Mike. 'Vorrai dire tantrico,' ho detto io, felice di quell'angolino di competenza. 'Te l'avevo detto che non era pantrico,' ha detto Ed a Mike. E sono corse via a giocare con la Barbie."

Emmie ride e ride. "A cosa giocano?"

"Giocano alla Barbie che entra a far parte del Mile-High Club, suppongo. Con le gemelle, non si sa mai... hanno una loro vita tutta segreta."

Durante la serata, la storia di Fleur mi torna alla mente. E in parte comincia anche ad avere un senso.

"Continuo a pensare a Fleur," dico, "e alle donne che non sanno amare le loro figlie in modo sano, se non riescono ad amare se stesse in modo sano... capisci cosa intendo dire?"

"Sì, capisco."

"E questo mi fa pensare a Theda, che certo non si amava – eppure è riuscita a darmi questo coraggio pazzesco, questa spavalderia, la sicurezza di poter fare qualsiasi cosa. E anche Dolph. Sono talmente figlia di mio padre. La follia di mia madre ha contribuito ad accendere la mia ambizione in uno strano modo. È come se volessi redimere la sua vita, fare in modo che il suo sacrificio sia valso a qualcosa. Se solo fosse riuscita a smettere di bere."

"Parlami del 'Codice d'amore'," dice Emmie.

"Fammi trovare il libro."

Corro in soffitta e mi metto a frugare sugli scaffali in cui tengo i miei libri del tempo di Yale. Eccolo: un volume verdognolo e polveroso. "Costumi sociali dell'Italia del Cinquecento" che ho conservato per tutti questi anni perché parla della tradizione dell'amor cortese e del suo ritorno nel Rinascimento.

Tiro fuori il libro, con grande cautela come fosse un'antica pergamena, sigillata in una tomba, rimasta isolata dal contatto con l'aria. Come per magia, il libro si apre proprio alla pagina intitolata "Codice d'amore". Resto lì in piedi, da sola, in soffitta, nella luce polverosa del sole che spiove dagli abbaini e lo sguardo scorre sui fogli:

I. Il matrimonio non è una scusa per non amare.
II. Chi non è geloso, non può amare.

III. Nessuno può essere legato da due amori.
IV. L'amore diminuisce o aumenta sempre.
V. Ciò che l'amante prende dalla sua amata contro la sua volontà, non dà piacere.
VI. Un uomo può amare solo quando ha raggiunto la piena virilità.
VII. Un amante morto deve essere pianto per due anni dalla sua amata che gli sopravvive.
VIII. Nessuno dovrebbe essere privato dell'amore senza un valido motivo.
IX. Nessuno ama, a meno che non sia spinto dalla persuasione dell'amore.
X. L'amore è avvezzo a evitare la dimora dell'avarizia.
XI. È sconveniente amare chi ci si vergognerebbe di sposare.
XII. Un sincero amante non desidera godere dell'amore di nessun'altra, che non sia la sua amata.
XIII. Raramente l'amore risulta duraturo quando viene divulgato.
XIV. L'amore conquistato facilmente diventa disprezzabile; l'amore conquistato con difficoltà, viene tenuto caro.
XV. L'amante è avvezzo a impallidire alla vista dall'amata.
XVI. Il cuore dell'amante trema alla vista repentina dell'amata.
XVII. Un nuovo amore si porta via il vecchio.
XVIII. Solo la probità rende degni d'amore.
XIX. Se l'amore diminuisce, presto muore e raramente rinasce.
XX. L'amante è sempe timido.
XXI. L'affetto di un amante aumenta sempre per la vera gelosia.
XXII. Lo zelo e l'affetto dell'amante sono sempre aumentati dal sospetto dell'amata.
XXIII. Mangia e dorme meno chi è tormentato dal pensiero dell'amore.
XXIV. Ogni gesto dell'amante è dettato dal pensiero dell'amata.
XXV. Il vero amante pensa sia bene solo quello che piace all'amata.
XXVI. L'amore non può rifiutare nulla all'amore.
XXVII. L'amante non può stancarsi dei favori dell'amata.

XXVIII. Una lieve arroganza costringe l'amante a sospettare dell'amata.
XXIX. Non è preso d'amore chi è tormentato dalla lascivia.
XXX. Un vero amante sta nell'eterna contemplazione dell'amata.
XXXI. Niente impedisce a una donna di essere amata da due uomini e a un uomo da due donne.

"L'amore cresce o diminuisce," dico ad alta voce. "Un amante morto deve essere pianto per due anni dall'amata." Mi attacco a queste due frasi, neanche fossero i pilastri della mia mente sana.

Corro di sotto a leggere "Le regole dell'amore" a Emmie, che mi ascolta attentamente.

"Perché ti fanno venire in mente 'I dodici gradini'?" mi chiede alla fine.

"Perché gli esseri umani hanno questo bisogno di codificare tutto, anche il crepacuore, anche la disperazione. 'Le regole dell'amore' e 'I dodici gradini' sono due universi paralleli. Sono come un relitto galleggiante per una persona che sta annegando. È consolante sapere che altri ci sono passati prima."

"Intendi dire che non sei l'unico essere umano che incespica, l'unico amante che incespica?" mi chiede Emmie non senza ironia. "Intendi dire che ti è *permesso* essere imperfetta?"

"Esattamente," dico, fingendo di ragionare con la mia mente sana. È una delle prime regole del Programma, che ho imparato da Emmie: "Comportati come se." Se non riesco a trovare la mia mente sana, posso sempre fingere di averla trovata. Forse alla fine non fingerò più.

Emmie resta con me la notte e quella dopo, e quella dopo ancora. I primi tre giorni senza bere, sono duri. Ogni giorno alle cinque ho una tale voglia di vino, che ho la sensazione di non riuscire a vivere senza alcool, e invece andiamo a una riunione, poi torniamo a casa e ci abboffiamo di gelato.

Eppure sento che manca qualcosa, alla mia vita. I giorni mi sembrano lunghi tre volte più di prima. La casa mi sembra vuota senza Dart, senza le gemelle, senza il rito del bere.

Emmie e io portiamo tutto il vino in uno stanzino in cantina e chiudiamo la porta a chiave, poi seppelliamo la chiave da qualche parte, vicino al mio studio.

"Se mai volessi bere, ti toccherebbe chiamare un fabbro," dice Emmie. "In teoria dovremmo buttare via la chiave... ma potresti dovere dare una festa e avere bisogno di quella roba."

"Quanto ci vorrà, prima che mi passi questa voglia di vino ogni giorno alle cinque?"

"Credo che tu sia come molte altre donne: bevi con gli uomini."

"E dato che non c'è sesso nella mia vita, non avrò bisogno di bere, giusto?"

"Non ho detto che non ci sarà mai..."

"Oh, Emmie, perché diavolo mi hai trascinato a quella maledetta riunione?"

"Trascinarti? Sei stata tu a trascinare me. Non penserai che abbia fatto tutta questa strada per una riunione!"

Il quarto giorno vado nel mio silo e comincio una natura morta. Emmie è nella stanza degli ospiti stesa sul letto ad acqua a leggere una mezza dozzina di libri sull'osteoporosi, mentre tende orecchio e naso agli ettolitri di salsa di pomodoro che sta facendo in cucina. Tutta la casa odora come un ristorante italiano. L'odore di cibo mi è di conforto – e anche la presenza di Emmie.

Nel mio studio, preparo la mia natura morta. Scelgo con cura gli elementi: una dozzina di uova bianche formato gigante in una coppa di cristallo Lalique con menadi che danzano intorno al bordo, un uovo di cristallo trasparente, una lattiera di porcellana bianca a forma di mucca, un vaso a cilindro di vetro trasparente pieno di rose bianche e di calle, e sotto una tovaglia di pizzo bianco antico, che drappeggio, in modo che sembri una catena di montagne innevate.

Drizzo il mio cavalletto portatile vicino alla natura morta, ci appoggio sopra una tela nuova, strizzo i colori a olio: ambra, ocra, blu, verde e tutte le sfumature del bianco e comincio a perdermi nella sfida di trovare il caleidoscopio di colori che stanno nella parola "bianco".

Appagata, felice, mi sento come se avessi dieci anni e avessi riconquistato il mio vero io, quello che conoscevo prima che cominciasse la danza del sesso, prima che le ondate di ormoni si abbattessero sulla mia vita. Sono felice, più felice di quanto non mi sia mai sentita da anni.

Le cinque arrivano e passano senza che io senta il bisogno di bere o della riunione. Dipingo come in trance, completamente assorta nel dramma della tovaglia bianca, degli angoli di luce mutevoli sul cristallo, delle menadi che danzano come hanno danzato per secoli, degli ovuli femminili, della mucca piena di latte, delle nubi piene di pioggia e del cielo che si scurisce.

Per una volta, non m'importa che il sole tramonti, perché non sto dipingendo la mia natura morta alla luce naturale, ma alla luce della mente. Accendo le potenti lampade che uso per le mie fotografie e continuo a dipingere. Le vallate della tovaglia bianca scintillano come se fossero coperte di neve delle Alpi. Le uova mostrano piccole protuberanze calcificate, come ovaie che stanno per emettere i loro follicoli. L'uovo di cristallo sembra trattenere il futuro nelle sue profondità. Le rose e le calle si schiudono davanti ai miei occhi.

In trance, dipingo e dipingo. La mente chiara, il cuore che mi canta nel petto, sono in estasi.

Verso le undici di sera, Emmie arriva nello studio con un piatto di pastasciutta, un bicchiere di tè freddo alla camomilla col miele e una coppa colma di pesche affettate.

Ci sediamo al mio tavolo da disegno e lei mi guarda mangiare.

"Quattro giorni di sobrietà," dice Emmie. "Complimenti. E la dea bianca ti ha mandato un dono per festeggiare."

Ci voltiamo tutt'e due a guardare la natura morta, che sembra effettivamente finita. Ha una chiarezza, che il mio lavoro non aveva mai avuto prima. So di stare facendo qualcosa di nuovo, qualcosa che va oltre i cowboy o gli autoritratti, qualcosa di puro, limpido, adamantino complesso e scintillante come la neve.

"*Le chaim*!" Cin cin, dice Emmie, brindando con me col suo bicchiere di tè alla camomilla. Facciamo tintinnare i bicchieri e ridiamo, ridiamo.

Dart mi chiama quella notte tardi. È circa l'una e Emmie dorme.

Quando sento la sua voce al telefono, il mio cuore fa una piccola buffa danza. Credevo di desiderare tanto che mi chiamasse, ma adesso sono un po' sconcertata. Voglio conservare la mia nuova chiarezza.

"Baby, cosa stai facendo?"

"Oh, niente, solo dipingendo," dico. "Il solito."

"Ti manco?"

"Certo."

"Anche tu mi manchi terribilmente, baby," dice con voce incrinata. "Non c'è nessuna come te, nessuna così dolce, folle, selvaggia e sexy. Tesoro, torno a casa."

In quattro giorni, sono diventata una regina. Ora, di colpo ridivento pedina. Quando compare Dart, Leila scompare.

Mi giro e mi rigiro nel letto, aspettando, senza riuscire a dormire. Mi alzo e mi trucco, mi profumo e mi metto la camicia da notte di seta, mi metto il diaframma e torno a letto. Vorrei essere tanto forte da dirgli di non farsi più vedere alla mia porta, ma non lo sono. Emmie dorme nella stanza degli ospiti; la mia tela umida scintilla nello studio. Aspetto a letto che un diavoletto venga a reclamarmi. Fuori della mia finestra, una luna piena circondata dall'alone fluttua sulle colline. Vado alla deriva nel sonno e mi sveglio per scoprire che sono le tre. Mi alzo, mi lavo la faccia, mi lavo i denti, mi metto un pullover sopra la camicia da notte ed esco sulla mia collina.

La luna ha quasi completato il suo arco. Non ha più l'alone e sta bassa sull'altro lato dell'orizzonte. La fisso, poi chino la testa nove volte, cercando di pensare al mio più grande desiderio. Prima, il desiderio era sempre lo stesso: Dart. Adesso il desiderio è per me. Esprimo il desiderio di riuscire a conservare la chiarezza che questi quattro giorni mi hanno portato.

Ho appena espresso questo desiderio, che sento lo scoppiettio del motore della moto di Dart e lo scricchiolio della ghiaia sul viale. Il cane abbaia. Mi inginocchio sulla collina e tendo le mani alla luna.

Per cosa sto pregando? Credo di stare pregando per il ritorno della mia mente sana.

Sono in ginocchio davanti alla luna, quando lui entra in casa, usando la sua chiave, e si precipita in camera da letto a cercarmi, poi si precipita fuori, in direzione del mio silo.

Mi sento afferrare dal panico: non so perché, ma sono convinta che se lui entra e vede la mia natura morta cristallina, la distruggerà, perché capirà subito di essere stato soppiantato da un'altra musa. Gli corro dietro, chiamandolo: "Dart! Dart!" e lo raggiungo proprio un attimo prima che entri nello studio.

Lo abbraccio, lo trascino verso il pendio erboso. Lì, sotto la luna beffarda, ci accoppiamo come strega e maliardo, gridando e urlando nell'erba rugiadosa, rotolando, ridendo come pazzi, rotolando giù per la collina fino al limitare del mio steccato interrato. Qui ci fermiamo sul lato del fossato e scopiamo ancora, eccitati dalla luna piena e azzurrognola.

"Baby, tu sei pazza, pazza..." dice Dart, senza capire che tutta la mia follia era solo per tenerlo lontano dalla mia natura morta, che nelle mie grida e nel mio venire, trattengo un pezzetto del mio cuore – un sobrio angolino sano, che non potrà più darsi.

Conduco a letto Dart, che vi crolla esausto, tenendo le braccia attorno a me e dormendo sul mio seno, come un bambino. Immobilizzata, giaccio sveglia e guardo la luce rosea dell'alba che comincia a levarsi oltre i miei alberi. Da una parte della mia camera da letto, cala la luna; dall'altro lato, sorge il sole. Io sto nel mezzo... Iside con Orus tra le braccia, Astare con Adone, Rhea con Zeus, destinato a detronizzarla.

Ma potremo mai detronizzare la terra? La terra è sempre lì, qualunque cosa facciamo. Basta che ci togliamo le scarpe e ristabiliamo il contatto delle nostre piante dei piedi con il terreno.

Dart geme e si gira, lasciando la presa, e di colpo sono libera di respirare. Mi stendo supina, mentre la mia mente galoppa. So che dormirà per ore, so che ha un bisogno infantile di sonno, specie dopo il sesso.

Scivolo fuori dal letto, mi metto tuta e pianelle e torno nello studio. Chissà se la mia natura morta è davvero così bella come la ricordo.

Lo studio puzza di trementina, l'odore silvestre della terra. Accendo la luce... e là, sul cavalletto, c'è il mio scintillante testamento di una nuova vita.

"Grazie, luna," mormoro.

In un impeto d'eccitazione, lavo i pennelli, raschio la tavolozza, appoggio una nuova tela sul cavalletto e metto l'altro dipinto ad asciugare. Sistemo di nuovo gli elementi cristallini della mia natura morta e comincio una seconda versione di questo studio albino – stavolta più fantastico e astratto, con la luna che tramonta dietro le menadi danzanti e le uova trasformate in piccoli pianeti roteanti, e la mucca che spruzza latte nell'universo stellato.

Dipingo e dipingo, rapita, felice, immaginando tutta un'intera serie di quadri basati su questo tema cristallino, con ciascuno di questi elementi, luna, menadi, uova, mucca, latte, che diventa un emblema di una nuova vita per le donne, per i bambini, per il pianeta. Le chiamerò "Vite albine" I, II, III e così via fino all'infinito e farò anche grandi tele di uova, di menadi, di rose bianche... prendendo sempre questi stessi temi e guardandoli da tutti i punti di vista, in tutte le dimensioni.

Vedo una nuova mostra, un nuovo periodo, un nuovo modo di rispecchiare la mia vita. Alle otto del mattino, sto ancora dipingendo, con la mente che galoppa e il cuore colmo... quando arriva barcollando Dart con una tazza di caffè in mano.

"Che succede, baby," mi dice, "non ti piace più dormire tra le mie braccia?"

Mi volto a guardare lui, le sue palpebre rosate, i riccioletti biondi, quell'uno e novantotto di mascolinità pura... e sono leggermente seccata di essere stata interrotta. E sono anche un po' spaventata.

"Cosa ne pensi?" gli chiedo indicandogli la mia nuova tela.

Dart indietreggia barcollando di qualche passo (che sia un po' fatto?).

"Lo vuoi proprio sapere, piccola?"

"Sì," mento.

"Be'," dice lui, "lo sai che io penso che tu dipinga meglio di chiunque altro, dopo Michelangelo, ma ricordo ancora il tempo in cui dormivi tutta la notte tra le mie braccia e niente poteva strapparti via di là." Fa graziosamente il broncio, pensando che io sia punta dal senso di colpa – come se questo caos di rapporti spezzati fosse tutta opera mia. Poi si volta e esce con passo deciso dalla stanza, facendomi ammirare la forma perfetta dei suoi bei polpacci.

7

Il pappa e la pittrice

Tesoro, non è che pensi che l'amore d'un uomo
non possa mai durare. Ti amano fino alla morte
e poi ti trattano come una cosa del passato.

Bessie Smith

Emmie, Dart e io facciamo colazione tutti un po' a disagio. Emmie la prepara: panini tostati, marmellata, uova, caffè fresco e pesche. Anche se Emmie non impone la sua presenza tra Dart e me, tuttavia io la sento, e Dart pure. Emmie sta dalla mia parte. Non dice niente, non fa niente (si fa per dire, visto che ci ha preparato un colazione deliziosa), eppure Dart ce l'ha con lei, perché capisce che Emmie allenta la presa che lui ha su di me. Vorrebbe dirle di andarsene, ma ovviamente non può. Se sono sola in casa, aspettando che lui vada e venga a suo piacere, sono interamente alla sua mercè. Se c'è Emmie, invece, no.

Ecco il paradosso degli uomini deboli e delle donne forti: ci succhiano tutta la forza, nella speranza di bilanciare la lotta. Ma siccome non possono assimilare la nostra forza, ottengono solo il risultato negativo di togliercela. In una società che dà all'uomo il potere *ufficiale*, il confine tra violenza mentale e fisica è molto sottile. Come si fa a sapere dove comincia una e finisce l'altra? Dart non mi picchia (se non per gioco sessuale), non mi punta un fucile alla tempia, ma le armi che teneva in casa e il suo continuo e imprevedibile andirivieni, ottengono lo stesso scopo.

Emmie: "Allora, Dart, com'è New York?"

Dart (imbronciato): "Sempre la stessa."

Emmie: "Di cosa ti sei occupato?"

Dart (risentito): "Oh, di questo e quello."

Leila: "Dart, racconta a Emmie del tuo nuovo progetto."

Dart (alzando gli occhi): "La mostra dei giovani artisti? La casa che stiamo costruendo?" (Dart ha sempre una dozzina di progetti in ballo, dei quali nessuno va in porto, ma tutti richiedono profusione di capitale – del mio capitale.)

Leila: "Qualsiasi."

Dart: "Bene... la casa è una grossa spina nel fianco. Gli operai non si presentano mai in orario al lavoro, gli ispettori edili vogliono bustarelle sempre più gonfie e l'amministrazione comunale ci sommerge di ingiunzioni. Lo faccio solo per te, piccola." (Occhiata piena di sentimento.)

Leila: "Lo so... e non credere che non l'apprezzi." (Questa stupida affermazione mi sarebbe dovuta restare in gola, perché so bene che l'intero progetto è tutta una messa in scena: solo un inutile tentativo di rafforzare l'autostima di Dart.)

Emmie: "Deve essere eccitante rinnovare tutto l'edificio."

Dart: "Sì, eccitante per te, forse, o per *lei*... visto che a nessuna delle due tocca stare là a occuparsene."

Emmie: "Ma certo, a me piace il lavoro ingrato..." (Sguardo di rimprovero – al quale io reagisco con un senso di colpa. È stato Dart a volere che comprassi quell'edificio e adesso se ne lamenta. Finisce che sono io la responsabile tanto del suo ozio che della sua fatica, della sua fama e della sua oscurità, del suo successo e del suo fallimento.)

Leila: "Ma caro, sei così *bravo*, in quello che fai."

Dart: "Voglio essere il migliore degli uomini, per te, ma tu non sei mai contenta. Qualunque cosa io faccia, non è mai abbastanza... Ogni vittoria, è una sconfitta."

Leila: "Questo *non* è vero!"

Dart: "È verissimo, invece: sei sempre così critica, nei mei confronti. Non lo dici, ma io lo sento. Sempre."

Emmie: "Credo che tornerò all'osteoporosi." (Scivola via nella stanza degli ospiti.)

Leila: "Ma di cosa diavolo stai parlando, Dart?"

Dart: "Cerco di fare tutto quello che posso per te: poso per te, rimetto a nuovo la tua proprietà... e non è mai abbastanza. Mai. Non mi prendi sul serio. Sono anni che ti imploro di sposarmi, e tu niente. Come faccio a prendermi sul serio, se tu non vuoi sposarmi? Mi tratti come il tuo gigolò, non come il tuo uomo. Non c'è da stupirsi se mi sento un pappa, un mantenuto, uno stallone, una specie di principe consorte scopatore. Prima mi castri, poi te ne vai tutta festante a dipingere un'altra natura morta."

Mi alzo e lo abbraccio. Le "Regole dell'amore" mi risuonano nella mente. "È sconveniente amare chi ti vergogneresti di sposare." Come se avesse sentito queste parole, Dart mi allontana da sé.

Dart: "Vuoi sapere cosa mi è successo ieri? Stavo camminando per Harlem, dove dovevo procurarmi del materiale edile... [leggasi: droga]... e un omaccione nero mi grida. 'Ehi, ragazzo, sei un pappa e manco lo sai. Sì, bianco, sei proprio un pappa nato.' "

Dart lo dice con un misto di orgoglio e di schifo: combinazione unica che ha imparato alla perfezione, emulando il padre.

Leila: "Tu non sei affatto un pappa, caro... tu sei il mio *amante*."

Dart (con le lacrime che gli rotolano giù per le guance): "Sì invece, lo sono, lo sono, lo sono. Se non mi sposi, sono solo il tuo mantenuto, il tuo gigolò. Lo sanno tutti... vorrei tanto che lo capissi anche tu."

Adesso sono anch'io sull'orlo delle lacrime. So che "pappa, mantenuto" è quello che Dart pensa di se stesso, ma cosa posso farci? Non posso rifargli l'immagine che ha di se stesso, non posso farlo sano, integro, onesto. Tocca a lui, farlo.

Mi prende per mano e mi trascina di nuovo in camera da letto. Chiude la porta a chiave. Sul letto di ferro bianco, col sole che inonda la sopraccoperta, comincia a farmi fare l'amore, leccandomi e stuzzicandomi e facendomi venire e venire. I miei orgasmi sono stranamente freddi e insensibili. Semplici riflessi condizionati. È robotica, non passione. "L'amore aumenta o diminuisce sempre," dice la mia mente sana. Cerco di ricambiare, ma Dart non vuole che gli tocchi il cazzo. "No, baby, ...sono io che ho la mano sui comandi." Dopodiché continua a farmi venire ancora e ancora.. finché diventa quasi doloroso e io lo prego di smettere.

Isadora: Basta*!*

Leila: Eppure una volta ti piaceva.

Isadora: A me *piace quando è dolce e tenero, non un semplice massaggio.*

Leila: Devi essere cambiata parecchio, dall'ultimo libro!

Poi mi fa mettere in ginocchio, mi dice di stringere un mucchio di cuscini e mi scopa pazzamente dal di dietro.

A un tratto si ferma, sentendo il mio diaframma col suo cazzo duro e arcuato, infila due dita dentro di me e lo tira fuori, facendolo volare per la stanza come un frisbee. Lancio un grido e faccio per correre a riprenderlo, ma lui mi tiene stretta, e mi scopa, mi scopa fino a venire in una convulsione violenta, riempiendomi del suo seme.

"Piccola, piccola, piccola," geme, tirandomi giù sul letto con lui, coprendomi col suo corpo, umido di sudore e di sperma. Giaccio là con lui, dominata, conquistata, stremata – e intanto spero di non essere rimasta incinta e insieme spero di esserlo, perché ora la mia ambivalenza è completa. Con la mia chiarezza appena ritrovata capisco che il sesso è un'arma per lui, ma una remota parte di me lo accetta come il destino della femminilità.

Dart cade in un sonno profondo e io pure. Nel sogno, do la tetta da succhiare a un neonato, che alza gli occhi su di me e a un tratto diventa una piccola mucca di porcellana. Gli elementi della mia natura morta danzano nel mio sogno: uova, rose, gigli, menadi, coppa di cristallo e mucca... e sono immobilizzata sotto il peso di Dart, incapace di alzarmi e andare a dipingere. Deve essere questa la mia versione dell'inferno, penso: immobilizzata sotto un uomo, incapace di alzarmi e di andare a dipingere... per tutta l'eternità.

Scivolo in uno strano sogno sul professor Max Doerner, il cui libro *I materiali dell'arte* era molto decantato da un mio insegnante di Yale; lo stesso che mi fece conoscere "Le regole dell'amore". Nel sogno però non è questo insegnante, ma Max Doerner in persona che mi fa lezione.

"I suoi quatri si tisintegrano," dice il professor Doerner. "Lei afere abbandonato la tecnica dei fecchi maestri." Cammina tutto impettito per lo studio. "Pigmenti! Gesso! Panni fecchi!" strepita. "Fecchia calce spenta infecchiata nella cava! Benozzo Gozzoli! Benozzo Gozzoli! Benozzo Gozzoli!"

Il professor Doerner è un nano: si apre la patta e si agita il cazzo davanti alla classe. "Fecchia calce grassa!" grida.

A un certo punto di questa sua tirata, mi sveglio (la luce del sole mi dice che deve essere circa mezzogiorno) accanto a Dart addormentato, e spero che il risultato della lotta di potere sessuale della notte scorsa non sia la gravidanza. È già abbastanza dovermi occupare delle gemelle. La sola idea di riuscire a destreggiarmi con Dart, le gemelle, un altro bambino piccolo e la mia arte, è illusione pura. Ogni tela che sono riuscita a tirare fuori dal mio caos, è stata fatta alle spalle delle divinità ctonie, che esigono sangue, sangue, sangue di donna e parto a ogni costo. Ogni donna che riesce a produrre *qualsiasi* dipinto, dovrebbe ricevere la paga da soldato – per quella battaglia combattuta in cielo tra Rhea e Zeus. Non ho mai abortito, perché nonostante le mie convinzioni politiche, ritengo che ogni ovulo sia una vita umana e non potrei mai distruggerne uno, come non potrei mai strappare una delle mie tele. Ma in un certo senso sono stata fortunata, perché non sono una donna dotata di eccezionale fertilità, perciò non sono stata afflitta dalla gravidanza come alcune.

Una sola gravidanza ha prodotto due belle bambine che finora mi hanno dato soprattutto gioia e allegria – e per il dolore che verrà, spero di essere preparata.

So che la lotta tra l'arte e la vita non finisce mai. È già abbastanza difficile per l'uomo, che non è vincolato alla sopravvivenza della specie. Per la donna, è un vero dilemma, un enigma senza soluzione – finché non arriva, forse, alla libertà della menopausa di cui parla Emmie. Devo crederle? Dopotutto, Emmie non è mai stata madre e non sa che la maternità ti rimodella il cuore. Ma io sono la madre di Dart – o delle gemelle? O di qualcun altro, che non ho mai conosciuto? Se avessi un figlio maschio, Dart non sarebbe mai rimasto tanto a lungo nella mia vita. L'idea comincia a girarmi per i meandri del cervello. *Smettila,* mi dico e mi riappisolo per un po', nella speranza che il sonno dipani l'aggrovigliata matassa degli affanni.

Quando Dart si sveglia, è già ora di pranzo. Atterrita dall'idea di chissà quale prodezza inventerà oggi, mi sveglio di colpo, con un sobbalzo di paura, con una gran voglia di un drink, di una riunione, di qualsiasi cosa, che non sia Dart.

Dart si gira nel letto e sorride, coi suoi bugiardi occhi azzurri.

"Piccola, sei bellissima."

"Davvero?"

"Sì." Si strofina contro i miei capelli, i miei seni, il mio ombelico.

"Dio... ho mal di testa, la bocca asciutta, devo lavarmi i denti."

Si alza barcollando e va in bagno a fare le sue abluzioni.

Divisa tra l'idea di restare ad aspettare che torni e mi scopi, e l'idea di balzare giù dal letto, resto lì stesa, perduta in me stessa, pensando che gli ultimi giorni senza di lui sono stati più facili della maggior parte dei giorni con lui.

Di colpo mi viene questa terribile idea: e se tutte le donne ammettessero con se stesse che gli uomini rappresentano un fastidio più grande di quanto non valga la pena? Pensate che liberazione, sarebbe! Ma che abissi di terrore, apre un'ammissione del genere! Se una donna autosufficiente, con tutti i figli che vuole, si sente ancora dipendente dagli uomini, allora deve essere proprio un'esigenza antica e insondabile. Non è solo un'esigenza sessuale. Può essere il bisogno di sentirsi valorizzate, in un mondo in cui essere donna non è abbastanza valorizzante in se stesso. E quando impareremo a valorizzarci *da sole*?

Dart torna a letto. Si tuffa nelle coperte, come l'ho visto spesso tuffarsi nel mare dei Caraibi.

Mi bacia il collo, le orecchie, i seni. Sembra voglia fare di nuovo l'amore, ma ci tratteniamo tutt'e due, come se fosse stata presa una decisione. Ricordo che una volta Dart mi ha detto: "Ce l'hai sempre a disposizione, piccola." C'era un tono di risentimento, nella sua voce, come se il suo atteggiamento "non posso darti altro che amore, piccola," irritasse anche lui. Ha sempre usato il sesso come un'arma, risentendosi del fatto che sia l'unica arma che ha.

Quando una relazione funziona bene solo a letto, alla fine tutt'e due i partner si innervosiscono. Diventano nervosi, perché non vogliono mai alzarsi dal letto. Diventano nervosi perché *devono* alzarsi dal letto... Diventano nervosi perché la Terra della Scopata è un luogo in cui si perdono tutti i propri limiti. La carne viva è quello che cerchi, ma che ti fa anche paura.

È come se Dart e io fossimo arrivati in fondo a una lunga e tortuosa strada. Il sesso comincia a venire a noia. ("Un amante non può mai stancarsi dei favori della sua amata.")

"Piccola," dice Dart giocando il suo ultimo atout, "dobbiamo smettere di bere e di drogarci. Sono pronto a provare con l'Anonima Alcolisti. E tu?"

Di questo argomento, Dart e io abbiamo parlato di tanto in tanto, ma non ultimamente. È come se Dart avesse intuito i miei discorsi con Emmie e fosse pronto a cercare di fare continuare la nostra *Danza macabra*. La mia risposta però non è altrettanto cinica.

"Oh, tesoro," dico come un robot, "ma è meraviglioso!" E il guaio è che dico sul serio.

E così Dart, Emmie e io finiamo tutte e tre alla stessa riunione nella chiesa neoclassica.

Dart è a disagio, sta seduto tutto rigido sulla sua sedia e si guarda in giro disperatamente.

Anch'io mi sento a disagio e in qualche modo responsabile della reazione di Dart al Programma. E se la riunione non gli piacesse? E se dovesse rinunciare al Programma? Sarei tentata di rinunciare anch'io? Emmie ha ragione. Credo sempre di poter controllare tutto.

Da qualche parte nel profondo di quest'ansia, c'è la chiave del pasticcio che ho finito per fare della mia vita. Se solo potessi *essere* e smetterla di asssumermi la responsabilità di quello che gli altri sentono. La resa, ecco quello che cerco. Credevo di cercare la carne viva, e invece cerco la resa, la capitolazione. L'accettazione dell'universo. Del fatto che è Dio e non Leila ad avere in mano le redini del mondo.

La riunione comincia col preambolo e la presentazione dell'oratore, un uomo sulla cinquantina, coi capelli bianchi, che fuma nervosamente e ha un tic all'occhio destro. Mi chiedo se Dart ha notato l'inquietante somiglianza di quell'uomo con suo padre.

Dart continua a scalpicciare per terra come un puledro. Sembra molto in ansia. Be', e perché *non dovrebbe* esserlo? Non lo ero anch'*io*, alla mia prima riunione?

L'oratore si presenta come Lyle di New York e comincia il suo discorso.

"Se volete davvero sapere quanto bevevo in confronto a quanto sono sobrio adesso, vi dirò solo che vivevo su un'isola al largo della costa del Maine con la mia prima moglie e i miei sette bambini. Per raggiungere il continente, c'era solo un piccolo motoscafo. La mia idea del divertimento era prendere il motoscafo e andarmene per settimane per conto mio, lasciando a terra la mia famiglia. Ogni volta che mia moglie si lamentava di questo trattamento, la mettevo al tappeto con un pugno. Non ne sono fiero, ma la verità è che tornavo a casa, prendevo tutti a pugni e me la filavo un'altra volta. Erano miei prigionieri, capite, e io mi immaginavo che loro dovessero accettare il fatto, perché ero io a pagare i conti. Non sono orgoglioso di dire che li trattavo tutti come fossero mia proprietà."

Dart ascolta attentamente, ma non riesco a immaginare quale sia la sua reazione.

Emmie bisbiglia: "Smettila di cercare di immaginare cosa prova Dart. *Tu* cosa provi?"

"Rabbia," dico. "Disgusto."

Lyle continua con la sua saga di violenze alla moglie, ai figli, violenza psicologica e violenza mentale. Il mondo è così pieno di violenza di tutti i generi. Se fossi Dio, la spazzerei via tutta quanta e ricomincerei da capo. Mi infurio, a stare ad ascoltare questo decalogo dell'ubriacone. Non mi identifico con niente di tutto questo. Gli uomini del Programma sono dei tali *delinquenti*, penso. Le donne sono vittime e gli uomini delinquenti. E io, cosa sono? Un po' di tutt'e due?

La storia di Lyle finisce che lui va a disintossicarsi in una costosa clinica per matti, lascia la sua prima famiglia e ne inizia una seconda, segue il Programma da dieci anni e se questi dieci anni non hanno fatto di lui un uomo migliore, perlomeno ne hanno fatto un uomo corrotto, che però non picchia più moglie e figli.

Durante gli interventi dei presenti, resto ammutolita dallo stupore davanti al numero di uomini che affermano di identificarsi in Lyle. Lo odio, odio la sua violenza, la sua presunzione. Quest'odio è un'emozione straziante, nell'atmosfera di sospensione del giudizio che regna alla riunione. Ma confessare un comportamento corrotto, serve forse a redimerlo?

Dart alza la mano. "Sono Dart, drogato e alcolizzato," dice, "e questa è la mia prima riunione. La tua storia mi ha fatto pensare a quella volta in cui mio padre mi tenne con la faccia sott'acqua e cercò di annegarmi, perché avevo osato rispondergli male. Sono pieno di sentimenti contrastanti, ma sono felice di essere qui. Desidero diventare sobrio con tutto il cuore." La gente guarda Dart come se la sua confessione avesse scatenato qualcosa di potente dentro di loro. Quanti alcolizzati in questa stanza hanno lottato tra annegamenti e botte per arrivare fin qui, nel seminterrato di questa chiesa nelle campagne del Connecticut? Penso a tutte le probabilità che sono contro di noi e gli occhi mi si riempiono di lacrime.

Abbraccio Dart. "Tesoro, sono così fiera di te," dico, rivedendo all'improvviso il mio giudizio sulla storia di Lyle. Se ha potuto suscitare questa reazione in Dart, deve esserci qualcosa di buono. Decido di sospendere il giudizio sulla razza umana e di non sparare a zero su tutti. *Non ancora.*

A quanto pare, sto ancora pensando di essere Dio. E la mia mente sana, lontanissima, quasi impercettibile, sussurra: "Leila, sei una persona amabile, lo sei davvero, non devi stare qui a sorbirti tutta questa merda."

Isadora: Non mi piacciono i capitoli in cui parli del'Anonima Alcolisti. L'Anonima Alcolisti è una cosa di cui non si può scrivere. Quello che succede suona banale, anche se in realtà non lo è. Una terapia di gruppo non *può essere trasferita sulla carta.*

Leila: Allora cosa suggerisci di fare? Lasciare la nostra eroina alcolizzata, disperata, senza speranza? L'Anonima Alcolisti a me *è servita.*

Isadora: Lo so. *Dopotutto, ti ci ho mandato* io. *Ma in fondo è solo una delle tante strade che portano alla conoscenza di se stessi... Se si comincia a capire che la risposta è dentro di noi... se si smette di dare la colpa agli altri...*

Leila: Ssst. Questa è la mia storia.

8

Le notti bianche

Zingara non fargli male.
Stregalo per me, ancora una volta.
Oh, non fargli male, zingara.
Stregalo per me ancora una volta.
Fa' solo che mi ami,
Ma, per favore, toglimelo dalla mente.

Bessie Smith

Dart diventò ferocemente sobrio – almeno per un po'. Il Programma divenne la sua raison d'être. Rimase in campagna con me tutta la settimana, andando almeno a due riunioni al giorno, parlando solo di Programma, Programma, Programma – come un convertito a una nuova religione – e senza mai né bere né drogarsi.

E riuscì a spremerne tutti i vantaggi che poté. In nome della sua nuova "conversione", mi convinse a metterlo sul libro paga della mia società per mille dollari alla settimana e a fargli fare una carta di credito American Express di platino a suo nome. Non che mi avesse veramente chiesto queste cose; fui piuttosto io, nella mia gioia delirante che stesse veramente lì con me, a offrirgliele e lui, dapprima riluttante, finì per accettarle.

Ero entusiasta della nostra nuova vita. Andavamo insieme alle riunioni, lavoravamo insieme, leggevamo insieme i libri dell'Anonima Alcolisti. Però non dormivamo insieme. O meglio, dormivamo insieme ma senza scopare. In regime di sobrietà, l'infaticabile cazzo di Dart si afflosciava. Nella sobrietà, Dart, che non era mai stato né apatico né fiacco, diventò l'uno e l'altro. Nella sobrietà, Dart piangeva, urlava, s'infuriava e faceva l'esame di coscienza, ma non scopava.

Dart impotente non era un bello spettacolo. Era convinto che la sua vita fosse finita. Forse tutti gli uomini si identificano col proprio cazzo, ma nel caso di Dart l'identificazione era totale. Stava steso sul letto fiacco e moscio come il suo pene. Piangeva vere lacrime.

E dava la colpa a me.

Provai di tutto. Reggicalze nero e biancheria due pezzi; reggicalze nero senza biancheria. Trucchi con la lingua, con le dita, con il baby oil. Video erotici, libri erotici, tutte le riviste, da *Hustler* a *Puritan* – sì, c'è proprio anche una rivista che si intitola così! – da *Penthouse* a *Screw*. Ma non servì a niente. Nella mia bocca, il cazzo di Dart restava moscio quanto la mia lingua. Tenevo il mio bambino tra le braccia e lo cullavo.

"Succede a tutti, ogni tanto," dicevo, cominciando a stufarmi del mio ruolo.

"A me, mai," diceva Dart, "nemmeno da bambino."

"Te lo assicuro, caro, vedrai che prima o poi andrà tutto meglio."

"E tu come lo sai?" chiedeva Dart petulante.

E in cuor mio davo più ragione a lui che a me. Se avessi potuto guarirlo portandogli a casa una puttanella, lo avrei fatto.

Rimase con me (si fa per dire) una settimana, ma alla fine ripartì con la moto, portandosi via la sua carta di credito di platino, la busta paga e il suo cazzo floscio.

A questo punto crollai definitivamente. E mi venne voglia di bere, di buttarmi sotto le ruote d'un treno, di bruciare tutte le tele del cowboy e i fotogrammi fissi. Emmie ricomparve per impedirmelo

"Non voglio più vivere," le dico. "La sobrietà mi ha portato via tutto quello che amo: sesso, lavoro, Dart..."

"Non è affatto vero," dice lei. "Ti senti così adesso. Le sensazioni non sono fatti."

"Emmie, odio la mia vita. La mia vita fa schifo. Sono fottuta. O meglio non sono fottuta affatto. Odio quelle stupide riunioni. Odio quei seminterrati cadenti, puzzolenti di fumo, quei biscottini rancidi e il caffè che sa di plastica. L'unica cosa buona del Programma, era che mi aveva restituito Dart e adesso me lo ha portato via di nuovo. Non posso sopportarlo. Ho un tale dolore."

"Lo so," dice Emmie. "Niente può sradicare quel dolore, ma se ti dico che fra un anno la tua vita sarà completamente diversa, mi credi?"

"No."

"Be', invece è così. Posso solo chiederti di continuare a frequentare le riunioni e aspettare. Cerca di vivere giorno per giorno. Cerca di non fare previsioni. Cambierà tutto in modo così straordinario, che non ci crederai. Ricordi le tue menadi e il cristallo? D'ora in poi, saranno solo menadi e cristallo."

Ma non fu così. Fu desiderio, lacrime e vuoto. Mi sentivo orfana. Sentivo la mancanza di Dart nelle viscere, Dart era una parte di me – forse la parte pazzamente irresponsabile – la parte che voleva correre, sbizzarrirsi, bere, drogarsi, fare la Donna Giovanna, la Donna Chisciotta, la picara matta, senza fissa dimora e un milione di pseudonimi. Dart era prezioso per me, perché *era* me. O almeno – la parte di me che io non potevo esprimere liberamente – il cattivo ragazzo che fremeva dentro di me.

Mi vestivo tutta per benino, andavo alle riunioni dell'AA e mi sedevo, accavallando le gambe sotto la minigonna per il mio idraulico, per la vecchietta che vendeva anticaglie in Route Seven e l'ex attrice che gestiva un negozio di gourmet in paese. Guardavo con aria bramosa il trasognato veterinario trentenne dall'aria equina che faceva visite a domicilio a tutta la contea (io speravo che visitasse la *mia* stalla) e il tipo calvo che vendeva chiodi al negozio di ferramenta e l'autista di limousine col naso come un lampone, che ora mi chiamava Leila e non più Ms Sand, perché eravamo tutt'e due nel Programma. Immaginavo di scopare tutti questi tizi, ma invece andavamo fuori a bere un caffè e a parlare del Programma.

Divenni una cliente fissa del caffè del paese, dove andavano tutti dopo la riunione, e finii perfino per trovare *piacevole* la sensazione di starmene là seduta a parlare con un uomo, senza considerarlo un oggetto sessuale. Cominciai ad ascoltare gli uomini, a sentire quello che dicevano della loro vita, delle loro mogli ed ex mogli, dei loro padri, delle loro frustrazioni, dei loro cazzi. Imparai che se smettevi di considerare un uomo solo come un tale che può darti un orgasmo o un bambino, o salvarti la vita, si poteva diventare veramente amici e scoprire che anche lui era un essere umano né più né meno come te. Mi resi conto che per tutta la vita avevo considerata gli uomini solo come nemici e prede – senza saperlo – e perciò anche loro dovevano avermi considerata allo stesso modo. E capii anche che la vita senza sesso non era poi la disgrazia peggiore del mondo. Era come il digiuno. I primi tre giorni erano un inferno, ma dopo un po' stavi benissimo e ci provavi perfino gusto. Rinunciando ad aspettarmi qualcosa dagli uomini, scoprii che stavo imparando cose che non avrei mai immaginato.

Gli alti erano alti e i bassi erano più bassi del basso. A volte giravo per la campagna a bordo della DART, cantando a pieni polmoni e altre volte crollavo nel letto sentendomi una merda, cercando disperatamente la mia mente sana, senza riuscire a trovarla. Mi guardavo allo specchio, mi pizzicavo la pelle sotto il mento e decidevo che stavo entrando in menopausa e che mi stavo rinsecchendo per mancanza di una buona scopata. Non sono il tipo di donna che rinunci al sesso senza protestare. Non entrerò certo tranquillamente nella pace dei sensi... Ho sempre considerato un bel cazzo duro un toccasana per la salute e per la bellezza ed ora eccomi lì a vivere senza la mia cura di bellezza preferita, il mio alimento supervitaminico e la mia pozione per dormire. Presi in considerazione il suicidio in varie forme: mi sarei potuta immolare coi miei dipinti, oppure buttarmi da una scogliera con l'auto di Dart (non potevo usare sonniferi o tranquillanti, perché seguivo il Programma). Ma poi immaginavo l'espressione stravolta sul viso delle mie dolci gemelline, l'orrore, il senso di tradimento e di abbandono che avrebbero provato, e cambiavo idea. Non avrei mai fatto una cosa simile alle mie due bimbe. Cominciavo a capire che tutti i miei gesti avevano delle conseguenze.

Capire le conseguenze dei propri gesti, non è la stessa cosa che avere un senso di colpa. Il senso di colpa non serve a niente. E nemmeno l'autoflagellazione. Ma capire che i tuoi gesti hanno delle conseguenze, che hai delle scelte, è un'altra cosa. Questa era la cosa più importante che stavo imparando dal Programma, cominciavo a capire di essere un campo di forze, i cui movimenti avevano ripercussioni in tutto l'universo, e cominciai ad assumermi la responsabilità – e il merito – di queste ripercussioni, a capire che non ero una vittima del "Fato". Sì, Dio, Divinità, Potere superiore, Spirito santo, agivano *attraverso* di me. Io ero il contenitore umano di una forza divina. Ma essere un contenitore, non era come essere una vittima o una pedina. La vita scorreva in me, perciò il mio corpo e la mia mente dovevano essere rispettati. Erano templi dello spirito. Non potevano essere gettati via con leggerezza.

Isadora: Devo ammettere che divento molto nervosa, quando cadi in tutta questa roba alla Shirley Malarky a proposito di Poteri superiori, Templi dello spirito, Cristalli guaritori, und so weiter. *Il fango del sesso è già abbastanza insopportabile, ma tutta questa merda* spirituale *aggiunge al danno anche le beffe. Credi sia proprio quello che l'epoca richiede?*

Leila: Milioni di donne cercano la soluzione spirituale alla nostra società impazzita...

Isadora: In altre parole, sarebbe quello che succede, piccola...?

Leila: Per essere quella che ha dato il via alla faccenda, sei di mentalità molto ristretta.

Isadora: Mi dispiace *di avere dato il via, mi dispiace davvero. Penso sarebbe meglio che girassimo tutte in crinolina e cintura di castità.*

Leila: Non dirai sul serio...

Isadora: No comment.

Leila: Allora posso continuare?

Isadora: La ricerca spirituale della carne viva, in modo nuovo e migliore? Accomodati pure.

Cominciai a meditare: una mia forma di meditazione tutta particolare; mi sedevo sul fianco della mia collina (i fili d'erba mi solleticavano le ginocchia e il sedere, le formichine si arrampicavano innocuamente sulle mie gambe immobili) e mi concentravo sulla mezza distanza (una nuvola gibbosa, un filo d'argento che scintillava al sole) e ringraziavo Dio per la mia vita.

Cominciai a notare cose che non avevo mai notato prima: i cespugli di lampone lungo il mio vialetto, le ninfee nel mio stagno a invaso, i licheni dorati che coprivano le pietre sulle sponde. Cominciai a ringraziare Dio per il lichene, per i lamponi, per le nuvole. Cominciai a pregare.

Un giorno, seduta sull'erba, fissando a mezza distanza, cominciai a ripetere come fosse un mantra: grazie

grazie grazie e ogni volta che lo dicevo, mi sentivo sempre più grata, sempre più viva.

Sapevo che quello spirito di lode era dentro e fuori di me e che Dio mi aveva messo sulla terra per uno scopo, che non mi doveva necessariamente essere chiaro a ogni istante. Dovevo solo onorare lo spirito dentro di me e portarlo nell'universo. Distruggerlo sarebbe stata un'eresia grande come quella di distruggere i miei dipinti o strangolare le mie gemelle. Mi era stata data la vita. E io dovevo solo accettare il dono.

Poi Dart tornò a casa. Tornò sballato, carico di doni comperati coi miei soldi e con le mie carte di credito. Non c'è niente di più irritante. W.H. Auden dice che è più sconcertante essere ingannati da un vescovo che da un commesso viaggiatore. Ma ricevere dei doni di cui poi ti arriverà il conto, è ancora più sconcertante. Dart mi porge un astuccio di Tiffany, con un anello di fidanzamento con un grosso zaffiro, circondato da diamanti a baguette.

"Sposami," dice, "o me ne andrò di nuovo."

Francamente non è la proposta di matrimonio che una donna sogna. Per quanto ami Dart e non possa immaginare la mia vita senza di lui, so che sposarlo sarebbe legare la mia vita a quel genere di squallore e di agitazione che sto sperimentando ora; sarebbe una specie di condanna. Le cose sarebbero sempre così: arrivi a sorpresa e penose partenze, serenità in frantumi, tranquillità messa a dura prova, fino al punto di rottura e nessuna speranza di qualcosa di diverso in futuro.

"Dart, tesoro," dico, "sposiamoci quando avremo seguito il Programma per un anno, vuoi?"

Dart mi guarda accigliato. "Ti vuoi sbarazzare di me," dice.

Può darsi. Squilla il telefono in cucina. Ci precipitiamo tutt'e due a rispondere. Arrivo io per prima.

"Pronto?" dico. All'altro capo del filo, qualcuno respira, poi riattacca. Immagino la biondina di cui ho trovato le foto e la rossa, di cui ho trovato le lettere, e la brunetta, di cui ho trovato la cipria nell'auto.

"Chi è?" chiede Dart.

"Dimmelo *tu*," ribatto. "Io non ho amici che chiamano e riattaccano quando rispondo... e tu?"

"Non ti fidi di me!" grida Dart, dirigendosi tempestosamente verso la camera da letto.

"Come posso fidarmi di te, se sparisci per giorni e giorni, poi ricompari con addosso il profumo di un'altra, col rossetto di un'altra sulla camicia? Come posso fidarmi di te, se mi comperi regali col mio denaro e pretendi che ti ringrazi, se imperversi per la casa perché non voglio esserti grata di un comportamento del genere? Come posso fidarmi di te, se non sei una persona degna di fiducia!"

"Ah, ecco!" urla Dart. "Questa è l'ultima goccia! Non posso stare con una donna che non si fida di me... è troppo avvilente! Me ne vado!" Mi getta l'anello e se ne va (portandosi via la mia carta di credito). Come se fossi in preda a una crisi, crollo a terra e piango, e sento che la mia vita è proprio finita. Ascolto lo scoppiettio della moto sul viale uscire di nuovo dalla mia vita.

Isadora: Per una volta, non potresti piangere seduta su una sedia?

Leila: Tu *potresti?*

Mentre sto per terra, con le lacrime che cadono sulle tavole del parquet, un barlume di luce comincia a spuntare, la mia mente sana sta tornando. Non devo vivere in questo modo. Non devo permettere che la mia stima di me stessa venga fatta a pezzi un giorno sì e uno no solo per avere sesso allo stato puro. Anche il sesso non è più quello d'una volta. Ora che comincio a *vedere* cosa fa Dart col sesso, la cosa diventa sempre meno allettante. Capisco il gioco. E con questa consapevolezza, arriva la libertà. Mi alzo da terra, mi asciugo le lacrime e chiamo Emmie – che per fortuna è in casa.

"Dart se ne è andato di nuovo."

"Grazie a Dio," dice Emmie.

"E io ne sono quasi felice."

"Grazie a Dio anche per questo."

"Mi sento quasi allegra. Spero quasi che non torni più."

"Te lo ricorderò quando meno te l'aspetti," dice Emmie.

"Lo so."

"Senti... perché non prendi l'auto e non vieni in città a stare un po' con me? Tanto non lavoreresti. Potremmo andare a una riunione dell'AA a New York, oppure a trovare una tale che legge i Tarocchi o semplicemente andare a cena fuori..."

"E se Dart chiama e non mi trova?"

"Che chiami... Gli farà bene," afferma Emmie. "E poi, invece di preoccuparti di Dart, potresti fare quello che è meglio per Leila. Per una volta, considerati la tua prima priorità. Non devi farti condizionare da nessun altro. *Afferra* la tua vita, Dart è secondario... e *noioso*. Sei *tu* che gli dai tutto il potere che ha."

Mi sento stringere dal panico all'idea di andare in città e lasciare incustodito il telefono, quel dio domestico. Potrei andare nel mio appartamento a New York, ma ho paura di quello che potrei trovarci.

"Dai," insiste Emmie, "se vieni in città ti invito a cena."

"Hai vinto," dico, con la sensazione di prendere la decisione più coraggiosa della mia vita.

Mi metto al dito l'anello di fidanzamento che mi ha comperato Dart e mi dico: "Sposami!" È l'unica soluzione al mio problema coniugale che non abbia ancora provato.

È una splendida mezza estate nel Connecticut e io mi sono appropriata dell'auto che avevo comperato per Dart. Con la carrozzeria rosso sangue di bue e l'interno di cuoio bianco, lo stereo nuovo e il motore completamente rifatto, si guida che è un sogno. Ma Dart ha ridotto l'interno in uno stato pietoso, come tutto quello che tocca. Attrezzi rotti sul pavimento, scatole sfondate di kleenex, bucce di banana, noccioli di pesca. Tratta l'auto allo stesso modo in cui suo padre tratta la casa di Rittenhouse Square: come una specie di elegante bidone per la spazzatura. Quello schifo mi fa arrabbiare e la rabbia mi dà l'energia per arrivare fino a New York. Il carburante è accessorio.

Sfreccio rombando verso New York con Bessie Smith che strepita (ho due set completi di Bessie Smith: dischi per casa e cassette per l'auto). Canto insieme a lei *Kitchen man*, una delle sue canzoni più suggestive.

Vado pazza per le sue cime di rapa,
Adoro il modo in cui mi scalda le costolette
Non posso vivere senza il mio uomo di cucina...

Mentre guido, mi si rischiarano le idee e comincio a riflettere sulla mia situazione – onestamente spero. Volevo la libertà per fare il mio lavoro e questo mi ha portato alla solitudine. Ho lasciato Thom per avere le gemelle con Elmore e ho lasciato Elmore perché alla fine si imbronciava ogni volta che mi vedeva accostare il pennello a una tela. Ho lasciato che Dart se ne andasse, perché non volevo più drogarmi con lui e lui ha trovato altre che invece volevano farlo. Possibile che sia tutto così semplice?

Nessuno ha preparato le donne della mia generazione – noi baby-boomer, noi sporgenza gravida nel grafico della popolazione – ai cambiamenti che ci hanno colto di sorpresa. Volevamo avere tutto: lavoro, amore, quadri e bambini – e l'abbiamo avuto, ma abbiamo pagato un caro prezzo: il prezzo della solitudine e dell'isolamento. Nessuno ci ha preparato a questo, perché nessuno sapeva *come* prepararci. Ci siamo trovate in uno strano momento storico. La vita delle nostre madri e delle nostre nonne semplicemente non serviva come modello. Se fossimo nel 1920 o nel 1945, non avrei mai lasciato Thom per cercare le gemelle e le carriere gemelle nel Chianti. E se fossimo nel 1930 o nel 1935, non avrei mai lasciato Elmore per invischiarmi con Dart. Le donne della mia generazione stavano sperimentando un nuovo stile di vita, mai tentato prima dalle donne in tutta la storia dell'umanità. Non c'è da stupirsi quindi che ci sentissimo così sperdute, a volte dei paria e a volte delle pioniere. Stavamo spezzando tutti i tabù femminili, anteponendo la nostra vita creativa, l'espressione di noi stesse alle esigenze della specie.

Isadora: Dov'è Margaret Mead, adesso che abbiamo bisogno di lei?

Leila: Perché non vai alle Trobriand e mi lasci in pace?

Isadora: Perché non riuscirai mai a uscire da questo pasticcio, senza di me!

Nessuna meraviglia che ci sentissimo delle traditrici nei confronti delle nostre madri e delle nostre nonne e, spesso, anche nei confronti dei nostri figli e dei nostri uomini. Non c'erano rituali, per noi. Avevamo abbattuto quelli vecchi e non ne avevamo creati di nuovi. Non c'erano schemi. Avevamo disfatto il passato, senza tessere il futuro. Che fare? Ah, ecco la grande domanda del secolo!

E gli uomini? Gli uomini erano soli e sperduti come noi. Si aspettavano calore fisico e psicologico e hanno preso un calcio nelle palle. Si aspettavano che fossimo corpi caldi a letto, coppe e coppiere, procreatrici e hanno dovuto sentire le nostre lagne sulla nostra maledetta creatività. Volevano quello che avevano sempre avuto: un sedere caldo nel letto. Come era *mai* possibile che una natura morta con menadi e cristallo potesse sostituire un sedere caldo nel letto?

La *Teoria del sedere caldo*. Si potrebbe riscrivere tutta la storia basandosi sulla teoria del sedere caldo a letto. A quest'idea, mi misi a ridere forte da sola.

"Bene, brava Leila," pensai. "Perlomeno stai ridendo: è già un progresso."

Era confortante pensare alla propria vita come a una parte di un processo storico – confortante e forse anche vero. Ero in parte vittima del mio alcolismo, in parte del mio talento e della mia celebrità, ma in parte ero anche vittima della storia: troppe donne nate e non abbastanza uomini, nessuno schema di vita su cui basarci, la famiglia che va in pezzi e comincia a essere sostituita da... da che cosa? Da niente.

Cercavamo di ricrearla con l'amore di gruppo; AA, OA e Anonima anche per i parenti degli alcolisti. Andavamo disperatamente verso l'apocalisse in una grande ammucchiata. Cercavamo un modo nuovo di essere animali comunitari. Avevamo bisogno di nuove identità tribali, perché le vecchie non ci bastavano più. Cercavamo di reinventare la specie umana nei seminterrati delle chiese, col caffè al posto del vin santo, biscottini al posto dell'ostia consacrata. Il sangue e il corpo: caffè solubile e dolcetti al cioccolato. Una carica di caffeina e zucchero per innalzarci verso Dio.

Mi dirigo verso Soho, parcheggio l'auto nel mio garage, mi viene una mezza idea di andare nel mio appartamento, ma poi decido di andarci dopo cena. Forse sto rimandando un atto di coraggio, ma la procrastinazione non è il peccato più grave del mondo – finché l'ammetto. Poi attraverso la parte sud di Manhattan per andare al luogo dell'appuntamento con Emmie: da Silvano.

La città ha quella sua splendida puzza di mezza estate, l'opposto del verde Connecticut. Pattumiere traboccanti, blatte che attraversano tranquillamente la strada, come fosse di loro proprietà, radio che strepitano, clacson che urlano, vagabondi, accattoni, magnifici fusti gay in pantaloncini corti e voluttuose ragazze in maglietta e minigonna, che mettono in mostra ginocchia e seni inutilmente, inutilmente. Mi sento traboccante di energia newyorkese. Questa è la Città imperiale, la Roma del tardo impero, la Parigi della fin de siècle, la Londra di Hogarth. Questo è il centro incandescente dell'azione e per una volta l'energia vitale di New York mi alimenta, mi carica, mi dà forza invece di risucchiarmela.

Passo davanti a un mucchio di spazzatura particolarmente olezzante e nel mio nuovo stato di grazia lo trovo bellissimo, quasi quanto la mia collina nel Connecticut. Deve essere questa la saggezza zen, penso, trovare l'immondizia bella come un rovo di lamponi. Deve essere questa la gioia: vedere il mondo in un mucchio di spazzatura come in un silo argenteo di campagna.

L'intera città pare sul punto di fondere. Ha quella sua particolare qualità liquescente che raggiunge certi giorni a trentasei gradi di temperatura. L'aria stessa sembra un animale: vibrante, piena di vita. Amo questa sensazione di umidità sulla pelle, il sudore che mi fa appiccicare la camicetta trasparente alla schiena. Mi sto godendo questa giornata, invece che esserne irritata: un altro dono dell'AA.

Ogni giorno è un buon giorno, penso, anche i giorni brutti. Ogni giorno è un dono. Può darsi che l'odore sia cattivo, ma dobbiamo comunque essere contenti di avere un naso per annusarlo. Nessuno ci ha promesso un naso. Nessuno ci ha promesso un giardino olezzante.

Fisso il mucchio di spazzatura e penso a un giardino. Il mucchio d'immondizia è bello a modo suo: bidoni traboccanti di tutti i sordidi rifiuti della nostra vita: mezze arance che splendono come soli tagliati a metà, lattine d'alluminio che scintillano come ornamenti dell'albero di Natale, sacchetti sgualciti di tutti i colori dell'arcobaleno, bottiglie di birra di tutte le sfumature del verde erba e del marrone terra.

Vedo questo giardino nel mucchio d'immondizia, perché improvvisamente sento un giardino dentro di me. Un tempo, immaginavo il mio torace come un intrico di vene recise e arterie tagliate. Un tempo avevo dentro un vuoto urlante, un vuoto che aveva bisogno di essere colmato da un cazzo, un vuoto che chiedeva un altro bicchiere di vino, un altro joint, un'altra folle partenza per Hong-Kong sul primo aereo. Ma ora comincio a provare un gusto di serenità, un'ombra di serenità – e questo trasforma tutto. Da dove viene?

Dalla grazia, suppongo.

Immagino l'interno del mio torace e vedo all'improvviso un giardino pieno di girasoli che chinano la testa, appesantita dai semi, e zinnie dai brillanti rosa, arancioni e rossi. E cesti di fucsie, con le campanule pendenti rosso porpora, e rose rosse rampicanti, e alberi potati di rose bianche, e tageti muschiate, che spuntano splendenti dal terreno. Questo è il *mio* giardino e *nessuno* potrà portarmelo via, per quanti trucchi possano essere operati sulla mia carne. Questo giardino è totalmente mio; questo giardino mi alimenta, cresce perché io cresco. A un tratto mi viene una gran voglia di dipingerlo. Di tornare subito a casa a dipingerlo.

E invece vado all'appuntamento con Emmie da Silvano per cenare. Entrando, riconosco e saluto con un cenno una mezza dozzina di persone del mio ambiente di lavoro: artisti, galleristi, disegnatori di cataloghi, frequentatori di mostre e gente che spera di essere scambiata per tali.

C'è una bionda elegante, sulla cinquantina, con un marito mafioso che le ha aperto una galleria sulla West Broadway con l'idea di lavarci il denaro sporco, il che non le impedisce di essere molto ammirata a New York. Quante storie preferirei non conoscere, sui galleristi di New York. Dart e le sue devastazioni sembrano improvvisamente molto lontane.

Emmie è seduta a uno dei primi tavoli e sta bevendo un bicchiere di Tab al lime e ha un'aria raggiante.

"Sei splendida," le dico (si dice per scherzo che nella vita ci sono due periodi: la gioventù e "sei splendida").

"Anche tu," dice Emmie. "Perdere Dart ti ha fatto passare anche tutte le rughe di stanchezza dal viso."

"Mi sento meravigliosamente bene," dico. "Tutt'a un tratto, mi sento come se la mia vita stesse cominciando, non finendo."

"Buffo, vero?" dice Emmie, col suo sorriso radioso. "Ricordi che nel *Taccuino d'oro* le due donne continuavano a dire: 'Buffo vero?' "

"Non lo leggo da *anni,*" dico. "Da ragazzina ricordo che mi sforzai di leggerlo, ma mi sembrò troppo pesante."

"Be', leggilo ora. È la storia della nostra vita. 'Donne libere', tra virgolette, naturalmente."

"Buffo che tu dica questo, perché mentre venivo a New York in auto, pensavo che noi rappresentiamo un tipo completamente nuovo di donna."

"Nel medioevo, ci bruciavano come streghe," dice Emmie.

Ordiniamo la cena italiana che adesso passa per autentico cibo di New York: fichi e prosciutto, pasta, vitello e rucola in insalata. Mi diverte vedere il giovane e abilissimo cameriere, con la coda di cavallo e un orecchino di smeraldo all'orecchio sinistro, fare roteare le specialità come se stesse facendo un provino per un musical di Broadway. Questo accade solo a New York, penso, dove tutti i camerieri sono attori. In Italia, i camerieri sono camerieri.

"Forse dovremmo fare un viaggio insieme," dico. "In Europa, magari."

"Cosa? E lasciare qui Dart?"

"In culo Dart," dico con una spavalderia che in quel momento è sincera.

"Cos'è quell'anello?" mi chiede Emmie. "È stupendo."

"Sono fidanzata," rispondo.

"Tu sei *cosa*?"

"Mi sono fidanzata con Louise Zandberg. Leila Sand sposerà Louise Zandberg."

"*Mazel Tov*," cioè congratulazioni, dice Emmie col suo accento da scuola privata.

Beviamo le nostre Tab e mangiamo allegramente la nostra cena, guardandoci attorno nel ristorante e salutando con un cenno del capo o della mano varie amabili presenze del mio corrottissimo mondo. Solo venire in città mi ha messo di buon umore, mi ha reso felice. Non è il mio pane, stare a casa a piangere stesa sul pavimento dell'anticamera. La mia mente sana è tornata: che sia la benvenuta.

"Non so proprio perché non lo faccio più spesso," dico.

"Perché te ne stai tutta sola nel Connecticut a bere e ad aspettare che Dart ti scopi," dice Emmie.

Mangiamo, chiacchierando degli amici, del libro di Emmie sulla menopausa, del prossimo ritorno delle gemelle, dei miei nuovi quadri. La vita sembra di nuovo bella... anche senza Dart.. A un certo punto mi alzo per andare a fare pipì.

Mentre vado verso la toilette delle signore, a un tavolo di quarta fila, nella cosiddetta Siberia, riservata agli sconosciuti o alla gente non famosa, riconosco la faccia della biondina slavata, di cui avevo trovato alcune foto tra le cose di Dart a casa mia. È lì seduta, che sorride tutta compiaciuta e legge il *New York Times*. Sulla spalliera della sedia accanto a lei è appoggiata una giacca di lino bianco che ricordo di avere comperato per Dart.

Il cuore mi salta almeno dieci colpi. Sono tutta in un bagno di sudore. Quasi non riesco a respirare.

La ragazza alza gli occhi, mi fissa per un istante, sulle prime sembra non riconoscermi, poi si rimette a leggere il giornale.

Trovarmi davanti in carne e ossa quel viso visto in fotografia, mi riempie di panico. Dov'è Dart? Deve essere nella toilette degli uomini.

Vado alla toilette, cerco di fare pipì senza riuscirvi, sapendo che lui è proprio dall'altra parte della parete. Resto seduta sul cesso tenendomi la testa tra le mani. Disperata e insieme confusa, alla fine mi costringo a fare pipì, poi mi alzo, mi ritocco il trucco e apro la porta. Fuori c'è la biondina appoggiata alla porta della toilette degli uomini, e bisbiglia qualcosa attraverso il legno. Poi mi guarda, stavolta mi riconosce, si volta e torna al suo tavolo.

Busso con forza alla porta della toilette degli uomini.

"So che sei lì dentro, vigliacco... vieni fuori!"

Nessuna risposta. Solo il rumore dello sciacquone.

"Bastardo!" urlo. "Smettila di nasconderti. Esci di lì!"

La serratura si muove e un Dart dall'aria molto impacciata viene fuori.

"Il guaio di mentire," sbotto, "è che alla fine ti lascia maledettamente solo. Menti all'unica persona che ti ama veramente e poi non hai più nessuno di cui fidarti e nessuno si fida più di te."

Isadora: Discorso! Discorso!

Dart arretra verso la toilette, lui, il grande macho che si è sempre fatto vanto di proteggere me e le mie gemelle.

Mi guarda con aria implorante, come per dire: "Mammina, perdonami." Si stringe nelle spalle. "Ci ho *provato*," dice. Il guaio è che so che è vero. La ragazza si avvicina.

"Spero che tu possa permettertelo. È un uomo *molto* costoso," le dico.

"Nella vita non esiste solo il denaro," fa lei sprezzante, in un modo che lascia intendere che Dart si è lagnato di me con lei, del fatto che non spendevo abbastanza per lui. Ah! Con quello che ho speso per quest'uomo ci si potrebbe comperare una graziosa villetta nel sud della Francia!

"Somigli a tuo padre ogni giorno di più," gli dico.

"Questo è un colpo basso," ribatte la ragazza.

"Basso, ma vero," replico io.

Dart tace. Che se la sbrighino fra loro donne, urla il suo silenzio.

"Mi *dispiace* molto per lei," dice la piccola, con tutto il disprezzo che una donna di venticinque anni può avere per una di quarantaquattro – un disprezzo nato dalla beata ignoranza. "Andiamo, tesoro."

Lo prende per mano e lo riconduce verso il loro tavolo, dove lo aspetta la ricevuta dell'American Express da firmare, insieme con la carta di credito di platino, i cui conti arrivano a me.

"Eh no," esclamo. "Ho già pagato la tua ultima cena!" e afferro la carta di credito e strappo la ricevuta in mille pezzi, facendoli ricadere su di me come tanti coriandoli.

"Che *meschinità*!" sputa sprezzante la ragazza, tirando fuori da un portafogli consunto una Mastercard appoggiata a una banca dell'Ohio.

"Ecco..." dice al maître, che nel frattempo si è avvicinato, per vedere se c'era una baruffa in vista. "Pago io."

"Puoi starne certa," dico, prima di tornarmene a grandi passi da Emmie, al nostro tavolo. "Pagherai e pagherai."

"Ma cosa diavolo ti è *successo*?" chiede Emmie.

"Non hai sentito?"

"C'era una certa agitazione nell'altra stanza, ma non ho capito cosa fosse."

Sono in un bagno di sudore e senza fiato.

"Ho appena recitato la mia ultima scena con Dart," dico. "Adesso devo solo tagliare in due questa e cambiare serratura." E do a Emmie la carta di credito, su cui c'è scritto: Darton Venable Donegal IV.

"È tutta tua," dico. "Perché non facciamo un sabba delle streghe e non la bruciamo? Poi potremmo spargerne le ceneri nel nostro calderone..."

"Ma cosa è successo?" chiede ancora Emmie.

"Vedi quei due?" dico. "Sono Dart e il mio rimpiazzo. Spero che la sua carta di credito sia buona. Ne avrà bisogno."

9

Spavalderia e dopo

Al mio risveglio, avevo il cuscino bagnato di lacrime,
Un solo giorno lontano da lui sembra mille anni...
Ho bisogno di amore perché sono parecchio giù di corda.

Leola P. Wilson e Wesley Wilson

Poco importa chi sia a rompere una relazione. Che sia tu o lui, il dolore è lo stesso.

Dormi con un uomo per quasi cinque anni, annusi l'odore del suo sudore, senti le sue gambe pelose che ti sfiorano di notte, e sei legata a lui. Quando se ne va, è come un'amputazione. E vai in giro in cerca d'una stampella di legno, pur sapendo che non servirà a niente.

Poco importa che tu sappia o meno che quell'uomo non va bene per te. Poco importa che tu sappia che quell'uomo non va. Alla fine di una storia d'amore, aderisci alla scuola di pensiero di Stella Kowalski: ci sono cose che succedono al buio tra due persone, che fanno sembrare giusto tutto quello che succede alla luce.

La prima notte fu la peggiore. Mi costrinsi a dormire sola nel mio attico, disseminato di cose di Dart... e della sua puttanella. Quella ragazza era davvero un fenomeno. Il suo sbrindellato reggiseno e le sue mutandine macchiate erano insolentemente stesi ad asciugare sopra il mio lavabo; sul cassettone c'era l'astuccio semiusato delle sue pillole anticoncezionali; e sul comodino, c'era il suo profumo (*Charlie*!).

Passai in rassegna le sue cose con rabbia e curiosità. La borsa da trucco tutta sporca e piena di pezzetti sbriciolati di cosmetici dozzinali che io non avrei mai usato, il serpente arrotolato della doccetta per le irrigazioni vaginali infilato in un sacchetto di plastica, nella borsa. La vestaglia di acrilico, a fiori rosa e verde acqua, le pantofoline, consunte e sporche, di spugna verde acqua. Contemplai la possibilità di fare un collage con tutti quegli oggetti (e le foto trovate prima) e intitolarlo: "La puttanella di Dart". Ma il dolore era troppo grande, perciò lasciai che l'ira trionfasse sull'arte e gettai tutto quanto dalla finestra. Il finestrone della mansarda si apriva con una manovella e poi andava girato sui lati. (Era stato fatto in Germania a caro prezzo e poi spedito in America.) Quando lo si apriva, si aveva l'impressione di poter saltare giù dal sesto piano... ma resistetti alla tentazione. Dalla mansarda sentivo pulsare il cuore del quartiere, il sibilo degli pneumatici sull'asfalto bagnato (s'era messo a piovere), l'attrazione della finestra aperta.

Gettai in strada tutte le stronzate della puttanella senza nome: pillole anticoncezionali, completo per l'irrigazione vaginale, scatoletta del trucco: tutto. Il kit del trucco si ruppe e si sparpagliò sulla strada, mille frantumi di uno specchio rotto che portava sfortuna (a lei, speravo, non a me... ma chi poteva dirlo?). La doccetta delle irrigazioni parve rimbalzare, poi il sacchetto che la conteneva si ruppe e il tubo di gomma si snodò sulla strada come un boa constrictor che avesse ingoiato un pallone. (Detesto le ragazze che stanno sempre a deodorarsi la passerina: credevo che Dart non fosse il tipo da farsela con una di quelle; pensavo capisse il valore degli odori naturali.) Gettai fuori tutto il resto della roba, poi richiusi la finestra e crollai sul letto, troppo desolata anche per piangere.

Non c'è tradimento peggiore di quando un amante porta un'altra donna nel tuo letto. Perfino il materasso vibra del loro rapporto sessuale, interrompendoti il sonno, e i tuoi stessi sogni sono contagiati dal loro amore traditore. Sai che parte centrale avevi nel loro amore, sai in che misura vi partecipavi, e questo ti fa gelare il sangue. Inutile dirsi che ormai il loro amore è diluito, indebolito dal fatto di non essere più segreto. Inutile dirsi che ora anche loro provano un senso di perdita. Te ne stai lì sdraiata nel letto senza riuscire a trovare la posizione buona per dormire. La schiena, il fianco, lo stomaco, l'altro fianco sono tutti formicolanti del loro sesso, con la pelle d'oca, come se il letto fosse infestato di cimici.

La città ti ribolle intorno. La grande e fumante città da Roma di fine impero. Auto della polizia che urlano, ambulanze che sfrecciano per le vie, coperchi di bidoni della spazzatura che cadono con fracasso sull'asfalto, bottiglie rotte, le radio portatili che vomitano in continuazione canzoni sulla marea di ormoni, il crescendo del testosterone che cerca l'estrogeno e viceversa, il palpitare dell'universo.

Tutti hanno qualcuno, solo tu sei sola. Tutti stanno strofinandosi inguine contro inguine, coscia contro coscia, e tu sei tutta sola.

Di colpo ti assale l'amore. Vorresti ricordare solo i brutti momenti, ma ecco che invece tutti i bei ricordi ti sommergono. Vuoi odiarlo, ma l'amore è ancora lì, che pulsa come un cuore tolto dal petto. Vuoi dimenticare, e invece non puoi fare altro che ricordare.

La costa dalmata d'estate e Dart steso al sole come un giovane dio. Le tenere venuzze purpuree delle sue palpebre. L'oro del suo petto. Il segno di un taglio sulla fronte, là dove il parabrezza una volta lo bloccò in un incidente d'auto causato dalla droga nella Bucks County. Dart che uccide un serpente testa di rame, mozzandogli di netto la testa con un colpo di fucile. Dart che ti scopa sul pavimento della casa nel Connecticut. Dart che dardeggia. Dart che se ne va. Dart che ritorna.

Sì, Dart ritorna certamente.

Ma questa volta ne dubito. L'imbroglione ha bisogno della vittima che si fa truffare, per essere reale. L'ubriacone ha bisogno dell'alcool. Il drogato dell'ago. Il cazzo, della fica. Dove è finita tutta la mia gratitudine, tutta la mia grazia?

Mi alzo, accendo la luce e vado al bar. E lì, in un mobiletto a specchi disegnato da Ettore Sottsass apposta per questa mansarda, ammiro la sfilata di bottiglie: Chivas Regal, Jack Daniel's, Stolichnaya, Beefeater, Canadian Club, Pernod, Lillet, Cinzano, Nolly Prat... Le bottiglie mi stanno davanti con le loro ambrate trasparenze cristalline. Le bottiglie mi invitano e mi stuzzicano.

Che differenza fa? mi chiedo. Perché no?

Stappo il Chivas (anche se non ho mai amato in particolare lo scotch) e mi sfido a berne una sorsata. La bevo. Poi un'altra. E un'altra. Appena la testa comincia ad annebbiarsi, capisco di essere nei guai. Verso il liquore nel lavandino e rompo la bottiglia per terra.

Le riunioni dell'AA mi hanno tolto il gusto di bere. Una volta bevevo, aspettando il clic nella testa (come dice Brick in *La gatta sul tetto che scotta*) e invece adesso *odio* sentirmi la testa annebbiata. Appena comincia l'annebbiamento, so che sono condannata: condannata a una settimana di depressione, tristezza e odio per me stessa. Condannata alla lunga caduta a spirale fino in fondo alla tana del coniglio.

Mi agito e mi rigiro nel letto, aspettando che l'alcool mi esca dall'organismo. Quell'aria timida e imbarazzata di Dart mi tormenta. Ricordo che è stata lei, la puttanella, a dire tutto, a parlare per lui, e la cosa mi rattrista. Voglio consolare Dart, non incolparlo. In qualche modo so che Dart è vittima della sua stessa debolezza e disperazione... e che è molto più sperduto di me. Odia la sua dipendenza più di quanto non la odi io, eppure non conosce altro modo di esistere.

L'aspetto infernale della situazione, è che capisco Dart maledettamente bene. È il mio bambino, il mio tesoro, il mio uomo e io voglio nutrirlo, proteggerlo, anche se intanto lui mi massacra. Se Dart dovesse scrivere la sua parte della storia, cosa scriverebbe? Che quella cattivona di Leila lo castrava e lo faceva sentire debole? Capisco il problema di essere il modello e non l'artista. Una volta, alla scuola d'arte, ho fatto da modella per un amico – un pittore figurativo di nome Mikhailovich – che mi dipinse per un mese (per amore, suppongo), ma la cosa non mi era piaciuta affatto. Ricordo la sensazione di essere sotto l'incantesimo di un'altra persona, il senso di magia nera, e ricordo anche la sensazione di non avere il controllo di me stessa... Dart si sente sempre così. Dart sta cercando di controllare me, portando la puttanella nel mio attico, scopandola nel mio letto.

Impossibile. Riaccendo la luce, mi vesto, sfoglio il libretto dell'Anonima Alcolisti, in cerca d'una sede aperta tutta la notte. Coi fianchi fasciati di denim, mi avventuro fuori, cercando un rifugio al mio dolore. Mentre cammino, indifferente al pericolo, mi sembra di vedere il libro della mia vita scorrermi rapidamente davanti agli occhi. Quanti anni mi restano ancora per dipingere? Potrei morire stanotte stessa per queste strade, o potrei avere ancora uno, due, dieci, venti, trenta anni. Più di metà della mia vita è già trascorsa. I caratteri a stampa piccoli già si confondono sulla pagina, quando tento di leggerli senza occhiali. Le mie mestruazioni sono già diventate o troppo lunghe o troppo corte. Già mi dolgono le ginocchia e le giunture dei gomiti, quando piove. Non ho tempo di stare a piangere su Dart. Ho un lavoro da fare.

Trovo la riunione (in una squallida chiesa a pochi isolati dal mio attico) e incontro la mia gente: vagabondi, barboni, senzatetto.

La riunione notturna è tanto un rifugio che un luogo di preghiera e di guida. Vecchi che non hanno altro da mangiare che questi dolcetti zuccherati, nient'altro da bere che questo caffè o questo tè tiepidi.

Che squallido mucchio di straccioni! Certi uomini sono completamente sdentati, uno parla da solo nell'ultima fila di queste seggioline di legno frusto. Le donne potrebbero essere battone, pazze, senza casa, malate, moribonde. New York è sempre più una città di grande povertà e grande ricchezza. In questa Londra di Hogarth la gran signora in abito firmato disdegna il mendicante che la importuna per la strada. Ma nel Programma siamo tutti allo stesso livello.

La riunione non è ancora cominciata e tutti gironzolano per la stanza, bevendo caffè e salutandosi l'un l'altro. Tutti estranei, ma legati insieme dalla gentilezza e dalla volontà di *cercare* di essere onesti. Mi piace il distacco dell'AA dai valori che dominano sul resto della nostra società. Altrove, avidità, falsità e egoismo sono la regola. Qui, invece, generosità, verità, umiltà. Sono nervosa perché stanotte ho bevuto e dovrò dirlo, ma c'è qualcosa di terapeutico, di salutare già solo nell'essere qui, in questa stanza. L'amore è quasi palpabile. Da qualche parte, la mia mente sana è qui che mi aspetta.

Qualcuno mi si avvicina e mi batte una mano sulla spalla.

Dapprima sono restia. Sembra una barbona, con la faccia che nuota nella ciccia, gli occhi sepolti tra le rughe. In testa ha un cappellino rosso di maglia con delle paillette penzolanti e per vestito, una tenda di poliestere rosso.

"Louise?" mi dice la donna esitante. "Louise?"

"Sì."

"Sono Rivka Landesman, ricordi? Music and Art?"

La guardo sbalordita. Quella stracciona che guazza nel grasso è una mia ex compagna di liceo... una pittrice di talento, che era riuscita a esporre in una galleria prima di me, una che io un tempo invidiavo, perché pareva ce l'avesse fatta, mentre io ancora lottavo per il mio primo riconoscimento come pittrice. Rivka era un prodigio già al liceo. Era nel giro di Andy Warhol, aveva fatto dei film con lui, aveva venduto le sue opere a importanti collezionisti, tutti parlavano e scrivevano di lei... e poi di colpo era scomparsa. Erano anni che non ne sentivo più nulla.

"Come *stai*?" le chiesi. Era una domanda ridicola. Lo vedevo da me, come stava. Peggio di me.

La mia gentilezza sciolse qualcosa dentro di lei: un'ondata di autocommiserazione.

"Be'," fece, "quando il mio quarto matrimonio... quello con l'italiano... è andato in pezzi e lui se l'è filata con tutti i miei risparmi, ho veramente toccato il fondo. Non ci crederai, ma quest'ultimo anno ho perso tutto. Mia figlia è partita per il college, il mio innamorato è sparito in Italia con un milione di dollari miei e tre quadri di Andy. Ho subito una parziale isterectomia, i miei ormoni sono andati a farsi fottere, sono aumentata di quaranta chili, mia madre è morta... spero che l'AA mi possa aiutare. Non so dove altro andare. Sono così vicina al suicidio, come non lo sono mai stata."

Qualcosa si ritrae in me davanti all'autocommiserazione. Sento che Rivka sta per gettare la presa su di me e che non mollerà. Mi sento in trappola, claustrofobica. Ma quando qualcuno ti tende la mano in cerca d'aiuto, devi aiutarlo.

"Louise," dice lei, "con che galleria sei adesso? Credi che potrebbero dare un'occhiata al mio lavoro?"

"Non lo so," dico, con la sensazione improvvisa di venire borseggiata. "Non sono qui per farti da agente, sono qui perché bevo."

"Certo," dice Rivka, "ma tu sei così fortunata. Hai sempre avuto più successo di me. Sei sempre stata nel posto giusto al momento giusto. Sempre sulla cresta dell'onda."

La guardo incredula. Mi sta insultando e allo stesso tempo intrappolando in un senso di colpa. "Tramare" a una riunione! Non c'è limite a quanto in basso si può cadere!

"Sei così carina. Hai sempre degli uomini. Hai sempre i critici in palmo di mano. Non hai idea di come sia stata dura, per me..."

Adesso sta veramente esagerando. Vorrei mettermi a urlare, a rinfacciarle la sua lagnosità e il suo egoismo, dirle che probabilmente ha finito per scocciare tutti quelli che avevano cercato di aiutarla, ma poi mi rendo conto che questa reazione è esattamente il motivo per cui sono venuta qui: per vedermi riflessa in questa donna, per vedere quello che potrei diventare, se non mi riprendo, se non sono dura con me stessa, per vedere l'esempio di una donna che spreca la sua vita nel vittimismo.

"Rivka," le dico gentilmente, "se vuoi che ti aiuti a smettere di bere, ci posso provare. Non ho un periodo molto facile neanch'io, ma forse in qualche modo posso aiutarti... però per favore non mi insultare cercando di farmi sentire in colpa perché mi metta a cercare di piazzare i tuoi quadri. Non è di questo che tratta il Programma e tutto quello che tu stai facendo mi mette in difficoltà."

Lei mi guarda, senza capire.

"Allora non mi vuoi aiutare?"

"Sì, che voglio aiutarti, ma non voglio che tu mi insulti e mi manovri. Sto lottando anch'io. Stanotte ho bevuto dopo un mese che non bevevo più e mi sentivo meglio di quanto non mi fossi mai sentita in vita mia. Sto ancora cercando di fare un passo alla volta. Sto ancora cercando di imparare a condurre la mia vita. Il successo mi ha portato a dover subire pressioni diverse da quelle che hai subito tu, ma sempre di pressioni si tratta. Non c'è competizione, tra noi due. Siamo due esseri umani che barcollano. Il Programma mi ha portato a vedere la mia vita in termini spirituali e io stasera ho mandato tutto a puttane – forse perché non potevo sopportare che la mia vita stesse davvero migliorando. Rivolevo indietro il mio dolore. Ho fatto un piccolo patto con Dio, che sarei diventata sobria se lui mi avesse restituito il mio amante, e infatti l'ho riavuto per un po', e questo mi ha messo fuori strada. Ma Dio non gioca secondo le nostre regole. E noi non possiamo fare i bambini petulanti e dire: 'Be', se Dio non gioca secondo le mie regole, io non gioco più, mi distruggerò, ecco!' Non abbiamo questa scelta. Possiamo solo scegliere se vivere o morire, non possiamo stare a cavalcioni. E se vogliamo vivere, non possiamo fare altro che sottometterci, non al nostro volere, ma a quello di Lui, di Dio."

"O di Lei," disse Rivka.

"Giusto," dissi. "Lei. Lui o Lei non ha importanza. È una specie di vanità anche discutere sul sesso di Dio. Qui stiamo parlando di anima, del dono della vita... e se scegli di affermarlo o di negarlo. È di questo che si tratta."

Stavo cercando di convincere Rivka... o piuttosto volevo convincere me stessa?

Rivka sbatté gli occhi. Un lampo d'intuizione.

"Mi sembra quasi di capire, di vedere," disse.

"Ma certo. Tu sei una pittrice." L'abbracciai. Non riuscivo nemmeno a circondarle tutto il corpo con le braccia, ma la strinsi a me.

Isadora: Mi viene la pelle d'oca quando la nostra eroina si lancia in sermoni sul bere e la droga. Dopotutto, è da poco sobria anche lei.

Leila: Sono proprio quelli che sono a stento sobri, a predicare con più ardore. Quando hai veramente *superato il vizio, non hai più* bisogno *di predicare.*

Isadora: Non capisco dove vuoi andare a finire, con questo capitolo. Sento puzza di Epifania. Epifania sulla Bowery. Dio... detesto le Epifanie.

Leila: Sei diventata così cinica, con l'età. Che ne è stato della vecchia Isadora, che aveva paura ma volava lo stesso?

Isadora: Non me lo chiedere. Ci vorrebbe un altro libro, per dirtelo.

La riunione venne richiamata all'ordine dalla segretaria, che pareva una battona, con quella micro minigonna di pelle nera, un top rosso, un enorme fiocco rosso tra i capelli e sandali rossi col tacco a spillo. Difficile dire quanti anni avesse. Comunque tra i diciotto e i trenta, pensai. Ma aveva un'aria dura, quell'aria dura che ti lascia la vita per la strada. Sapevo che in confronto alla mia, la sua vita era difficile. Solo a vedere il suo corpicino impertinente e vivace e sentirla leggere spigliatamente il preambolo, mi veniva da piangere. Ero così contenta di essere lì alla riunione, così felice di avere una riunione cui andare.

L'oratrice ci venne presentata come Lenore B. Un fragoroso applauso. Evidentemente era nota ai membri dell'AA.

Lenore B. era una donnina nera e sparuta, sui cinquanta o sessanta anni, che raccontò una storia da fare rizzare i capelli. Un marito che la picchiava, un figlio morto ammazzato per le strade di Harlem, una figlia con un tumore al seno, una madre con un tumore polmonare, un fratello con l'AIDS. A certi toccano dosi extra di sofferenza, e Lenore era appunto una di loro. All'AA ero finalmente arrivata a capire la storia di Giobbe e perché Dio abbia il diritto di scorticarci per punirci per la nostra arroganza e il nostro egoismo. Era una buona lezione, una lezione che ricevevo spesso alle riunioni, ma che mi usciva di testa appena uscivo dalla stanza. Ora, sentendo Lenore, mi tornò in mente. Mi chiesi cosa ne pensasse Rivka. Che importava. Mi chiesi cosa ne pensassi *io*.

Lenore parlava della sua vita e intanto la mia mente vagava. Guardai la lista dei Dodici gradini e capii che si poteva spendere la vita intera in ciascuno di loro. Avrei potuto fare un quadro concettuale con le liste dell'AA – ma non mi sarei arrischiata a farlo, per paura di guastarne la magia.

Lasciando che i vari gradini mi vagassero per la mente, mi concentrai sul sesto, qualcosa sull'essere "interamente pronti" a lasciare che Dio eliminasse i nostri difetti di carattere – che era poi l'argomento della riunione di quella sera. Cosa significava "interamente pronti"? Significava che eri pronto ad aprire a Dio il tuo cuore. Significava che volevi davvero migliorare. Significava che avevi superato l'autocommiserazione. Significava che eri "interamente pronta" ad ascoltare la tua mente sana.

E io, lo ero? Assolutamente no. Ero ancora troppo attaccata al mio dolore e alla mia autocommiserazione, troppo attaccata a Dart, troppo attaccata alla mia ostinazione.

Come spesso succede alle riunioni, l'oratrice e io eravamo sulla stessa lunghezza d'onda di pensiero.

Lenore B. disse: "Vedendo mio fratello morire di AIDS, mi sono chiesta se credevo veramente nell'anima o fingevo solo di crederci. Perché mio fratello perse la fede, alla fine della sua malattia, e per poco non la persi anch'io. Era uno spettacolo *terribile*: i tumori gli uscivano dalla lingua, un odore stomachevole, un corpo devastato. Io lo curavo e molte volte avevo voglia di bere, ma ancora più spesso avevo voglia di maledire Dio per le sofferenze di mio fratello. E per le mie. È stato il sesto gradino a salvarmi. Specie due parole, di questo gradino. Le parole 'interamente pronto'. Ero 'interamente pronta' a rinunciare alla carne? No, non lo ero, finché non vidi la carne di mio fratello marcire e andare a pezzi. La morte non è uno spettacolo piacevole. E nemmeno la malattia. Pensiamo di essere troppo grandi per la malattia e la morte. Pensiamo di essere *al disopra* della carne. Ma la carne è lì come una lezione. Quando l'abbiamo imparata, passiamo oltre. *Benedico* il giorno in cui Dio si prese mio fratello Harold. Benedico il giorno in cui lo vidi, là, un povero mucchietto di ossa e di carne puzzolente. Fino a quel giorno, non *credevo* di essere mortale. Ma adesso ci credo. Adesso sono *interamente pronta*. E se dovessi scordarmene, Dio mi manderebbe un altro promemoria..."

Si sente una specie di rantolo in fondo alla stanza. Molti di noi si voltano a guardare; un vecchio barbone dell'ultima fila si stringe il petto e si piega in due.

Spinta da una forza che non capisco, mi precipito al suo fianco. La faccia dell'uomo diventa rigida e bluastra, poi l'uomo cade in avanti e batte la testa contro la spalliera della sedia con un tonfo. Crolla per terra, puzzolente di sudore, di piscia e di escrementi: l'odore della miseria. Ha la testa girata da un lato, sbatte le palpebre e vedo che quanto resta d'uno dei suoi occhi è d'un azzurro velato. Muove la bocca... sdentata. Un sottile rivoletto di saliva gli scivola fuori dall'angolo della bocca e finisce per terra. Penso a Dart, che amava i vagabondi, si identificava con loro, avrebbe addirittura voluto girare per la città a mettere addosso una coperta a tutti loro, come una specie di giovane Holden. E cerco di fingere che quel pesante pezzo di carne in disfacimento sia il mio bel Dart. Perché lo è.

Il buco rosso della bocca dice: "Glielo avevo detto che non bisognava andare in mezzo al lago... ma credete che mi abbia dato retta? Nossignore. Mai. Gli avevo detto che la zattera non lo avrebbe retto, ma credete che mi abbia dato retta? Nossignore... Finito. Finito, tutto finito... l'estate, finito... e l'inverno... e le belle bevute... Glielo avevo detto, avevo cercato di dirglielo..."

Il viso color ardesia dell'uomo assume un'espressione di pace assoluta, mentre la sua mente scivola in qualche estate dimenticata, su qualche lago dimenticato, con un amico mai dimenticato. Forse adesso sono insieme. Allora tutti i muscoli del suo viso si rilassano. Ecco, è interamente pronto. E allora la sua vescica si allenta e io mi trovo in ginocchio in una pozza di piscia che gli esce dai pantaloni puzzolenti.

La calma del suo viso bluastro, mentre l'urina gli zampilla intorno, bagnandogli anche le ginocchia e i polpacci, mi fa pensare di avere davanti un bambino tornato dalla sua mamma. La vita è così dura per certe persone: non riescono mai a prendersi cura di se stesse. La morte deve essere un tale sollievo. Non più fingere. Non più dover tenere duro. La pozza tiepida di pipì nel letto si raffredda e diventa appiccicosa tra le gambe. Il ritorno alla mamma, al grande seno.

Ora sono tutti in piedi attorno a noi.

Nello sbalordimento di vedere con quanta rapidità si passa dalla vita alla morte, dico solo: "Dio, dio."

"Amen," dice Lenore, alle mie spalle.

Molti piangono. Qualcuno è andato a chiamare un'ambulanza, anche se è evidente che ormai al nostro amico l'ambulanza non serve più. E Rivka è scappata via. Non è interamente pronta. Forse un giorno lo sarà.

10

Ballata triste

> Appena torno a casa
> faccio cambiare
> serratura e chiave.
>
> J. C. Johnson

E così feci cambiare la serratura. Non avevo scelta, veramente. Non fu una cosa allegra. Quando arrivò il fabbro, piansi. Ma non potevo assolutamente permettere che la piccola puttanella tornasse nel mio letto. Era insopportabile. Avevo perso Leila da qualche parte tra New York e il Connecticut e dovevo ritrovarla. Cambiare la serratura era il primo passo.

Non era facile. Non facevo che pensare a Dart. Al suo cazzo. Al suo dolce sorriso un po' sbieco. Ai muscoli dei suoi bei polpacci. Ai suoi glutei. Al suo cazzo.

Di notte, a letto, sentivo la sua mancanza in modo viscerale, mi mancava nel ventre, nel cuore, nella punta delle dita. Quando amavo Dart, lo amavo così intensamente che mi faceva male perfino la punta delle dita e adesso le mie dita sentivano la sua mancanza. Pareva che sentissero ancora la sua pelle sotto di loro. E le mie narici. Le mie narici sentivano ancora il suo odore.

Non è facile rinunciare all'alcool e a un amante tutto nello stesso tempo. Una cosa per volta sarebbe già stato abbastanza. Ma non avevo altra scelta. Nella bottiglia non restava più niente per me. Niente se non tristezza e dolore. Non potevo ingannarmi dicendomi che bere avrebbe migliorato le cose. Anzi, poteva solo peggiorarle.

Così mi rivolsi alla letteratura popolare femminile. *Donne che amano troppo*; *Uomini che odiano le donne che li amano*; *Donne intelligenti, scelte stupide*... tutti i libri che promettono la guarigione dalla maschiodipendenza. Non arrivai fino ai gruppi di terapia per maschiodipendenza o all'Anonima sessisti. Per un folle istante, pensai di andare all'Anonima sessisti per *incontrare* degli uomini, ma alla fine riuscii a non farlo. La sola idea faceva ridere la mia mente sana.

I libri erano già qualcosa. Ti dicevano tutto quello che c'era di sbagliato nella tua relazione (lasciando pesantemente intendere che era tutta colpa tua), ma non ti dicevano come trovare una *buona* relazione. Eri masochista? una donna zerbino? una sessodipendente? Ti ingozzavi di dolci per placare il tuo senso di solitudine? Di vino? Di erba? Di coca? Be', segui questi semplici dodici passi e tutto andrà meglio. Bastava concentrarsi sulla guarigione. Bastava essere interamente pronta.

A quanto pare, nessuno scriveva libri del genere per *uomini.* Erano le donne, che dovevano essere interamente pronte a rinunciare ai loro vizi. Erano le donne a essere legate a bastardi senza cuore. (Forse era per via delle percentuali: sette milioni di donne in più degli uomini; perché mai gli uomini dovrebbero comportarsi bene?) Certe volte pensavo che questi libri facessero parte della cospirazione delle donne autrici per accalappiare gli uomini delle altre donne. Perché se ogni lettrice avesse seguito gli adamantini consigli di quei libri, un sacco di uomini sarebbero stati liberi e sarebbero tornati sul mercato. Questa fu per un po' la mia teoria... finché non mi accorsi che non teneva conto del fatto che molti di quei libri erano scritti da uomini. Che fossero omosessuali, che speravano di far tornare in circolazione qualche altro uomo, disgustato dall'intero sesso femminile?

E chi poteva biasimare gli uomini, per essere disgustati dell'intero sesso femminile? Gli uomini sono così vulnerabili... tutta la loro vulnerabilità penzola nuda tra le loro gambe. Spaventati dalle loro madri, dalle donne che urlano... in fondo cosa ci chiedono? solo un po' di dolcezza e di tenerezza. Non c'è da meravigliarsi che torme di donne urlanti li spaventino. Non reagirei anch'io con rabbia e paura, se fossi un uomo? Nella mia mente sana, so che è così.

Cercai di dedicarmi agli affari. Negli spasimi dell'agonia della mia relazione con Dart, quando tutto andava a rotoli, non avevo lavorato gran che, come è facile immaginare.

Dopo il successo dei fotogrammi di Dart/Trick, che avevano fatto di Dart/Trick una specie di star di Soho, con tutti gli annessi e connessi, specie droga e fanciulle, il *mio* lavoro era andato in malora. Come si può dipingere, quando non si sa mai se e quando il tuo amante tornerà a casa? Meglio essere come Georgia O'Keeffe, sola sulla sua mesa, sotto le nuvole sospinte dal vento (con un giovane stalliere che ti regge il cavalletto e un altro bel giovane per catalogare il tuo lavoro – mica scema, Georgia). Meglio vivere in splendido isolamento che cercare l'amore nei posti sbagliati.

E così, ora che Dart se n'era andato e io ero rimasta in bilico sullo scoglio della mia precaria sobrietà, cercavo di tornare agli affari. Invitata dal mio mercante, un certo André McCrae (della McCrae Gallery) a uno dei tumultuosi ricevimenti a casa sua sulla Quinta Avenue, accettai, anche se ultimamente m'ero fatta vedere sempre meno.

André era un sintomo di tutto quello che non andava nel mondo dell'arte. Non capiva un accidente d'arte e non aveva idea di cosa gli piacesse. Gli piaceva quello che si vendeva, e più si vendeva, più gli piaceva. Se non si vendeva più, smetteva subito di piacergli. Se poi si vendeva e l'artista moriva, gli piaceva ancora di più. La sua idea del perfetto artista, era l'artista morto... preferibilmente morto all'apice della fama. Una volta, prima che firmassi il contratto con lui, André mi disse, durante una cena a Cornwall Bridge, che preferiva di molto trattare artisti morti. "Loro non ti vomitano addosso tutto quanto." Avrei dovuto prenderlo come un avvertimento, ma non lo feci. Pensavo che sarei riuscita a manovrare André... il che basta a dare un'idea di quanto mi sbagliassi.

Un afoso mercoledì sera di luglio, andai quindi con la DART dal Connecticut a New York e parcheggiai nel garage del Carlyle, poi mi diressi a piedi verso l'appartamento di André tra la Quinta e la Settantaquattresima. A New York un party estivo è un evento raro, che si può tenere solo il martedì o il mercoledì sera; le altre sere della settimana, la città è tutta dei poveri. I ricchi sono negli Hampton, a Vineyard Haven, Newport, Nantucket, nel Maine, al Cape, in Toscana, in Grecia, a Venezia, nel sud della Francia.

André e sua moglie hanno inventato un sistema unico per salvare il loro matrimonio: appartamenti separati in edifici adiacenti sulla Quinta Avenue. La festa di stasera è nell'appartamento di André, il più grande dei due.

Andare alle feste perfettamente sobria è una novità, per me... una novità che mi fa un po' paura. Vedo troppo, sento troppo, mi rendo conto di tutte le bugie che la gente racconta.

Salgo con l'ascensore rivestito di pannelli ed esco al quattordicesimo piano – in realtà è il tredicesimo, ma in questo palazzo si passa dal dodici al quattordici per evitare la scarogna. Per la verità l'appartamento occupa il tredicesimo e il quattordicesimo piano. Conoscendo André, è probabile che si sia fatto fare uno sconto, per questo.

André non è nato André, e suo padre non si chiamava McCrae più di quanto il mio non si chiamasse Sand. André McCrae è un personaggio che si è fatto da sé. Nato a Arbit Malamud in Lituania negli anni venti o trenta, ha esordito come pellicciaio, ma ben presto ha scoperto che si ricavava più grana dalle tele che dalle pelli.

Il suo primo quadro, come ama raccontare a chiunque sia disposto ad ascoltarlo (e con André spesso non si può fare diversamente), gli venne dato come parte di un accordo di divorzio dalla sua prima moglie. Le storie apocrife sul primo matrimonio di André si sprecano: si dice che fosse sposato con una Rothschild, una Churchill, una Vanderbilt, una Rockefeller... forse con tutt'e quattro insieme. Comunque lei era ricca, sfidò casta e classe per sposare quel piccolo, intraprendente ebreo dalla testa rossa (uno e cinquantasette con le scarpe col rialzo interno) per poi rimpiangere questo colpo di testa per tutta la vita. Lo liquidò con un Van Gogh (ancora oggi appeso in anticamera dell'appartamento più grande – insieme con l'altro, di più recente acquisizione). Il Van Gogh (il cui pezzo compagno è alla Phillips Gallery, a Washington) rappresenta i giardini pubblici di Arles nel 1888, con un uomo e una donna che camminano in mezzo alla vegetazione estiva.

Van Gogh è l'artista perfetto, per André, perché è il suo esatto contrario. Questo tormentato artista che in vita sua non ha mai venduto nemmeno una tela – eccetto al fratello, come una specie di scopata per pietà – ma era trascinato da un'intima furia a dipingere, rappresenta tutto quello che André non sarà mai e perciò speranze che non può né comperare né vendere: fuoco intimo, intima certezza, la trascinante forza del genio.

"Come stai, *tsatskeleh*?" mi dice André, aprendomi personalmente la porta e senza aspettare la risposta. (André ostenta il suo *yiddishkeit* per shockare i *goyim*. Ci dà dentro soprattutto in presenza di gente come i Getty, i Dupont, i Mellon, che lo trovano *carino*. Una specie di cucciolo ebreo.)

Sally si precipita ad ammirare il mio vestito.

"Non me lo dire, lasciami indovinare. Zoran? Karan? Koos?"

"No. Riprovaci."

"Krizia?"

"No."

"Te lo sei fatto tu? Sei così brava!"

"No, è un vecchio Zandra Rhodes."

"Avrei dovuto saperlo." Sally è così magra da sembrare malata di AIDS, anche se probabilmente non ha mai praticato abbastanza sesso da poterlo prendere. Lei e André hanno uno di quei matrimoni tipo il-matrimonio-è-un-contratto, così cari al cuore dell'élite del nuovo denaro di New York. Più che scopare, possiedono insieme delle cose. È il loro tipo di sesso.

Sally porta la taglia trentotto e andare a letto con lei deve essere più o meno come andare a letto con una bicicletta. Ha i capelli di un rosso delirante – anche se sicuramente tinti a caro prezzo da Monsieur Marc – e i suoi gioielli art déco sono sempre abbaglianti. Perlomeno le coprono le ossa dello sterno, che altrimenti sporgerebbero. Porta uno Scaasi a sbuffo sulle gambe che sembrano bastoncini dello shangai ed è la signora dal bacio non-toccatemi. Accende e spegne il sorriso come fosse un bulbo di lampadina in un albergo economico. Non si sa mai cosa stia pensando. André è più trasparente.

Anche alle feste a casa sua, André continua a scrutare la stanza per vedere se c'è qualcuno di più importante con cui parlare della persona con cui sta in quel momento. Quando sta con te, hai sempre la sensazione che stia per schizzare via come una freccia. Come un dardo. Dart. Tutto ti ricorda Dart.

"Come sta Dart?" chiede André.

"Andato," dico.

"Era solo questione di tempo," fa lui. "Cosa bevi?"

"Tab, Perrier..."

"Roberto te ne porta subito un bicchiere," dice, facendo un cenno al maggiordomo sudamericano, mentre schizza al capo opposto della stanza per parlare con una tale che somiglia a Lady D, ma non lo è. André ha la delicatezza di un elefante e il campo visivo di una zanzara.

La stanza sembra galleggiarmi intorno. Tutta quella gente che ride senza allegria, tutti quegli occhi lampeggianti che girano frenetici per la stanza. I party di André hanno sempre un'infarinatura di regalità, un pizzico di Hollywood, un famoso giornalista televisivo, di quelli che leggono i notiziari, un paio di baroni della carta stampata, un paio di magnati di Wall Street, un paio di palazzinari: tutti opportunamente sposati con mogli che, come gli abiti di certi designer, si trovano solo nelle taglie da trentotto a quarantaquattro. Le taglie oltre il cinquanta sono rigorosamente escluse. Ci sono gli artisti, naturalmente gli artisti di André – ma sono un po' come animali dello zoo che si comportano al meglio. Ai party di André gli artisti hanno sempre l'impressione che i loro sforzi siano vagamente periferici all'evento centrale della serata: comprare e vendere. Spesso finiscono per ubriacarsi o farsi tranquillamente, per poi buttarsi in stato di incoscienza sul letto della camera per gli ospiti o andare discretamente in bagno a vomitare, forse per la nausea che suscita in loro la vicinanza di quel beau monde a cui il successo ha dato loro il diritto di accesso.

Sally mi prende per mano e mi conduce da un gruppetto di stupidelle: sei donnine taglia quaranta identiche a lei a parte il colore dei capelli (sono tutte bionde con colpi di sole) e le gambe scheletriche, in bilico sui tacchi a spillo.

Riconosco i loro nomi dalla colonna mondana di Liz Smith e le loro facce dal marchio centrale: qualche chirurgo plastico quest'anno ha inventato quel mento appuntito. Hanno tutte quella mascella affilata come un rasoio che nemmeno la natura potrebbe concedere a una ventiduenne. Sembrano tutte felici di conoscermi. Non passa molto, prima che venga reclutata per fare la mia particina per varie malattie chic, come l'AIDS, mal di cuore, cancro, le piaghe di moda di questi tempi. Una biondina vuole un mio disegno da mettere all'asta, un'altra la mia compagnia a "una cenetta molto esclusiva", dove verranno messi all'asta i due posti accanto a me, un'altra ancora vuole che vada a dare una lezione nella scuola di sua figlia. Dovrei sentirmi onorata dalle loro richieste di farmi cortesemente spillare denaro di tasca, ma sono sicura che se chiedessi a una di queste ineffabili signore di darmi la sua collana di smeraldi, mi guarderebbe inorridita e chiamerebbe subito la polizia. Ma si sa, il tempo e il lavoro di un artista non valgono niente, a meno, ovviamente, che non vengano trattati da André.

Rispondo gentilmente, mi tengo sul vago. Poi vedo qualcuno che conosco tra la folla, e attraverso la sala.

È Wayne Riboud – il ciclista del Nevada che è diventato il divo del momento riproducendo con meticolosa precisione banconote di dollari, yen, franchi e lire e scambiandoli con generi di prima necessità, come cibo e abiti. A New York è diventato di moda appendere il denaro al muro. Niente simbolismi arcani. Fare a scarica barile: è tutto quello che conosciamo sulla terra e tutto quello che ci serve sapere.

"Come stai, piccola?" mi chiede Wayne, sbirciandomi nella scollatura.

"Sono ancora viva."

"Va tanto male?"

"Peggio."

"Il tuo ragazzo ti ha piantata?"

"Mmmm."

"Con chi?"

"Ha importanza?"

"No," dice Wayne. "Finisce sempre allo stesso modo: puttanelle, conti da pagare e tristezza. La gente per bene mi annoia. Perché non potrebbero volersi bene, una volta tanto, per cambiare?"

"Tu ci riesci?"

"No. E tu?"

Rido. "Sinceramente, non so, Wayne."

"Vuoi che ce la filiamo?"

"Dove?"

"Potremmo andare a ballare. Da Nell's... se non è già chiuso. Da qualche parte. Potremmo fare il giro della spazzatura di Manhattan, andare a sentire Bobby Short al Carlyle."

"Non così come sei vestito."

"Potremmo filarcela in campagna. Da te o da me?"

Wayne fa un'espessione vogliosa alla Groucho Marx.

"Prima voglio circolare un po'."

Wayne annuisce e va in quel posticino. Mi avvicino al migliore amico di André, Lionel Schaeffer, un tale *gruber yung* che al confronto André sembra Percy Bysshe Shelley.

"Leila, micina," dice Lionel. "È un sacco che non ti si vede. Cosa fai di bello?"

"E tu, che fai?"

Non avrei dovuto chiederglielo. Lionel comincia a sciorinare una litania di quello che ha *comperato* negli ultimi due mesi. Due società. Un capolavoro di un antico maestro. Una villa a Beaulieu. Un appartamento a Pechino ("Pechino è la città del futuro," dice Lionel). Jon Bannenberg gli sta rifacendo il design della sua goletta, la *Lion's Share* (in genere gli uomini danno alle loro barche il nome della moglie o della figlia. Lionel invece l'ha chiamata col proprio nome: una chiave per decifrare il suo carattere). "Sono a New York solo per un giorno. Domani parto per Parigi, per spassarmela con tu sai chi, poi vado a Londra per incontrarmi con Jon a proposito della mia bagnarola – il suo modo scherzosamente sprezzante per indicare la sua goletta – poi a Venezia a un certo ballo di beneficenza in un certo palazzo affittato da certi amici di Lindsay." Lionel ha vinto la lotteria della *shiksa* perfetta, con questo matrimonio. Mi indica la sua terza moglie, Lindsay, una donna sui trentacinque anni che sta rapidamente diventando una copia della seconda moglie, Lizbeth, e della prima moglie, Shirley: tutte due emaciate frequentatrici di balli di beneficenza.(Che sia la fotografia la ragione dell'equazione anoressia uguale bellezza? Queste donne sono molto fotogeniche, ma di persona sembrano degli spaventosi teschi ambulanti. Significa forse che l'immagine è diventata tanto più importante della cosa stessa?)

Isadora: Sì! *E tu non sarai mai abbastanza magra!*
Leila: O abbastanza ricca!

"Leila!" gorgheggia Lindsay.

"Lindsay!" gorgheggia Leila, abbracciando Ms Quattrossa.

Lindsay è in abito corto, un Lacroix con gonna color ciliegia a campana, sottogonna nera e passamaneria d'oro sul bolero di velluto nero. Sembra Rossella O'Hara quando si fa un vestito con i tendoni di Tara. È di due teste più alta di Lionel, che coi suoi occhi celesti sporgenti, i capelli trapiantati e l'abito di taglio perfetto, potrebbe occuparsi di qualsiasi ramo d'affari: dal crack all'arte, dall'editoria al cinema alla finanza.

La verità è che ha fatto fortuna coi giornali, ha ereditato delle edicole dal padre, Izzy Schaeffer, che girava sempre con un omino di nome Lefty Lifshitz, armato di pistola. Izzy e Lefty non erano ignoti a Meyer Lansky, anche se a sentire Lionel parlare oggi si potrebbe pensare che suo padre fosse un concertista di violino – mito che gli piace perpetuare perché effettivamente Izzy suonava non tanto il violino quanto la gente. Lionel dà un sacco di soldi alla New York Philarmonic e alla Metropolitan Opera e ogni volta che scuce un assegno da un milione di dollari, Rogers & Cowan dedicano subito all'evento un'ampia copertura da parte dei media. L'anno scorso è stato eletto "filantropo dell'anno" dalla *Manhattan Inc.*, ha ricevuto la Legion d'onore in Francia e l'Ordine dell'Impero britannico in Inghilterra. Queste onorificenze non sono esattamente comperate, ma è sorprendente come la gente, che pure dovrebbe saperla più lunga, sia tanto ingenua sui motivi della filantropia. Lionel e Lindsay si muovono in ambienti mondani, in cui fare donazioni di milioni di dollari alle organizzazioni culturali è di rigore, come l'abito Lacroix e la cravatta Turnbull and Asser.

Lionel apre la giacca per farmi vedere qualcosa. Dentro, sulla fodera di seta stampata a disegnini, vedo le sue iniziali L.S. e sotto una piccola etichetta che dice, a caratteri di seta: "Turnbull and Chung". Lionel ride.

"Che te ne pare? Mi ero fatto fare trentasette completi di cachemire a Hong-Kong e li ho convinti a farmi questa etichetta, Turnbull and Chung. Non volevano assolutamente, ma alla fine l'ho avuta vinta io." E fa il gesto universale per indicare il denaro, stropicciando insieme il pollice e l'indice.

Rido e abbraccio Lionel. È capace di scherzare su tutto, per questo mi piace.

"Se osi fare una cosa del genere alla tavola calda Principessa di Venezia, ti ammazzo," dice Lindsay, una ex hostess di Kansas City, che non capisce lo scherzo e mai lo capirà.

"Leila, baby," dice Lionel, "se mai ti dovessi liberare di quel tuo stallone, non rivolgerti agli estranei, d'accordo?" Guarda il mio vestito e alza le sopracciglia. "Mamma mia, che *poitrine*!" Lo fa davanti a Lindsay per tenerla in riga. Lei finge di non badarci, ma prima di allontanarsi mi fissa brevemente.

"A lei non piace farlo," dice Lionel. "E tu sai che io non ne ho mai abbastanza, gattina mia. Dove vai quest'estate?"

"Nel Connecticut. A dipingere."

"Nel tuo famoso silo fallico?"

"Esatto."

"E lo stallone, dov'è?"

"Se ne è andato?"

"Stammi a sentire... ti chiamo, quando torno dall'Europa, d'accordo? Magari arrivo con l'elicottero fin dalle tue parti."

"Chiamami," gli dico. E vado in cerca di Wayne. Può darsi che abbia proprio bisogno di un miliardario volgare, vestito con abiti Turnbull and Chung. Non sarà mai peggio di Dart.

Dov'è finito Wayne? Non l'ho più visto da quando è andato in bagno.

Giro per l'appartamento sterminato, che è stato recentemente rifatto da qualche nuovo arredatore di moda, che deve avere il vizio di fare continuamente la spola avanti e indietro da Londra. Sono presenti tutte le ultime tendenze: una stanza è in mobili Biedermeier e dipinti impressionisti; un'altra è piena di importanti pezzi del Seicento in lacca e oro, con nature morte olandesi del Seicento, di uccelli morti e frutta, appese alle pareti: un'altra è piena di sedie vittoriane con le zampe di leopardo, candelieri e tavoli fatti con corna di cervo e roba del genere, e dipinti preraffaelliti. La casa è un vero pot-pourri. Sally ogni tanto dice scherzando di essersi trasferita alla porta accanto perché lei e André non andavano d'accordo sull'arredamento. Lei è per il moderno-minimalista-Bauhaus, lui per l'eccesso a tutti i costi.

Il letto, per esempio, che vedo entrando nella stanza matrimoniale che si affaccia sul verde di Central Park, un tempo appartenne a Enrico VIII. Un magnate un po' più alto di André, non ci sarebbe entrato. Ma questo orribile letto Tudor a quattro colonne ha un baldacchino rivestito all'interno di specchi, un impianto stereo costruito nelle quattro colonnine e un televisore che sorge minacciosamente da un antico baule da marina, con fasce d'acciaio, ai piedi del letto. (Questa *boîte* dei media un tempo apparteneva a un marinaio dell'Invincibile Armada.)

Quando entro nella stanza da letto, vedo Wayne steso seminudo sul letto di André, mentre sta facendo alzare e abbassare il televisore, ridendo follemente. L'odore dolciastro dell'erba riempie la stanza.

"Vieni qui con me?"

"Tu sei matto, Wayne. Vado a chiamare André."

"Chiamalo pure. Lui si *aspetta* che ci comportiamo da pazzi. Siamo qui per questo. 'Fa' una retata dei soliti sospetti,' dice alla sua segretaria. 'Vedi un po' se la *tsatskeleh* viene in macchina dal Connecticut e se il ciclista viene in bici da Soho.' Siamo lo spettacolo di contorno del suo circo Barnum. Sai cosa diceva Barnum?"

"No. Cosa diceva Barnum?"

"Nessuno è mai rimasto al verde sottovalutando il gusto del pubblico americano. È per questo che io gli vendo del denaro. Una volta facevo dei bei nudi e delle nature morte, bei cieli luminosi alla Turner, folli astrazioni alla Pollock. Adesso invece do alla gente qualcosa di cui conosce già il valore: soldi. Che vadano a farsi fottere. Tutta la faccenda mi fa venire il voltastomaco. Vieni a letto?"

"No, Wayne."

"Cosa cazzo fai, lì in piedi? Dai, vieni a letto?"

"Rimettiti i vestiti e andiamocene da questo mortorio."

"E dove?"

"Dovunque. Da Nell's. Il giro della spazzatura. Il Connecticut."

"Scopi con me se mi metto un cosino di gomma?"

"No."

"E se non me lo metto?"

"Può darsi."

Wayne ride e salta giù dal letto.

Do una controllatina al suo pene, ma chi può dire, in simili circostanze?

"Vedo che mi stai occhieggiando l'arnese," dice Wayne.

"Già."

"E...?"

"Francamente, mi lascia piuttosto freddina."

"Che puttana," dice Wayne, ridendo.

Ci dirigiamo verso il Connecticut, fuori città e tra le colline dello "Stato della noce moscata". A lasciarsi alle spalle la città, ci si sente la testa sgombra e il cuore che balza in petto.

Wayne, mister macho, guida come un ubriaco. Anzi, *è* ubriaco ma non vuole lasciarmi guidare, sostenendo di non essere affatto sbronzo. Continuo a dirgli che voglio guidare e lui continua a dirmi di no. Ogni volta che si gira a dirmi di no, mi arriva una zaffata di fiato puzzolente di alcool. Tutto il suo corpo puzza di alcool e di erba: prima di diventare sobria non lo sentivo, questo odore, ma adesso mi travolge. *Stomachevole.*

"Fammi guidare, Wayne," dico. "Dopotutto è la mia fottuta auto."

"Baby, sto benone," dice lui andando quasi a sbattere contro la barriera laterale, mentre imbocca la rampa curva che porta al Triborough Bridge.

"Fammi guidare... sei ubriaco."

"*Non sono* ubriaco," dice lui con voce impastata, girandosi verso di me e andando quasi a sbattere nella cabina del pedaggio. Wayne ha quei buffi dentini che sono per tre quarti gengive. Sembrano dei Chiclets. Ha i capelli color biondo sabbia, gli occhi verdi strabici e il naso piatto e all'insù, da irlandese. Un folletto ubriaco. Penso a tutte le volte che mi ubriacavo e mi facevo con Dart, per poi fare l'amore in modo folle, e mi rendo conto di essere uscita da quel mondo, ormai, isolata dagli uomini, dal sesso e dalla sobrietà. Chissà, forse non scoperò mai più. Non posso sopportare l'odore che ha addosso quest'uomo. Trasuda odore di alcool e di erba dai pori. Come mai non me ne sono mai accorta prima?

La cocaina non mi è mai piaciuta molto, ma l'erba e il vino erano le mie droghe preferite. Per la verità, forse non erano tanto il vino e l'erba, quanto il sesso... sì, il sesso era la mia droga preferita. Il sesso cancellava il resto del mondo, per me. Il sesso era il mio oppio, il mio sedativo, il mio laudano, il mio amore. Il sesso era ciò che usavo per cancellare il dolore della vita... l'erba e il vino erano solo strade per arrivare al letto. Apri la bocca e chiudi gli occhi. Apri le gambe e chiudi gli occhi. Apri il cuore e chiudi gli occhi.

Mi torna in mente il verso di una poesia che leggevo a scuola: "Cera per ricevere e marmo per conservare". Il cuore di Don Giovanni. Il *Don Juan* di Byron. Il cuore di Dart. Cera per ricevere e marmo per conservare. Non voglio innamorarmi di nuovo di Don Giovanni.

Immagino un quadro su questa intuizione, usando materiali di marmo – falso marmo – e cera vera. Si potrebbe intitolare *Don Juan* e tratterebbe tutte le variazioni sul tema. Il cuore di marmo. Il cuore di cera. Il cuore senza cuore, spietato.

Ma anch'io sono una Donna Giovanna, penso, e Dart era una specie di vendetta karmica, la vendetta per la mia stessa volubilità in amore. Vivevo per il sesso, per innamorarmi dell'amore, per spezzare (o perlomeno per collezionare) cuori... e Dart è stata la vendetta divina. Quello che dai, ricevi, dicono nel Programma. Dart era la manifestazione visibile della mia stessa dipendenza.

Gesù. Wayne è quasi andato a sbattere contro un lampione. L'auto scoperta, l'autista sbronzo... potrei anche morire. O peggio ancora potrei restare menomata e invalida. Ho due gemelle da crescere, del lavoro da fare.

"Ferma immediatamente l'auto." (Ah, la mia mente sana non mi ha del tutto abbandonata!)

"Dai, piccola, non seccare," dice Wayne e va di nuovo quasi a sbattere contro il guard-rail. "Sto perfettamente bene."

Mi aggrappo al sedile terrorizzata. Sbandiamo a destra e a manca, descrivendo pigri serpenti intorno alla riga bianca della mezzeria.

Sono paralizzata. Ecco la voce dell'autorità maschile che mi dice "di non seccare".

"Non seccare, Leila." Una volta era divertente. Ubriaca, salivo su un sacco di auto che sbandavano e pensavo che fosse divertente. Non lo è affatto.

"Ferma l'auto, Wayne."

"Conosco un posto," fa lui. "Lascia che ti porti in quel posto che conosco."

E continua a sbandare. Cerco di prendere il volante, ma lui si libera con uno strattone. L'auto ondeggia da un lato all'altro della strada, mentre noi due lottiamo.

Non so se è più pericoloso resistere o non resistere.

"Va bene, portami nel tuo posto," dico.

Wayne guida come un pazzo verso Westchester, fa stridere le gomme su strade secondarie, finché non trova un piccolo locale immerso nel fogliame della sera estiva.

Parcheggia l'auto di sghembo, come capita, intasca le chiavi, mi abbraccia e mi pilota dentro.

Jukebox strepitante. Gente che beve. Ragazze al bar che alzano gli occhi su di noi appena entriamo.

"Salve, ragazze," dice Wayne sdolcinato. "Volete scopare un vero artista?"

Le ragazze non sembrano molto impressionate.

Wayne trova uno sgabello al banco in mezzo alle bellezze – tre ragazzine i cui anni messi insieme sono meno dei miei, penso con una fitta al cuore. (Non è vero, naturalmente, ma da sobria mi sento una specie di vecchia marinaia.)

Vado nella toilette delle signore, lasciando Wayne beato tra le belle. Faccio pipì, mi lavo, mi aggiusto il trucco. Mi do una lunga occhiata nello specchio. Il mento sta cominciando a afflosciarsi un po' e i cerchi sotto gli occhi sono più marcati. Mi sento *vecchia*. La mia spavalderia mi ha portato fin qui, ma ora mi chiedo se la spavalderia basti. Vorrei tanto qualcuno che mi coccolasse, si occupasse di me. Mi sembra di sbattermi in giro da sola ormai da *anni*. Ah, cosa non darei per un uomo che si prendesse cura di me, un paparino al quale andare a raccontare i miei guai... non sarebbe dolce, tanto per cambiare? Qualcuno che *mi* comperasse un Rolex d'oro, o un abito da cowboy o un'auto?

Mio padre non è mai stato un tipo del genere, anche quando c'era. Il ricordo più tenero che ho di Dolph è di quando mi faceva gli uccellini Origami o plasmava l'argento come caramella mou per farmi qualche gioiellino.

Quando mia madre morì, ho trovato una delle spille di mio padre a impolverarsi nel suo portagioie. C'erano le mie iniziali a lettere d'argento intrecciate in un cuore d'argento. Louise Zandberg, nota anche come Leila Sand. Cera per ricevere e marmo per conservare. Come il ricordo di mio padre. Oh, sono i nostri paparini che ci legano a tutte le nostre schiavitù, premendo nelle nostre mani di bambine il pacchetto dell'amore drogato. Papà! va e viene. Scappa. Lascia mammina e figlioletta e lei molto tempo dopo brama sempre l'uomo che fugge come un dardo.

Esco dal bagno e torno al bar. Wayne è circondato da belle ragazze e flirta. Col braccio intorno alle spalle d'una ricciolina rossa sui diciotto anni, che ride, ride e fa cin cin col bicchiere con lui, senza badare al fatto che puzza di alcool e guida come un pericolo rosso.

Mi avvicino, siedo anch'io al bar e sento Wayne che dice alla ragazza di chiamarlo a New Yok e le scribacchia il suo numero di telefono su un tovagliolino di carta umido. Un'altra ragazza, accanto alla prima, mi guarda per un po' avidamente, poi fa: "Ehi, ma io ti ho visto in televisione. Non facevi quei quadri enormi del tuo ragazzo o qualcosa del genere?"

"Mi devi scambiare con qualcun'altra."

"Macché. Non dimentico mai una faccia, io. Tu avevi quel bel ragazzo e lo fotografavi. C'era un programma su di te in televisione. Ehi, ma è fantastico. Ehi, Liza, ehi, Jennifer." Si gira verso le due amiche. "Questa ragazza è fantastica! Fotografava quel fusto in costume. Dov'è adesso lui? Era così carino."

"Se ne è andato per la strada degli uomini carini."

"Ma allora eri proprio tu. Accidenti. Sei fantastica. Quanto vorrei fare anch'io l'artista!"

Wayne sembra seccato di non essere più il centro dell'attenzione.

"Ragazze, non mi amate più?" Fa il broncio.

"Posso chiederti una cosa?" È Jennifer, la ragazza coi lunghi capelli neri sulla schiena e un miniabitino di garza, a parlare.

"Certo," dico.

"Perché ci innamoriamo sempre dei bastardi? Voglio dire, c'è qualcosa nel loro essere bastardi, che ci eccita?"

Rido. "La prima donna che saprà rispondere a *questa* domanda verrà fatta *santa!*"

"Ma *tu* ti innamori dei bastardi?" dice la sua amica Liza, quella coi capelli biondi lisci e un visetto da angelo scandinavo.

"L'ha appena *detto*," la interrompe Jennifer. "È proprio *come* noi."

"È quella che una mia amica inglese definisce *La grande questione dell'uomo malvagio*," dico con un caricato accento inglese. " 'Più bastardi sono, più noi ci scaldiamo,' dice la mia amica."

Le ragazze mi guardano in attesa di una risposta.

"Ma non ti fai *mai* furba?" chiede Jennifer.

"Dipende,"dico.

"Da che cosa?" chiede Liza.

"Dal fatto se alla fine capisci o no che il Grande Paparino *non* torna a casa e che devi farti tu da Paparino."

Le ragazze mi guardano con gli occhi spalancati, piene di reverente ammirazione.

"E come si arriva a *questo* punto?" chiede Jennifer.

"Quando ci arriverò, te lo dirò," dico infilando una mano nella tasca di Wayne per riprendermi le chiavi dell'auto.

Lui crede che lo stia palpeggiando, così fa una specie di espressione alla Piero il fortunato. Poi capisce che sto solo riprendendomi le chiavi dell'auto.

"Devo prendere una cosa dal cassettino," dico. "O dal cazzettino, come lo chiamo io."

"D'accordo, piccola," dice Wayne, pensando che ci sia in vista qualcosa di sessuale.

Prendo le chiavi, esco dal locale, salgo sulla DART, avvio il motore e parto per il Connecticut da sola. Wayne può trovare la strada di casa con le sue bellezzine o meno. È affar suo.

Può darsi che nessuno mi scoperà più finché campo, ma almeno vivrò... e questo, per ora, mi sembra già abbastanza.

11
Ballata della sobrietà

> Ho messo il mondo in un vaso
> e ho il tappo nella mano.
>
> *Down Hearted Blues*

Ascoltare Bessie Smith e dipingere perfettamente sobria. La serratura è cambiata. Dart se ne è andato. Probabilmente non avrò mai più sue notizie e le gemelle non tornano fino alla prossima settimana.

Sono sola nel mio studio, guardo i monti del Connecticut e dipingo. Il buon vecchio Boner abbaierebbe di certo per avvertirmi, se dovesse per caso arrivare la moto di Dart. Lavoro a un'altra versione delle menadi con cristallo. A volte con gioia, a volte con disperazione. La solitudine dell'artista è qualcosa che non si può comunicare a un altro essere vivente. Sola, davanti al mio cavalletto, guardando le montagne, annusando l'odore acre della trementina, intontita dalla mia stessa solitudine e dall'odore silvestre del solvente, ora nell'esaltazione di dipingere da sola, ora nella depressione di sapere che forse sarò sola per tutto il resto della vita.

Se ho deciso (e a quanto pare ho deciso) di non andare a letto con i vari Wayne di questo mondo (che rimorchiano altre ragazze nei bar, mentre stanno con te), di non umiliarmi con Dart e di non pagare i conti del ristorante della sua puttanella, che altro mi resta se non questa infinita solitudine davanti al cavalletto?

La amo e la odio. Ringrazio Dio per avermi dato un modo di guadagnarmi da vivere in questa solitaria beatitudine e maledico Dio per la straziante solitudine di questo mestiere.

Fuori, nel mondo, la gente sta facendo telefonate, mandando documenti per fax, circolando per i cocktail party. Ogni volta che mi sembra che mi manchi qualcosa, mi basta fare un salto a New York per capire quanto poco, in realtà, io mi perda.

Alle feste, mi manca la mia beata solitudine. Quando sono sola, penso che mi manchi la "vita" perché non vado alle feste.

Ma cos'è, poi, la "vita"?

La mia vita, nel suo aspetto più vero e puro, sembra sia stare davanti al cavalletto, annusare l'odore di trementina e dipingere varie sfumature di bianco su una tela bianca, davanti alle verdi colline. Potrei stare qui in eterno. Anzi, mi sembra proprio di essere qui da un'eternità. Questa è la tua vita, Leila Sand, penso, il tuo vero io. Sei stata fortunata a trovarlo e a essere tornata in te prima che fosse troppo tardi.

Evoco gli spiriti delle pittrici del passato: Marietta Robusti, "La Tintoretta", Lavinia Fontana, Rosalba Carriera, Elisabeth Vigée-Lebrun, Adelaide Labille-Guiard, Angelika Kauffman, Anna Peale, Rosa Bonheur, Berthe Morisot, Mary Cassat, Käthe Kollwitz, Paula Modersohn-Becker, Vanessa Bell, Georgia O'Keeffe – perché mi proteggano come schiere di angeli custodi, dipinti a calce spenta su qualche soffitto veneziano. Tutta la tecnica, l'amore, l'infinita capacità di soffrire, il coraggio, le viscere, il *cuore* di queste donne che disegnavano e dipingevano *a dispetto di tutto* – fluiscono nelle mie dita doloranti. Ah, la voglia di far sembrare facile il difficile! Voglio essere come quegli antichi pittori di affreschi che avevano un tale talento, una tale conoscenza della chimica, da sapere dare il colore prima che la calce avesse il tempo di asciugare, dando l'idea della *sprezzatura*, quel meraviglioso ideale italiano di far sembrare facile il difficile – per l'eternità, o almeno per cinquecento anni.

Ripenso alla scena nel bar della sera prima. Tutte quelle giovani bellezze raccolte intorno a Wayne. La differenza tra i quarantaquattro e i ventidue anni nella vita di una donna non è solo una questione di aspetto. Non ho un *aspetto* peggiore di una ragazza di ventidue anni – anzi, per certi uomini sono meglio io – ma io *so* troppo. È meno facile ingannarmi. Non guardo gli uomini con quegli occhi radiosi, pieni di ardore. Quando sento odore di merda, io non dico che è profumo di rose.

Che sia tutta una questione di ormoni? *Estrogen über alles*? La natura ci concede trent'anni di cecità alla stronzaggine maschile, in modo da farci fare il massimo di figli. Poi l'estrogeno comincia a calare e torniamo in noi. Torniamo alla felicità che conoscevamo a nove anni, colorando coi pastelli sui nostri album. Ci riprendiamo la nostra vita, la nostra autonomia, la nostra forza. Ed è forse questo il momento in cui diventiamo streghe da lapidare sulla piazza del mercato? Non perché siamo brutte, ma perché *sappiamo* troppo. Abbiamo capito il gioco degli uomini, e a loro questo non piace.

"Amo il mio uomo più di me stessa," canta Bessie, "se non avrà me, non avrà nessun'altra..." Ah, qui è l'estrogeno che parla. Il lamento della fertilità femminile. "Amo il mio uomo più di me stessa." *Dobbiamo* proprio provare questo, per accoglierli in grembo, nel nostro corpo e fare dei figli, mettendo il futuro della specie al disopra del nostro benessere, della nostra tranquillità, della nostra serenità, della nostra pace mentale?

A quanto pare, sì.

Scoppio a piangere. Crollo ai piedi del cavalletto e piango lacrime amare, che mi scivolano agli angoli della bocca. Il cane viene a leccarmi la faccia. "Mi prenderò un mastino femmina," disse Enid Bagnold. Le signore di una certa età finiscono sempre per consolarsi con gli animali e il giardinaggio. È così che sono destinata anch'io? È questo che la mia mente sana vuole per me?

Mi alzo e mi metto a camminare avanti e indietro. Penso di andare a una riunione, ma poi scarto l'idea. Penso di andare a fare una passeggiata col cane, ma la rimando a dopo. Penso di bere, ma mi dico che oggi non berrò: un giorno alla volta.

Il telefono. Ecco di cosa ho bisogno: parlare con qualcuno. L'ultimo vizio che mi è permesso.

Così mi metto a telefonare. Alla mia amica Maia a Parigi, dove è quasi mezzanotte e piove. Alla mia amica Lorelei, a Venezia, dove è quasi mezzanotte e piove pure lì. Al mio ex fidanzato Stan, a New York, dove c'è la stessa ora e lo stesso tempo che qui. Al mio vecchio amico Julian, a Los Angeles, dove è metà pomeriggio e il sole splende nello smog giallo.

Julian è chiuso nella sua casa sulle colline di Hollywood, a giocare col suo sintetizzatore. Col suo Kurweil, Julian riesce a entrare in comunione con la musica delle sfere celesti.

"Cosa mangia di solito la gente?" mi chiede Julian dall'altra parte del continente.

"Cosa la gente *cosa*?"

"Mangia," ripete Julian. "Cosa mangiano?"

Penso a Julian, piccolo e magro, coi capelli bianchi lunghi fino alla spalla. Julian ha gli occhi più straordinari che abbia mai visto: occhi di un alieno venuto da un altro pianeta, dove tutti hanno un quoziente di intelligenza 503.

"Non so cosa mangi la gente," dice Julian. "Da quando Cristina se n'è andata, ho mangiato solo pizza... ma adesso voglio mangiare della roba *vera*. Solo che in vita mia non ho mai saputo cosa mangi la gente. Dammi una lista di roba per rifornire la casa di cibo."

"Va bene... hai una penna? Crusca all'uvetta, latte, banane, caffè, mele, tacchino affettato, pane di segale, maionese, senape, pollo ai ferri, tonno, biscottini di pasta frolla, gelato al cioccolato, aspirina, valium, yogurt. Questo dovrebbe bastarti per un po'."

"Grazie, grazie," dice Julian, con sincera gratitudine. "Non saprò mai come sdebitarmi."

"Non ti preoccupare... penserò io a qualcosa," dico. Sul pianeta di Julian hanno osservatori astrali, ma niente supermarket.

"Bene, che altro c'è di nuovo?" chiedo a Julian.

"*Ascolta*," mi dice. "È il canto di accoppiamento dei quark."

Suoni soprannaturali mi riempiono le orecchie. Il suono del Kurzweil di Julian che accoppia i quark.

"Per che cos'è?" chiedo.

"Un grosso film intitolato *Spinta*," dice Julian.

"È quello che stai facendo," dico.

"Vorrei," dice lui.

Nel mio stato d'animo, la stranezza di questa rete di amicizie mi colpisce. Come siamo tutti vicini eppure alienati: ciascuno di noi sta solo nella propria casa a dipingere o a scrivere o a comporre e ci scambiamo telefonate in tutto il mondo. Ciascuno di noi vive solo e chiama attraverso il cosmo una rete di amici affettuosi, che vediamo raramente. A volte, quando incontro i miei amici più cari, la loro presenza fisica mi sconvolge. Resto shoccata nel vederli in carne e ossa. Sono abituata alla loro voce, ma i loro visi mi sembrano troppo intensi, troppo inquietanti. Ci stiamo forse preparando a vivere in capsule spaziali? È per questo che conduciamo queste esistenze in un guscio, in cui la vita sociale si svolge digitalmente? Gli amanti, li tocchiamo, sentiamo il loro odore... Ma con gli amici ormai ci "si vede" soprattutto elettronicamente – anche quando viviamo a pochi isolati di distanza. Che senso ha tutto questo? La razza umana si sta forse preparando alla vita nello spazio?

Il cane abbaia. Sta arrivando qualcuno in carne e ossa.

Per un attimo, trattengo il fiato nell'attesa. Poi, il rumore degli stivali sulla ghiaia, un colpo bussato alla porta. (Lo studio-silo non ha né campanello né serratura.) Corro di sotto ad aprire ed entra la perfetta copia di Darth Vader, con una rosa in mano.

Potrebbe essere un marziano venuto dall'iperspazio, o qualche altra razza di alieno spielberghiano, annunciato da luci intense e cattiva ricezione televisiva.

"Leila", dice Dart, "dovevo assolutamente baciare la mia persona portafortuna prima di partire per Los Angeles."

Lo guardo, con quel suo sorriso assassino, l'espressione timida, la sfacciataggine di tornare dopo la scenata al ristorante; e mi arrabbio.

"Non sono il Talismano della felicità," urlo. "Sono una donna!"

"Leila, baby," dice Dart. "Mi hanno invitato a Los Angeles a fare un'audizione per un film su un giovane artista, e dovevo darti un bacio, prima di partire."

Potrebbe essere vero o falso. Potrebbe essere pura invenzione di Dart, o potrebbe esserci un pizzico di verità – come il granello che i pescatori di perle giapponesi infilano nell'ostrica, per ingannare il mollusco e indurlo a produrre la sua preziosa e luminosa secrezione. Con Dart non si sa mai quanto sia perla vera e quanto plastica.

"Che bellezza," dico. "Diventi un divo."

"Baby, mi dispiace. Forse un giorno sarò una persona con cui sarà possibile vivere." E fa quel suo timido sorriso assassino.

"Vattene," strillo. "Non sono il tuo amuleto personale! Non sono tua madre! Non sono la tua banca! Fuori!"

Mi guarda come un bambino petulante. (È a questo punto che le gemelle pesterebbero i piedini per terra, dicendo: "Non è giusto!")

"Baby, ci ho provato," dice Dart. "Io ero un seme e tu una foresta intera. Non potevo crescere alla tua ombra."

"Oh... è colpa mia, vero? La *mia* ombra era troppo grande, eh? Adoro essere presa per i fondelli e poi sentirmi anche dire che la colpa è mia." Ma il guaio è che so che c'è della verità, in quello che dice. La sua verità.

"Sei sempre stata la mia artista," dice Dart, cadendo in ginocchio e abbracciandomi i fianchi. Sta piangendo lacrime vere. Mi inumidiscono i jeans.

Combattuta tra rabbia e disperazione, cerco di divincolarmi per un attimo, desiderandolo e desiderando ucciderlo. (Una sensazione non molto diversa da quella che ogni tanto si prova coi propri figli: o tenerli o ammazzarli, questo è il problema.)

Crollo per terra, piangendo copiose lacrime amare, e ci abbracciamo, singhiozzando.

Il tempo sembra come sospeso mentre ci culliamo, l'uno tra le braccia dell'altra. Non immaginavo che esistessero tante lacrime. Pare che il mare alimenti questo fiume di lacrime. Lacrime senza fine – un'ondata d'acqua salmastra che ci riporta a un'esistenza prenatale, in cui ci abbracciamo come gemelli uniti nel liquido amniotico.

Lui è me e io sono lui: il legame è così profondo e infrangibile, da stupirmi anche ora. L'imbrogliona che c'è in me, la rubacuori, la truffatrice, la falsa – tutti questi aspetti di Leila/Louise, Dart li incarnava e io lo amavo come amavo la me stessa bambina, la ragazzina che non aveva mai abbastanza amore e per averlo mentiva, imbrogliava, incantava, per averlo spezzava cuori, moriva, piangeva.

Restiamo abbracciati per quello che sembrano eoni, un'era geologica, anni luce. Piangiamo insieme come un tempo scopavamo insieme.

Poi, senza parlare, ci alziamo, ci separiamo e Dart scende di nuovo i gradini del mio silo. Io raccolgo il pennello e dipingo una lumeggiatura sulla guancia d'una menade. Una lacrima. Una sola. E Dart se ne è andato.

Più tardi scopro che si è preso alcune delle sue cose: la camicia bianca da cowboy, con gli stivali e il cappello, qualche gioiello. Non me ne importa. Quello che mi preoccupa è che la casa fosse chiusa a chiave, e che lui sia entrato, non abbia lasciato tracce, nessuna serratura rotta, nessuna impronta digitale, nessuna orma. Il classico svaligiatore d'appartamenti. Nato per questo. O forse non è mai veramente esistito. Uscito da sotto un mucchio di terra come uno gnomo. Un folletto. Puck. Peter Pan. Il dio cornuto delle streghe. E, come tutti i diavoli, una nostra creazione.

Dart se ne è andato. Non voglio scendere in particolari sulla settimana tra la sua definitiva partenza e l'arrivo delle gemelle. Su questa assoluta amputazione. Su come cercavo di seguire tutti i motociclisti con casco che mi passavano accanto e finivo invariabilmente per andare quasi a sbattere contro qualche antico albero deciduo. I corteggiatori senza speranza che mi telefonavano – vecchi boyfriend, amici dei tempi di scuola, poveri disgraziati che arrivano barcollando durante la prima settimana postamputazione: feriti ambulanti, che parlano con rabbia del loro divorzio, dei loro figli adolescenti drogati, dei loro crolli in affari, della loro bancarotta... e vengono ad appoggiarsi al tuo bar per condividere il tuo analcolico calore. Perlopiù vengono per starsene lì con aria avvilita a parlare, intuendo un'altra anima persa che odia star sola al tramonto, e ti guardano e tu li guardi, mentre per la testa ti passa qualche idea di sesso, ma poi decidi che sarebbe troppa fatica – visto che dopotutto questa è la seconda estate di isterismo eterosessuale da AIDS – e non sapendo se devi porgere loro un questionario Kinsey o un preservativo, o tutt'e due, li accompagni alla porta e offri loro una casta guancia da baciare, e via a letto.

Hai sempre il tuo vecchio fedele vibratore di plastica – incappucciato con un preservativo Excita, tanto per essere à la page – e hai il tuo cazzo di marmo grandezza naturale, un esemplare da venticinque centimetri circonciso mandato da un famoso scultore giapponese, per l'inaugurazione della mostra dei fotogrammi di Dart a Tokyo.

Il cazzo-scultura è in marmo di Carrara bianco, puro come la prima Pietà di Michelangelo, quella che sta in Vaticano, quella sfigurata poco tempo fa da un criminale. La sua fredda purezza bianca – a metà tra l'uccello di Brancusi e il cazzo del cavallo di Marini – ci mette secoli a scaldarsi nella tua fredda fica derelitta. Lo scaldi e lo scaldi, e senti il marmo intiepidirsi in superficie ma restare gelido dentro, come il tuo cuore. Cera per ricevere e marmo per conservare. Il piacere di fare queste connessioni. Il sesso, anche quello onanistico, è solo questione di chiudere un cerchio, di fare scattare qualche sinapsi cosmica che lega le tue terminazioni nervose alle stelle.

Com'è difficile, com'è difficile collegarsi con un'altra persona, o anche col proprio io, o, alla fine, con Dio. Irrompere nello spirito, attraverso la parete della carne, aprirsi al cosmo nei lampi al neon dell'orgasmo.

Mio Dio, mio Dio. Dart, Dart, Dart, Dart. Mi agito in convulsioni intorno al marmo di Michelangelo-Brancusi-Marini, invocando il nome di Dart e quello di Dio, come se fossero un nome solo. Le lacrime mi scorrono sulle guance. Sono tutta liquido... e il marmo? Il marmo alla fine si scalda.

Grazie a Dio le gemelle tornarono a casa e io potei perdermi nelle gioie della maternità. Tutto il personale della casa tornò per accoglierle: la mia ossuta assistente lesbica, Natasha, coi cortissimi capelli neri da punk, gli orecchini a spilla di sicurezza, le spalle larghe, il viso equino e gli scintillanti occhi verdi. La "governante in capo" Lily, un tempo bambinaia, ora Amazzone capo nella nostra comunità di Amazzoni – affabile, scozzese e serena. Perfino la mia strizzacervelli è tornata dall'Europa e si è messa subito a mia disposizione – dal suo piccolo cottage col tetto di paglia a Cornwall Bridge – la mia psicanalista, l'incredibilmente brillante dottoressa Sybille Panoff, che ti faceva analisi freudiane-junghiane-reichiane e insieme ti faceva anche la lettura dei tarocchi, e ti dava consigli medici e cristalli curativi. La dottoressa Panoff aveva studiato con Melanie Klein a Londra, con Wilhelm Reich a New York e con Henry Miller a Big Sur. Era eclettica, a dir poco.

Per un certo periodo avevo creduto che i suoi poteri curativi sarebbero stati forti tanto nel medioevo quanto nel ventesimo secolo. Sybille era terribilmente sensitiva, al punto di essere telepatica. Una poetessa nell'anima, dispensava un'analisi che era per due parti brodo di pollo, per una metempsicosi e il resto stregoneria. Sybille, come diceva il suo nome, era una strega. Lo dicevano i suoi occhi neri e i suoi lunghi capelli d'ebano. Lo dicevano i suoi abiti color zafferano. E lo diceva la sua casetta, appollaiata al bordo di una cascata e piena di gatti e di cristalli. Abitava a una quindicina di minuti da casa mia, sotto il tetto di stoppie finto Tudor di quello che un tempo era un finto mulino nella tenuta di un finto milionario. La ruota del mulino macinava ancora le nostre ossessioni. I gatti saltavano da una sedia all'altra. Su una sedia c'era un cuscino che portava a lettere ricamate una massima di Kierkegaard: "La vita la si può capire solo a ritroso ma deve essere vissuta in avanti..."

Ecco che genere di strizzacervelli era Sybille.

Vado in macchina all'aeroporto con Lily e Natasha a prendere Mike e Ed. Siamo tutte molto eccitate all'idea di rivedere le piccole.

Le mamme divorziate imparano, alla fine, a mettere l'amore materno in freezer per intere settimane di fila – quando cioè i figli stanno col padre – altrimenti impazzirebbero. E io ormai ho imparato bene la lezione. Quando Mike e Ed erano via, me le toglievo di mente – anche se non dai sogni. Ho imparato a tenerle vicine anche se lontane. Ho imparato a sospendere i sentimenti. Questo trucco si rivelerà essenziale nell'altra vita, ammesso che ce ne sia una. Perché naturalmente siamo *già* nell'altra vita: interferisce nel nostro mondo, entrando e uscendo dalla trama dei nostri giorni, come un nastro colorato. Certi giorni siamo serene e sagge, altri giorni, invece, frenetiche e strette nella spirale mortale dell'angoscia. Mi sembra di essere stata sempre ossessionata dal mito di Persefone, come se avessi in qualche modo saputo che avrei vissuto una vita in cui avrei avuto bisogno della sua saggezza per adeguarmi alle croniche partenze delle mie figlie. Vanno e vengono – all'Ade e ritorno – e quando tornano, è sempre primavera.

Aspettiamo all'aeroporto in mezzo alla ressa di gente: parenti che si agitano, in preda alla smania familiare, annoiati autisti di limousine, che fumano e gironzolano con lo sguardo vitreo e indifferente di chi deve incontrare degli sconosciuti. Reggono grandi lecca-lecca di carta con sopra scritti i nomi di questi sconosciuti. I parenti invece sono tutta passione e attesa: occhi scintillanti, atmosfere di anticipazione e rabbia; nei loro passi inquieti, nelle loro fronti aggrottate, si leggono intere storie di famiglia.

Gli aeroporti mi danno sempre una profonda malinconia, mi fanno venire voglia di piangere. Tutti quegli arrivi e partenze, perdite e restituzioni! Tutta quella gente che se ne va a stare sospesa sopra i frammenti scombinati della loro vita! Quanti mosaici, quanti rompicapo! Quante partenze!

Di questi tempi, partire è diventato una droga. C'è gente che finisce per abituarsi talmente a questo continuo andirivieni, che non riesce più a stare ferma. Se non stanno salendo a bordo di un aereo per andare da qualche parte, si sentono in qualche modo defraudati – come un giocatore privato delle sue fiches, o un drogato privato dell'ago o una sessodipendente privata del suo cazzo di marmo.

Le gemelle!

Eccole che arrivano al cancello d'uscita: sembrano più alte di dieci centimetri rispetto a due mesi fa, hanno l'aria disordinata, il viso sporco, le stringhe delle scarpe slacciate – proprio come due ragazzine di dieci anni che sono state col loro padre.

"Mamma! Mammina!" gridano quasi all'unisono. La gioia sui loro visetti sporchi è stupenda da vedere. E il mio cuore sembra scoppiare fuori dalla sua membrana. Si rompono le acque. Sono traboccante di lacrime, ma subito le asciugo e le nascondo. I miei due zuccherini, le mie due piccole-grandi bambine, i miei frammenti di DNA che roteano attraverso l'universo. I miei doppi tesori, la mia doppia porzione di gelato di stracciatella, i miei due corpicini, fragranti di ninfaroma muschiato, le mie due piccole rockettare, col duplice sorriso sporco.

"Com'è stato il volo?" chiedo alle bambine tanto per dire qualcosa, quando non c'è niente da dire – basta abbracciarsi. Ci abbracciamo. Ci abbracciamo e ci abbracciamo. L'intera comunità di amazzoni si abbraccia. Cinque donne che si abbracciano.

"Il cibo dell'aereo fa schifo," dice Ed.

"Puah!" dice Mike, facendo un'imitazione da decenne dell'atto di vomitare.

"Cosa avete mangiato?" chiede Lily, visto che quello è il suo campo.

"Le solite schifezze," dice Mike.

"Già," fa Ed, "la solita carne misteriosa..."

"Voi due siete cresciute," dice Natasha, che per la verità sembra cresciuta anche lei, a trent'anni suonati. Sembra che inspiegabilmente crescano tutti di dieci centimetri quando mi lasciano, tutti all'infuori di Lily, che come tutte le nostre buone madrine, ha la confortante prerogativa di restare sempre la stessa.

"Com'era la casa di papà? Cosa avete fatto?" chiedo, mentre ci avviamo a ritirare i bagagli.

"Paparino ha una nuova amichetta, che continuava a farci il *bagno*!" dice Ed.

"Già," rincara Mike, "è una maniaca del bagno."

Ora che Dart se ne è andato, la notizia di una nuova amichetta mi trafigge all'improvviso. Il cuore non guarisce proprio *mai*?

"Maniaca del bagno?" chiedo. Le gemelle hanno la solita aria sporca di quando tornano dalla casa del loro padre. Tra i capelli castano ramato di Mike c'è attaccato un grumo di palloncino di gomma da masticare e i capelli castano ramato di Ed penzolano flosci ai lati del viso sudicio. Hanno tutt'e due gli zaini traboccanti di tutta la roba che una ragazzina di dieci anni considera indispensabile alla propria esistenza su questo o su un altro pianeta: bubblegum, cioccolata di riserva, l'animaletto di pelouche preferito (Mike ha Trapper Bear; Ed, invece, William Shakesbear), un taccuino per prendere appunti sulle loro impressioni ("la California è uno strazio. Mi manca mammina."), diversi libri di Judy Blume, Norma Klein, e Roald Dahl; magliette varie con scritte spiritose ("Tirami su, Scotty, quaggiù non c'è vita intelligente").

"Dov'è Dart?" chiede Ed.

"Di solito viene anche lui a prenderci, vero, mami?" dice Mike con circospezione.

Non avevo tenuto conto di questo aspetto del problema Dart. Be', tanto vale dire subito la verità. Dico sempre la verità alle piccole, nel modo più dolce che so.

"È andato in California," dico, "a cercare lavoro nel cinema."

"Oh," fa Mike.

"Intendi dire che voialtri avete rotto," dice Ed.

"Ce lo aspettavamo," dice Mike.

"Già," rincara Ed. "Non era il tipo adatto a te."

"Meriti di meglio, mammina," aggiunge Mike.

Resto a bocca aperta.

È stupendo riavere a casa le piccole. Andiamo a zonzo. Andiamo a fare compere. Passeggiamo tra i nostri cespugli di lamponi, cogliendo le bacche rosse che brillano come grappoli di vetro veneziano. Di notte ci crogioliamo nel letto, in mezzo agli animali di pelouche.

Le gemelle hanno deciso di trasferirsi nella stanza per gli ospiti per stare più vicine a mamma – sembra sappiano che ho bisogno di loro almeno quanto loro hanno bisogno di me – e di notte mi arrampico tra di loro sul letto ad acqua, annusando il loro odore di ninfa, sfiorando i loro corpicini con le impazienti dita nuove della neosobria. Stesa nel letto con loro di notte, penso a tutte le volte che sono stata quasi sul punto di lasciarle orfane di madre, furiosa di essere orfana io stessa, cercando di fare dispetto a Elmore o a Dart o a Dolph o a Theda per la mia autocommiserazione, pensando che a qualcuno sarebbe potuto dispiacere se fossi finita, sbronza, contro un albero con l'auto. E a qualcuno sarebbe spiaciuto: a me. E a quelle due piccine che stringo tra le braccia.

Quanti rimpianti, all'inizio della sobrietà! Tutti quegli anni sprecati. Tutte quelle notti, in cui ero troppo ubriaca per toccare la carne delle mie figlie con dita fresche. Leggevo loro qualcosa, col bicchiere in mano, facendo la buffona da ubriaca, mentre leggevo Roald Dahl o Judy Blume o Norma Klein. E chi ci perdeva? Io, soltanto io. Mi lasciavo sfuggire via la vita.

Là stesa sul letto, facevo la somma di tutti i momenti di andare a letto che avevo perso, di tutte le ore, i minuti, i secondi cancellati nelle mie cellule cerebrali. Impossibile. Ora possedevo una tale chiarezza che a volte il mondo mi sembrava irreale. Ogni secondo mi sembrava vivo, abitato da animali, vegetali, minerali, molecole. Vivo! Tutta la terra viva gira nel cosmo, mentre mi cullo sul letto ad acqua con le mie bambine nel grembo dello spazio-tempo. E non più sola.

"Mamma, tu sai cucinare?" mi chiede Ed.

"Perché?"

"Papà dice che non sai cucinare," dice Mike.

"Ma certo che so cucinare. State a vedere." Sporgo un braccio dal letto ad acqua, afferro il telefono e chiamo la pizzeria.

Le gemelle ridono, ridono. Quarantacinque minuti dopo siamo sedute sul tremolante letto ad acqua a demolire una gigantesca pizza al formaggio quasi bollente.

"Ci sei mancata, mammina," dice Mike.

"Sì," fa Ed. "Sei la più grande mammina del mondo."

"Grazie," dico io, alzando gli occhi.

Capisco cosa significa essere benedetta due volte, nata due volte.

E Lily viene a sgridarci per esserci ingozzate di pizza a letto.

Ma certi giorni la realtà è troppo pesante. Sogno Dart. Una notte, è con me, lo scudo dorato e muscoloso del suo petto scintillante. Lo vedo, ne sento l'odore, in sogno. Per qualche strana ragione, si è messo le mie perle, file e file di perle. Si tuffa in mare. E quando riemerge in superficie, le perle hanno perso la loro lucentezza e sono tutte smangiate, fino a rivelare l'anima di plastica.

"Baby, mi dispiace," dice lui timidamente. "Ti amo. Sei sempre stata la donna della mia vita... ma non sono abbastanza forte per amarti come dovrei."

Un'altra sera trovo una lettera di Dart tra le mie cose:

Mia carissima, questa breve vita che ci è concessa non può essere spesa nell'agonia o nella beatitudine. A seconda della prospettiva di ciascuno, la vita può essere tragica, buffa o meravigliosa.

Il tempo sembra ancora più breve, se lo suddividiamo in ore. Delle ventiquattro ore di un giorno, almeno un terzo lo passiamo dormendo. Dalle tre alle sei ore le usiamo per mangiare. Due ore se ne vanno per lavarci e vestirci. Poi si perde circa un'ora per spostarci da un posto all'altro; poi c'è il tempo che passiamo al telefono (due ore circa) a prendere decisioni, a dare ordini ai dipendenti (un'ora). E da qualche parte durante la giornata perdiamo un'altra ora. Significa che ci restano tre ore per lavorare, scrivere, fare l'amore, fare ginnastica, ridere, stare con la nostra famiglia, stare con noi stessi, esaminare una nuova idea (abbiamo dato da mangiare al cane, abbiamo annaffiato le piante?), per ripensare agli avvenimenti della giornata eccetera...

Ora, dobbiamo forse passare queste tre preziose ore al giorno a preoccuparci o a temere il peggio? Prendiamo queste tre ore e cerchiamo di pianificarle. Tre ore al giorno per 365 giorni fanno 1095 ore all'anno. Ora, quanti anni ci restano da vivere? Diciamo quaranta. Allora moltiplichiamo questo tempo per quaranta, e avremo 43.800, poi dividiamo per ventiquattro ore al giorno e avremo 1825, dividiamo per 365 e abbiamo cinque.

Significa che ci restano cinque anni di vita vera... Cinque brevi anni di veglia, di consapevolezza, cinque anni sui quaranta che vivremo insieme.

Oh, tesoro, io voglio passare l'eternità con te, non cinque anni.

Con tutto il mio amore,

Dart.

Mi metto a piangere, ricordando l'eternità che avevamo prima di perdere il nostro paradiso. E ricordo come sapeva essere dolce e tenero Dart, prima che le cose fra noi si guastassero. Ho cercato di non pensarci, perché è più facile non ricordare.

Poi qualcosa nella lettera mi colpisce: la parola *lavoro*. Dart non ha quasi menzionato la parola *lavoro*, nella sua suddivisione della giornata in ore. "Dare ordini alla servitù," dice. Sembra quasi che abbia fatto la descrizione della vita di suo *padre*. Questa lettera è l'equivalente dei bigliettini d'auguri di Ven, dice la mia mente sana.

"Quando torna Dart?" mi chiede Mike un giorno, mentre sta andando a letto.

"Non so," dico.

"Avevamo immaginato che voialtri aveste avuto uno dei vostri soliti bisticci," dice Ed.

"Non credo che tornerà," dico.

"Oh, mammina," fa Ed.

"Sono contenta," dice Mike. "Avevo sempre paura di Dart."

"Sì, anch'io," dice Ed. "Dopo quella volta che ha tirato giù le mutandine a Mike e l'ha sculacciata."

"Dart ha fatto così?" esclamo. "Quando?"

"Poco prima che partissimo."

"Perché non me lo avete detto?"

"Non volevamo che ti preoccupassi, mammina," dice Mike.

"Già," dice Ed. "Sei una che prende tutto talmente sul tragico, tu."

"Quello di cui hai bisogno, mami, è un marito *ricco*," dice Mike.

"Qualcuno con una Porsche," dice Ed.

"O una Rolls-Royce," dice Mike.

"O una BMW," dice Ed.

"Insomma, qualcuno che sia *ricco*," dice Mike.

"Già," fa Ed.

"Visto che sono tutti dei babbei, potresti almeno trovartene uno coi *soldi*."

"È una scemenza," dice Ed.

"Agli uomini non piace che sia tu ad avere tutti i soldi," dice Mike.

"Ma, e la liberazione della donna?" faccio io.

"Agli uomini non piace," sentenzia Ed.

"Loro cercano ancora quella cosa," dice Mike
"Mi dispiace, mami, ma è così," dice Ed.
"Ma noi dobbiamo *cambiare* le cose," dico io.
"Lascia perdere, mamma, e prendi i loro soldi," dice Mike.
"Prenditi uno con la Porsche," dice Ed.

12

Il milionario per bene

> Ho una Cadillac Eldorado
> con la ruota di scorta sul dietro.
> Ho un conto corrente da Goldblat
> ma non ho te.
>
> Calvin Carter

Danny Doland di Dallas aveva una Porsche. Danny Doland di Dallas era alto, grasso, cinquantenne, divertente e assolutamente *ricco sfondato*. Danny Doland era la risposta alle preghiere di una ragazzina di dieci anni.

"Sposalo," disse Mike.

"Sì, mami," disse Ed.

Venni presentata a Danny Doland in occasione di un appuntamento alla cieca. Da un mio ex innamorato, di nome Tyler Levinsky, che aveva appena sposato la *shiksa* dell'anno. (Un altro: la categoria è affollata.) Tyler era asciutto, cinquantenne, ricco (anche se non ricco come Danny Doland) e si occupava di antiquariato. Voleva vedermi convenientemente sposata con uno dei suoi amici, in modo che potessimo fare gite in quattro e lui avesse modo di fare ogni tanto una visitina nel mio letto. Fu senza dubbio per questo nefando motivo che mi presentò al suo socio, Danny, che collezionava di tutto, dall'arte importante ai libri rari, ai grossi pezzi d'antiquariato, ai vini pregiati ed era disposto a considerare l'idea di acquistare anche *me*. Non ho mai pensato che ci fosse qualcosa di strano nel fatto che una persona appena disintossicata si innamorasse di un collezionista di vini. Perché no? pensavo. Potevo benissimo resistere a tutti quegli châteaux dai nomi altisonanti. E Danny era intelligente, generoso, texano e un grande parlatore. Prima di diventare antiquario, aveva fatto l'editore a Londra. (Il suo denaro era di vecchia data – vecchia per il Texas, almeno – ereditato e ancora verde.) Era colto. Era spiritoso. Aveva pubblicato premi Nobel e romanzieri da strapazzo e sapeva fare divertenti imitazioni degli uni e degli altri. (Per esempio, si drappeggiava in una stola di leopardo e faceva Jackie Collins. Oppure imitava alla perfezione la monotona cantilena di Isaac Singer.) Come se queste credenziali letterarie non bastassero, aveva una splendida tenuta nei Berkshires, un tempo di proprietà di un amico di Edith Wharton – una villa all'italiana vicino a The Mount, chiamata Lunabella. Lunabella aveva la sua serra, la sua piscina coperta (che comunicava con la piscina scoperta mediante un passaggio segreto), la sua sala da ballo (con il soffitto a volta dipinto come un cielo stellato). Edith Wharton ci aveva invitato Mr Fullerton, ma lui non c'era mai andato.

Danny Doland di Dallas era la mia ultima possibilità di salire a due a due sull'arca con l'argenteria. Danny Doland di Dallas era il mio ultimo tentativo di *normalità*. Se ero finita nei guai cercando il mio *dybbuk*, il mio amante-demone, allora sarei stata certo al sicuro con questo corpulento borghese per bene, che aveva aste da Sotheby's e suite al Claridge, che dava cene per otto (alle otto), prima delle quali faceva veramente le *prove* delle sue battute e sui segnaposti scriveva frasi insultanti ma lusinghiere sugli ospiti, come in quelle feste in cui l'ospite d'onore alla fine viene lodato e insieme bonariamente insultato dai presenti.

Non fraintendetemi, ero follemente innamorata di Danny Doland. Non sono, ne sono mai stata, una cinica avida cacciatrice di denaro. Quando Danny e io ci incontrammo a quella prima cena nei Berkshires, a Wheatleigh, in una calda serata estiva, i nostri sguardi si incrociarono e capitolammo.

I suoi occhi erano d'un azzurro slavato, piccoli e scintillanti. Era calvo, col doppio mento e un gran pancione, mimetizzato dalla sua altezza – meno che a letto. Portava bretelle gialle e cravattino rosso. Aveva un bastone con l'impugnatura d'argento, che a volte faceva roteare. Portava boxer di seta col monogramma DD ricamato su una gamba. A volte portava anche le ghette. Nella mia mente contorta, tutte queste cose erano in qualche modo sinonimo di sicurezza. (Non ero abituata a uomini che portassero mutande, tanto meno mutande fatte su misura.) Avevo avuto un pupattolo *goy* e Danny Doland non era il pupattolo di nessuno. Non sapevo certo che Danny Doland avesse anche lui la mano sui comandi come Dart – anche se in un altro senso.

A quella prima cena, la nostra fitta conversazione cancellò il resto del mondo. Danny amava l'Italia, Turner, Blake; collezionava i miei fotogrammi. Pronunciava "business" come fosse "bidness" e importante come fosse "impordante". Seguiva da anni il mio lavoro e possedeva uno dei miei primi dipinti di cui avevo perso le tracce. Mi passò come un lampo per la testa l'idea che avrei potuto riaverlo sposando Danny. Ma anche senza questo, mi sarei innamorata di lui per il suo fascino fatale. Perché Danny era divertente, tenero e pieno di calore. Era come andare a letto con una tazza di cioccolata calda. Dopo cinque anni in cui ero andata a letto con un autodafé, sembrava attraente. Andai a Lunabella con Danny e finii nel suo letto.

Cioccolata calda. Anche le immagini che usavamo a letto, avevano a che fare col cibo.

"Voglio versarti sciroppo al cioccolato sul cazzo e leccartelo via," gli dicevo.

"Dovrai prima battermi sul tempo," diceva Danny (senza però spiegare come avrebbe fatto a piegarsi fin lì).

In un'epoca di uomini che rifuggivano da ogni genere di impegno, Danny era l'opposto. Mi regalò un gioiello al secondo appuntamento (una spilla art déco: "Siamo fidanzati," disse), mi chiese di sposarlo al terzo e al quarto mi regalò un'agenda filofax di pelle d'elefante col suo nome (o le sue iniziali) scritte accanto al pranzo e alla cena su tutte le pagine. Progettava safari in Kenia e castelli in affitto sul Reno. Mi avrebbe comperato il piano nobile di un palazzo sul Canal Grande, e un motoscafo per arrivarci. Mi avrebbe costruito una follia stile italiano a Lunabella, per farci il mio studio. Mi avrebbe comperato una Aston-Martin per andare nella sua casa di campagna e una Silverado per andare al suo ranch nel Texas. Penso che la mia dea me lo avesse mandato per mettere alla prova la mia risolutezza, perché dopo questa incredibile azione incalzante a tutto campo, Danny Doland si ammosciò. E ora arriva la parte più strana della storia: la cosa non mi preoccupava più di tanto. L'impotenza, dopotutto, è una garanzia contro l'AIDS. E poi, avevo appena avuto una relazione basata sul sesso bruciante e sapevo che questo non risolveva tutti i problemi. Forse avevo avuto già abbastanza sesso in vita mia ed ero destinata a trascorrere gli anni del mio declino alle *aste*. Ma a Danny Doland invece importava, eccome. Era distrutto dal fatto che io fossi a conoscenza del suo segreto sessuale.

E da quel momento, cominciò a vendicarsi con me.

Fu una cosa molto sottile, all'inizio. In principio, quando il nostro accordo era perfetto – dappertutto meno che a letto – progettavamo nozze, restauri e acquisti: l'amore negli anni ottanta non era forse solo il preludio all'acquisto di una proprietà immobiliare? E nelle classi più alte, di opere d'arte?

Danny Doland fece disegnare da un architetto una follia che sarebbe dovuta essere il mio studio a Lunabella. Questo studio era identico al corpo principale della casa, solo che era nascosto in un fitto di alberi e non aveva finestre.

Di sicuro si trattava di una svista. L'architetto sicuramente non pensava che io dipengessi in una casa priva di finestre.

Ma Danny Doland aveva i suoi buoni motivi. I lucernari del tetto avrebbero fornito tutta la luce necessaria. E le "finestre" sarebbero state copie di finestre in calcare e marmo.

"Ma perché?" chiesi.

"Così possiamo tenere l'intera struttura sotto controllo climatico, tesoro. Per conservare le opere d'arte."

"Ma se non posso guardare fuori e vedere il cielo e le montagne, come faccio a *creare* l'arte?"

Danny Doland mi guardò coi suoi occhietti azzurro pallido, dello stesso colore dell'oxford per camicie.

"Dolcezza," disse, "avremo una perfetta luce da nord controllata dai lucernari con schermi azionati elettronicamente. In questo modo avremo sotto controllo la galleria con le opere tue e dei maggiori artisti contemporanei, come Graves, Bartlett, Schnabel, Sherman, Natkin, Frankenthaler, Twombly, Johns, chiunque piaccia a *te*, la tua collezione *personale* – e di sopra potrai dipingere in condizioni che garantiscono che il tuo lavoro non si deteriorerà mai. Ma pensaci, tesoro!"

Mi immaginai mentre cercavo di dipingere in un mausoleo senza aria, senza canto d'uccelli, senza la farfalla (o la vespa) che di tanto in tanto si posava sul mio lavoro in corso, e rimasi inorridita. Era la vita, in definitiva, quello che Danny pensava di escludere, in nome della conservazione dell'arte. Ma come potevo creare l'arte senza la vita che le infondesse forza?

Al sesso potevo anche rinunciare. Ma potevo rinunciare anche all'*aria*?

Isadora: Adesso *lo dici*!

"Caro, devo avere almeno una finestra che si *apra*," dissi.

"Ne parlerò con l'architetto, dolcezza," disse Danny, "ma posso dirti fin d'ora che dirà che è una cattiva idea. Sei mai stata alla Beinecke Library?"

"Ma certo, amore. Ho *studiato* a Yale, ricordi?"

"Certo che ricordo, dolcezza. E devi ricordare quanto sia *vitale* tenere l'aria sotto debito controllo."

"Ma io voglio dare *intensità* all'aria, *liberarla* da ogni controllo, voglio che turbini intorno agli occhi dello spettatore, voglio che l'energia *shakti* balzi fuori dal quadro e cambi la tua vita..."

"Che idea romantica, tesoro. Senti... tu dipingi con tutto il tuo cuoricino e lascia che sia *io* a preoccuparmi di conservare l'opera, d'accordo?"

Pensai al marito di Elisabeth Vigée-Lebrun, che aveva speso tutti i soldi che lei aveva guadagnato come pittrice alla corte di Maria Antonietta.

La Rivoluzione francese, la tua migliore amica e il tuo soggetto preferito decapitata en famille, e all'improvviso scopri che tuo marito ha speso tutto il tuo gruzzolo! Senza un soldo, te ne sei andata nel 1789... che anno, per andarsene da casa senza un soldo! – in giro per le corti d'Italia, Austria, Germania, Russia, ricostruendo di nuovo la tua fortuna, dipingendo paesaggi. In Francia, continua il bagno di sangue. Il tuo ex marito, che potrebbe anche esser Danny Doland, s'è messo a navigare secondo il vento che tira e fa il battitore d'asta per il nuovo governo. Torni a casa nel 1802, *rifiuti* di incontrarti col dannato piccolo Napoleone e riparti immediatamente per l'Inghilterra, dove Sir Joshua Reynolds, che detta il gusto dell'epoca, acconsente a lodarti, anche se sei una donna. Eccoti di nuovo a Parigi, a dipingere alla corte napoleonica, pubblichi i suoi *Souvernirs* e muori a ottantasette anni. Che vita! Se Vigée-Lebrun è riuscita a cavarsela durante la Rivoluzione francese, perché dovrei gettarmi alla cieca tra le braccia di Danny Doland?

"Caro," dissi, "hai mai letto le memorie di Elisabeth Vigée-Lebrun?"

"Lebrun? Lebrun? E chi *era* costei, tesoro?"

"La pittrice di corte di Maria Antonietta, e poi alla corte di Napoleone... una pittrice che visse del suo pennello e riuscì a sopravvivere in tempi molto difficili."

"Non faceva quei ritratti femminili tanto carini?"

"Mmm," risposi io, decisa ad avere le finestre e l'aria pura.

"Senti tesoro, lascia che tratti *io* con l'architetto e tu pensa a dipingere. So cosa è meglio per te, dolcezza. Non hai già avuto abbastanza fatiche, nella tua piccola vita? Ora, dolcezza, hai bisogno di qualcuno che ti protegga, che si prenda cura dei tuoi affari, in modo che tu sia *libera* di creare. Io sono *bravo* in questo, tesoro. E mi darebbe un tale *piacere*!"

Mi struggo, davanti a questo tono così dolce e affettuoso. Del resto, il modo di parlare di Danny mi ha sempre fatto struggere. Con quel suo buffo miscuglio di Dallas e Londra, il suo modo di parlare è stata la prima cosa di cui mi sono innamorata. Questo e la sua statura.

"Come può un uomo così alto e così ricco non desiderare di proteggerti?" mi chiede la mia mente sana.

"Penserò a un modo," dice la mia ossessione.

Quanto alla protezione, la voglio, naturalmente... non la vogliamo tutte? E chi può volerla più d'una vagabonda cronica, una transfuga, come dicono in Inghilterra? Non si può sempre vivere nel trambusto. Non si può essere sempre sole. Vado ad abbracciare Danny Doland, ma lui mi respinge.

"Benissimo, allora è deciso, tesoro."

"Purché non ti aspetti che io dipinga in un mausoleo," dico.

"Chi ha mai parlato di un mausoleo?" chiede Danny. Ma capisco che nel suo dolce modo si è offeso e sta accumulando un altro motivo di rancore per il futuro.

Dopo questo contrattempo, Danny cominciò a eliminare completamente ogni contatto fisico.

La cosa ebbe inizio in modo piuttosto innocente. Avevo notato che ogni volta che Danny e io passavamo la notte insieme a Lunabella (non stavamo mai a casa mia), lui dormiva sopra le coperte se io stavo sotto e si teneva le mutande se io ero nuda.

Una cosetta da nulla, in fondo. Di cosa ci si poteva lamentare? Eravamo amanti adulti, di mezza età. Avevamo le nostre abitudini, la nostra vita, la nostra casa e i nostri figli. (Lui aveva un figlio a Choate e l'altro a Le Rosay). Ma evidentemente Danny Doland non mi voleva stringere tra le braccia. Le parole di *A Fine Romance* continuavano a ronzarmi nella testa.

Una sera d'estate, raccolsi tutto il mio coraggio e gliene parlai.

"Non sono molto bravo ad abbracciare," disse lui. "Non me ne fare una colpa, tesoro."

Certo un'osservazione provocatoria da fare alla tua fidanzata, alla tua nuova amante, all'amore della tua vita. Ma cercai di essere *matura* e di non reagire.

"D'accordo," dissi a Danny. "Non siamo obbligati a stare appiccicati a filo doppio. Va bene, tesoro." E mi girai, andai a dormire e feci ardenti sogni erotici su Dart. (Dormendo con Danny, sognavo sempre Dart.)

Quando questa manovra di distanziamento non funzionava, Danny alzava la posta.

Una sera portò a casa pigne di videocassette erotiche (con titoli come *Lussuria a Las Vegas,* o *Verginella fa carriera a Los Angeles,* oppure *Follie di cuoio*) e propose di guardarle. Io ero dispostissima. Avevo ancora tutti i reggicalze e l'attrezzatura varia che avevo comperato per Dart, quando la sobrietà lo aveva reso impotente, e non avevo niente in contrario a portarli a Lunabella. Indossavo reggicalze e mutandine di pizzo nero anche quando le mie compagne della cabala d'arte femminista li consideravano un tradimento e ora che quelle bardature erano diventate chic, non ci vedevo nessun male. Gli uomini reagiscono agli stimoli visivi, pensavo. Non sono *evoluti* come le donne.

Così, mi agghindai tutta in pizzo nero, poi mi misi con Danny a guardare *Verginella fa carriera a Los Angeles,* un porno con un livello di produzione stranamente buono in cui si vedeva l'ingenua verginella che lo faceva con una serie di pupattoli *goy* a Malibu, Santa Monica, Bel Air, Beverly Hills.

Ero sbalordita. Il video voleva farci credere che la verginella, la giovane starlet, riusciva a fare carriera nel cinema, facendo pompini a produttori, direttori del cast e pezzi grossi dello studio (uno dei quali somigliava moltissimo a Dart), quando sanno tutti benissimo che lusinghe del genere sono troppo comuni nel mondo del cinema per influire minimamente sulla carriera di chicchessia.

La pornografia in fondo è molto innocente. Presume che ci sia una specie di giustizia sessuale a questo mondo. E ogni volta che gli sceneggiatori sono a corto di idee, aumentano il numero dei partecipanti nel letto: fallacità numerica.

Danny era molto eccitato dalla Verginella. Io no. Non molto. Ma ero eccitata dal fatto che *Danny* fosse eccitato. Di solito mi ci volevano secoli di lavoro con la lingua e le dita, la saliva e il baby oil, per riuscire a fargli avere una specie di erezione. Ma questa volta Danny scattò subito in azione. Entrò dentro di me. E si ammosciò.

Di nuovo Verginella. Di nuovo baby oil. Schiena a schiena e ventre a ventre. Danny e io continuiamo a provarci... finché, alla fine, esausti, ci addormentiamo.

Diventai un'esperta di porno video. Cominciai a pensare di fare un quadro sui porno video in onore della mia relazione con Danny. Non ero ancora disposta a rinunciare, ma pareva che *lui* invece lo fosse.

"Mi sento sopraffatto da te, dolcezza," mi disse finalmente una notte a Lunabella. "Tutta la tua insistenza per la felicità coniugale..."

"La mia *cosa*?"

"La tua insistenza per il matrimonio. E tutta la tua pressione sessuale, dolcezza. Mi sento sopraffatto."

In quel momento mi sentivo piuttosto sopraffatta anch'io.

"Danny," dissi, "sei tu che hai insistito per il matrimonio, non io. E sei tu che hai fatto del sesso un problema capitale. Io sono soddisfattissima di te. Ti amo..."

"Inadeguato come sono..."

"Io ti *amo*. E non ti trovo affatto inadeguato. Forse sei *tu*, che pensi di esserlo."

"Lascia perdere queste balle psicologiche, tesoro."

"Tesoro," dissi, "non voglio bisticciare con te. Smettila. Per favore smettila ora, prima che tutt'e due diciamo cose che poi rimpiangeremmo."

"Tu pensi che il sesso sia importante, tesoro; io semplicemente no." Tutte le coppie hanno un argomento sul quale tornano in continuazione. E quello era il nostro. Lo avevamo trovato subito e non ce ne scostammo mai.

"Bene, il sesso *è* importante," dissi, "ma non è l'unica cosa che conti tra due persone. Per favore, non bisticciamo."

"Tu pensi che il sesso sia la cosa più importante tra due persone. Tu lo pensi. Ammettilo. E io non sarò mai lo stallone cui tu eri abituata. Avrei dovuto incontrarti quando avevo vent'anni."

"Io non *voglio* lo stallone cui ero abituata, Danny. È per questo che l'ho buttato fuori."

"Tu senti la sua mancanza, tesoro. Ammettilo. Ti manca."

"Questa conversazione è ridicola."

"Ammettilo, dolcezza."

"Non voglio fare questo discorso."

"Ammettilo." Danny si alzò, cambiò il video, si mise le mutande e sprofondò nel letto. Rimase là steso, sotto il peso del suo pancione tremolante. Un nuovo filmetto apparve sullo schermo. *Lussuria a Las Vegas.* Uno dei croupier somigliava terribilmente a Dart. Avrei giurato che *era* Dart. Ma come diavolo poteva aver fatto una carriera nel cinema così fulminea? Un giorno però sarebbe successo, un giorno sarei stata a letto con un Danny impotente e sullo schermo avrei visto Dart che faceva l'amore con delle puttanelle in un porno film. Era inevitabile. Giustizia ideale.

Guardai *Lussuria a Las Vegas,* come se ne andasse della mia vita. Era Dart o era un'illusione? Granada o Asbury Park? Stavo impazzendo? Cosa era successo alla mia mente sana?

Danny intanto aveva cominciato a masturbarsi col baby oil e con l'immagine di Dart (o del suo sosia) come aiuto visivo. *A Fine Romance*, un bel romanzo davvero. Cosa avrebbe fatto Fred Astaire? Lui si masturba; lei sta seduta con gli occhi incollati al video del suo ex amante (o del suo sosia); e il mondo intero pensa che l'abbiano fatto fare loro.

Danny si masturba con aria provocatoria, come per dire: chi ha bisogno di *te*? Quando ha finito, mi guarda per avere la mia approvazione.

"Sesso sicuro," dico, e scendo in cantina.

La cantina di Danny è una meraviglia. Fotografata da *Architectural Digest*, con i fari che illuminano i contenitori di vino e l'umidità perfettamente controllata, la cantina sta sotto Lunabella come il diamante grosso come il Ritz stava sotto il castello incantato di Scott Fitzgerald. Gironzolo per la cantina, come Teseo nel labirinto, osservo le varie bottiglie di Bordeaux rari e scelgo un Mouton del 1945 per ubriacarmi. Col cuore che galoppa stappo il vino come mi ha insegnato Danny, prendo un bicchiere dal bar della cantina, verso, faccio roteare il liquido rosso rubino sul fondo del bicchiere, annuso e il nettare arriva sul mio palato fino.

Si sarebbe potuto dire che durante le settimane con Danny non avevo bevuto. Be', non esattamente. Ma ho assaggiato, annusato e imparato varie cose su aroma, bouquet e retrogusto. (Della mia storia con Danny più tardi avrei detto: "Buon aroma, ma pessimo retrogusto.") E non ho frequentato le riunioni dell'AA. Posso controllarmi da me, ho deciso. È quello che nel Programma viene definito "atteggiamento presuntuoso".

Ma erano tutti così contenti della mia relazione con Danny: André, il mio gallerista; Sybille, la mia analista; le gemelle; la loro madrina buona, Lily. Perché? Perché Danny è ricco. Perché è di *Dallas*. Perché ha una villa su tutt'e due le sponde dell'Atlantico (per non parlare dei suoi vari appartamenti). Perché mi regala gioielli (e porno video). Perché finalmente ho un milionario per bene, come si addice alla mia condizione di artista famosa. Nessuno pensa che sono una bevitrice che si è innamorata di un collezionista di vini per copertura. Nessuno, eccetto Emmie. Però in questo periodo evito Emmie. Non le telefono più, da quando mi sono innamorata di Danny Doland. E lei, sapendo che io devo toccare il fondo a modo mio, ha chiamato di tanto in tanto, ma senza insistere. Vorrei quasi che l'avesse fatto.

Solo un sorso, penso, col naso già nel bicchiere di vetro Tiffany. Poi un altro. E un altro. E poi tutto il bicchiere.

Che sapore ha, dopo tutte queste settimane di astinenza? Metallico, dolce, aspro, come il liquore per un ragazzino. Sento in testa il ronzio, la sensazione greve, densa che precede la sbornia, ma niente clic. Giro per la cantina leggendo le etichette, col bicchiere in mano.

Ecco gli châteaux di Pomerol: Pétrus, Trotanoy, Lafleur, La Conseillante, Rouget, Le Gay, Bon-Pasteur, Petit-Village, Clos René, La Violette, La Croix-de-Gay... Ed ecco i castelli di Margaux e Médoc: Palmer, La Lagune, Malescot Saint-Exupéry, La Tour-de-Mons, Paveil de Luze, Camuet... E di Graves: Haut-Brion, Domaine de Chevalier, Carbonnieux...

(Non è tanto il vino a ubriacarmi, quanto questi bei nomi francesi, che mi scivolano sulla lingua ancora più in fretta del vino.)

Gli châteaux di Pauillac: Latour, Mouton-Rothschild, Lafite-Rothschild, Pichon-Longueville, Comtesse de Lalande... Di Saint-Emilion: La Tour-Figeac, Troplong-Mondot, Couvent-des-Jacobins, La Clotte, Ripeau, Villemaurine... (Non siamo ancora usciti dal Bordeaux, e sono già brilla.)

Giro tra le etichette, pensando ai grandi castelli della Francia, ai bei fiumi serpeggianti, alla Loira, al Reno scintillante, al sole che splende sugli otri di Bordeaux. *Claret*, lo chiamano gli inglesi, come se desse chiarezza. *In vino veritas*, come se bere portasse la verità. Ma a me porta solo lacrime. Piango e bevo, stesa sul pavimento freddo della cantina, e continuo a scolare la bottiglia. Il disegno dell'etichetta mi invita a entrare in un mondo di châteaux e fiumi scintillanti, di fredde cantine e sole caldo. Ma qui, per terra, sono come sospesa nel tempo e vedo tutte le parti della mia vita mescolate alla rinfusa, come in un caleidoscopio.

Il silo d'argento. L'abito anni venti di raggi di luna. Il cazzo di Dart. La lettera di Dart sul tempo e l'eternità. I corpicini delle gemelle odorosi di cioccolata. Dolph, Thom, Elmore, Dart, Danny. La mia mente vola, come un tempo con la marijuana – notti in bianco, sveglia accanto a Dart, dopo tanto fare l'amore. (L'erba lo faceva dormire, mentre teneva sveglia me: un paradosso, per una coppia così ben assortita.) Ecco dove mi ha condotto la mia egira: in una cantina sepolta sotto un seminterrato dei Berkshires, a bere claret e a sentirmi triste?

Mi alzo barcollando, giro per la casa, passando in rassegna i tesori di Danny; la sua collezione d'arte (opere di Monet, Modigliani, Warhol, Sand), la sua collezione di cristalli (Lalique, Galle), i suoi pezzi d'antiquariato (Regina Anna, Giorgio I, Biedermeier). Penso alla mia vita, come a un pezzo di questa collezione. Cene con barzellette preparate. La collezione d'arte giusta. La gente giusta. Aria controllata climaticamente, battute, vino, quadri. Penso di nuovo a Elisabeth Vigée-Lebrun, alla Rivoluzione francese, all'anno 1789, a vivere fino a ottantasette anni! Gli artisti possono essere incredibilmente longevi. Potrei avere altri quarantaquattro anni di pittura. Dovrò proprio passarli a dipingere senz'aria pura?

Puah! penso. La figlia di Dolph torna a casa.

In reggicalze e calze di seta, con sopra una vestaglia di seta e a piedi scalzi, parto nella notte sulla DART, senza patente, senza denaro, senza niente.

Corro in piena notte attraverso i Berkshires, col mio abbigliamento da film porno, sentendo l'aria estiva fresca sulle mie guance brucianti, cantando *La mia bella se n'è andata*, a squarciagola.

Finché lo vedo nello specchietto retrovisore, Darth Vader sulla sua moto, l'uomo mascherato, il mio *dybbuk*, il mio amante-demone. Non è andato affatto a Hollywood. Mi sta seguendo! Proprio qui, nei Berkshires, vuole raggiungermi e farmi sua sul ciglio della strada. Il mio cuore diventa leggero. La fica mi si inumidisce. Ah, Dart, lo sapevo che saresti tornato! Il fascio di luce del faro della sua moto trapassa il mio portabagagli. La sirena trafigge il mio cuore.

La sirena? Da quando Dart ha una sirena?

Darth Vader sfreccia a lato della mia auto e cerca di costringermi ad accostare. Scherzo un po' con lui, in un'allegra caccia su per la collina e giù per la valle, sempre più eccitata mentre la sua sirena urla e urla. Alla fine mi costringe a sterzare e a uscire di strada, sul ciglio morbido.

"Dart!" grido, ma le parole mi muoiono in gola. Perché il poliziotto motociclista somiglia molto a Dart... come il croupier e il regista della porno-star.

"Patente, signora," dice il poliziotto, guardando il mio esiguo abbigliamento.

"Ooops!" faccio io. "Non ci crederà, agente, ma ho fatto giusto un salto in farmacia a comperare dei pannolini per il mio bambino, che ha la diarrea."

Il poliziotto evita di guardarmi negli occhi.

"Per favore, mi mostri la patente, signora," dice il sosia di Dart, sbirciandomi la scollatura. Mi viene l'idea da sbronza di slacciargli la cerniera e prenderlo lì, seduta stante. O sarebbe considerato tentativo di corruzione di pubblico ufficiale?

Isadora: Si può sapere perché ogni volta che la nostra eroina si trova in presenza di un pubblico ufficiale, riesce solo a pensare di succhiargli il cazzo?

Leila: Chi è adesso, *a usare quella parola?*

Isadora: Non cavillare sul vocabolario. Rispondi alla domanda.

Leila: Perché il sesso non è mai *una cosa distinta dalla politica.*

Isadora: Andiamo, finiscila. Questa non è la Terra della Scopata. Qui si tratta semplicemente di una multa per eccesso di velocità.

Leila: Che la mia omonima (e tua alter ego) spera di evitare. Finché una donna è giovanile e nubile, desiderata dagli uomini, non può resistere all'idea di giocare la sua ultima carta vincente.

Isadora: Quel nome non è soggetto a copyright?

Il resto è storia (la storia è donna, si diceva negli anni sessanta). Pizzicata nella cittadina del Massachusetts di New Egremont, dalla polizia di New Egremont, incriminata per eccesso di velocità, abbigliamento indecente, ubriachezza e altri delitti del puritano New England, messa in libertà dietro cauzione pagata da Danny e André, *in loco parentis*, e rimandata, con vergogna, al mio silo. Per un pelo non sono stata protagonista di un titolo in prima pagina del *New York Post*, solo perché era una giornata molto calda nel medioriente, ma il mio nome è uscito comunque in un trafiletto sul *Time*: "Incriminata per guida in stato di ubriachezza, la famosa pittrice Leila Sand si è dichiarata colpevole di guida pericolosa." Al volante in stato di ubriachezza, dicono nel Programma. Al cavalletto in stato di astinenza: ecco il rischio che correvo sposando Danny. Un altro tipo di prigione.

Dichiarata colpevole, con sospensione della patente, tornai al mio silo come se fossi agli arresti domiciliari.

Danny sparisce. Emmie ricompare. Lei, Lily e Natasha e Mike e Ed si rendono garanti per me. E la polizia permette che invece di andare in un istituto di riabilitazione, mi sottoponga alle cure della dottoressa Sybille Panoff di Cornwall Bridge, Connecticut, che tra le altre qualifiche ha anche una laurea in Terapia della famiglia e Cura dell'alcolismo e della tossicodipendenza.

Salvata un'altra volta, ma perché? Dove sono ora le mie menadi e il cristallo? E dov'è, dov'è la mia mente sana, quando ne ho più bisogno?

13

Spiritus contra Spiritum

È una lunga strada, ma so
che troverò la fine.

Bessie Smith

La casupola di Sybille, col tetto di stoppie e la cigolante ruota del suo mulino, era la perfetta scenografia per una strega di Walt Disney. Piena di cimeli teatrali — in gioventù (un numero indeterminato di anni fa) Sybille aveva fatto l'attrice — questa casetta aveva la strana aria di uno di quei bizzarri negozietti di antichità del New England, dove la merce si mescola con gli oggetti di proprietà del padrone, per cui non si sa mai bene cosa sia in vendita.

"Tè? Caffè?" mi chiede Sybille.

"Mouton del '45," rispondo ridendo.

Sybille mi lancia un'occhiataccia e sparisce in cucina col suo lungo vestitone di seta nera. La seguo.

Mentre lei si dà da fare con teiera e tazze, io parlo.

"Be', Danny Doland è stato di certo una delusione. Ho sentito dire che è partito per l'Hampshire, dove difficilmente capitano gli uragani."

"Non eri fatta per sposare un civile," dice Sybille. Non è chiaro se usi la parola "civile" nel senso che ha nel mondo dello spettacolo, dove serve per indicare qualcuno che non è dell'ambiente, oppure in senso militare. Per quanto le piacesse il denaro di Danny, ora si capisce che lo considerava un intruso, perché era "in affari".

"Tu non lo sai, cara," continua, "ma stai per iniziare una vita completamente nuova. Stai lottando per nascere, come un bambino, Dart e Danny sono marginali."

Tiro un profondo sospiro.

"Be', anche la mia ultima chance di normalità se ne è andata..." aggiungo.

"Cara, l'antiquariato, come anche il mercato dell'arte, negli anni ottanta sono l'equivalente del mercato immobiliare. Qualsiasi piccolo, avido *gruber yung* con un po' di parlantina può riuscirci. Credono di essere tanto intelligenti perché vendono arte, ma in fondo non fanno altro che *vendere*! Le arie che si danno! Si direbbe che sono loro, a creare la merce. Tu non devi fare parte della collezione di *nessuno*. Tu sei la *tua* collezione."

Sybille mi rivolge il suo bel profilo elegante. Con i suoi cinquantaquattro chili di peso e uno e ottanta di altezza, potrebbe fare ancora Cleopatra o Gertrude o Lady Macbeth e affascinare tutta la platea.

"Sybille, penso che resterò sola per tutto il resto della vita - intendo dire senza un uomo. Ho paura di loro. E anche per loro è così!"

"Molti, non tutti."

"Ma la loro paura mi rende così triste. Per tutta la vita, ci insegnano ad aspettarci da loro guida e sostegno. Poi arriviamo alla mezza età e scopriamo che sono terribilmente fragili. È triste in senso *cosmico*. Ne intuisco il gioco, e mi fa piangere. Io voglio un compagno, e trovo solo gigolò o bambini spaventati di mezza età."

"Per ora sei destinata a restare sola con le tue figlie. Stare soli non è poi così terribile! Guarda me."

"Siamo *sempre* sole. E loro passano sempre alla ninfetta successiva. È che noi donne siamo maledettamente troppe, e loro, troppo pochi. Non possiamo avanzare delle pretese, altrimenti loro scappano. A noi tocca fare tutti i compromessi possibili. È maledettamente ingiusto."

"È un'occasione."

"Capirai, che occasione!"

"Sì, l'occasione di ritrovare la tua mente sana," dice Sybille, "di stabilire la testa di ponte della tua mente sana dentro di te, in modo che anche da sola, non sarai mai sola. L'occasione di imparare a parlare con te stessa in modo dolce e gentile, di imparare a prenderti cura di te. Per quanto io sia sola, sono sempre in compagnia della mia mente sana. Voglio che anche tu ci riesca."

Guardo Sybille smarrita, come sempre. Ma comincio a capire cosa vuole dire.

"Leila, ci vuole coraggio per condurre una vita," dice Sybille, versando del tè. "E per condurre una grande vita, ci vuole ancora più coraggio. Non è facile fare quello che fai tu. Tu sei stata in qualche modo prescelta per rappresentare il mondo. In un'altra epoca, saresti morta di parto, o lapidata come una strega. Hai avuto il dono di un talento raro. Tutto quello che devi fare, è proteggerlo...anche quando non ne hai la minima voglia."

"E poi?"

"Non puoi condurre una grande vita senza qualche slancio di fede. A volte tutto ti sembra terribilmente squallido e credi di conoscere la fine della storia. E invece no. È proprio scrivendo la fine della storia, che in un certo senso la condanni a succedere. È come se ipnotizzassi te stessa con pensieri negativi. La cosa più importante che puoi impararare, non è questo, ma al contrario affermare l'aspetto positivo delle cose, anche quando non sai come andrà a finire. Sai cosa si è scoperto sulle persone che eccellono nei vari campi?"

"No, cosa?"

"Che hanno tutti un'alta tolleranza per l'ignoranza, per l'ambiguità, per la mancanza di controllo. Perché solo quando possiamo tollerare di *non* avere il controllo, possiamo lasciare spazio al miracolo. Arte, innamorarsi, magia. L'ignoranza è una finestra sul miracoloso. Non sapere, rende possibile il sapere."

"Voglio sapere se scoperò ancora o mai più."

"Le carte dicono di sì," dice Sybille, e ride. "Ma le carte dicono anche che dovrai pagare dieci dollari alla tua analista ogni volta che accadrà."

Prende una scatola da biscotti di latta rossa, con la scritta "Amaretti di Saronno" sul fianco.

"Dieci dollari per ogni scopata," dice. "E quando avremo abbastanza soldi, andremo fuori a cena a festeggiare."

E mi avvolge nel suo enorme e materno abbraccio.

Tornai alle riunioni dell'Anonima Alcolisti, al mio lavoro, alle mie gemelle. Niente più appuntamenti. Niente più ricerca del santo Graal del cazzo. Ne avevo abbastanza. Mi sarei svezzata dall'amore, mi sarei liberata dal sesso, avrei imparato a grattarmi da sola il mio prurito o a smettere di sentirlo. Avrei trasceso il sesso e mi sarei fatta monaca.

Non importava se per anni avevo creduto che il sesso fosse la forza vitale. Non importava se avevo creduto che il sesso si identificasse con la creatività. Non potevo avere a che fare con un uomo senza che mi venisse voglia di bere e visto che non volevo bere, dovevo stare alla larga dagli uomini.

Andai a fare il test dell'AIDS, vissi nel terrore per una settimana e poi provai un enorme sollievo quando l'infermiera mi disse il seguente eufemismo: "I suoi studi virali sono negativi." Era un mondo nuovo e coraggioso, quello che avevamo creato, e il sesso era una vittima della modernità.

Alla fine, saremmo comunque vissuti tutti in capsule spaziali, avremmo comunicato digitalmente e indossato tute spaziali d'argento, in cui i nostri genitali sarebbero stati così lontani dalla vista, che ne avremmo dimenticato l'esistenza. Il sesso avrebbe fatto la stessa fine dell'appendice o del sacco nusiforme, e forse saremmo stati tutti molto più felici. Il grande motore della fertilità e del desiderio che Dio ci aveva dato, sarebbe passato ai tecnici e sarebbe stato tradotto nel linguaggio dei computer. "Byte" al posto di baci, "input" al posto di incontro, "scan" al posto di scopare. Avremmo cambiato tutti lista di "file" e saremmo diventati blip in dissolvenza su uno schermo lampeggiante. Cosa che in fondo eravamo già. Nel computer del cielo stellato di Dio. Fertilizzazione in vitro, incubatrici centralizzate, bambini educati secondo le teorie di Skinner. Invece delle madri, avremmo avuto i "surrogati". Invece dei padri, dei "donatori". E invece dei bambini, cosa avremmo avuto? Questo era il guaio. Gli esseri umani nascevano troppo piccoli, ci mettevano troppo tempo a crescere. Questo era il punto cruciale del nostro dilemma evolutivo: la gloria e la pena. In venticinque anni di dipendenza, avremmo certo imparato strane abitudini.

Le mie gemelle a dieci anni erano così autosufficienti, che spesso tra loro mi sentivo di troppo. (Una madre di gemelli un giorno mi disse: "Finché non arrivano ai tre anni, non hai nemmeno il tempo per lavarti i denti; ma poi non hanno più bisogno di te, per via del legame che li unisce.")

Spesso le invidiavo: invidiavo la loro autosufficienza, il fatto che non erano mai sole. Unite contro il mondo, andavano a scuola, al campeggio, da papà e da mamma. Unite contro il mondo, cavalcavano i loro pony Appaloosa - Heaven e Hash. Unite contro il mondo, andavano a cogliere more, a fare scalate, a correre in bicicletta.

Uno è il numero indivisibile. Ma è solo. Due è divisibile, senza paura. Come madre, ero felice della loro unione. Ma mi escludeva, in un modo profondamente doloroso. A volte avrei voluto avere una figlia unica, per compagnia.

Giorno dopo giorno, la verde estate si allungava nel Connecticut. Gli alberi si facevano scuri e frondosi. Il canto dei grilli e il contrabbasso delle rane riempivano le notti. Leggevo Thoreau, Lao-tzu, Suzuki. Cercavo di coltivare la mente di un principiante.

"Dovremmo trovare la perfetta esistenza attraverso l'esistenza imperfetta," diceva Suzuki. "Dovremmo trovare la perfezione nell'imperfezione." "Dobbiamo imparare a svegliarci e a restare svegli, non con aiuti meccanici, ma mediante un'attesa infinita dell'alba che non ci abbandona mai, nemmeno nel sonno più profondo," diceva Thoreau. "Il saggio mette la propria persona per ultima ed essa viene per prima", diceva Lao-tzu, "la tratta come estranea a se stesso, ed è preservata. Non sarà perché non pensa a se stesso che il saggio riesce a realizzare i suoi fini privati?"

Cercavo di coltivare l'arte di non agire. Cercavo di considerare la vita come un passatempo, non come un patimento. Cercavo di non fare nulla, perché nulla è la cosa più difficile da fare. Cercavo di insegnare a me stessa a stare seduta immobile. Mi sarei seduta sulla riva del mio stagno, a guardare la superficie increspata dell'acqua, l'azzurro del cielo dentro il verde dell'acqua, le nuvole che correvano sulle increspature, le rane che saltavano attraverso il cielo, gli insetti che sprofondavano nelle nuvole.

"Un campo d'acqua rivela lo spirito che sta nell'aria," dice Thoreau. "Ha una vita e un movimento nuovi. È intermedio tra il cielo e la terra."

Sul ciglio del mio stagno, sul ciglio dell'universo, arrivai a capire che certi cancelli si aprono solo alla solitudine, che solo le lacrime schiudono certi luoghi.

A volte la morte di un maggiolino mi commuoveva profondamente, come la morte di mia madre, e piangevo. A volte la danza delle molecole mi si manifestava, e anche senza l'aiuto della droga mi univo a questa danza e l'ebbrezza era più forte, proprio perché c'ero arrivata direttamente. Il mio braccio che lanciava un sasso nell'acqua, per spezzarne la superficie azzurrocielo, diventava tutt'uno con l'aria in cui si muoveva, con la pietra stretta nella mano. Le molecole di cielo, carne, sasso, tutte interconnesse, danzavano insieme una danza primordiale, roteavano insieme in un vortice primordiale.

Capivo che braccio, cielo e sasso erano tutt'uno, che la carne era cielo e il cielo era carne, che il sasso non era più solido dell'aria o dell'acqua, e che non c'era motivo di addolorarsi, perché la morte era solo un'altra parte della danza e che la danza continuava per sempre.

Sedevo sulla riva del mio stagno e fissavo la superficie dell'acqua, la superficie dell'eternità, e mia madre tornava a me.

Arrivava attraverso boschi frondosi, scavalcando ceppi marci, con in testa un pazzo cappello rosso. Pareva una *mishugga*, una creatura folle uscita da un racconto di Singer.

"Louise," mi diceva, "sei una pessima madre e una pessima figlia. Quando è stata l'ultima fottuta volta che sei venuta a visitare la mia tomba? *Fiori.* Non è che mi *aspetti* dei fiori. O una telefonata. È così, non mi chiami mai. *Ma', mamma, mammina.* Sono parole che non sfiorano mai le tue labbra. Vai da Emmie, da Sybille, da Lily. Come diavolo credi che *questo* mi faccia sentire? Come quando andavi dalla puttana di tuo padre e raccontavi a *lei* i tuoi problemi. Come credi che mi facesse sentire, *questo*? Eh? Rispondimi, Louise – *scusami* Leila, *Ms Sand.* Adesso sei un pezzo grosso, non riesco nemmeno a raggiungerti per telefono, senza prima parlare con la tua assistente. 'Casa di Leila Sand.' E dire che ricordo ancora quando ti pulivo il culetto!"

Siamo sedute al tavolo di un ristorante cinese vicino a Dyckman Street. Il Dragone della Fortuna, si chiama. Theda si sta ubriacando sempre più coi daiquiri (continua a ordinarli anche col pollo al limone e il maiale in agrodolce). Mi sta tormentando su mio padre e Max. Non voglio risponderle. Non mi va di mettermi in mezzo.

"Bisticciano molto?" mi chiede. Io resto zitta.

"Rispondimi! Litigano?"

"Non lo so, mah."

"Avanti, ragazzina impossibile! Rispondimi!"

"Mamma, non lo so." (Devo avere circa sedici anni, le mie ovaie ribollono sempre per Snack, la mia vita è in bilico tra Dyckman Street e l'Ottava Strada, la mia vita è un tragitto in sotterranea tra due vite.)

A un tratto, di punto in bianco, prende il suo libro tascabile e me lo picchia sulla testa, butta per terra il pollo al limone e comincia a spaccare piatti e bicchieri, urlando: "Rispondimi!"

Mi alzo, afferro la mia cartella verde dei libri e corro a casa, sperando di riuscire ad arrivarci e buttare in una borsa le mie cose, prima che lei ritorni.

Sono nella mia stanza, sto riempiendo una valigia, quando la porta si apre e Theda si precipita dentro, brandendo un ombrello.

"Tu vuoi più bene a tuo padre che a me!" urla. "Ammettilo! Ammettilo!"

"Non è vero, mamma."

"Ammettilo!" urla, picchiandomi con l'ombrello. "Lo ami di più!"

"Io ti voglio bene, mamma," mormoro, "ma tu non mi senti."

"Tu non mi vuoi bene!" grida lei. "Sei una sporca, schifosa ragazzina!"

Chiudo la valigia, l'afferro per il manico, e corro fuori da quella casa. Giù, nelle viscere della metropolitana, nella bocca di popcorn caldo e carta di caramelle della New York sotterranea. La corsa dei treni, la gente che ondeggia insieme nel sudore, le masse sporche, povere, mormoranti, miserabili e stipate, che vorrebbero respirare aria pura.

Miss Sotterranea fa l'estetista, ma vorrebbe fare la modella. Non ce la farà mai. Le gemelle della gomma da masticare Wrigley vogliono "raddoppiare il tuo piacere, raddoppiare il tuo divertimento." La "stenografia" viene presentata come la soluzione di tutti i problemi. Ai corsi serali della scuola Robert Louis Stevenson.

"Voglio andarmene, voglio andarmene," mormoro sul ritmo dello sferragliare delle ruote, in cui sento anche la voce di mia madre che urla. La sento nelle ruote del treno, nell'oceano, nell'acqua che scorre. La sento sempre... anche ora.

"Mamma... ti voglio bene!" grido. "Ti voglio bene davvero." E Theda allora scompare in mezzo al mio stagno, come un sasso che affonda facendo un sacco di piccole ondine concentriche.

Il mio viso è bagnato di lacrime. Cadono sulla roccia scintillante di mica sulla quale sono seduta.

"Mamma!" grido ai boschi verdi e frondosi. "Mamma!"

E l'eco mi dice che lei ha sentito.

Ed ecco che arriva. La terra sotto di me – ghiaia, terreno, insetti, tutto – diventa all'improvviso trasparente e io siedo sospesa su un cielo stellato.

Sotto di me ci sono le costellazioni – Orione, l'Orsa maggiore, l'Orsa minore, le Pleiadi. Sotto di me l'infinito vuoto e pieno dello spazio. Una folata di vento sul viso mi dice che *vedo* per la prima volta. Nella mia immobilità, c'è un'attività infinita; in questa attività, c'è un'infinita immobilità.

So che il sesso, la danza degli ormoni, lo scintillio della carne, lo splendore dell'acino d'uva, la goccia d'olio di semi di lino, la lacrima, la trementina, sono solo piccole manifestazioni di questo immutabile ed eternamente mutevole infinito. E so che era questo infinito che dovevo vedere e che senza sobrietà non avrei mai avuto occhi per vedere.

"Bussa al cielo e ascolta il rumore," dice un proverbio Zen. Busso.

"Mamma!" chiamo, come Amleto quando chiama lo spettro di suo padre. "Mamma!" e le foglie verdi degli alberi mi rispondono stormendo: "Ssst, Louise. Ti voglio bene, non morirò mai."

Poi silenzio. I boschi riprendono i loro soliti rumori: grillo, foglia, un passero che cade.

Dal bosco esce una daina, seguita da due cerbiatti. Brucano e rosicchiano i rami bassi e i teneri arbusti, rizzando le loro grandi orecchie, posando i loro zoccoli delicati, e arrivano molto vicini a dove io sto seduta nella mia studiata immobilità, sulla riva del mio stagno.

Mamma cerva si spinge fin sul bordo dello stagno e sbircia nell'acqua forse il proprio riflesso, e i due cerbiatti la imitano, facendo delicati rumori di ramoscelli spezzati con i loro piccoli zoccoli. I boschi sono animati da infinite vite: cervi, procioni, funghi, insetti, bruchi, vermi, farfalle. "La natura sopporta la nostra più minuziosa ispezione", dice Thoreau. "Ci invita a posare gli occhi sulla sua foglia più minuscola e a considerarne la superficie dal punto di vista di un insetto." È come se l'insieme delle molecole si disponesse secondo forme diverse: ora cervo, ora uomo o donna, ora foglie, in risposta a qualche divino campo di forza energetica, ma come se tutte le forme fossero, in un certo senso, una sola.

Due piccoli cuccioli d'uomo saltano fuori dal bosco, gridando "Mamma!" E la cerva e i suoi piccoli fuggono, tornano nel verde mondo scintillante della foresta, si perdono nella macchia.

"Cosa stai facendo, mammina?" mi chiede Mike.

"Niente."

"Perché?" chiede Mike.

"Perché è la cosa più difficile da fare."

"È suonata," dice Mike a Ed, "ma è simpatica." E vengono ad abbracciarmi ai confini dell'universo.

14
La qualificazione

Ascoltate la mia storia
e tutto quello che dirò, sarà vero.

Bessie Smith

Non mi ero mai qualificata durante una riunione dell'AA. Avevo visto altri farlo, e avevo cercato di ascoltarli o di non ascoltarli, ma mi atterriva l'idea di fare un salto del genere. Ora Emmie pensava che *dovessi* farlo. Non era ancora un mese che avevo smesso di bere. Non mi sentivo *qualificata* a qualificarmi. Ma un giorno andai alla riunione nella mia solita chiesetta bianca e l'oratore in programma non si presentò.

"Chi ha bisogno di parlare?" chiese la segretaria della riunione.

La mia mano si alzò prima ancora che me ne rendessi conto.

"Io," disse la mia mente sana.

E prima di rendermene conto, ero seduta al tavolo traballante davanti a tutto il gruppo, a tirare fuori la mia storia davanti alla stanza fumosa.

Riesco a ricordare cosa dissi?

Qualificarsi a una riunione della Anonima Alcolisti, è come un parto, come innamorarsi, come la Terra della Scopata. È difficile ricordare cosa si è fatto, detto, urlato, in queste occasioni. Le parole rotolano fuori, escono a fiotti tra le labbra e in qualche modo, senza che tu sappia cosa sia filtrato, la tua vita intera è alterata.

"Sono nata in un baule, nel negozio di un orafo, nell'Ottava strada," cominciai, "da una madre alcolista e da un padre alcolista, con una vita da vivere con le mie forze."

Feci una pausa e guardai i volti dei miei ascoltatori. Dove meglio di lì, per essere ascoltati? Se amare è ascoltare, allora io ero amata, anche se non lo meritavo.

"La fatica di vivere con le mie forze sembrava così disperata, che ho cercato in tutti i modi che conoscevo di eliminare le mie facoltà: con marijuana, droga, cocaina – finché non sentivo più niente... niente se non l'amore che filtrava attraverso le mie dita sulla tela, niente se non il dolore della mia anima che si muoveva verso Dio."

Chiusi gli occhi e proseguii.

"È strano partire dal niente e costruire il proprio futuro con quello che fai con le tue mani, i tuoi occhi, il tuo cervello... anche se, naturalmente, è proprio quello che tutti facciamo. Bisogna avere continuamente questi slanci di fede. Bisogna soprattutto credere in se stessi. Ma come fai a credere in te stessa, quando sai di essere un fragile essere umano, quando non sai mai quando l'ispirazione comincerà e quando finirà, quando devi aspettare che Dio fluisca attraverso le tue dita sulla tela?"

Aprii gli occhi. La stanza era sempre là.

"Nei momenti di maggior chiarezza, mi mettevo in ginocchio davanti al cavalletto, aprivo il palmo delle mani e invocavo Dio, invocavo la mia Musa. Ma c'erano giorni in cui non riuscivo a pregare, non riuscivo a meditare, non riuscivo a dipingere... e allora cercavo di alimentare il fuoco con l'erba, col vino, con la coca... o con la mia vera droga, la mia droga preferita: gli uomini."

Va' avanti. Va' avanti.

"L'arte è una connessione, una questione di fare dei cerchi, di dire sì all'universo. Avevo bisogno di sentire quella connessione epidermica, quella connessione carnale, per fiorire. O così credevo. Avevo bisogno di un uomo che desse vigore alla mia arte, che l'approvasse, che mi permettesse l'arroganza di essere una donna creatrice. Nel mio intimo, sentivo di non avere questo permesso. Sentivo che stavo sfidando gli dei con la mia audacia. Così mi aggrappavo a un amante, come se la forza potesse arrivarmi attraverso di lui, e dopo un po' finivo per pensare che era lui e non io a rendere vera l'opera.

Allora, inevitabilmente, lui cominciava ad abusare di me. O forse ero io che cominciavo ad abusare di me. Mi abbandonavo completamente a lui, credevo che fosse lui a rendere possibile il mio lavoro e mi tormentavo ogni volta che lui si allontanava, ero persa per il lavoro, per la meditazione, per le mie figlie e alla fine mettevo da parte il lavoro, non riuscivo più a farlo se lui non era con me. E lui, sapendo che io avevo rinunciato a tutto il mio potere, mi lasciava e trovava un'altra donna più forte, che stabiliva limiti più precisi, e perciò lo faceva sentire più sicuro."

Ora mi sentivo a mio agio, le parole fluivano rapide.

"Il mio alcolismo è un enigma per me. Non ho mai perso niente: la mia casa, la mia auto, il mio conto in banca, i miei figli. Non sono mai andata a sbattere con l'auto contro un albero e non sono mai finita nel reparto terapia intensiva. Ma mi sono lasciata picchiare – anzi, me lo sono persino andato a cercare – e mi sono lasciata rapinare finanziariamente. Quando sui giornali vedo le foto di donne vittime di maltrattamenti, so di essere una di loro e che solo per grazia di Dio non sono mai finita con gli occhi segnati da ecchimosi o le labbra gonfie e blu. Mi sento una donna picchiata. So che mentre ero ubriaca ho battuto la testa per terra fino a farla sanguinare e so che mentre ero ubriaca ho spento i fari e ho guidato al buio, sperando di essere liberata dal terribile fardello di essere viva. So che spendo il denaro come un'ubriaca, scopo come un'ubriaca, cerco i maltrattamenti come un'ubriaca. So che farei qualsiasi cosa per arrivare alla carne viva, all'estasi, anche a costo dell'autoannullamento – e qualche volta l'ho fatto."

Guardai negli occhi azzurri di una donna il cui viso mi era sempre stato di conforto.

"Sono stata uno spregevole membro del Programma. Vado e vengo. La prima volta che ho smesso di bere, ho ricevuto un dono grande, grandissimo: una nuova serie di quadri. Poi il mio amante se l'è filata e io mi sono rimessa a bere, ci sono ricaduta. Non ho messo insieme nemmeno un mese di astinenza. Non sono nemmeno riuscita a completare il primo gradino. Nego continuamente di essere un'alcolista, mi dico che posso farcela da sola a smettere, che non ho bisogno di alcun gruppo, che non ho bisogno di uno sponsor. Mi sono perfino innamorata di un collezionista di vini per dimostrare che non ero tentata di bere."

(Risate nella sala.)

"A che serve negare? Sono felice che oggi mi abbiate lasciato parlare, perché l'amore che c'è in questa stanza mi dice che non devo farcela da sola. Non merito nemmeno di qualificarmi. Sono appena al primo gradino."

Mi interruppi, abbassai lo sguardo e vidi che tenevo le mani col palmo aperto sul tavolo, come faccio quando prego.

"Bene," aggiunsi, "credo di essere finalmente arrivata al primo gradino. Capisco di essere impotente. Mi arrendo."

Ci fu un applauso vigoroso.

Tornai in me dalla terra della trance.

Una foresta di mani alzate ondeggiava nella stanza fumosa.

"Sì," dissi, riconoscendo la graziosa donna con gli occhi azzurri che guardavo sempre.

"Sono Mary, un'alcolista. Anch'io mi identifico sempre con le donne maltrattate. Avete visto sui giornali la foto di quella donna... come si chiama?... che ha lasciato che il suo amante picchiasse a morte la sua bambina? Mi identifico anche con lei."

A una a una, le mani alzate si tradussero in piccole raffiche di parole. Tutto quello che di più assurdo, strano e vergognoso avevo detto, veniva ripreso da uno dei membri della riunione come una sensazione familiare. Niente che fosse umano era alieno. Niente che fosse umano non poteva non essere perdonato. Non eravamo esseri umani che attraversavano esperienze spirituali; eravamo esseri spirituali che attraversavano esperienze, per crescere.

Pensai al messaggio di perdono del Cristo, al messaggio di umiltà di Giobbe, all'affermazione di Thomas Merton che la più profonda esperienza religiosa è essenzialmente incomunicabile. Impossibile descrivere quello che succede nelle "stanze". La banalità. La trascendenza. La trascendente banalità.

Eppure funziona. Se cercate di dire perché funziona, come funziona, la lingua vi si blocca in bocca e vi escono solo banalità.

Forse in definitiva è una questione di accettazione. Di essere amati incondizionatamente. Le stanze dell'AA sono luoghi in cui non dovete meritare di essere amati. Perché in realtà nessuno di noi merita di essere amato. E tutti meritiamo di essere amati. Amati incondizionatamente.

L'estate trascorreva lentamente: verde, frondosa e casta. Piena di Thomas Merton e Lao-tzu, di Thoreau, riunioni, sedute con Sybille e raccolte di more con le gemelle.

Cercavo di dipingere, ma senza molta fortuna. Il mio motore si era fermato. L'amore di gruppo non poteva infondermi la stessa spinta che mi dava Dart. Ero in folle.

Nella vita, gli uomini erano sempre spuntati come per magia. Magia cattiva. Magia nera se non magia bianca. Adesso no. Dart non chiamava. Danny non chiamava. Il mio desiderio di Dart era diminuito d'intensità. Non potevo costringerlo a chiamarmi solo con la forza del desiderio. La donna che riuscisse a perfezionare questa tecnica, vincerebbe subito il Nobel per le Donne. Come creare dinamite con la sola forza di volontà. Aspettare accanto al telefono – l'antico passatempo femminile – ha finito per diventare la peggiore di tutte le sofferenze femminili. È l'impotenza, il senso di essere inerme, che distrugge. Soffia sul telefono. Fallo squillare. Tira l'antico ombelico e fallo pulsare.

Certo potevi sempre chiamarlo tu – se sapevi dov'era. Ma lui se ne era andato in un altro paese, un paese per il quale tu non avevi il visto d'ingresso. Il paese dei rimpianti.

E allora di colpo ti rendi conto con un sussulto, col cuore che ti salta un battito, che da tempo non arriva un'altra telefonata: il telefono rosso non ha squillato, non hai sentito un certo pesante strattone verso il basso: le tue mestruazioni sono in ritardo.

A quarantaquattro anni certo le mestruazioni non sono più così regolari come una volta. Una volta potevi caricare l'orologio e tenere il tuo diario di viaggio, in base alle tue mestruazioni; un viaggio di un mese cominciava e finiva con una mestruazione, quel segnetto rosso, quella macchiolina cremisi sulle pagine bianche della tua agenda. "M-1", scrivevi per il primo giorno di mestruazioni. E una R per tu-sai-cosa (strano che non scrivessi S: forse un residuo di pruderie?). E poi il numero delle volte. E poi le iniziali del cazzo in questione.

Hai rinunciato da un pezzo a tutto questo, poiché sai che la tua fertilità non è più infallibile. Cinque anni con la spirale – dopo la nascita delle gemelle – ti hanno viziato. Il sesso con Dart sei o sette volte al giorno non doveva essere annotato. (E chi avrebbe *potuto* annotarlo, poi? I rapporti erano troppi, per poterne tenere il conto.) E a quei tempi nessuno si preoccupava delle malattie, anche se avrei dovuto farlo, conoscendo Dart.

Non hai mai preso l'herpes. E grazie a Dio, nemmeno l'AIDS. Fidavi nella fortuna e scopavi. E adesso i rapporti sessuali sono così distanziati nel tempo, che potresti ritenerti fortunata ad avere qualcosa di cui *preoccuparti*. Ma le tue mestruazioni, i tuoi "fiori mensili", come le chiamavano ai tempi di Vigée-Lebrun e di Adelaide Labille-Guiard, il tuo "periodico visitatore", le tue truppe rosse – sono parecchio in ritardo. E i tuoi capezzoli sono leggermente tesi e più marrone che rosa. E una lieve striscia di pigmentazione scura ti corre dall'ombelico alla passerina. Potresti essere – a quarantaquattro anni – incinta!

Gemelli mongoloidi!

E poi, sarebbero di Dart o di Danny? O uno ciascuno? Un biondo adone o un calvo antiquario? Cose anche più strane sono accadute negli annali di ginecologia!

Mio Dio! Incinta! Sei segretamente eccitata. Terrore e felicità si mischiano nel tuo sangue.

"Di chi è il bambino?" ti chiederà la gente.

"Mio," dirai tu, sorridendo come Monna Lisa. Il figlio unico che desideri da tempo, il compagno per essere pari nella tua tenera battaglia con le gemelle... che sia finalmente arrivato? Perché, ne sei certa, se non sono gemelli mongoloidi, sarà senz'altro un maschio. Hai visto madri coi loro maschietti e hai invidiato loro quella storia d'amore di tutta la vita. Le bambine, le prediligi... sorelle, piccole donne, cloni delle tue ossa, del tuo sangue e del tuo utero. Ma i ragazzini li adori – paletto del tuo cuore, piccolo pene a cavallo del tuo fianco materno, eretta virilità in un pannolino – il tuo maschietto.

Felice. Non c'è dubbio che ti senti felice. Il grembo, all'ultimo momento, batte l'ora come un orologio a cucù.

La gente telefona. Non Dart e non Danny, ma André, Lionel, il tuo vecchio amico Julian di Los Angeles. Ardi dalla voglia di raccontarlo a tutti, ma ti trattieni. Non lo dici a nessuno. Nemmeno a Emmie. Nemmeno a Sybille. E non vai a farti visitare dall'ostetrica. La buona, vecchia dottoressa Letitia Hyman, la tua ginecologa lesbica dal nome che pare uno scherzo, esercita a Bridgewater. Porta scarpe spaziali e ha i capelli crespi color arancione. Ha la forma di un sacco di pompelmi e vive con un'oncologa di nome Eleanor Q. Oliphant. Ti chiedi per cosa stia quel Q. Forse Questa, Quintana, Quisling, Quijote? Auguri loro buona fortuna e amore. Due vecchie signore che vivono una vita libera in un mondo che non è fatto per le donne. Sei arrivata al punto della vita, in cui ammiri ogni donna che non ha rinunciato e non è morta. Che non si è ubriacata fino a morirne. Che coltiva antiche rose (Musk, Bourbon, Alba) tra le sue ibride rose tea e non le importa un cazzo di quello che la gente pensa di lei o di quello che fa di notte. Viva le lesbiche! Viva il grembo! Se le donne governassero il mondo, ci sarebbero medaglie per ogni bambino che una donna mette al mondo e medaglie per ogni pietra miliare menopausica. (Ci sarebbe di certo una medaglia per ogni menopausica che non si suicida.) Piuttosto difficile essere una brava ragazza e una graziosa giovane donna – ma provate a essere vecchie e donne in una cultura che odia le seconde ancora più delle prime. E rieccoci alla nostra Donchisciottesca Letitia e alla sua adorata Quintana! ma ancora non vado a Bridgewater. Forse temevo il peggio.

Poi una notte – il giorno dopo doveva venire Lionel in elicottero dalle mie parti – successe il peggio.

Ero in piedi nel silo, osservando uno schizzo delle gemelle (che avevano acconsentito di malavoglia a posare tra gruppi di cavallini finti dai colori pastello) e un crampo improvviso al ventre mi disse che ero nei guai. Cercai di allontanare il crampo con la forza di volontà, ma il crampo ritornò, corsi in bagno, davanti allo specchio, mi strappai di dosso la gonna e guardai per un'ultima volta con ammirazione le mie grandi tette rotonde dai capezzoli scuri, la mia striscia scura sul ventre. Poi scoppiai a piangere.

Alle tre era tutto finito. Ero seduta sulla tazza del cesso e avevo un'emorragia, il sangue arterioso rosso chiaro si mescolava a grumi più scuri, e con il sangue scendevano le lacrime.

Affascinata, inorridita, raccolsi su un pezzo di carta igienica bianca un grosso grumo e lo palpai, cercando il mio bambino perduto. Mi misi un maxiassorbente e uscii al chiaro di luna a seppellire il mio erede maschio mai nato.

Luna piena. Pallida luna. I pendii che scendevano dolcemente dal silo, l'erba selvatica ondeggiante, chioma di tombe non segnate. Scavai una piccola buca al chiaro di luna e lo seppellii tra bruchi e lumache.

Nato, morto, mai generato: che differenza fa, in fondo, se è sempre uno solo? La luna è morta eppure dà luce. Dolph e Theda sono morti, eppure girano tra i boschi del Connecticut. Anche tutti i miei vecchi cani, vengono a grattare alla porta del mio silo nelle notti di pioggia, e chiedono di entrare. I morti e i vivi sono tutti uniti in una danza primordiale. I sensitivi li vedono, li sentono. Noi fingiamo di non sentirli, per tenere la testa sul collo. Troppa elettricità! Troppo input! Chiudiamo fuori i morti e abbracciamo la notte.

Addio! Addio.

Entro nella stanza delle gemelle e mi siedo sul bordo del letto di Ed, la guardo respirare, sfioro le sue guance calde con le labbra. Poi vado accanto al letto di Mike e dico una preghiera sulla sua testolina addormentata. Annuso il suo collo: brunastro, prepuberale, premestruale, da cucciolotto, prelunare. L'anima del suo fratellino morto vola dentro di lei.

Piccole bimbe cloni, ce la farete in questa vita. Vi amo. Il pene avvizzito al chiaro di luna non era destinato a esistere.

15

Sdraiati, credo di amarti
o
Questa è una buona domanda, signorina

Hai la corda giusta, baby,
ma lo yo-yo è sbagliato.

Piano Red

Da un risveglio spirituale a una visita di Lionel Schaeffer: quanto alla lettera si può prendere la frase: "Dal sublime al ridicolo"?

L'elicottero atterra. Le gemelle, Natasha, Boner, Lily e io, corriamo incontro a questa apparizione cosmica, a questo "voyager" arrivato da un'altra galassia, la galassia di Mammone. Un UFO sul nostro prato! Wall Street che va alla contea di Litchfield!

L'aria si agita. Il frullino gira con un gran fracasso. Temo che le gemelle possano venire decapitate e le trattengo.

Lionel scende allegramente dal suo elicottero, con uno dei suoi vestiti Turnbull and Chung. In mano ha una borsa fatta a mano da Cellerini di Firenze.

"Micetta!" è la prima parola che gli esce di bocca.

Le gemelle ridacchiano e fanno finta di essere timide. Natasha tira la spilla da balia che porta infilzata nell'orecchio. Lily annuncia che per pranzo, fra quindici minuti, ci sarà pollo arrosto. E io resto là in piedi, sbalordita, con una camicetta di Lily Farouche tempestata di brillantini finti, un paio di jeans aderentissimi e un maxiassorbente imbevuto del sangue degli Zandberg.

"Vieni nel silo," dico a Lionel, lasciando Lily e Natasha a coccolare il bel pilota con caffè e ciambelline.

Le gemelle scappano via, dandosi di gomito. Un altro innamorato, un altro corteggiatore. Trovano la cosa immensamente buffa. E nella mia mente sana, anch'io.

Entriamo nel silo. Invito Lionel a togliersi giacca e cravatta, ma lui rifiuta, forse gli piace questa formalità, questo contrasto tra Litchfield e Wall Street. Gli dico di sedersi sulla poltrona vittoriana di velluto rosso, che tengo per fare posare i modelli, oppure, in passato, per scopare con i miei occasionali amanti. (Era importante fare l'amore nello studio – pensavo un tempo – per mantenere le vibrazioni creative cariche di energia.)

La poltrona di velluto rosso mostra qualche inequivocabile macchia bianca e Lionel non manca di notarle.

"Cattiva bambina," dice.

"È questo che ti piace, in me," ribatto, anche se il grembo mi duole.

"Vero," fa lui. "Te la cavi bene con le parole. Suppongo tu sia altrettanto brava con la testa."

"Come puoi dubitarne?"

"D'accordo," dice Lionel, "fammi vedere gli ultimi capolavori."

Comincio a spostare le tele – i ritratti gemelli delle gemelle, i fotogrammi di Dart – e tiro fuori i tre pezzi migliori della serie delle menadi con cristallo. Buffo come ci voglia la presenza di un estraneo nel mio studio, per farmi apprezzare il mio lavoro. Da sola, mi infilo nel mio mucchio di concime creativo, senza pensare nulla delle mie doti, godendo del processo creativo, ma senza saper valutare il prodotto. Con un estraneo nello studio, invece, riesco a percepire il valore del mio lavoro.

Mostro a Lionel le menadi con cristallo, con l'improvviso desiderio di avere di più da mostrare.

Lionel arretra d'un passo e osserva le tele. "Mamma mia," dice. "Me ne vuoi vendere una, senza dirlo ad André? Dai, baby, ti do centomila sacchi. McCrae non lo verrà mai a sapere."

"È il tuo migliore amico, Lionel... e il *mio* mercante... È immorale."

"Dimostri tutta la tua età, quando dici parole come 'immorale.' Immorale, morale... qui si tratta di *affari*. Quanto prende André? Il cinquanta per cento? E va bene, ti darò duecentomila verdoni... puoi metterli in una cassetta di sicurezza per un giorno piovoso. Oppure potremmo fare un baratto. Chi lo sa?"

"André lo verrà a sapere appena lo vedrà appeso a una parete in casa tua... e anche Lindsay."

Lionel solleva con aria lasciva le sopracciglia.

"Piccola... dirò ad André che me lo hai *regalato* in uno slancio di passione. Non può mica chiederti il cinquanta per cento di un orgasmo! Avrai pure il *permesso* di regalare un tuo quadro come dono d'amore, o no? E quanto a Lindsay, che vada a farsi fottere, o meglio che non vada a farsi fottere. A lei importa solo di essere invitata alle feste con quegli scheletri ambulanti di cui si preoccupa... Mrs Remson, Mrs Basehoar, quella falsa tavola calda Principessa di Venezia... a proposito, abbiamo due biglietti in più per il ballo Viva Venezia, che si terrà a Venezia il mese venturo. Vuoi venirci? Ho comperato un tavolo intero per diecimila sacchi... ho *dovuto*... Lindsay è una delle presidentesse. Potresti anche spassartela. Potremmo incontrarci in gondola e scopare. Che ne dici?"

"*Odio* Venezia," dico, "mi fa pensare a quel verso di Oscar Wilde che parla di girare tra le fogne in una cassa da morto..."

Lionel ride.

"Ah, sì," continua, "il quadro. Duecentocinquanta in un sacchetto di carta marrone e André non ne saprà mai niente. Se preferisci, ti compero un diamante da duecentocinquanta. Avanti, Leila, che male c'è?"

"Nessun male, ma..."

Non posso dire di non essere tentata. E non posso dire che la grana non mi tornerebbe utile. L'ufficio delle imposte mi sta col fiato sul collo per certi espedienti sbagliati per ridurre l'imponibile a cui mi aveva convinto il mio ex fiscalista e sono in uno di quei periodi di scarsezza di liquidi che ogni tanto gli artisti attraversano. Per di più, ho un blocco creativo. Come al solito. E non so da dove usciranno i miei prossimi lavori. O la mia prossima mostra. Lionel mi offre il doppio della mia solita tariffa per un dipinto – e al netto di ogni commissione, con l'allettante possibilità di eludere le tasse. La tentazione è forte. Ma no, non posso. Mi piacerebbe dirvi che è per moralismo o patriottismo, ma in realtà si tratta di altro... cocciutaggine, gli antichi geni degli Zandberg. So che Lionel si sta servendo di me per farla ad André, so che sarei ancora una volta strumento del gioco di potere maschile e la verità è che non voglio dare a Lionel questa soddisfazione. Mi stomaca vedere come gli uomini usino le donne a mo' di pedine nei giochetti tra loro.. e non mi va di essere manipolata, anche se questo mi farebbe venire dei quattrini in tasca.

"Grazie, ma no, grazie, davvero," mi sento dire. "Però i biglietti per Viva Venezia, li prendo."

"Accidenti, che *mishugga* sei! Pazza da legare!" dice Lionel. "Però hai talento. Questi dipinti sono veramente *qualcosa*."

"Ma se li hai guardati appena."

"Quadri così buoni, non hai *bisogno* di stare tanto a guardarli," dice Lionel.

Lily viene ad annunciare il pranzo che viene servito sull'erba, su una tavola rustica, costruita da Dart all'inizio del nostro idillio. Ci sono dei chiodi arrugginiti che sporgono dal piano – una tipica creazione di Dart – e le gambe sono tronchi di betulla, con ancora la corteccia. Come oggetto, è esteticamente confuso – proprio come Dart – e in questo momento sedermi a questa tavola, con questo piccolo miliardario che non mi fa rimescolare il sangue, mi rende triste.

Lily ha preparato un delizioso festino rustico: pollo arrosto con la pelle croccante, purea di carote (per fare mangiare qualche ortaggio alle bambine), patate novelle non sbucciate, pomodori freschi e basilico dell'orto. La tavola è apparecchiata con degli stuoini fatti a mano color arcobaleno, tovaglioli di lino color pervinca e piatti di terraglia rustica francese, decorati con un motivo di mongolfiere e il motto "Je suis libre", scritto con sottili pennellate. (Ho comperato questi piatti in Francia, in un periodo di grande coraggio, quando stavo divorziando da Elmore, e mi era sembrato che rappresentassero bene la mia spavalderia... che adesso si è sgonfiata; la mia mongolfiera è stata forata da Dart, dall'alcool e dalla droga). Il centrotavola è di fiordalisi di un azzurro squillante. Mentre Lily imbandisce il pranzo e chiama le gemelle e Natasha, mi rendo conto di quanto debba sembrare idilliaco tutto questo... specie a qualcuno che arriva dalla galassia di Mammone. L'artista nel suo ambiente naturale: Georgia O'Keeffe sulla sua mesa, Romaine Brooks con Natalie Barney a Villa Gaia, a Firenze, Louise Nevelson a Little Italy. C'è anche in me il desiderio di fare della mia vita un'opera d'arte – è una trappola per tutte le donne artiste. Preferirei servire il pranzo, che dipingerlo.

Ci sediamo a mangiare. Lionel scherza con le gemelle.

Improvvisamente si sente un *bip bip bip* molto forte che esce dalla borsa di cuoio fatta a mano. Lionel si precipita ad aprirla e ne estrae un telefono portatile.

"Cosa succede?" chiede al suo ignoto interlocutore.

Una pausa, poi dice: "Di' a quel bastardo che gli daremo al massimo cinquantasei dollari per azione... non un soldo di più. Non ho paura di una battaglia di deleghe. È solo un gioco di coraggio, puro e semplice."

Lionel parla metà per me e metà per il suo interlocutore all'altro capo del filo. Anche lui è un tossicomane; la sua droga è la mania di dare la scalata alle aziende. Riconosco l'intensità, l'esaltazione da adrenalina. Io sto cercando di imparare a vivere in un altro modo: moderazione, la media aurea. È noioso, lo so, ma è il segreto della vita. In una società che adora l'eccitazione, come si fa a trovare una vita che ne sia priva?

Lionel va avanti e indietro, scende giù per la collina col telefono in mano, torna e ricomincia ad andare avanti e indietro. Vedo che il suo viso è contorto dalla rabbia. Stava per godersi il festino — ma ha di nuovo attaccato la spina della sua dipendenza. Che oggetto distruttivo è il telefono! Più distruttivo di una mitragliatrice o di uno staffile. La festa si è trasformata in livore.

Lionel si risiede, divora il suo pezzo di pollo, ma la sua testa è altrove, non gusta nemmeno il sapore.

"Cos'è una battaglia di deleghe?" chiede Ed, cui non sfugge nulla.

"Questa è una buona domanda, signorina," dice Lionel. E il telefono ricomincia a fare bip bip.

Lionel impreca, si alza, va a rispondere e ricomincia ad andare avanti e indietro sul prato, mormorando nel telefono una quantità di ordini.

Lo guardo, penso che il telefono stia per abbreviare la sua visita e mi chiedo se mi dispiace. A un certo punto avevo perfino nutrito qualche segreta fantasia di una relazione con Lionel, come soluzione ai miei problemi... ma capisco che a modo suo Lionel è ancora meno capace di stare seduto tranquillo, di quanto non lo fosse Dart. Dart che ancora mi manca nella punta delle dita e nelle viscere.

Quel bambino era suo, ne sono sicura.

Ogni volta che mi abbandono alla fantasia di un uomo che mi protegga, che si prenda cura di me, succede sempre che scopro che è ancora più nei guai di me, più disperato, più frenetico, più tormentato. Dart era sempre in movimento. E anche Danny, a modo suo. E ora Lionel. Dovrò imparare a stare seduta tranquilla da sola. Nessuno me lo sa insegnare. Persino io, con la mia sgangherata semisobrietà, a quanto pare sono più serena di tutti gli uomini che conosco.

Lionel ritorna a grandi passi, borbottando e imprecando.

"Quei fottuti bastardi dicono che le azioni valgono settantacinque dollari l'una... sono fottutamente pazzi... " Vedo in lui la folle mania maschile di vincere, vincere, vincere e mi domando se anche a una donna potrebbe importare tanto come a lui. Alle donne non interessa un cazzo vincere in questo modo... o almeno, a me non interessa. Mi piacciono i frutti del denaro, come a tutti: case, auto, abiti, potere, autonomia... ma in qualche modo mi sento più libera e più felice quando non lavoro su commissione, solo per amore, non per denaro. Sono contenta di aver rifiutato i duecentocinquanta di Lionel. Forse sono pazza, ma mi rende felice sapere che acquistare oggetti non è in testa alla lista delle mie priorità.

Eppure so che la mia passione per Dart non è molto diversa dalla passione di Lionel d'impadronirsi di aziende. Consumo, consumo, consumo. Il pozzo senza fondo dei desideri. Sono questi i nostri valori e questo è il mondo che noi abbiamo creato. Mai come ora abbiamo avuto bisogno di distacco dalle cose.

Lionel mangia rapidissimamente, con l'orecchio teso al telefono.

Finito il pranzo, torniamo nel silo, sempre scortati dalla borsa che da un momento all'altro può mettersi a fare bip bip. L'atmosfera della giornata ormai è guastata. Sento l'elettricità di New York anche qui, sulle mie verdi colline. Vorrei che Lionel se ne andasse e mi lasciasse tornare sulla riva del mio stagno, a non fare nulla, a fare tutto.

Lionel si allenta la cravatta e finalmente si toglie la giacca.

"Stenditi, credo di amarti," dice allacciandomi la vita con un braccio. Ridacchio. È tutto così sciocco... la richiesta di un quadro dietro le spalle di André, la battaglia delle deleghe, le avances d'obbligo. Cerco l'amore sempre nei posti sbagliati.

"Di cosa ridi, piccola?" dice Lionel.

"Perché è tutto così sciocco."

"Tutto, cosa?" chiede Lionel, offeso.

"La vita."

Sto pensando che quando un uomo e una donna vanno a letto insieme, lui pensa di vincere e lei pensa all'amore e che non potrà mai funzionare. Mai. I due sessi potrebbero essere due specie diverse.

"Dimmi cos'hai in testa," fa Lionel.

"Solo che non abbiamo tempo per farlo come si deve. La tua borsa potrebbe mettersi a fare bip. Le gemelle potrebbero entrare all'improvviso. Abbiamo bisogno di un intero weekend, di un'intera settimana."

Lionel mi accarezza il collo. Io penso come una donna. Per gli uomini non c'è niente di meglio che scopare e scappare via... toccata e fuga... lasciare la caverna e tornare alla battaglia delle deleghe. È la donna che vuole un weekend o una settimana.

Lionel mi bacia. Un bacio sorprendentemente caldo, appassionato, profondo. Mi accarezza i seni.

"Voglio darti tutto," dice. "Tutto."

Abbassa le mani e fa per slacciarsi la lampo dei pantalòni, quando la valigia si mette a fare bip.

"Maledizione," dice lui, precipitandosi a rispondere.

Con una mano sulla patta e l'altra sul telefono, continua la sua battaglia delle deleghe.

Questo è il mondo che loro hanno fatto, un mondo in cui il sesso è sempre interrotto da battaglie di deleghe, e a loro piace così. Gli uomini come Dart ne sono demoralizzati. A loro piace scopare, ma si sentono dei gigolò per colpa di uomini come Lionel. Qual è la risposta? E chi lo sa?

"Di' a quel bastardo che avrò le sue palle su un vassoio," sta dicendo Lionel, forse al suo legale o al suo procacciatore di deleghe degli azionisti, o a *qualcuno*.

Mentre parla, la sua erezione si affloscia. Mi viene l'idea di fargli un pompino mentre sta al telefono, potere femminile contro potere maschile, ma resisto... e non solo per via delle mie viscere doloranti. La sobrietà ha reso meno attraenti certi giochetti. Nel mio gioco sessuale vedo la mia stessa brama di potere e dominio. Vedo me stessa in Dart: Donna Juana, Donna Giovanna. Comincio a capire i miei stessi trucchi. Buona parte del sesso è vanità, non è vero? L'eccitazione di fare innamorare qualcuno di te, il narcisismo di sentirsi desiderata. Non ci avevo mai pensato prima, ma ora lo capisco sicuramente. Quando la scopata funziona, vince il narcisismo della natura. Un altro bambino per la sua squadra. Sì, proprio squadra della natura. Ingannando la natura, probabilmente abbiamo ingannato noi stessi. Dio ha dato agli umani troppo potere cerebrale e non abbastanza giudizio o compassione: ecco la triste verità. Le palle su un piatto, veramente.

Lionel sbraita, si riallaccia la cerniera con una mano e con l'altra regge il telefono.

"Trovati lì fra mezz'ora," borbotta.

"Piccola, me ne devo andare," mi dice inutilmente. "Ci si vede un'altra volta."

Il ventre mi fa male, ho i crampi. Corro a cambiarmi il maxiassorbente, poi saluto Lionel con un bacio e lo accompagno fino all'elicottero.

Non avrei potuto comunque avere un rapporto sessuale, nelle mie condizioni. Ma chi sto prendendo in giro? Lionel sbraita degli ordini al suo pilota, che sta prendendo il sole sull'erba. Il ragazzo scatta, da quel semischiavo che è. "Sì, Mr Schaeffer. Subito, Mr Schaeffer."

Il pilota è un bel *shagetz* biondo, alto due volte Lionel. A Lionel evidentemente piace strapazzarlo. Dei cosacchi molto simili a quel pilota di sicuro hanno stuprato sua nonna: e Lionel non ha dimenticato.

Le pale dell'elicottero girano vorticosamente, brutalizzando l'aria sulla mia dolce e verde collina.

"Ti chiamo domani!" grida Lionel: la solita vecchia battuta maschile.

Ma perché, mi chiedo, si danno la pena di dirla? Sono pochissimi quelli che richiamano, e in genere proprio chi non ha detto che lo farà.

Quella sera, ancora in preda all'emorragia, cerco di telefonare a Dart. Chiamo Los Angeles, provando prima coi nuovi abbonati del prefisso 213, poi coi nuovi abbonati del prefisso 818 (la valle). Niente da fare. Non riesco a trovare nessun Dart, Darton, o Trick Donegal in tutta la grande Los Angeles. Penso di chiamare la sua puttanella, ma poi mi rendo conto che non ho mai avuto il suo numero di telefono. Anzi, non so nemmeno come si chiami.

Se avessi un numero *qualsiasi*, lo farei squillare e squillare, lontano nella notte, in attesa di sentir qualcuno rispondere, riappenderei, poi chiamerei ancora e di nuovo aspetterei. Alla fine, disperata, chiamo il numero dei vecchi Donegal a Philadelphia. Il telefono squilla e squilla. Nelle eternità tra uno squillo e l'altro, mi passa davanti tutta la nostra relazione. Finalmente, una voce risponde. È Dart, che dice: "Pronto."

Sbatto giù il ricevitore e mi trascino fino al letto, sanguinando abbondantemente.

16

Ballata del letto vuoto

Quando il mio letto è vuoto,
mi sento terribilmente misera e infelice.
Le molle si arrugginiscono
a furia di dormirci sola...

J. C. Johnson

Adesso che so dov'è Dart, mi sento ossessionata come se non mi fossi mai liberata di lui. Ed è proprio così, Dart visita ancora regolarmente i miei sogni. Se la passione sessuale non fosse un legame così forte, Dio avrebbe escogitato un altro sistema per tenere uniti due esseri così diversi come l'uomo e la donna. La mia pace spirituale è andata a farsi benedire. Dart è tornato nella mia vita.

È successo con la rapidità di un blitz, di un attacco, una specie di Pearl Harbor sessuale. Ho appena sentito la sua voce all'altro capo del filo, e sono come impazzita.

Mi agito e mi rigiro nel letto, pensando che potrei salire in macchina e andare da lui. In quattro ore ce la farei ad arrivare a Philadelphia, filando come una pazza. Ricordo tutte le cose dolci di lui. Il suo amore per la poesia, il modo folle in cui mi proteggeva, quando qualcuno mi riconosceva per la strada, l'amore che aveva per le gemelle.

Bel tentativo. In realtà, ero terribilmente gelosa di loro e temevo sempre che quando fossero cresciute, lui le avrebbe molestate. Meglio dimenticare tutto questo, nella mia nostalgia di Dart. La mia mente sana se l'è squagliata. Sento l'odore di Dart. Vedo le volute di peluria sul suo ventre.

Isadora: Se sento ancora parlare di queste maledette volute di peluria, o di questo stramaledetto odore, io mi metto a...

Leila: Urlare?

Isadora: So che l'odore è la cosa. Forse dovrei fare un libro gratta-e-annusa e risparmiare al lettore la mia prosa immortale.

Leila: Buona idea.

Ricordo quanto era dolce Dart all'inizio della nostra storia: i lunghi pomeriggi a letto, in giro per il mondo, le suite negli alberghi, i carrelli del servizio in camera, i letti pieni di biancheria, maschere, fruste, cibo, sperma. Cerco di ricordare tutte le cose terribili: le ragazze, le foto, i conti, le frasi crudeli che gli torcevano le labbra, ma non riesco a odiarlo. Basta un solo grande amante, per un grande amore: l'oggetto di questo amore può essere banale, come Lolita o Mr Fullerton. Solo l'amante deve essere grande. E basta uno solo, per amare. Uno per dare e uno per ricevere. E chi riceve, deve avere un certo *je ne sais quoi*. Non può essere completamente sprovvisto di fascino. E nemmeno totalmente privo di poesia. (Dart, per esempio, firmava i suoi messaggi amorosi — scritti sugli eterni biglietti d'auguri alla maniera dei suoi genitori — D'Artagnan, Darth V. o Mr Darcy.) Confesso che non riuscirei mai a innamorarmi di un uomo illetterato. Snack mi cantava all'orecchio i versi di Bessie Smith, mentre scopavamo. Thom citava John Keats, John Donne e John Milton — tutti quei John; ma gli piacevano anche Browning e Byron, e conosceva *Il pellegrinaggio del giovane Aroldo*, e *Don Juan* e *L'anello e il libro* quasi a memoria. Elmore amava i Canti di Pound. E Dart, Darth, D'Artagnan, Darcy, citava i sonetti di Shakespeare e le poesie d'amore di Neruda. A che serve l'amore, se non lo si può mettere in parole?

Sono di nuovo in fiamme. Di nuovo ridotta a un mucchietto di cenere. Di nuovo consunta.

È bastata quella sola parola, "pronto" a darmi fuoco. Se una sola parola ha potuto farmi questo, come posso arrischiarmi a sentirne due? O tre? Il mio cuore divampa, come quello di Shelley sulla spiaggia di Livorno.

Dart ha quel certo non so che, d'accordo. Il suo sorriso, la sua dolcezza... o era solo il suo cazzo? La femmina della specie si innamora se è scopata bene? È così che funziona la natura con noi? È questo il segreto di Don Giovanni? Mi chiedo spesso perché gli altri uomini, bravi e noiosi, non dedichino più tempo e attenzione ai libri del Kamasutra e a vari altri testi sui segreti d'amore. Non conoscono le rare ricompense di scopare bene una donna? Sono soprattutto i gigolò e gli imbroglioni a esercitare l'arte di amare. Che stupidi sono gli uomini perbene a non imparare da loro!

O forse nutrono disprezzo per il sesso puro? (Come se il sesso potesse mai essere "puro"!) Una vera donna amerà un uomo più per il suo cazzo di quanto non potrebbe mai amarlo per le sue battaglie di deleghe, o il suo conto in banca... checché ne dicano i cinici.

Combattuta tra l'idea di richiamare, andare in auto a Philadelphia o rigirarmi nel letto tutta la notte, mi alzo, vado nello studio e come fossi Pandora che apre il *suo* vaso, apro una scatola di cimeli di Dart, che avevo nascosto – a me stessa! – dietro scatole di puntine, pezzi di telaio e lattine di colori.

La apro con le dita tremanti. Solo sollevare il coperchio – è una scatola di Bendel! – mi ha fatto sentire un tuffo al cuore.

Ci sono gli scatti polaroid per i fotogrammi fissi di Dart – Dart nudo che agita il cazzo (non c'era niente che quel ragazzo non facesse); Dart in cucina, che mette il cazzo sul tagliere e solleva la mannaia cinese, come per mozzarselo via; Dart nudo, in erezione, sul punto di scopare la fotografa che non si vede.

E poi ci sono i vari bigliettini d'auguri – biglietti d'amore, o di scusa dopo un bisticcio, mazzolini di fiori vizzi (uno è proprio di quel famoso giorno del Ringraziamento a casa dei suoi). Esamino questi oggetti in grande agitazione, eccitata, ma anche con un'ombra di nuovo distacco. C'è qualcosa di perverso e disgustoso in Dart. Mi inquieta soprattutto la foto polaroid dove si tiene la mannaia sospesa sul cazzo. Come se fosse disposto a tutto, pur di attirare l'attenzione. Non posso invitare un uomo del genere a tornare a casa mia, a vivere con le mie figlie.

Col cuore in pezzi, prendo tutto quanto, fotografia, biglietti, fiori secchi e riunisco tutto in un collage. Mentre sono presa dalla furia di trasformare quella storia d'amore nel suo stesso monumento, mentre la febbre sale, afferro forbici e colla e comincio a sforbiciare, incollare e impastare i mille frantumi della mia vita con Dart. "Il vaso di Pandora", lo intitolo, travolta dalla furia di fare un collage della mia vita.

Se Dart dovesse vedere questo collage, gli piacerebbe o lo odierebbe? Difficile dirlo. Renderebbe la nostra separazione definitiva o la sanerebbe? Dart è un tale narcisista, che penso quasi che gli *piacerebbe*. Un brivido mi percorre la schiena, nel rendermi conto che anche ora penso più al lavoro che all'amore. Se fossi costretta a scegliere, preferirei il modello all'amante... o no?

Poi squilla il telefono nel mio studio – il numero segreto, che solo Dart ed Emmie conoscono.

Corro a rispondere.
"Pronto?" dico.
Un clic. È Dart. Attirato dalla forza delle mie forbici che tagliuzzano la sua immagine. Magia nera. L'anima catturata su un pezzetto di pellicola fotografica. La connessione compiuta. E spezzata. Le forbici tagliano il cazzo di Dart. Inavvertitamente?
E poi torna il desiderio. Mi dolgono le dita. Ho una strana sensazione di nausea alla bocca dello stomaco. Amore? Dipendenza? Di colpo sto scivolando giù per le strade di Dubrovnik. Prendo la colla e riattacco il cazzo di Dart.
Oddio, non tornerò dunque mai in possesso di me stessa? Desidero essere innamorata, ma l'amore annulla... e qualsiasi cosa di meno, non sembra amore. Più ferocemente si è indipendenti, più si desidera l'autoannullamento. La battaglia continua. La battaglia tra schiavitù e amore. Desidero darmi, tirarmi indietro, darmi di nuovo. Mentre sistemo i pezzi di Dart sulla mia tavola di montaggio, ricomponendolo e scomponendolo, combatto con me stessa. Cosa voglio di più? Controllo o amore? Potere o amore? E le due cose si escludono reciprocamente? O è così solo per me? Cosa significa essere un'artista che prende – letteralmente – tutti i pezzi della propria vita come materiale? Si condanna all'infelicità, o questa è, dopotutto, l'unica grande felicità? Non conosco la risposta a nessuna di queste domande. So solo che sto cercando di imparare ad amare le domande per se stesse. Sono tutto quello che possiedo.
Sollevo il telefono e chiamo... non Dart, ma Julian, a Los Angeles. Julian, che probabilmente starà componendo musica elettronica per un'altra delle sue opere spaziali. Julian, che somiglia talmente ad Albert Einstein, con quella chioma bianca e i grandi occhi tristi e scintillanti, che la gente per la strada lo ferma e gli chiede se per caso *è* Einstein.
"$E = mc^2$," risponde sempre lui, lasciandoli ancora più perplessi.
"Così imparano," mi bisbiglia Julian, con un lampo da folletto negli occhi.
Adoro Julian da anni. Julian è il mio compagno, la mia guida spirituale. Mi dico che se non trovo Julian, richiamerò subito Dart. Ma Julian è in casa.
"Come stai, dolcissima signora?" mi chiede.
"Malissimo. Orribilmente."

"Cosa ti succede, piccola?"

"Non so se sto dipingendo o vivendo. E non so se sto uccidendo Dart o me stessa. Ho fatto un collage coi mille pezzi della mia vita... e ci sono anch'io dentro; non riesco a uscirne."

"Conosco questa sensazione," dice Julian.

Gli racconto la storia delle ultime settimane; Dart che se ne è andato, le riunioni dell'AA, il milionario perbene, gli slittamenti, mentre mi vedo sospesa sul cosmo, il lavoro, la vita, la confusione di tutto quanto.

"Sembri me, quando sto chiuso in casa, con una scadenza di lavoro. Dormo tre ore, faccio una doccia fredda poi giocherello col sintetizzatore per tre ore. Suono, dormo, dormo, suono, finché non so più cosa sono, se un accordo o una persona. Ma non me ne importa. È bellissimo. E anche terribile... Ma non abbiamo scelta. È quello che dobbiamo fare. Almeno tu sei un'artista; io sono solo una vecchia puttana, che compone partiture al sintetizzatore per guadagnarmi i miei due miseri milioni di dollari all'anno. Una puttana ben pagata. Però non quanto le stelle che tremolano alla mia musica... ma che altro può fare, un *boychick*?"

Solo sentire la voce di Julian, mi fa sentire che sono tornata alla mia mente sana. Lui mi capisce – capisce il mio lavoro, le mie ossessioni. Che benedizione, avere un amico così!

"Leila... devi pensare che piangerai Dart almeno per un po' di tempo. Sei stata con lui per cinque anni."

"Un amante morto deve essere pianto dall'amata per due anni," dico, citando dal "Codice d'amore".

"Ma lui non è mica morto, vero?"

"No... stavo solo citando il Codice dell'amor cortese messo insieme dai troubadour nel Trecento."

"Già," fa Julian. "Nel dubbio, tu citi i troubadour. Per questo ti amo."

"Vuoi farmi da cavaliere al ballo Viva Venezia?" gli chiedo di punto in bianco. Avevo pensato di chiederlo a Dart, ma adesso capisco che è a Julian che *devo* chiederlo.

Julian esita. Ha paura di buttarsi nella mischia, di uscire dal suo guscio, col timore di restare ferito. Julian si protegge dalla vita con la sua intelligenza, con le sue battute di spirito, col suo isolamento, restando chiuso in casa a comporre musica. Non esce quasi *mai*.

"Julian, mi devi un favore... in cambio di quella lista della spesa."

"Che lista della spesa?"

"La lista della spesa che ti ho dato quando stavi morendo di fame, dopo che Cristina ti aveva piantato."

"Ah, quella..."

"Voglio che mi porti al ballo in cambio della lista della spesa. Dico sul serio."

"Piuttosto dure, le tue condizioni," ride Julian.

"Dico sul serio. Voglio che me lo prometti."

"Fammici pensare," dice Julian, "poi ti richiamo." Suona un sinistro accordo e riattacca.

Torno al mio collage di Dart... "Il vaso di Pandora." Me lo immagino, oppure Dart mi sta strizzando l'occhio? Pare proprio che strizzi l'occhio. Pare che mi dica: "Chiamami."

Cosa c'è nel creare, che ti fa venire subito voglia di distruggere? Gli indiani avevano ragione a proposito della dea Kalì, il principio creativo e distruttivo uniti in una terribile dea madre. Tagliuzzando, impastando e risistemando i frammenti della mia vita, mi sento come la dea Kalì. Vorrei perfino aggiungere al collage il mio maxiassorbente macchiato di sangue, se ne avessi il coraggio, vicino al cazzo tagliato (e riattaccato) di Dart.

Come si può osare creare, se non si osa anche distruggere? È sempre la stessa follia, la stessa febbre nel sangue; l'orgoglio di creare un mondo dal nulla. Febbricitante, in preda alla follia, guardo i ritagli e i pezzetti con cui ho giocato tutto il giorno, e mi pulsa la testa. Le vene delle tempie sono gonfie. Mi fa male la gola. Il collo è indolenzito.

Niente che non si potrebbe curare con una notte a letto con l'uomo giusto.

Poso le forbici, mi avvicino al mio Rolodex e mi metto a sfogliare le schede. Che monumento alla mutevolezza, il mio Rolodex! Metà dei numeri di telefono segnati sulle schede sono già obsoleti: chi non ha divorziato o non si è sposato, è morto! Che tasso di mortalità, riflette il mio Rolodex! Prendo l'agenda (dove tengo i nomi speciali, degli amici intimi, "stretti amici personali", dicono a Hollywood – e gli altri, cosa sono? amici impersonali?) e la sfoglio: vecchi fidanzati, mariti di care amiche diventati estranei, o mariti diventati estranei di amiche diventate estranee. Roba poco promettente. Faccio una piccola lista dei possibili uomini scopabili nel Rolodex e nell'agenda e mi casca il cuore. Quanti problemi stanno dietro ciascuno di questi nomi! Che segreti baratri di paura d'intimità, paura di impegno, paura di cadere, paura di volare, paura di scopare!

Una simpatica cena al primo appuntamento, scrittura per la replica, cinema, teatro, sesso sicuro con preservativo al quarto appuntamento, senza scambio di fluidi corporei, e poi finiscono nelle pagine dell'agenda, come fra le fresche lenzuola pulite d'un letto d'ospedale. Perché darsi da fare? Perché non restare tranquillamente nella mia casa di campagna a fare il collage della mia vita?

Comincio un pezzo intitolato "Sesso nell'era dell'AIDS", basato su tutte le pagine obsolete della mia agenda filofax e le vecchie schede del Rolodex. Su un fotocolor di Dart vestito da rock star, comincio a sistemare pagine di filofax, schede di Rolodex, vecchi programmi di teatro, menù e altre polaroid di Dart. Taglio i programmi e i menù in forme sensuali, quasi genitali, smembro le polaroid e appiccico anche un preservativo Excita in bustina rosa al centro del pezzo. Frugo nel mio mucchio di vecchie riviste, in cerca di una di quelle stupefacenti foto in cui si vede una donna che si massaggia innocentemente il collo con un vibratore fallico. Rido forte dell'impostura. Mentre cambio e risistemo i pezzetti tagliati, sogno un bel ragazzo, uno stallone da chiamare accanto a me semplicemente come si manda a chiamare la massaggiatrice, o meglio il massaggiatore.

Che affare lucroso sarebbe per affaccendate donne creative! Stalloni testati AIDS per la donna creativa (o per la donna executive) che non vuole essere coinvolta, ma naturalmente non funzionerebbe. Le donne in genere non vogliono stalloni, testati AIDS o meno; vogliono *amore*. Vogliono *il romanzo*.

E così l'affare degli accompagnatori non funzionerebbe mai.

Non funzionerebbe per me – per allettante che possa sembrare l'idea. Posso *fingere* con me stessa di *volere* uno stallone, ma ahimè, quello che voglio è spaventosamente più complicato: un amante, un compagno, un amico, un padre, un bambino. Uno stallone sarebbe troppo semplice – ammesso che avessi idea di dove trovarne uno.

E così continuo il mio collage, come posseduta, sperando che tutta la passione, l'energia e l'ardore si trasmettano alla carta, tutti gli orgasmi bloccati finiscano nella colla, e l'immagine alla fine vibri come quando si sia veramente venuti. Potrei intitolare il collage anche "Ballata del letto vuoto".

O "Blues del letto vuoto". E potrei dedicarlo a Bessie, Bessie Smith la regina del blues, la mia eroina.

17

Leila nella città di notte

Cerco una donna che cerchi un uomo da poco
Cerco una donna che cerchi un uomo da poco
e in città nessuno è più da poco di me.

Freddie Spruell

Wayne Riboud, non l'avevo più sentito da quella sera in cui era sparito in mezzo a uno stuolo di fanciulle negli assurdi sobborghi di New York e ora eccolo improvvisamente al telefono, a importunarmi come se niente fosse accaduto. Gli uomini che spariscono per settimane di fila e poi di colpo ricompaiono, un tempo mi sconcertavano. Adesso so che o stanno scappando da un legame troppo intimo, o stanno inseguendo altre donne – che poi è la stessa cosa. Avevo lasciato Wayne perché era ubriaco... o no?

Quante volte nella mia vita l'uomo che si era appena innamorato di me, se l'è squagliata e ha sedotto un'altra donna... solo per dimostrare che non era in trappola? La verità è che l'ho fatto anch'io e conosco la bestia per quello che è: paura di legarsi troppo. Avevo lasciato Wayne perché beveva o perché suscitava qualcosa in me e questo mi atterriva? Non lo saprò mai. Da quando frequento le riunioni dell'Anonima Alcolisti, tutto nella mia vita è stato rimesso in discussione. E non so se bevevo come scusa per andare a letto con gli uomini, o se andavo a letto con gli uomini come scusa per bere.

Non so se ero dipendente dall'alcool o dal cazzo, o da un misto di tutt'e due.

Wayne mi invita a passare una serata con lui a New York. Sono abbastanza sobria da poterlo fare senza bere?

"Dai, Leila... sono settimane che non ti si vede. *Morirai* in quel tuo silo del cazzo. Facciamoci una seratina in città – una cosetta stile downtown. Ho nostalgia della tua risata."

"Come posso resistere a qualcuno che ha nostalgia della mia risata?"

"Appunto, non puoi, piccola. E poi pagheremo tutto con le mie banconote, quelle che dipingo io. Sarà uno spasso."

"Mi hanno sospeso la patente."

"Ah! E dicevi che ero io, quello che non sapeva guidare! Be', guiderò io."

"Ah, no, caro. Mai più."

"Allora prendi il treno o trovati un autista."

"Cosa devo mettermi?"

"Pelle nera."

"Ricordati però che non bevo e non mi drogo."

"Ho ben *altri* eccitanti, mia cara," dice Wayne. "Non temere."

Lascio le gemelle con Lily e noleggio un autista – un giovanotto nero alto e asciutto, di nome Charlie – per calare in città dal Connecticut con la mia DART.

Mettiamo la DART nel mio garage in città, Charlie se ne va per i fatti suoi e io vado nella mansarda di Wayne, in La Guardia Place.

Mi sono messa un bustino di pizzo nero, stile Madonna, jeans di pelle nera, sandali neri da sadomasochista col tacco a spillo e un giubbotto da motociclista nero, che un tempo apparteneva a Dart.

Ho i capelli tutti arruffati per la corsa in decappottabile, ma non mi preoccupo di spazzolarli. Ho la folle, isterica sensazione che si impadronisce di me quando, dopo un periodo di folle lavoro, viene a interrompermi quella che passa per la vita reale. (Come al solito, non so se sto dipingendo o vivendo.)

"Baciami," dice Wayne. Lo bacio e sento sapore di alcool. Eccitata come sono, la cosa mi smonta. Mi dico che non ho ancora smesso di sanguinare e che un rapporto sessuale sarebbe pericoloso. Da quando ho smesso di bere, i miei segnali sessuali ci mettono un po' di più ad accendersi. La mia mente sana sembra dominare sempre più la situazione. Che stronzata è la sobrietà. Rende così difficile tutto quello che prima era tanto facile.

Wayne mi conduce attraverso l'affollata serata estiva fino all'East Village. Entriamo in quello che sembra un magazzino per l'industria della carne, attraversiamo delle doppie porte di metallo, e ci troviamo in una grande stanza con sedie pieghevoli. Tutti i posti sono occupati. Wayne e io ci appoggiamo al muro di fondo, vicino all'uscita. Il pubblico è un misto di tipi artistici dell'East Village, gente elegante e gente venuta dall'estero in cerca di emozioni. Sento parlare giapponese, tedesco... L'Asse ha invaso New York. (E indovinate chi vince?) Lo spettacolo comincia.

Un uomo con la maschera di cuoio si dirige fino alla parte anteriore della stanza, sale su un palcoscenico improvvisato (coperto da incerata) si apre la bocca come fosse una cerniera e chiede: "Chi vuole andarsene, prima che vengano chiuse a chiave le porte?"

Nessuno si alza.

"Andiamocene," dico a Wayne.

"Ma siamo appena arrivati," protesta lui. "Non te ne pentirai, te lo giuro. Ti darà *ispirazione*."

Lo guardo negli strabici occhi verdi, sento il suo fiato che sa di alcool. Voglio un drink, penso. Poi mi dico: tu *pensi* di volere un drink, perché sei spaventata. *Senti* la paura... ma non permettere che ti induca a bere. Passerà, come il maltempo. Le sensazioni non sono fatti.

La stanza di colpo si fa buia, e sento sbattere e chiudere a chiave le porte di metallo.

La stanza si zittisce. La gente si agita sulla sedia. Sento *l'odore* della paura.

Comincia la musica. Musica elettronica, al sintetizzatore Moog o Kurzweil. Un suono fantascientifico che potrebbe essere stato composto dal mio amico Julian. Poi la luce di un riflettore scopre una giovane donna in nero, incinta, col pancione. Un altro riflettore illumina una figura maschile mascherata, che brandisce minacciosamente una spada giapponese. (Che sia lo stesso tipo che prima ha fatto l'annuncio?)

Il samurai insegue la giovane donna per tutta la scena in una danza stilizzata, staffilando l'aria con la spada. Sembra colpire il collo della donna, le caviglie, i polsi – pallidi steli di carne, in confronto con l'enorme ventre sporgente, coperto di nero. Con un sibilo, la spada si abbatte su di lei e le squarcia il ventre. Ne escono una dozzina di topi, che annaspano nell'aria e scorrazzano sulla pedana del palcoscenico. Graffiano l'incerata con le unghie.

La donna urla: "I miei bambini! I miei bambini!"

L'uomo mascherato insegue i topi, agitando la spada; ne decapita uno (un fiotto di sangue), ne colpisce e ne squarta altri. La donna grida, lancia urla che perforano i timpani. Mi copro gli occhi, ho i crampi al ventre, le viscere mi si torcono, come se stessi per vomitare.

Il pubblico è affascinato, muto. Nessuno fiata. La stanza diventa sempre più calda.

Sbircio tra le dita. La scena è imbrattata di sangue. Qualche topo si sta ancora contorcendo negli spasimi dell'agonia. Altri sono morti, sventrati. Altri ancora sono riusciti a scappare chissà dove.

L'uomo mascherato è in piedi, in mezzo alla scena, con in mano un topo che si dimena ancora. Si leva la maschera, apre la bocca e morde via la testa del topo. La sputa fuori, poi schizza di sangue la ragazza.

Balzo in piedi e mi metto a battere sulle porte di ferro, come una pazza claustrofobica. Wayne cerca di trattenermi, ma io continuo a battere, terrorizzata all'idea di non potere più uscire da quell'incubo.

Il tempo rallenta, i movimenti diventano lentissimi, come in moviola, come in un sogno, un incubo da bambina di nove anni. Dopo quella che sembra un'eternità, sento le porte cedere sotto le mie mani. Wayne e io ci troviamo nell'anticamera gelida di quell'ossario.

Mi precipito in strada. Wayne mi segue.

"Piccola, hai dato veramente i numeri," dice, tenendomi per un braccio.

"Non voglio vivere in un mondo che considera divertimento quella roba."

Tremo tutta, sanguino dall'utero, mi si piegano le ginocchia.

"Odio il mondo che abbiamo costruito. Lo odio!"

"Piccola, via, calmati. Siediti, ti offro un drink."

"Un drink! È tutto quello cui cazzo sai pensare! Un mondo così orribile che dobbiamo anestetizzarci, per sopportarlo. Non voglio vivere in questo mondo. Voglio tornare a nascondermi nel Connecticut. Questi sono gli ultimi fottuti giorni dell'impero romano. Se fossi Dio, ucciderei tutti e ricomincerei daccapo."

Wayne mi conduce in un piccolo bistrot, una specie di caverna, dove i tavolini di marmo costellano la penombra e le sedie sono di paglia intrecciata, come nei caffè parigini. I clienti sono eurospazzatura, in armonia con l'arredamento, debutramps (con fondi fiduciari) che si fingono artiste, indossatori gay che si fingono normali.

Wayne ordina del vino per sé. Io chiedo una Diet-Coke col lime. Sto ancora piangendo e tremando. Mi aggrappo al bicchiere come a un'ancora di salvezza.

"Piccola, ma era solo uno spettacolo," dice Wayne.

"Quelli erano animali veri, sangue vero, una donna vera e un uomo vero. Non mi va questa merda di performance art. Permettiamo roba del genere... ma il sesso ci fa uscire di testa. È pazzesco, Wayne, pazzesco. Non voglio vivere in un mondo come questo. Voglio che la gente sia tenera, affettuosa e che tutti si vogliano bene l'un l'altro. Perché è andato tutto a puttane a questo modo?"

Wayne mi abbraccia. "Non ti ci avrei portato, se avessi saputo che ti impressionavi così. Immagino quindi che sia da escludere Madame Ada, la dominatrice. Doveva essere la nostra prossima tappa. Ma se ti sconvolge tanto, possiamo andare al cinema, invece. Forse danno *Bambi* da qualche parte. Per me va bene, Leila. Pensavo solo che tu dovessi *vedere* questa roba per la tua arte. È importante. È quello che succede downtown. Penso che dovresti conoscerlo."

Gli lancio un'occhiata di puro odio (specie per via della battuta su *Bambi*). "Perché?"

"Perché è la storia segreta della nostra epoca. Come le mie banconote, mette in questione quello cui noi attribuiamo valore. Ne facciamo parte anche noi, e a meno che non troviamo la parte segreta di noi cui *piace* questa roba, non abbiamo la minima possibilità di eliminare il terrorismo o la tortura. Devi trovare il torturatore nel tuo stesso cuore. Per questo vorrei che conoscessi Madame Ada. Ma se è troppo per te, lascia perdere. Lo faremo un'altra volta."

Wayne chiama il cameriere, che scarabocchia il conto. Dal suo elegante portafogli di vitello nero, Wayne estrae uno splendido biglietto finto da cento dollari, coi colori dell'arcobaleno, come la valuta di certe repubbliche delle banane.

Il cameriere, un giovanottello gay sui ventidue anni circa, con un bullone all'orecchio sinistro e un anello d'oro da pirata in quello destro, fissa la banconota, poi dice: "Sono terribilmente spiacente, signore, ma non posso accettarla. Prendiamo American Express, Visa, Mastercard..."

"Ma lo sai quanto vale questo biglietto?"

"No, signore."

"Be', io ti dico che vale circa cento volte il valore nominale. Se vai a venderlo... a Leo Castelli, girato l'angolo, o a Holly Solomon, o a *chiunque*... puoi intascare un guadagno netto di novemila e novecento dollari. Lo sai cosa potresti farci, con novemila e novecento dollari?"

"Sì, signore."

"Lezioni di recitazione per un anno," dice Wayne. "Un'auto nuova... magari solo un'utilitaria coreana. *Tempo.* Lo sai quanto vale il tempo?"

"Signore... mi dispiace infinitamente, ma quella banconota non posso accettarla. American Express, Mastercard, Visa... anche un assegno personale, con un documento d'identità."

"Quanto vale un anno della tua vita? Potresti vivere per un anno senza dover fare questo miserabile lavoro, se campassi modestamente. Che valore ha questo per te?"

"Signore, la *prego,*" dice il cameriere, chiaramente seccato.

"Come ti chiami?" chiede Wayne.

"Bruce," risponde il cameriere. "Bruce Berlinger."

"E cosa fai?"

"Faccio l'attore, signore, vado a lezione da Stella Adler, signore."

"Bene, Bruce, con questo potresti pagarti un sacco di lezioni con la vecchia cornacchia... e un mucchio di tempo. Di certo lo vuoi, questo."

"Signore, la ringrazio, ma non posso accettarla."

"Perché? Potresti anticipare i cento dollari scalandoli dalla tua paga, poi vendere il mio biglietto a *qualsiasi* mercante d'arte che si rispetti, ripagarti e intascarti la differenza di novemila e novecento dollari. Come puoi rifiutare una simile offerta?"

"Signore," balbetta Bruce, "io... io... proprio non posso."

"Allora dividi il guadagno col tuo padrone, se questo può farti sentire meglio."

"La prego, signore."

"Bene, Bruce, ma è mio dovere avvertirti che stai rinunciando a un anno di vita, in questo modo. E anche che ti manca il senso del rischio, dell'avventura, necessario a ogni vero artista. Se stasera non riesci a fare questa scelta semplice e chiara, come potrai mai sopravvivere nella sfida dell'arte? Il talento è comune. E anche la bella presenza. Quello che è raro, è l'ardimento. Quello che è raro, è seguire il tuo talento oltre il ciglio della scarpata, per vedere se sai volare. Quello che è raro, è seguire il tuo talento nell'aldilà per vedere se sei capace di uscirne con la forza del tuo canto. Quello che è raro, è seguire il talento nel labirinto e vedere se riesci a uccidere il Minotauro. Sei Icaro? Sei Orfeo? Sei Teseo? O sei solo Bruce, condannato per sempre a essere Bruce?"

Bruce sta piangendo.

"American Express, Mastercard, Visa," ripete, tra le lacrime.

Wayne tira un profondo sospiro e porge a Bruce una carta American Express. Poi solleva il biglietto da cento dollari.

"Bruce, voglio che tu faccia attenzione. Ora do questo biglietto a questa signora, perché lei è una vera artista, una che ha il coraggio di correre rischi. Guarda bene."

Poi tira fuori di tasca un vecchio pennarello e firma il biglietto: "A Leila, con amore, sangue e viscere, da Wayne," poi mi porge la sua opera d'arte.

Bruce si allontana di corsa con la carta di credito.

Decido di andare con Wayne dalla dominatrice.

Madame Ada vive in un edificio anteguerra del West Village. C'è il portiere. Wayne e io ci arrampichiamo fino all'attico, dove suoniamo il campanello con scritto Ph.D. Un biglietto da visita bianco sulla porta dice: "Istituto di psicodramma". Silenzio.

"Chissà se è in casa," dice Wayne.

Provo sollievo, all'idea che non ci sia. Poi sentiamo un ticchettio di tacchi su un pavimento duro e la porta si apre.

Sulla soglia c'è una bionda sulla quarantina, dall'aria slava, con la mascella quadrata, una gonna di pelle bianca, camicetta di seta azzurra e tacchi a spillo. Mi stringe energicamente la mano, poi bacia Wayne su tutt'e due le guance, all'italiana.

"Salve," dice sorridendo, per poi mordersi subito via il sorriso. "Sono Ada," dice con forte accento russo, "o, per i miei schiavi, Madame Ada." Ride. "Entrate, entrate."

Il grande soggiorno è spoglio, a parte un enorme divano di cuoio – bianco – e qualche lampada futurista italiana. Le pareti sono a specchio. Nessuna opera d'arte. C'è però un'immensa terrazza, che si affaccia sui tetti bassi del Village, verso il profilo midtown di New York. Una vista mozzafiato. Il massimo che un emigrato russo a New York potrebbe desiderare.

Ci sediamo sul divano di cuoio, che fa una U nel centro della stanza.

"Dunque..." dice Ada. "Wayne mi ha raccontato meraviglie di lei. Dice che noi due ci somigliamo molto."

"Come mai si è messa a fare questo tipo di lavoro?" chiedo.

Ada ride. "Mi fanno tutti la stessa domanda." Accavalla le gambe non depilate, dondola il piede col tacco a spillo nero e ride, una risata gorgheggiante e armoniosa.

"Mi permetta di dirle quello che dissi a Phil Donahue. Quando arrivai per la prima volta in questo paese dalla Russia, un amico messicano mi portò in un club di Soho dove facevano pratiche sadomasochiste. Il 'Dungeon', mi pare si chiamasse. Ci andai solo per curiosità, come lei ora, senza sapere cosa avrei potuto fare. In quel club, vidi uomini legati e imbavagliati, distesi a braccia e gambe aperte su tavoli di contenzione, con lo scroto legato da lacci di cuoio. Vidi delle *dominae* vestite di cuoio nero, che frustavano questi uomini e si lasciavano baciare la punta dei piedi – a volte nemmeno quella – e mi sentii disgustata, distaccata, addirittura superiore alla gente che faceva quelle cose. Questo era il primo sintomo che la cosa doveva invece attrarmi. Poi, a un tratto, mi misero in mano un gatto a nove code e mi chiesero se volevo partecipare. Non avevo nessun sentimento in particolare, davvero, né pro né contro. Denudarono il sedere di un uomo davanti a me – era un uomo giovane e bello, con due chiappe sode – e io cominciai a frustarlo. Fu allora che scoprii in me un forte impulso a continuare. Avevo una voglia folle di continuare, ancora e ancora. *Volevo* veramente fargli male, farlo sanguinare, lacerargli la carne." Ada parlava con precisione, accentuando ogni consonante, dando alle vocali una cadenza slava. Ero affascinata.

"Qual è il rischio?" chiedo io.

"Ah," disse la mia insegnante di sadomasochismo, "lei mi ha fatto la domanda giusta. Questo genere di sesso può farla facilmente sentire *spossata*. È una droga. Porta agli estremi, dopodiché l'altro sesso, il sesso amico, sembra insulso."

"Ma *esiste* il sesso amico?" chiedo io.

Ada ride, come se capisse cosa intendo dire. Gli occhi blu scuro scintillano. La conversazione scivola su altri argomenti... cibo vegetariano, libri, viaggi. (Mi sembra assurdo che una feticista del cuoio si rifiuti di mangiare carne... ma lasciamo perdere. La vita è assurda.)

Mentre parliamo, entrano nella stanza due giovani. Lei è una ragazza bionda, sottile, dall'aria un po' mascolina, vestita in jeans e camicia da cowboy; lui è un ragazzo piccoletto, con il codino di cavallo e una sciarpa da aviatore.

"I miei due schiavi personali," dice Ada. "Roland ha le mie iniziali marchiate a fuoco su una coscia e Lavinia ha il mio orecchino ad anello infilato in un capezzolo. Forse più tardi ve lo mostreranno."

Lavinia si stringe timidamente nelle spalle; Roland sorride.

Scambio un'occhiata con Wayne, che ride.

"Già adescata?"

"Forse Leila vuole conoscere qualcuna delle 'padrone'?" dice Ada.

"Sì."

"*Adescata,*" insiste Wayne.

"Allora andiamo nello studio," propone Ada.

Lasciamo l'attico, scendiamo con l'ascensore fino all'atrio, usciamo e col nostro corteo di schiavi, percorriamo qualche isolato nel West Village finché arriviamo a una casa stretta di mattoni che sembra una qualsiasi porta di garage.

Ada apre la porta con un cicalino elettronico. All'interno, c'è infatti un garage con due macchine e in fondo un'altra porta, che conduce in una sala d'aspetto a specchi.

Due giovanotti con in testa lo *yarmulke*, lo zucchetto, stanno seduti un po' curvi. Uno dei due rigira nervosamente il suo *payess*, l'altro sfoglia una rivista intitolata *Puss n' Boots*, Micina e stivali.

Lavinia, la "schiava personale", bisbiglia: "Vengono molte persone religiose, qui. Specie ebrei e cattolici romani."

Dio santo – vorrei dipingere questi due giovanotti con lo *yarmulke* in attesa fuori della porta della dominatrice, in attesa di fare atto di fede. Non oso. "Per gli ebrei, questo non è bene," sento che dice la voce di mia madre.

Ada supera la sala d'aspetto ed entra in quella vicina fornita di lettini per il massaggio, coi buchi per la faccia e i genitali.

"Questa è una tavola di contenzione," dice. "Vede? Dal disotto, si possono fare cose di tutti i generi."

Mi conduce in uno stanzino a specchi e mi mostra un intero guardaroba di pelle, gomma, scarpe e stivali da feticista.

"Venga," dice. "Voglio farle conoscere la mia star, Larissa."

Percorriamo il corridoio fino a un'altra porta, Ada bussa brevemente e una voce risponde: "Un momento."

I due schiavi restano indietro con Wayne; Ada mi prende per mano e dice: "Andremo noi due sole."

"Avanti!" dice Larissa.

Entriamo in una stanza buia, in cui c'è un uomo legato su un tavolo di contenzione.

È piuttosto giovane e biondo, come Dart, ha dei bei glutei, polpacci ben modellati con muscoli lunghi e una splendida schiena muscolosa. Potrebbe essere Dart, steso su quel lettino, col suo cazzo voluminoso legato con lacci di cuoio, gli occhi bendati, le mani legate sopra la testa in atteggiamento di supplica.

Larissa gira attorno al tavolo parlandogli con tono imperioso ma mellifluo.

"Sei stato un cattivo ragazzo ad avere un orgasmo così in fretta. A questo modo non riuscirai *mai* a soddisfare una donna. Che ne dici?"

"Mi dispiace, padrona," mormora l'uomo.

"Qual è la giusta punizione per la tua trasgressione?"

"Non lo so, padrona."

"Cattivo ragazzo," dice Larissa, sferzandolo col frustino. Il ragazzo urla.

"Pensaci meglio, piccolo," dice Larissa, andando avanti e indietro, accarezzando il frustino.

Larissa è una splendida creatura: alta, capelli neri, occhi a mandorla e una voce stupenda, portamento straordinariamente eretto e un linguaggio corporeo che dice "non toccatemi."

Porta i lunghi capelli castani raccolti a coda di cavallo, legati, come il cazzo della sua vittima, con lacci di cuoio. Il corpo, dalla vita alta e dalle lunghe gambe, è appena coperto da un miniabito di pelle nera, col corpino stringato e stivali neri, stringati e coi tacchi alti. I tacchi, come quelli di Ada, sono alti almeno quindici centimetri. Mi stupisce che riesca a camminarci, eppure Larissa cammina, eccome, con l'eleganza di una giumenta araba purosangue.

"La punizione?" chiede. "O piuttosto, lo strumento per la punizione?"

"Come vuoi tu, padrona."

"Cosa hai detto, ragazzo? Più forte!"

"Come vuoi tu, padrona."

"Mmm," dice Larissa, agitando il frustino. "Ci sto pensando. Il frustino, il gatto a nove code o il tubo di gomma?"

"Come vuoi tu, padrona."

Larissa passa le unghie laccate sul frustino, come per saggiarne la solidità, poi colpisce l'uomo. Ancora. E ancora. E ancora. Sorride, inarcando le labbra rosse in una mezzaluna di piacere. L'uomo grida e la sua bella schiena è coperta di strisce rosse.

"Non devi urlare, ragazzo," dice Larissa. "A ogni colpo dirai: 'Grazie, padrona Larissa,' o triplicherò i colpi. Mi senti, ragazzo?"

"Grazie, padrona Larissa."

"Benissimo." E comincia a frustarlo sul serio. Il ragazzo reprime le urla e mormora: "Grazie, padrona Larissa. Grazie, padrona Larissa."

Il mio cuore sussulta a ogni colpo. Mi sto inumidendo.

Larissa, un recettore molto sensibile, se ne accorge. Senza una parola, mi mette in mano il frustino e ne prende un altro dal muro per sé. È come se mi avesse dato il cazzo di quel ragazzo.

"C'è un'altra bella signora che ora mi aiuterà," dice allo schiavo.

"Grazie, padrona Larissa," dice lui.

Abbasso il frustino sui suoi glutei, prima leggermente, incerta, poi più forte. Larissa e io lo colpiamo alternativamente, ciascuna rispondendo al gesto e ai colpi dell'altra.

"È perfetta," dice Ada a Larissa.

La mia mente sana si stacca da me, mi guarda picchiare quell'uomo sempre più forte, meravigliata di procurargli un dolore (di cui lui mi ringrazia). Ancora un attimo e potrei venire, ma indugio, mi trattengo, stupita di provare piacere nel provocare quei segni rossi sui glutei e sulla schiena dello schiavo.

Schiavo, padrone... cosa significa? Un groviglio di immagini della mia vita passata mi passa per la testa. Sto frustando Dolph, Elmore, Dart, Dart, Dart. Mi vendico di André, di Dolph, di tutti i critici d'arte che a volte hanno attaccato la mia pittura. Capisco il fascino di questo posto, lo sfogo dei sentimenti, delle loro pulsioni. Altrove in società la lotta di potere tra uomini e donne viene mascherata. Qui è nuda. Altrove la gente finge di essere civile, educata. Qui no. Altrove uomini e donne si baciano, si coccolano, si mentono. Qui si sferzano e si dicono la verità.

La verità, per orribile che sia, ti rende libero.

Isadora: Ma allora chi scopa e chi viene scopato? È questo il punto?

Leila: Ci hai azzeccato, piccola.

Isadora: Chi devo scopare, per uscire da questo film?

Frusto l'uomo sempre più forte, finché i suoi mormorii di ringraziamento si fanno incoerenti. Non so chi sia – so solo che è un uomo e che la rabbia che provo contro di lui è profonda, insondabile. Sotto uno dei miei colpi, l'uomo geme e viene con un getto bianco sui lacci di cuoio che gli trattengono il cazzo.

"Grazie, padrona," mormora. E io quasi mi piego in due in una convulsione spontanea.

Larissa ha ripreso a torturare lo schiavo, con le belle labbra crudeli contorte in una piega maligna, mentre tiene in alto una lunga candela nera. Lui la ringrazia, mentre lei gliela infila nell'intestino.

Isadora: Il matrimonio mistico di maschio e femmina presso la dominatrice! Basta, per carità!

Leila: Oh, donna di poca fede!

Sento di essere veramente all'inferno, votata alle divinità nere, con quest'uomo in schiavitù che recita un suo dramma personale. Siamo tutti qui, perché in qualche modo l'amore per noi non ha funzionato, perché le nostre menti sane ci hanno abbandonato, e così cerchiamo il sesso puro e il potere puro. Mi consacro alla dea Kalì, io che prima amavo Demetrio e Persefone. Chi non è un cinico a quarant'anni, non può mai avere amato il genere umano.

"Larissa non ha ancora licenziato il suo schiavo," dice Ada. "Ma tu, mia cara, sei perfetta per questo genere di psicodramma."

Wayne mi guarda e ride. "Bene, bene, bene," dice. "Non posso dire di essere tanto stupito. Leila non ha mai avuto paura del suo lato oscuro."

Si apre la porta del bagno e ne esce il giovane biondo. Somiglia un po' a Dart, ma è solo uno dei tanti sosia di Dart. Il mondo ne è pieno.

Wayne aveva ragione di volermi condurre qui. Era quello di cui avevo bisogno per spezzare finalmente la mia ossessione per Dart, il modo per capirla. Ma come faceva lui a saperlo?

Il giovane si china a baciare il piede nero di Larissa.

"Grazie, padrona," dice. "Martedì venturo alle quattro."

"Vattene, piccolo," dice lei freddamente.

"Grazie, padrona," dice lui e se ne va a casa a picchiare sua moglie o la sua ragazza.

Wayne coglie il mio sguardo.

"A un certo punto," dice, "troverò il modo di trasformare questo in arte. Ancora non so *come*. Ma è essenziale che *qualcuno* lo faccia. Voglio essere il Francis Bacon del sadomasochismo."

"Francis Bacon è *già* il Francis Bacon del sadomasochismo," dico io. "Arrivi in ritardo."

Wayne ride.

"Sai cosa rispose a un tale che gli chiedeva da dove prendesse le sue immagini di orrore?" gli chiedo.

"No," fa Wayne.

"Guardo semplicemente la costoletta di agnello che ho sul piatto," disse. "È tutto l'orrore di cui ho bisogno."

"Una conversione," dice Wayne. "E in una sola sera."

La stanza è illuminata dalle candele. Questo "istituto di psicodramma" sembra scritto da Genet. Padrona Ada è in piedi in mezzo alla scena, saggiando con la mano un frustino.

"Benvenuti," dice alle sue vittime.

Un uomo piccoletto con una maschera intera di cuoio sul viso è legato, imbavagliato e assicurato con lacci di cuoio a ganci invisibili alla parete a specchio, in posizione a croce. La *mise-en-scène* invita alla meditazione seria. Madame Ada non scherza.

"Ora vi chiederò di abbandonare le vostre normali identità," ci sta dicendo Ada, "e di assumere la personalità di padrona Luisa e padron Blaine. Vi invito a sceglervi il costume nella stanza accanto, con l'aiuto di padrona Larissa."

È un ordine. Obbediamo.

Nella stanza da letto, scelgo un corsetto di pelle rossa, con una dozzina di giarrettiere, stivali con tacco a spillo di cuoio rosso e una parrucca a riccioli neri.

Larissa mi stringe nel corsetto in modo che i seni sporgano in fuori.

Stringata, mi sento in preda all'eccitazione.

Larissa mi trova un paio di calze di seta nera e mi aiuta ad agganciarle alle giarrettiere. Poi mi infila un paio di alti stivali rossi – che stranamente sono proprio della mia misura.

La parrucca a riccioli neri è una criniera leonina. Mi fa veramente sentire un'altra persona. Larissa mi trucca e mi pettina. Il rossetto è cremisi, l'ombretto sugli occhi verde, le guance rosso ruggine. Mi dipinge anche i capezzoli, eccitandomi col tocco delle sue affusolate dita sensuali.

Padron Blaine, intanto, si sta trasformando in una controfigura di Errol Flynn.

"È quello che avrei sempre voluto essere," dice, infilandosi dei calzoni alla zuava di cuoio nero, una benda sull'occhio e un panciotto di pelle. Al fianco gli pende una spada scintillante e la benda sull'occhio gli dà un'aria sinistra.

"Non toccarla," lo avverte Larissa. "Solo io posso toccarla," spiega a Wayne. Mettendomi con le spalle al muro, mi strofina i capezzoli finché sono quasi sul punto di esplodere. Allora smette.

"È bello fermarsi al limite," dice. "Aumenta molto la creatività."

Wayne ci guarda e si arrapa ogni minuto di più. I calzoni alla zuava hanno un'apertura stringata, dove può essere attaccata una patta morbida. Il suo cazzo esce, lungo e ben modellato. I miei occhi indugiano. "Non è opportuno amare chi è tormentato dalla lascivia", ricordo dal "Codice d'amore".

"Venite con me," dice Larissa.

Entro in soggiorno barcollando sui tacchi, cercando di abituarmi agli stivali. Sono allacciati molto stretti, come il bustino. Come padrona Luisa, posso fare tutto quello che voglio. Vengo liberata di nuovo, come se fossi una principiante, ritrovando la mia mentalità di principiante.

Lo Zen del sadomasochismo! Rido forte tra me alla sola idea. E contemporaneamente, penso come potrei farne un quadro intitolato *Lo Zen del sadomasochismo*. Essere un'artista, è una maledizione. Non puoi neanche buttarti nella depravazione senza pensare a come trasformare in arte il tuo tuffo nella depravazione.

"Padron Blaine," dice Ada, "buttati in ginocchio."

Wayne obbedisce.

"Voglio che tu mi segua sulle ginocchia, facendo tutto quello che ti comanderò. Sei il mio schiavo personale per stanotte. È un grande onore essere scelto come mio schiavo personale."

"Grazie, padrona Ada," dice Wayne.

"E tu, Luisa, devi seguire gli ordini rigorosamente, come una novizia in un convento."

"Grazie, padrona Ada."

L'uomo mascherato, attaccato alla parete, si agita al suono della mia voce, poi si schiarisce la gola.

"Silenzio, schiavo," dice Ada.

"Sì, padrona," dice una voce che mi pare di riconoscere. Devo essermi sbagliata. L'atmosfera da Ada è la stessa atmosfera della Terra della Scopata, della laguna dei sogni, dove le identità si mescolano e si confondono. Ricordo l'uomo biondo, che alla fine era risultato non essere affatto Dart. Anche questa voce familiare è un'illusione mentale. Scartabello nella mia testa, per cercare di localizzare quell'uomo. André? Qualcuno dei suoi amici? Possibile che sia qui di sabato sera! Gli uomini sposati vanno a trovare le loro dominatrici nei giorni feriali!

"Luisa, voglio che tu prenda questa candela nera e la introduca nelle viscere del mio schiavo."

Unge una candela lunga una trentina di centimetri, poi me la porge.

Prendo la candela e spingo. Sono un uomo che deflora una vergine, un pirata che stupra la sua vittima, un padre che violenta la figlia. Il marchese de Sade che penetra Justine, Stephen che penetra O.

"Ora strofinagli i capezzoli sulla schiena," dice Ada.

L'uomo geme. Il sangue mi si scalda fino al punto del bollore, mentre affondo sempre più.

Ora Ada ordina a Wayne di toccarmi mentre io penetro lo schiavo mascherato.

Wayne obbedisce subito, strofinandomi il pene sui glutei, poi restando immobile. Simultaneamente uomo e donna, mi sento sopraffatta. Il minimo tocco di Wayne è eccitante come una penetrazione.

"Non muovetevi," ordina Ada, "e non abbandonatevi all'orgasmo. Chi lo farà, verrà severamente frustato."

A questo avvertimento, la voglia di venire diventa spasmodica. Mi trattengo solo pensando alle mie due gemelle, a me stessa come madre. La mia mente sana è appesa a un filo. Come faccia Wayne, non lo so. Ma l'uomo mascherato non è altrettanto fortunato. La proibizione di venire lo ha eccitato oltre ogni sua capacità di resistenza e viene, gemendo, con un fiotto che colpisce la parete a specchio, come lo schizzo bianco di un foruncolo spremuto da un adolescente.

"Pagherai per questo piacere," dice Ada. "In piedi, Luisa, in piedi, Blaine."

Ci alziamo e ci separiamo. Ada ci porge un frustino per uno, ne prende uno per sé e ci fa cenno di frustare lo sconosciuto mascherato. Prima sulle cosce, poi sui glutei, poi – selvaggiamente – sulla schiena. Ben istruito, lo sconosciuto ringrazia a ogni colpo, finché sanguina e piagnucola per il dolore.

"Che questo serva di lezione per gli altri miei schiavi," dice Ada con voce da gelare il sangue.

L'uomo mascherato geme.

"Slegalo," ordina padrona Ada all'obbediente Wayne.

Lui obbedisce.

"Levagli la maschera," dice padrona Ada.

Wayne slaccia la maschera e la toglie dal viso dell'uomo.

Lionel Schaeffer giace svenuto e insanguinato ai miei piedi.

Nell'altra stanza, una borsa fa *bip, bip, bip*.

18

Addio tristezza

Ho la malinconia nella mente
e ho tanto affanno in cuore.
Ah, gli amici migliori
devono sempre separarsi.

Bessie Smith

E così ho rinunciato all'alcool e a Dart, per darmi alla contenzione e alla disciplina. Un bel progresso! Torno al mio silo, alla mia castità, alle mie gemelle. Mi sento insudiciata da questa esperienza, come se fossi andata all'inferno e mi avessero immerso nello zolfo. Ada non fa che telefonarmi, vorrebbe che continuassi lo "psicodramma". Io non la richiamo. Ho riconosciuto il mio lato oscuro. "Se lo fai una volta, sei un'esistenzialista; due volte, una pervertita," dice la mia mente sana. Ma che postumi! Peggio di una sbronza! Al fondo della disperazione, sola come sempre, cerco di rimettermi a lavorare.

Collage di cuoio nero e fruste, fotogrammi sadomasochisti, sculture di stivali e scarpe, ceppi e catene, mi ossessionano per un po'. Alla fine, ci rinuncio, perché mi sembrano falsi e decido di non fare niente. Resterò in ozio e lascerò vagare la mente. Non dipingerò, non mi innamorerò, non mi preoccuperò né di uomini, né di denaro, né di lavoro. *Sarò*, e basta. Cercherò di uscire dal mio solito campo.

Senza "Io", chi sarei? Cerco di abolire la prima persona. Cerco di liberarmi dall'incombente presenza della nona e della tredicesima lettera dell'alfabeto.

Chi è Leila / Louise / Luisa in realtà? Leila potrebbe essere te o la mano che afferra la matita. I suoi capelli, i suoi occhi, la sua professione, i suoi uomini, possono cambiare. Sono tutti carne. Le sue figlie potrebbero essere di un altro sesso, ma Leila è ossessionata dalla incombente presenza dell'"Io". Leila ama i narcisisti che non sanno amare, perché Leila non sa amare *se stessa*.

Avendo deciso di rinunciare alla pittura (perché è un prodotto del mio narcisismo) e di diventare una scrittrice, mi diletto a scrivere della mia incerta lotta per diventare sobria, per raccontare la mia storia esemplare come un avvertimento, un'ispirazione per altri uomini e altre donne.

Comincio con un taccuino, scrivendo gli avvenimenti della giornata, i pensieri, i sogni, brani di dialogo. Ho abbastanza amici scrittori, per sapere che scrivere non è più facile che dipingere. Ma per me ora è un piacere, perché è una specie di vacanza, un hobby, qualcosa che non è in vendita, che non deve essere mercanteggiato da André.

Prendo un taccuino marmorizzato comperato un tempo in Italia e comincio a scribacchiare a caso, prendendo i pensieri sparsi, come maglie raccolte dall'uncinetto.

Cosa devo imparare? (scrivo) Perché non vedo altro senso in questo passaggio. Per quanto possa dire, sono qui per imparare a passare oltre, a salutare e a prendere congedo, soprattutto a prendere congedo, perché la vita è un eterno congedo.

Credo di essere qui per imparare a lodare. Prima dell'AA non avrei mai detto una cosa del genere. Pensavo che il mio mestiere fosse imparare a maledire – pensavo fosse il massimo della sofisticazione, della satira, dell'arte, ma adesso so che è la lode che è rara e benedetta. Un cuore felice è un'eterna festa.

Wayne voleva portarmi dalla dominatrice apparentemente per mostrarmi l'essenza della nostra società, ma in realtà per condividere con me il suo cinismo e la sua pena. La perversione è amore inacidito, andato a male. Volevo essere come Ada, essere una puttana che comanda gli uomini, ma ora che sono tornata qui in campagna, so che non è questo che voglio. Voglio imparare ad amare – non importa quante volte potrò sbagliare, non importa quanto indegni siano gli oggetti del mio amore, non importa quali tradimenti dovrò patire – perché niente altro che l'amore vale la pena del passaggio per questa vita.

Ma ho definito l'amore in modo troppo limitato. L'ho definito come amore sessuale, come l'amore tra un uomo e una donna. È questo ed è molto più di questo. Scrivere su questo taccuino è amore, nutrire le mie gemelle è amore, curare le mie rose è amore, dipingere è amore...

Nell'Istituto di psicodramma di Madame Ada ho visto bambini giocare col potere e col dolore, disperati perché la loro limitata conoscenza dell'amore sessuale li aveva traditi. Mi sono tro-

vata intrigata, convinta, convertita per una notte. Anch'io ho creduto – per poco – che il potere inacidito, inasprito, fosse quello che cercavo.

Sbagliato. L'amore non cerca *una scala di pesi e misure perfettamente equilibrata (e non si arrabbia quando i pesi sono diversi); l'amore non parla di dare e avere, di dominio, di sottomissione, di schiavo e padrone. Cristo parlava di amore, ma la chiesa che porta il suo nome si occupa di potere. Ogni religione che vuole fare proseliti alla fine diventa corrotta. Le sole religioni pure sono quelle di attrazione; ci accostiamo a loro quando ci sentiamo pronti. L'idea più esatta d'amore che ho, è quello che provo per le mie gemelle. Non calcolo il costo, non misuro. Se sapessi amare me stessa, il mio lavoro, il mondo in questo stesso modo, niente sarebbe più impossibile, per me. Forse un giorno potrei perfino amare un uomo, a questo modo, ma in caso contrario non sarebbe molto importante, perché avrei comunque trasceso il mio "Io".*

Tutti scrivono sull'alcolismo e sulla cocaina, ma nessuno ci racconta la verità. È di moda sbandierare la propria conversione sulla copertina della rivista People *e fare un rientro sobrio. Diventare sobri è molto più complicato: si tratta in realtà di diventare* liberi. *La malattia è scaltra, sconcertante, potente. Una grande dichiarazione di sobrietà è in realtà solo un altro stadio della malattia. Proclamarsi "guariti" significa restare incurabili. Proclamarsi "sobri" è, in realtà, restare ubriachi. Dichiararsi "recuperato" significa essere irrecuperabile. La malattia è come una cipolla. È fatta a strati. Si può continuare a sbucciare in eterno, senza mai arrivare in fondo. Perciò, scrivere sul diventare sobri è l'estremo pericolo... pericolo di ubriachezza, pericolo di morte.*

*L'unica cosa sicura da fare a proposito della sobrietà, è non parlarne, tenere la bocca chiusa. "L'amore raramente dura dopo che è stato divulgato," dice il Codice d'amore. Penso sia lo stesso per l'*AA. *Di qui l'importanza dell'anonimato. Si potrebbe perdere la magia, spiegandone il processo.*

Eppure potrebbe essere importante raccontare la mia storia, la storia di ogni donna. Io la scriverei, col cuore in gola, sapendo di stare infrangendo l'ultimo tabù, di mettere in pericolo la mia stessa vita.

Tutti i grandi segreti crescono solo nel silenzio. Scrivere è tradire la più profonda verità che il cuore conosce: che la parola è d'argento, ma il silenzio è d'oro.

Questo deve essere il paradosso di scrivere per pubblicare, come pure di tenere un diario. Si muore nella parola e solo il silenzio può redimere.

Wayne telefona.

"Sei sparita di nuovo," dice. "Ada ti ha preparato un'altra scena. È andata contro tutte le sue abitudini. Tu non la conosci, ma non fa mai una cosa simile per nessuno."

"No," dico.

"Cosa vuol dire 'no'?" chiede Wayne. "Abbiamo appena cominciato."

"L'ho fatto," dico, "ho visto il mio lato oscuro, hai vinto, lo ammetto. Ma ora basta."

"Tu hai paura," sentenzia Wayne.

"Può darsi. Forse ho davvero paura. E forse ho già imparato quello che dovevo imparare, ma per ora mi basta."

"Leila, questo non è da te."

"Bene."

"Cosa vuoi dire?"

"Be'... che forse la vecchia Leila scavezzacollo è cresciuta. Forse lo ha fatto solo per il gusto di provare. Forse la mia zucca dura è finalmente in grado di imparare qualcosa. Basta, *Genug. Ça suffit.* Porta il mio amore a Ada. E prendine un po' anche per te. Vieni a trovarmi in campagna, quando ti va. Adesso non posso avere a che fare con New York."

"Accidenti... ti ho *veramente* sconvolto, eh?"

"Era questo il punto: sconvolgermi. O mi sbaglio?"

"Sei una che impara in fretta," dice Wayne. "Oppure sei solo fifona."

"Può darsi."

"Leila... non è da te."

"L'hai già detto."

"Guarda... se usi il materiale sadomasochista prima di me, ti uccido."

"Non ti preoccupare. Sto lavorando a qualcos'altro."

"Cosa?"

"Me stessa. La mia mente sana."

"Tu sei veramente matta," dice Wayne.

Qualche giorno prima di partire per il ballo Viva Venezia, e di vedere Lionel (il mio aspirante amante, di cui ora conoscevo lo sporco segreto) e Julian (il mio compagno astrale), mi ha chiamato Dart. Aveva un tono normale, misurato, controllato. Mi ha proposto di uscire a colazione. E io, sentendomi abbastanza forte da potere affrontare una richiesta così moderata, ho accettato. Forse avrei avuto la conferma di essere riuscita a rompere la mia ossessione. Sybille ed Emmie erano contrarie, non volevano che ci andassi, perciò ci sono andata.

Colazione, colazione fra innamorati. Dart e io dicevamo scherzando che quando si comincia ad andare a colazione insieme e mangiare sul serio, vuol dire che è già finita.

Una volta fissato l'appuntamento, ho cominciato i preparativi. Manicure, pedicure, trattamento al viso, biancheria di seta... A quanto pare, incontrare Dart è un'impresa che richiede abiti nuovi, un'impresa poco alla Thoreau, insomma. Attenzione. Da quando frequento l'AA, ho cominciato a misurare tutto in questi termini.

La dominatrice richiede abiti nuovi, il ballo Viva Venezia richiede abiti nuovi, Danny Doland richiedeva abiti nuovi, colazione con Dart richiede abiti nuovi. Il messaggio è chiaro. Sono tutte cose che dovrei evitare.

Ma la verità è che non sono ancora così *libera*.

Ci incontriamo a New York, al ristorante da Silvano.

(Piccolo tocco di ironia.)

Lui è in ritardo.

Sopra la biancheria di seta, indosso un abito di lino bianco di linea molto semplice e aderente, con minigonna ritoccata. Sono eccitata come allo spettacolo della dominatrice, e in fondo le sensazioni non sono molto diverse.

Dart entra, apparendo di un azzurro abbagliante: occhi azzurri (non saranno nuove lenti a contatto?), camicia azzurra nuova, che deve avergli regalato qualche infatuata signora (lo *so,* me lo sento nel midollo), short cachi, scarpe da tennis, walkman.

Ci stringiamo le mani. La conversazione *si accende.* Come se non ci fossimo mai lasciati.

Sediamo al tavolo e parliamo, gli sguardi allacciati... come ai vecchi tempi. Ecco, è tornata l'antica magia, l'intesa perfetta. Se mi toccasse una gamba, avrei un orgasmo.

Dart (chinandosi sul tavolo, accarezzandomi un braccio): "Mi sei mancata talmente!"

Leila: "Anche tu a me."

Dart: "Ti amo. Non c'è nessuna come te. Nessuna mi ha mai amato come te. E nessuna mi amerà mai."

Leila: "Verissimo."

Mi parla della sua ragazzetta, dietro mia insistenza. "Mi ama," dice. Non dice: "L'amo."

Dart: "Faccio quello che ha fatto anche mio padre: sposare un fondo fiduciario. Lei è una dura, ha gli occhi gretti. Non dolci come te."

Leila: "Ma allora, *perché?*"

Lui non sa rispondere, ma potrei farlo io: la sua durezza lo fa sentire più sicuro della mia dolcezza. È passato dal sadismo al masochismo. Adesso è lui, a essere fustigato.

Leila: "Chi comanda, fra voi due?"

Dart. "Io."

Gli sorrido e gli accarezzo la mano: a me non la racconta.

Dart: "Noi due ci saremmo dovuti sposare."

Leila: "Caro, ma noi *siamo* sposati: nel cuore. Come potremmo essere *più* sposati di così?"

Lui piange. Dart è sempre stato bravissimo a piangere a comando.

Dart: "Potremmo fare un viaggio insieme, tu e io."

Leila: "Quando?"

Dart: "Non so...potremmo combinare."

Leila: "E Miss Occhi Gretti? Spiacente. Come si chiama?"

Dart: "Sylvie."

Ricordo tutti i messaggi che Natasha riceveva per Dart da una certa Sylvie. La cosa risale a due o tre anni fa. Rabbia e disgusto mi montano dentro. Accavallo le gambe, coi miei sandaletti a spillo e guardo Dart eccitarsi. È un giochetto che si può fare in due, come in uno.

Leila: "Ma Sylvie non sospetterebbe niente?"

Dart: "Lei mi dà molto spazio."

Non ha scelta, immagino. Mmm. La parte dell'amante bramata invece che della convivente a tempo pieno, ha un certo fascino. Improvvisamente, proprio perché non sono disponibile, sono diventata *io* la preda da inseguire. Dart ha un'erezione sotto i pantaloncini cachi. La cosa mi eccita. Sento la voce di Sybille, che dice: "È il suo *mestiere* avere erezioni." Ma che ne sa lei della Terra della Scopata? Moltissimo, probabilmente.

Facciamo progetti per il nostro mitico viaggio. Io so che è mitico... e lui? Io dirò al mio bravo milionario che devo partire per fare una ricerca (non c'è bisogno che Dart sappia che con Danny ho già rotto da qualche settimana) e lui dirà a Sylvie una cosa *qualsiasi* (non si è mai preoccupato molto delle scuse) e insieme andremo... dove?

Non riusciamo a decidere.

Dart (romantico): "Venezia. Ancora una volta Venezia con te. Mi taglierei le palle, per tornare a Venezia con te."

Leila (pratica): "La cosa guasterebbe il divertimento."

Dart: "Oppure nel Wyoming. Ricordi il Wyoming?"

Leila: "E chi potrebbe dimenticarlo? E Dubrovnik?"

Dart (col sorriso studiato): "Hong-Kong."

Parliamo di tutto: del nostro fantomatico viaggio, del mio fantomatico fidanzato e della sua (forse altrettanto fantomatica) fidanzata, del suo milione (come sempre) di progetti. Perché non mi sento più arrabbiata con lui? Forse perché ho scaricato tutta la mia rabbia nel collage del vaso di Pandora? Perché lo amo ancora? O forse perché avendo superato una certa barriera dentro me stessa, ho superato anche la rabbia? La mia mente sana dice che non mi fido di lui. E so che non andrei a letto con lui.

Sono io che stuzzico lui o viceversa?

Dart: "Come sei bella!"

Leila (ripensando alla nottata in città): "Deve essere la vita che faccio."

Dart. "E come va col Programma?"

Leila: "Ho fatto qualche scivolone... ma la mia vita è cambiata. Mi infurio sempre parecchio col Programma, mi ribello. So che c'è un'altra vita, fuori dal seminterrato di una chiesa... ma è anche un dono. Mi ha riportato allo Zen, a Thoreau, alla meditazione. Tutte cose di cui mi dilettavo anni fa, senza averle veramente capite. Forse solo adesso comincio a capirle davvero..." (A questo punto mi rendo conto che sto dicendo troppo, lo sto smontando. In parte, Dart se ne è andato proprio perché volevo disintossicarmi.) "Certe cose è meglio non dirle. E *tu*, che mi dici, in proposito?"

Dart: "Bevo una birra ogni tanto."

Leila (sapendo che è una domanda da non fare): "Vai sempre alle riunioni?"

Dart: "Il Programma mi fa *infuriare*. Tutta quella gente che sostituisce una droga con un'altra. Non mi ubriacherei mai con quei tipi... non vedo perché dovrei diventare sobrio!"

Leila (cambiando argomento): "Come ti chiama Sylvie?"

Dart: "Mi chiama D.D. cioè Darton–Darton... qualche volta mi chiama Tric e Trac."

Leila (acida): "Spiritosa."

Dart (con una lacrima che gli scorre sulla guancia): "Almeno Sylvie e io lottiamo insieme, sullo stesso piano. Con te, ero sempre un seme all'ombra d'una foresta. Non mi sono mai sentito alla pari, con te. Ero bloccato."

Leila (che sa riconoscere una stronzata quando la sente dire, ma riesce anche a capire la sofferenza del povero Dart): "Tesoro, capisco, capisco *tutto*."

Ed è vero. So anche che in qualche strano modo tutto questo è più difficile per lui che per me... anche se lui ha una nuova amante e io no, anche se presumibilmente è stato lui a piantare me, anche se i miei amici direbbero che lui mi ha usato.

Mica vero.

Ada mi ha insegnato che ci usiamo reciprocamente, che siamo sempre in due a dare e prendere, che siamo in due a creare lo psicodramma.

È stato uno scambio giusto? Chi lo sa? Come spesso dico alle mie gemelle: "La vita non è giusta."

Dart: "La gente è così crudele. Si divertono a vederti cadere, sbagliare. Mi si spezza il cuore, quando incontro i nostri vecchi amici."

Leila: "Anche a me."

Capisco cosa vuol dire. La malignità della gente, quando un amore finisce, è ancora peggio della rottura stessa. Tutta quella gente pronta a dirti tutto il male possibile del tuo ex. Ma perché non tengono la bocca chiusa?

Ci salutiamo con un bacio. Il bacio non funziona. I continenti si sono allontanati, le due linee costiere non combaciano più. Eravamo follemente innamorati mentre eravamo seduti al tavolo del ristorante... e adesso... *pffft*... finito.

So che Dart verrebbe con me a Venezia, o nel Wyoming o a Dubrovnik. Ma *perché*? In qualche punto tra la sua partenza definitiva con Sylvie, l'AA, il vaso di Pandora e Madame Ada, ho lasciato andare Dart senza nemmeno accorgermene, l'ho abbandonato nell'universo. Lui lo sa e forse è per questo che vuole ritornare. Sa che non lo riprenderei. E lo so anch'*io*. L'ossessione è finita. E la sua scia? Tristezza.... una tristezza insopportabile... che annulla anche il desiderio che Dart suscita in me.

Ora sono al Gritti e aspetto Julian, che deve arrivare fra tre giorni. Ma sto orribilmente: non sarei mai dovuta venire, nemmeno per una settimana. Sono stata ributtata di colpo indietro nel tempo. Mi manca Dart nelle *kishkes*, nelle viscere, per non dire più giù... Che sia una specie di fenomeno dell'arto fantasma? Ora che l'ho perso, vorrei poterlo rimettere al suo posto. Avendo lottato per lasciarlo andare, ora lo rivorrei indietro. Ora che mi sono liberata, rivoglio la mia prigione. Temo di rimettermi a bere. Ma è soprattutto il cuore, che soffre. È vuoto come un molo dopo la partenza di un transatlantico. È Dart che mi manca, oppure ho nostalgia del mio vecchio buco nel cuore? Che abbia nostalgia solo della mia sofferenza?

Mi hanno dato la stessa stanza che avevamo all'inizio del nostro idillio – la stanza di Hemingway. Venezia è come sempre una città di fantasmi e da una volta all'altra non sai mai se i fantasmi saranno benigni o maligni.

Entro nella mia sontuosa stanza tutta sola, scombussolata dal cambiamento di fuso orario, esausta, disidratata, come sempre succede quando le tue molecole vengono risistemate da una trasvolata oceanica – e crollo. È la stanza dove Dart e io facevamo l'amore sei volte per notte, la stanza dove gridavamo, urlavamo e ci avvighiavamo come cuccioli, la stanza dalla quale uscivamo solo quando faceva buio – allora andavamo a zonzo per le vie di Venezia di notte, parlando di Ruskin, di Byron, del Tintoretto, di Shakespeare e di quanto ci amavamo – per poi tornare in camera e ricominciare a fare l'amore.

Dart se ne è andato e io ho cercato di rimpiazzarlo con la meditazione, l'amore di gruppo, la dominazione, col lavoro in solitudine, con le pagine scritte del mio taccuino, con la mia mente sana. Ma stanotte niente di tutto questo sembra bastarmi più.

Il *dybbuk* è tornato, la mia serenità è in pezzi.

Ho perso Dart – o meglio ho perso l'amore per Dart – e ho perso il mio ultimo bambino. Ho perso me stessa bambina. Ho avuto un'estate di castità (se non si contano Danny e la dominatrice) e questo mi ha reso forte – ma adesso tutta la mia forza, la mia spavalderia se ne sono andate e io sono disperata. Le pareti Fortuny di seta sembrano conservare tutto il nostro amore nella trama dei fili di seta scintillante. Mi butto sul letto, disperata, sconvolta.

Torna la mia vecchia angoscia delle stanze d'albergo. Tutta la paura e la sofferenza che pensavo fossero sparite alle riunioni dell'AA. (Sono questi i momenti peggiori della vita di una donna "libera": sola dopo un lungo viaggio, sola dopo un aborto, sola dopo l'amore appassionato, sola dopo una colazione col suo ex amante.)

Tutti hanno qualcuno, ma io sono sola! Perché non sono capace di fare durare niente? Perché devo continuamente passare la mia vita al setaccio e rifarla? Perché devo sempre andare oltre gli uomini ai quali unisco la mia vita? O forse getto semplicemente via l'amore con le mie stesse mani, con la scusa che sono cresciuta, sono andata oltre?

Tristezza, malinconia, disperazione. Frugo nella valigia in cerca d'un libriccino dell'AA e leggo il pensierino della giornata: "L'aiuto di Dio è sempre disponibile; basta che gli facciamo spazio, in modo che Lui possa entrare a fare parte della nostra vita e siamo pronti ad accettare la sua guida."

In culo!

Andrò a gettarmi nella laguna. Morte a Venezia: sarebbe perlomeno artisticamente corretto. Non è a Venezia, che vengono a morire gli artisti?

Accendo la luce, afferro un foglio di carta da lettere dell'albergo e scarabocchio poche righe per Dart.

Tesoro,

ci crederesti, che ho la stessa stanza di quando siamo stati qui insieme? L'amore è ancora qui, rimbalza dalle pareti di seta. Visto che il tempo è circolare, tutto è rimasto identico... ma tu, dove sei?

Una volta hai detto che eravamo o molto coraggiosi o molto sciocchi. Forse un po' di tutt'e due. Non voglio aspettare altre Dio sa quante vite, prima di riunirci.

Tesoro, non passiamo la vita separati. È un tale spreco.

Con tutto il mio amore.

Leila

Piego la lettera, la indirizzo con precisione all'appartamento di Hoboken (Hoboken!) dove Dart vive con la sua puttanella, tra i miei libri, gli abiti che io gli ho comperato, i fotogrammi che io gli ho fatto. Mi dico che domani spedirò la lettera per corriere. Domani. Nel frattempo, cerco di dormire.

Ma il sonno non viene.

Mi giro e mi rigiro nel letto, mi masturbo... lentamente, intensamente, pensando a lui... poi freneticamente, *senza* pensare a lui. Accendo la luce e mi metto a leggere la traduzione fatta da un'amica del *Libro di Giobbe*, che mi sono portata dietro perché era in sintonia col mio stato d'animo. Quando arrivo alla frase: "Ricorda che la vita è un sospiro" scoppio a piangere. Sono le tre del mattino in Italia, ma a Hoboken sono le nove della sera prima.

Faccio il numero di Dart. Mi risponde tutta vispa e allegra una segreteria telefonica.

È la voce nasale della stronzetta.

"Questa è la casa di Darton Donegal e di Sylvie Slansky. In questo momento non possiamo rispondere al telefono, ma se lasciate un messaggio, vi richiameremo, BIP!"

Cos'è questo nuovo Dart, tutto efficienza e organizzazione? Quando lo conoscevo io, non aveva nessun recapito fisso, nessuna segreteria telefonica, nessun bip.

L'unica cosa che aveva era il cazzo più fantastico del creato, gli occhi più azzurri, la voce più dolce e l'incapacità cronica a dire la verità su *qualsiasi* cosa. Che sia cresciuto? Riattacco senza lasciare nessun messaggio.

Dove sono Dart e la sua amichetta alle nove di un sabato sera a Hoboken? Cena e cinema? A letto a scopare alla follia, e a sentire il clic della segreteria telefonica e capire subito, d'intuito, che sono io che chiamo da oltremare? Quel suono lontano e confuso che si sente, quando chiamano dall'Europa, una specie di tempesta di vecchi amori. Dove sono gli amori *d'antan*? Dove?

Ogni tanto ricevo ancora conti firmati da Dart, così so che sta comperando a rate mobili da Seamans e paga i suoi conti. Dove prende i soldi? Che sia davvero cresciuto, che abbia un posto di lavoro fisso?

Alla deriva a Venezia, la laguna dei sogni e nella disperazione. Non sarei mai dovuta venire. Il coraggio di stare da sola se ne è scivolato via. Mi è venuto meno. Mi sono venuta meno.

Vado alla finestra, la apro e vedo la bolla bianca e rotonda della Salute, l'acqua, coi suoi milioni di paillette scure, in tutti i colori dell'arcobaleno dell'inferno. Venezia può essere così malinconica, così triste. Non è un luogo in cui venire quando si è appena perduto un amore.

Sotto, sulla terrazza, due americani in luna di miele sono seduti vicini vicini e si guardano negli occhi. Per loro Venezia è una città completamente diversa. Guardiamo la stessa chiesa, la stessa acqua e proviamo sentimenti diametralmente opposti: loro sono all'inizio di una storia d'amore, io alla fine. Come è possibile che sentimenti tanto diversi coesistano nella stessa aria?

Un'increspamento della superficie dell'acqua dove di solito passa spumeggiando il traghetto – il vaporetto che ho preso tante volte con Dart, durante quel primo viaggio a Venezia. Nell'acqua scintillante color melanzana, appare un viso, e poi sparisce, rendendo la superficie piatta, di un nero vitreo, poi di colpo biancoverdastra.

Il viso di Dart! Il braccio di Dart che ondeggia al disopra dell'acqua.

Poi Dart sprofonda sotto la superficie, dicendo "addio"!

Mi sciolgo in un torrente di lacrime. "Basta soffrire! Basta soffrire!" mormoro. Ma anche mentre lo immagino che mi dice addio, so che in realtà sono io che dico addio a lui. Questo è un altro congedo, un'altra fine dell'ossessione. Quante volte dovrò farlo, prima che sia definito una volta per tutte? (*Mente sana*: Tutte le volte che ci vogliono. *Mente sana*: Per favore, nota che non stai bevendo, almeno non stasera.)

A un certo punto mi alzo e vado a stracciare la lettera in mille pezzi, poi li getto sulla terrazza del Gritti. Ma il vento li afferra, li solleva e li porta lontano, sul Canal Grande. Vedo gli ultimi pezzetti del mio desiderio per Dart – per Dark, stavo quasi per dire – portati via dalle acque color melanzana. Poi mi addormento, sfinita dal mio stesso psicodramma.

Al mattino i demoni sono spariti. Mi sveglio, spalanco le finestre che danno sul Canal Grande e respiro nello scintillio di un mattino veneziano. Penso a Elmore, nel Chianti, quando il nostro amore era fresco di conio, penso alla nascita delle gemelle e ricordo quanto amo l'Italia – se non proprio Venezia.

Di Venezia ho sempre pensato di poter fare a meno. Acqua stagnante. Negozianti avidi. Una specie di cinica Dysneyland medievale, popolata da orde accaldate di turisti giornalieri. Sì, è vero, ho degli amici che *giurano* su Venezia, che ci vivono, perfino. La mia amica Lorelei, che sta a Dorsoduro, la mia ex compagna della scuola d'arte Cordelia Herald, che dipinge in un cadente palazzo gotico sul Canal Grande. Non l'ho mai capita. Venezia mi è sempre sembrata così presuntuosamente fuori dal mondo. Ma oggi mi sembra splendente. Chissà, forse mi sto convertendo.

L'Italia, certo, è un'altra faccenda. L'Italia mi rende sempre felice, mi fa sempre sentire donna. Ogni volta che metto piede in Italia, mi viene in mente la lista che Emmie e io una volta abbiamo fatto per il *Manuale dell'amazzone: guida per le donne libere* (che naturalmente non abbiamo mai scritto). Proverbio numero uno: "Non sei troppo grassa: sei solo nel paese sbagliato." Numero due: "Sii molto romantica, ma tieni i beni immobili a tuo nome." E lì ci eravamo fermate. (In realtà solo quelle due regolette avrebbero già potuto condurci molto lontano!)

Italia. Non c'è niente di questo paese che non mi piaccia: la lingua, in cui tutto suona meglio, da "per favore passami i fagioli", al posto di "*please pass me the beans*", a "ti amo", al posto di "*I love you*". La gente, con la sua umanità, la sua anarchia, la sua eccentricità, eppure con una fede profonda in tutto quello che conta *veramente*: figli, arte, cibo, famiglia, conversazione, opera, giardinaggio, scarpe. Il paesaggio, caldo e materno in certi punti, con quelle colline che sembrano mammelle, e così mascolino e scosceso in altri, coi suoi picchi fallici. Tutto lo stivale dell'Italia (e a me piacciono gli stivali) è lambito da una lingua di mare sensuale. Dai tempi di Roma a oggi, l'Italia è sempre stato un paese di cui ci si innamora, un tributo a tutto ciò che esiste nell'animo umano di durevole, folle, pagano, allegro, malinconico, ora banale ora divino.

Non che non ami l'America. L'America è la mia patria, perciò la amo e la odio in ugual misura, come si amano e si odiano i propri genitori. La conosco troppo bene. Conosco la sua grande energia, il suo pragmatismo, ma conosco anche i suoi predicatori pazzi, i suoi politici corrotti, la sua folle passione per il denaro. Quello che amo dell'America è il suo sconfinato ottimismo; quello che odio è il modo in cui costringe questo ottimismo nell'abito stretto del puritanesimo. Se hai x non puoi avere anche y. Se hai q, non puoi avere anche z. Se hai cervello, sarà il tuo corpo a pagare. Se hai corpo, ci rimetterà la testa. Quello che detesto, dell'America, è la sua fede nel dualismo, la sua fiducia nella ricompensa, mentre la verità è che più hai, più hai, più arraffi e *meno* hai, e che più dai, più hai. Perché la vita al suo livello più profondo è una festa di doni, non un mercato azionario: solo dando, si diventa veramente ricchi. Solo alimentando la mente, alimentiamo il corpo. Solo amando il corpo, amiamo davvero la mente. Mente e corpo sono indivisibili, uniti, uno. Il cuore dell'America lo sa, nel suo ottimismo. Ma il corpo politico dell'America lo ignora.

Dare, dare, dare! È il grido degli dei. E si accompagna a: vivere, vivere, vivere! Per quale altro motivo attraversiamo continuamente questa sfera sublunare? Non posso credere che sia per accumulare buoni del tesoro, libretti di deposito e opzioni in borsa.

Continuo a muovermi, a viaggiare. Quando viaggio, so di essere dell'umore giusto. Perchè che altro è la vita, se non un passaggio?

Quando ero più giovane, è stata l'Italia a convincermi che dovevo continuare a dipingere. Ho immerso il piede nel fonte battesimale della vita.

Squilla il telefono.

"Pronto."

"Leila, sono Cordelia. Ho sentito che sei in città." L'accento strascicato del sud di Cordelia non è cambiato nemmeno dopo vent'anni di permanenza in Italia.

"Ma come diavolo l'hai saputo? Sono arrivata ieri sera!"

Cordelia ride. "Venezia è una città *molto* piccola, tesoro. Lo so e basta. Ti chiamo per invitarti da me a bere qualcosa verso le sei e mezzo, sette. Ci sarà un po' di gente... scrocconi e jet set, come dicevamo una volta."

"Mi piacerebbe."

"Ho traslocato, tesoro. Adesso sto a Palazzo Barbaro. Chiedi al portiere del tuo albergo. Mi conoscono tutti. Tutti conoscono tutti, a Venezia."

"Vai al ballo Viva Venezia?" le chiedo.

"No, se posso farne a meno, tesoro. È l'avvenimento mondano della stagione, ma io *odio* quel genere di cose. Troppi cotillon, nella mia gioventù spesa male, tesoro. È soprattutto per questo che ho lasciato Charleston. Appena posso, cerco di bazzicare pazzi, amanti e poeti."

"E brava, la vecchia Cordelia."

"Va' a vedere la Biennale, se ce la fai: quest'anno è davvero *buona*."

"D'accordo, capo."

"E cerca di venire alle sei, così abbiamo un momento per parlare, prima che arrivino le accaldate orde degli scrocconi. Come li chiami, tu?"

"Come chiamo *cosa*?"

"Gli scrocconi, come si dice in yiddish?"

"*Schnorrer*," rido.

"Mi manca la tua follia, Zandberg."

"E tu a me."

Ridiamo insieme e riattacchiamo. Amiche. Cosa farei, senza le mie vecchie amiche? Mi vesto e vado alla Biennale.

Una pigra domenica di fine estate, a Venezia. Campane a stormo. Una scena che potrebbe sembrare dipinta da Monet: un velo di umidità offusca i campanili, il cielo, l'acqua. Nessuna meraviglia che i pittori corressero a frotte a Venezia, dove l'aria e l'acqua cambiano di minuto in minuto, in un caleidoscopio di luce. Venezia è l'unica città al mondo in cui il paesaggio è quasi sempre per tre quarti cielo. Sul vaporetto per la Biennale, capisco improvvisamente la luce di Venezia, la luce dipinta da Ruskin, Turner, Monet – e prima di loro da tutti i grandi pittori veneziani, da Carpaccio a Tiziano, al Tintoretto, al Veronese, al Guardi, al Canaletto. Di colpo, *vedo* Venezia come se fosse la prima volta. È la sobrietà, il trionfo della mia mente sana? Le mie menadi con cristallo? La perdita di Dart? *Vedo* le pagliuzze di luce che Turner dipingeva. Capisco la luce, come se splendesse dentro le mie stesse viscere.

All'istituto d'arte studiavo con un meraviglioso vecchio insegnante russo, di nome Stoloff. Lui diceva che la differenza tra un dipinto mediocre e un grande dipinto stava tutta nel *tono*, nella sensazione cioè che il pittore avesse dipinto non solo l'oggetto in se stesso, ma anche l'aria che stava tra lui e l'oggetto, il che lo trasfigurava, lo rendeva unicamente suo. Non avevo mai veramente capito cosa volesse dire, ma ora finalmente mi era chiaro.

Nella pittura *tutto* stava nel catturare l'aria – la luce che palpitava nell'aria tra te e la tua preda. E perché? Perché solo allora dipingevi la danza delle molecole, la danza delle molecole che costituisce quello che noi chiamiamo "il reale".

Era questo il punto: dipingere quella danza. Ma prima bisognava *vederla*. Stoloff ci diceva anche: "Voi siete qui non per imparare a dipingere, ma per imparare a *vedere*. Perché se sapete vedere, dipingere viene da sé. Ma quasi tutti i cosiddetti artisti sono ciechi."

Stoloff era morto da una decina d'anni, ma solo in quel momento capivo quello che aveva cercato di insegnarmi. Eliminare l'alcool dal mio organismo, era stato come acquistare dei sensi nuovi: occhi, orecchie, naso – funzionavano tutti, come se fossero nuovi, appena fatti. Potevo mettermi in sintonia col cosmo, senza bisogno di elettricità; potevo vedere senza occhiali; potevo sentire il profumo dei fiori senza lo stringinaso.

Ma soprattutto stavo imparando che la vita continua. Stavo imparando che anche da sola, non ero sola. Imparavo a seguire la mia felicità, dovunque mi conducesse. Se quella sera a Venezia non mi avesse portato nient'altro, mi aveva dato perlomeno quel momento di grande chiarezza. Avevo finalmente capito la lezione del mio vecchio professore. Ora potevo anche tornare a casa, se volevo.

Ma non lo feci. Andai, invece, a casa di Cordelia alle sei.

Cordelia viveva all'ultimo piano di Palazzo Barbaro, nella cui straordinaria biblioteca dormì Henry James, quando aveva iniziato a scrivere *Le ali della colomba*. Era un grande appartamento, coi soffitti a cassettoni, un salotto che dava sul Canal Grande, la famosa biblioteca di James, coi pannelli dipinti e la vista sui tetti di tegole e sulle altane di Venezia; una cucina che un tempo era lo studio di Sargent. I quadri di Cordelia – enormi sagome equine (una specie di Rosa Bonheur scivolata nell'astrattismo) erano disseminati dovunque, appesi o appoggiati ai muri.

Cordelia mi abbracciò. Poi fece un passo indietro, per studiarmi, come fanno le donne di una certa età. Non ancora morte. Non ancora in cima alla collina. Ancora qualche piccola storia d'amore. (Buffo, come misuriamo la nostra vita in base ai nostri affari di cuore, così come le donne di altri tempi facevano col numero dei figli.)

Cordelia ha capelli biondi lunghi fino alla vita, occhi verdi e penetranti, splendidi zigomi. È alta, con spalle larghe, che rendono elegante tanto un abito di Armani quanto una camicia di denim. Ci abbracciamo.

"Hai un aspetto magnifico," dico. "Sempre lo stesso italiano... o adesso è un altro?"

"Che tu ci creda o no, è sempre Guido, tesoro. Credo che la nostra relazione *sopravviva* perché non possiamo vivere insieme. Queste relazioni italiane vanno avanti in eterno. Doveva avere ragione Dumas, quando diceva: 'I vincoli del matrimonio sono così pesanti, che per sopportarli bisogna essere in due... a volte in tre.' Certo se ci fossimo sposati quindici anni fa, probabilmente adesso non staremmo più insieme."

"Sempre follemente innamorati?"

"Sì, tesoro. E sottolineo il 'follemente'."

"Ma lui vive ancora con la moglie?"

"Assolutamente. Lo vedo dalle dieci del mattino a mezzogiorno e a volte dalle sei alle otto di sera. È più di quanto abbiano certe coppie sposate. Tempo di qualità lo chiamano, no? Non è poi un brutto sistema. E per il resto della giornata, dipingo."

"Non ti viene mai voglia di vivere con lui?"

"Certo. Ma sempre meno. La sera, quando vado a letto, mi tengo tutti quei volumoni di storia dell'arte ammucchiati intorno, e con un uomo non potrei mai farlo. Si seccherebbe. A volte, prima di addormentarmi, vorrei qualcuno da *abbracciare*. Ma poi passa... e mi addormento. E al mattino, lui è *qui*. E tu?"

"Dart Donegal mi ha quasi messo in ginocchio... ma comincio a rialzarmi. A volte ho certi scoppi di libertà, che mi lasciano stupefatta, come fossero la felicità che ho aspettato tutta la vita."

"*Resta* con questa sensazione, cara. C'è la vita, oltre la liberazione. Quando smetti di temere di restare sola, diventa tutto molto semplice. La vita è ricca, e ce n'è un sacco. Non l'avrei mai creduto, tesoro, ma questi sono davvero i migliori anni della mia vita. Giro spensierata per le strade. Non mi tormento per Guido. Lui sì, invece, che si preoccupa per me, povero caro... Pensa che mi manchi qualcosa e in effetti è così. Quando ho ospiti in casa, specie se sono ospiti maschi, lui si apposta veramente di sotto, nel campo, come una spia. È convinto che io stia scopando con qualcun altro, cosa che io non faccio nel modo più assoluto. Gli uomini italiani sono molto 'macho'... dispotici e deboli allo stesso tempo. Lui pensa di avere il diritto di dirmi che non devo ricevere ospiti, ma io non ho il diritto di fargli domande sul fatto che lui torna tutte le sere a casa dalla sua bella Barbara. Tesoro, è una donna spaventosa; una di quelle indossatrici di moda, secche e gelide, che sembrano più svizzere che italiane. Fica di plastica, la chiamo io. Lui *giura* che non hanno rapporti sessuali da dieci anni. Gli uomini sposati giurano sempre che non fanno più l'amore con la moglie, ma nel caso di Guido potrebbe anche essere vero. E poi, lo amo. Certo lui ogni tanto si secca, quando si immagina che io sia molto più libera di lui. Ma poi, gli passa subito. La mascolinità è meravigliosa, non è vero, tesoro? La perfetta negazione della realtà. A New York probabilmente sarei io a lamentarmi di una cosa del genere e vorrei un bravo marito, ma in Italia sembra che sia fine, comportarsi così. La vita è così piena, qui, così ricca. Solo andare a Rialto a comperare il pesce, mi colma di gioia; o guardare fuori dalla finestra e vedere le barche che passano, andare al traghetto e rispondere al gondoliere che ti fa cenno con la mano e ti urla: 'Ciao, Cordelia!' Mi sento una del posto. Non potrei immaginare una vita più bella di questa, per un pittore, o per chiunque altro.

Quest'anno mi ero quasi trovata un marito come si deve. Un antiquario. È stato orribile. All'inizio, naturalmente, era meraviglioso: cene, feste eccetera. I miei amici avevano tirato un sospiro di sollievo: Leila, la matta, il jolly del mazzo, è stata finalmente domata, ha smesso di folleggiare, si è sistemata con l'uomo giusto... Poi a un tratto lui ha smesso di toccarmi. O di scoparmi. Per vendetta, penso, per avergli toccato il cuore. Il cuore è fuori moda di questi tempi a New York.

Lo è sempre stato. È per questo che me ne sono andata. E poi lui ha dato la colpa a te, scommetto? Oddio! quando le mie amiche vengono da New York e mi raccontano come vanno laggiù le cose tra uomini e donne, sono ancora più contenta del mio Guido. Almeno è *umano*. A New York pare ci siano solo quegli yuppy fanatici del lavoro, i cui preziosi fluidi corporei vanno a finire tutti in Wall Street! Ho forse torto, dimmi? Me ne sono andata nel 1968, dopotutto..."

"Voglio raccontarti la mia serata con la dominatrice."

"La tua serata con *chi*?"

"La mia serata da Madame Ada, in pelle nera e candele nere infilate su per il culo."

"Leila, tesoro, è ora che tu te ne vada, da New York. Te lo dico io, sei in pericolo..."

Suona il campanello della porta, annunciando l'arrivo dei primi ospiti.

Giriamo per la biblioteca, tra libri rilegati in pelle, pezzi di antiquariato e il mélange di ospiti multicolori, gente di Venezia, New York, Londra, Parigi, Hong-Kong.

È la solita festa di fine estate da Cordelia, la stessa alla quale ormai da vent'anni capito di punto in bianco. Gli stessi eleganti poeti omosessuali (le cui file sono purtroppo assottigliate dalla peste degli anni ottanta), i soliti artisti che vivono a Venezia, i soliti armatori miliardari eccentrici, i soliti scrittori che si stanno riprendendo dall'insuccesso dell'ultimo romanzo, o dallo strepitoso successo di un romanzo, che ha superato anche le più folli previsioni di tutti; le solite signore di una certa età a caccia di eventuali Guido, le solite lesbiche elegantissime e le solite lesbiche straccione, gli stessi serissimi studenti di storia dell'arte (o di musicologia o di poesia rinascimentale), venuti a Venezia per la prima volta e con ancora addosso l'odore degli scaffali della Marciana o della Fondazione Cini, l'aria sognante perché sono a Venezia, circondati dall'arte e non riescono quasi a credere ai loro occhi.

E poi, a un tratto, in mezzo a tutte le vecchie conoscenze, c'è un viso nuovo.

Nuota verso di me attraverso la stanza in quel familiare mondo sommerso, un tritone, fluido nei suoi movimenti, elegante nella sua camicia di lino bianco e i pantaloni di lino beige, sorridendo con aria lievemente ironica, con gli zigomi obliqui, come quelli di Pan, gli occhi verde mare con pagliuzze d'oro, argento e platino, e i capelli composti in tanti riccioli corti e neri (come un giovane Bacco) e le orecchie, ci giurerei, un po' troppo appuntite perché quest'uomo non sia un po' satiro.

Gli guardo i piedi, aspettandomi lo zoccolo, o almeno le pinne, e invece vedo un paio di mocassini color crema, senza calze.

I suoi occhi catturano i miei.

"Ciao, Leila," mi dice, con un tono come se mi dicesse: "Cara, voltati, voglio prenderti da dietro."

L'aria è tutta oro e argento. Ogni pagliuzza di luce splende di sesso.

"Come fai a sapere il mio nome?"

"Sei una donna famosa. Ho visto la tua foto molte volte sul giornale. Scusa, ma il mio inglese è terribile. Sono Renzo Pisan."

"Renzo il Magnifico," dico, guardandolo negli occhi verde mare.

Mi sfiora i capelli.

"Abbiamo gli stessi riccioli," dice. Ottimo segno. Capelli pagani. "Posso portarti a fare un giro di Venezia in barca?"

"Quando?"

"Domani, alle undici?"

Che altro posso dire, se non sì?

(*La mente sana*: Perché non provi a dire no, tanto per cambiare?)

19
“Prendi due gondolieri e passa a prendermi domattina.”

Ho diciannove uomini e ne voglio un altro ancora
Ho diciannove uomini e ne voglio un altro ancora
Se riuscirò ad averne un altro,
Lascerò andare gli altri diciannove.

Bessie Smith

Renzo viene a prendermi al Gritti alle undici del mattino dopo: alla luce del sole, somiglia ancora di più a un satiro che nel crepuscolo.

Andiamo col motoscafo in mezzo alla laguna, dove vivono i gabbiani, tuffandosi e immergendosi in cerca di pesce e posandosi su gavitelli e piloni di legno marcio.

Il sole è avvolto nella foschia, diffuso per il cielo, esploso in atomi.

Mi appoggio con la schiena alla barca e mi lascio inondare dal sole, sapendo che non vorrei essere in nessun altro posto al mondo.

Continuiamo a navigare. Una scintillante giornata di sogno, mentre Venezia si allontana sempre di più, dietro di noi, nella laguna. Improvvisamente Venezia sembra così *piccola* – tutta torri e pinnacoli all'orizzonte, come la corona di Cibele.

Renzo cala l'ancora in mezzo alla laguna, mi dice di coprirmi gli occhi e si toglie i bei pantaloni di lino e la camicia, per infilarsi un costume da bagno. Mi metto anch'io in costume e ci sediamo a poppa, toccandoci, senza veramente toccarci, come fanno gli amanti prima dell'esplosione, quando la decisione di diventare amanti è già stata presa, ma non ancora messa in atto.

Mi accarezza le guance, i seni. Si china a baciarmi e ci troviamo a un tratto persi l'uno nella bocca dell'altro, nella terra di lingua e denti, e la natura, "rossa di zanne e artigli", minaccia di coglierci di sorpresa. Mi tocca, e dal modo in cui mi tocca – come se fosse una parte di me, che vuole conoscere i propri confini – capisco che è solo questione di decidere se fare l'amore lì, in barca, oppure nel mio albergo (dove Julian deve arrivare dalla California tra due giorni) o a casa sua (dove, a quanto dice Cordelia, vive con la moglie tedesca, un'autentica principessa). Farò qualunque cosa lui mi chiederà. Basta che lui pieghi un dito e mi dica "vieni" e io lo seguirò.

Giochiamo, stesi al sole, parlando la rudimentale lingua degli amanti; il tuo profumo, la tua pelle, la tua pelle e il tuo profumo – poi alla fine andiamo a casa sua e facciamo l'amore sul divano del suo studio, con disegni di progetti architettonici sparsi per tutto il pavimento.

La casa di Renzo è su un isolotto (che non figura su nessuna mappa) vicino a Burano. È una villa piuttosto piccola, costruita da un seguace del Palladio, circondata da giardini pieni di sculture greco-romane e strane pietre primitive pescate nella laguna.

Non c'è nessuno, solo una voliera piena di canarini che cinguettano mentre noi facciamo l'amore, come se anche loro fossero felici.

Fare l'amore abbatte ogni barriera tra noi due, diventiamo una persona sola. Lui entra dentro di me, molto piccolo, dapprima, e continua a dirmi: "Apriti, apriti," come se non avesse bisogno d'altro che di possedermi, colmarmi, farsi conoscere interamente da me.

Il sesso, quando è così, non è più sesso, ma comunione, fusione tra due esseri separati, abolizione dei corpi. Ed è così raro, così stupefacente. Si può anche cercarlo per sempre e non trovarlo mai.

(*La mente sana*: L'hai già trovato prima e lo troverai sicuramente ancora.)

(*Leila*: Non potresti stare un po' zitta? Non capisci che sto cercando di convincermi che mi sto innamorando?)

Ci addormentiamo, in un groviglio di sudore e sperma. Ci svegliamo e facciamo un'altra volta l'amore; ci riaddormentiamo, ci svegliamo e di nuovo facciamo l'amore.

"Sembriamo una vecchia coppia molto innamorata," dice Renzo. Ed è vero. Ci conoscevamo perfettamente, fin dal primo tocco. Abbiamo fatto l'amore come fosse il nostro ventesimo anniversario di matrimonio, come se fosse una rimpatriata, un ritrovato accoppiamento perfetto.

Coi suoi capelli d'ebano e gli occhi verde mare, Renzo sembra un ragazzo dipinto dal Bronzino. Porta un laccio intorno al collo, con appeso il leone di San Marco e la stella di Davide. È un architetto molto bravo, ha fatto un sacco di cose importanti, in Italia, e adesso sta lavorando a un progetto per la ristrutturazione del ghetto di Venezia. C'è qualcosa in lui che evoca in me tutto il mio essere donna ed essere ebrea – combinazione non da poco. C'è in lui una cortesia, una gentilezza, che mi fa pensare al Rinascimento astuto, che fa intuire l'esperto Casanova. È così difficile da spiegare a parole. Afferrata per la collottola e trascinata di nuovo nella Terra della Scopata, perdo ogni facoltà di giudizio e di discriminazione.

(*La mente sana*: Aiuto!)

Mi addentro sempre più nella Terra della Scopata con Renzo, anche se Julian ormai è arrivato a Venezia e sta con me al Gritti. Al pomeriggio, prendo sempre una scusa – un'intervista, dei fotografi, un drink con amici veneziani – per squagliarmela e andare al molo ad aspettare che Renzo passi a prendermi.

Arriva sempre alle due in punto, appena può allontanarsi, infrangendo il sacro rito italiano del pranzo. Viene a prendermi col suo piccolo motoscafo, un classico Riva – *put, put, put* – indossa con aria disinvolta bei pantaloni di lino bianco, una giacca di lino blu su una maglietta a righe da gondoliere, il corpo agile e sottile che sa di sudore e di salmastro, di ovulazione e di luna.

Salgo a bordo della barca, che mi porterà in mezzo alla laguna, e insieme cantiamo qualche popolare canzone americana, tipo *Are You Lonesome, Tonight?*, mentre ci allontaniamo nel sole, gettiamo l'ancora in mezzo alla laguna, e lì, in vista dei gabbiani e degli aerei che volano bassi, facciamo l'amore, e di colpo Venezia sparisce all'orizzonte – lontana e insignificante, con le sue orde di turisti, le sue scheletriche signore del gran mondo, arrivate per il ballo Viva Venezia, i suoi capocamerieri imbroglioni, i suoi albergatori, ristoratori, negozianti e tutti i suoi gay in circolazione, che ora praticano il "sesso sicuro", qualunque cosa esso sia.

Renzo e io non pratichiamo il sesso sicuro. Nella Terra della Scopata, niente è sicuro. Siamo perduti in un'Atlantide d'acqua in mezzo alla laguna, dove comunichiamo con cazzo e fica, parlando, quando parliamo, solo un inglese rudimentale e un italiano troglodita.

La mancanza di linguaggio è frustrante, ma rende anche tutto molto più intenso. Renzo sostiene di parlare inglese come uno zulù. E il mio italiano, dopo tutti questi anni, andrebbe bene solo per sopravvivere su un'isola deserta, in un film di Lina Wertmuller.

Lo chiamo "carissimo troglodita", e lui mi chiama "piccola pittrice". Quel "piccola" non lo accetterei da nessun altro, ma venendo da lui lo prendo per un complimento. Mi scopa in tutte le possibili angolazioni, fino a farmi piangere di gioia. Anche la punta del suo cazzo piange, quando lo estrae dai pantaloni. Renzo non porta mutande.

(*La mente sana*: Tua madre ti aveva messo in guardia, contro gli uomini che non portano le mutande.)

"Piange per te," mi dice Renzo.

Sta cercando di eccitarmi. Come sono adorabili, gli uomini mediterranei, che sanno a cosa serve questa primaria secrezione. Noi americani abbiamo perso il contatto con lo *scopo* del sesso. Il sesso serve per fare i bambini. La Terra della Scopata è la lusinga; il Tunnel dell'amore porta alla Stanza dei giochi per neonati, attraverso caverne di sanguinanti umori dell'endometrio e sperma salato.

E Julian? Julian aspetta nella suite del Gritti, scrivendo mentalmente sinfonie (prendendo appunti su un taccuino), sapendo e non sapendo cosa sono andata a fare nella laguna.

Julian e io siamo anime gemelle. Ciascuno di noi capisce tutto del cuore e dell'anima dell'altro, eppure non facciamo l'amore. Due stranieri, venuti da un remoto asteroide della mente, che parlano la stessa lingua, la lingua dell'iperspazio.

Quando torno, Julian mi chiede se sono stata con un gondoliere e io gli dico di sì, poi gli racconto dell'amore fatto sulla barca con questo irresistibile gondoliere senza nome. E Julian mi fissa, incantato, mentre gli parlo della mia avventura, che nel racconto diventa ancora più estatica.

Renzo e Julian insieme fanno un'unica persona completa, la cura perfetta per la malinconia di una donna.

Distacco, mi dico. Distacco è la chiave di tutto, nella vita. Voglio provare tutto, perdermi nelle sensazioni, eppure voglio anche essere capace di riprendermi, di tirarmi indietro. Voglio toccare il fondo della laguna, ma poi essere in grado di risalire in superficie. Voglio dare tutta me stessa, ma riuscire a conservare un pezzetto di me, per rigenerarmi, come un polipo che tagliato in pezzi e gettato nella laguna, si riforma.

Che vita terribile mi sono scelta (o la musa ha scelto per me). Tuffarmi continuamente in fondo alla laguna in cerca della carne viva, in cerca dell'autoannullamento.

Eppure, sono felice. Avevo dimenticato come si può essere felici quando il sesso funziona. Avevo dimenticato come si fa a cantare per le strade, mentre gli sprazzi di sole accendono riflessi sui capelli del tuo amante. Avevo dimenticato... Dart! Sfrecciamo in motoscafo sulla laguna, cantando come due ragazzini – avevo dimenticato la meraviglia dell'innamoramento. E chi ha più bisogno di Madame Ada, dei suoi succinti abiti di pelle nera e delle sue candele nere?

Isadora: Per una volta, sono d'accordo con te!

Distacco. Si può amare eppure vivere completamente nel presente? L'amore non fa sempre dei balzi in avanti, nel futuro? Aspettando che Renzo mi chiami, divento pazza, ossessionata, folle – proprio come avevo giurato a me stessa di non essere mai più. Sogno di avere un bambino coi suoi occhi marini. Mi dolgono le ovaie. Come si fa a tenersi distaccata, quando ti dolgono le ovaie? La femmina della specie riuscirà *mai* a essere un'esistenzialista?

Julian e io parliamo tutta la notte, braccia e gambe avvinghiate intorno ai nostri corpi.

"Un giorno," dice lui, "faremo l'amore... e verrà non dal sesso, ma dall'amore, dal vero amore che ha retto alla prova del tempo."

Ah, la terra della promessa!

Julian e io siamo amici da sempre. È l'unica persona di cui mi possa fidare per guardare insieme la danza delle molecole, e sapere di non essere pazza. È l'unica persona di cui mi possa fidare per farmi guidare, dopo essere passata attraverso il muro dello spazio-tempo e aver visto mia madre girare per i boschi del Connecticut. Lui non aveva riso di me. Quando lo avevo chiamato da Venezia, mi aveva detto: "Prendi due gondolieri e passa a prendermi domattina." Se gli avessi telefonato dalla quarta dimensione, probabilmente avrebbe detto lo stesso.

Julian e io abbiamo un'intesa: non ci è permesso fare l'amore. Non so bene quando sia stata presa questa decisione o chi l'abbia presa. Forse siamo due esseri d'una stessa stirpe, troppo simili per abbandonarci.

Ci coccoliamo. Facciamo la doccia insieme. Nudi, mangiamo fragole insieme a letto. Ma siamo più a nostro agio quando parliamo e sogniamo avvinghiati l'uno all'altra, di quanto potremmo mai esserlo scopando. A volte parliamo tutta la notte, ci accarezziamo la schiena e le gambe e fluttuiamo nello spazio sul nostro letto cosmico. Il letto diventa una nave spaziale. Strani pianeti ci stanno sospesi sulla testa.

Parliamo dell'inesistenza del tempo, quella linea confusa tra cielo e terra, tra solido ed etereo. Ci prendiamo cura l'uno dell'altra ridendo. Quando passeggiamo insieme per le strade, la gente ci guarda stupita, sembriamo due ragazzini, che scherzano e ridacchiano. Possiamo vivere insieme, anche senza scopare mai? Questo è il problema. So che tra la gente esistono strani legami, non tutti carnali. Dato che anima e corpo si sovrappongono in vari modi, dato che carne e spirito hanno altri punti di comunicazione oltre quelli al disotto dell'ombelico, posso vivere con Julian senza quello che il mondo chiama "sesso", ma ogni tanto sospetto che lui ne sia turbato, dato che come quasi tutti gli uomini, anche Julian si misura in base alla rigidità del suo cazzo.

Una sera siamo in piazza San Marco all'una, ad ascoltare l'orchestra del Florian che conclude il suo concerto. Come al solito, suonano *New York, New York*, stonando. Stiamo ridendo per qualcosa, quando vediamo una signora sulla cinquantina che ha l'aria un po' smarrita.

"Offriamole un drink," propone Julian.

"D'accordo," dico io.

Julian si alza e la invita al nostro tavolo. Sulle prime lei esita, ma poi vedendo che non c'è nessun pericolo (la mia presenza la rassicura) si unisce a noi.

Viene dall'Ohio, si chiama Gladys, insegna inglese a Milano da una decina d'anni. Ama l'Italia. Eppure ogni tanto ha nostalgia di casa.

Col suo collo scarno, i radi capelli marrone, il naso piccolo a becco, i denti che vanno in dentro, è uno di quegli esseri umani che somigliano moltissimo a un uccello – proprio come Renzo sembra ora un tritone, ora Pan, come Julian è un cane (un maltese bianco dal pelo setoso) e io un gatto rosso, come Dart sembra un grosso labrador biondo da riporto (che diventa, inaspettatamente, una volpe).

"Sembrate felici," dice Gladys. "Da quanto siete sposati?"

"Oh, da *sempre*," risponde Julian.

"E dove vivete?"
"A Malibu," dico io, "e nel Connecticut. Mezzo anno di qui e mezzo di là."
"E qual è il segreto del vostro matrimonio?" chiede Gladys incuriosita.
"Non dormiamo insieme," risponde Julian.
Gladys fa un'espressione di stupore.
"Esatto," continua Julian. "Io dormo in uno scatolone, e lei dorme nel letto. Sarebbe stupita di sapere quanto questo ha contribuito a salvare il nostro rapporto."
"Sta *scherzando*," dice Gladys, tra l'incredulità e il desiderio di volere credere a tutti i costi che c'è almeno *qualcuno*, da *qualche* parte, che ha un matrimonio che funziona.
"Buffo come tutto è cominciato," dico io. "Un giorno ci avevano consegnato un elettrodomestico piuttosto grosso, nella nostra casa di Malibu – mi pare fosse una lavatrice, o un'asciugatrice, non ricordo bene – e mio marito, Fred, appunto, mi disse: 'Cara, ho sempre desiderato dormire in una scatola: ti dispiacerebbe molto, se ci provassi?' "
"State *scherzando*," dice ancora Gladys.
"Per niente," dice Julian. "Così ho messo sul fondo della scatola un piumino, un cuscino, un orsetto di pelouche e roba del genere, e ci ho provato. Ah, era *bellissimo*! E da allora, dormo sempre nella scatola, mentre Alice, mia moglie, dorme nel letto..."
"Naturalmente non è più la stessa scatola," dico io. "La prima si è consumata."
"Anzi, abbiamo appena preso una scatola nuova," aggiunge Julian. "Il segreto del nostro matrimonio è che abbiamo un continuo rifornimento di scatole."
Gladys passa lo sguardo sbalordito dal mio viso a quello di Julian, combattuta tra credere a quello che le abbiamo detto e non volere passare per stupida (come facciamo tutti).
"State *scherzando*," dice.
"Ma no, affatto," ripete Julian. "Il matrimonio è già abbastanza difficile, senza che i due partner debbano anche dormire nello stesso letto. Le scatole sono la soluzione ideale."
"Siete sicuri di non stare scherzando?" dice ancora Gladys.
"Sicurissimi," dico io, convinta che ormai tenere fede a questa piccola finzione sia diventato essenziale per tutti noi.
"Di cosa si occupa?" chiede Gladys a Julian.
"Scarpe," risponde Julian.

"Interessante," dice Gladys.

"È per questo che veniamo sempre in Italia," aggiungo io. "Per via delle scarpe. Non c'è niente di meglio dell'industria delle scarpe. Le fabbricano qui vicino, dalle parti di Padova."

"*There's no business like shoe business, like no business I know,*" canta Julian. Poi si volta di colpo a guardare Gladys. "Nessuno ti ha mai detto quanto sei bella?"

Di nuovo lei lo guarda con aria a metà tra l'incredulo e lo speranzoso e il viso le si addolcisce tutto. Il naso a becco, i capelli a ciuffi, gli occhi marrone da passerotto, tutto diventa bello sotto lo sguardo di Julian. Vedo la finzione diventare vera attraverso la forza dell'intenzione di Julian. E capisco che tutte le nostre vite potrebbero essere trasfigurate, se solo avessimo un'intenzione abbastanza forte e la usassimo come un laser, allo stesso modo in cui Julian usa il suo sguardo, fisso sul viso ora bello di Gladys.

La sera dopo sono di nuovo sulla laguna, con Renzo, a correre nell'acqua in motoscafo, cantando.

La laguna è crivellata dai raggi del sole calante, mentre dalla parte opposta del cielo sorge la luna piena. I gabbiani stridono. È tutto troppo perfetto, troppo magico, troppo simile a un cliché, e come molti cliché, è anche vero. Dondoliamo sull'acqua nella luce opalescente azzurro rosa del sole-luna, caliamo l'ancora e ci tocchiamo come se la pelle fosse stata appena inventata e noi due fossimo Adamo ed Eva che stanno per salire sull'arca di Noè, per iniziare la riproduzione dell'intera razza umana.

Parliamo nel nostro rudimentale inglese troglodita e nel nostro rudimentale italiano troglodita.

"Tu sei un diavolo," dico io.

"E a te piace," ribatte lui. "Solo un diavolo potrebbe catturarti. Un'amazzone ha bisogno di un centauro che la porti via."

Poi le parole ci vengono meno e comunichiamo con la punta delle dita, con la lingua, con la carezza degli alluci sulla superficie della pelle. Fuori, dentro, sole, luna, niente ha più senso e ci culliamo nella barca, sulla laguna dei sogni, allo stesso tempo liquida e stellata, d'acqua ma anche di luce scintillante.

"Mio troglodita," dico io.

"Pelle di luce, pelle liquida di stelle, occhi di luna," dice lui.

"Siamo come due animali," dico.

"Anïma, animali," ribatte lui.

Si stende nella barca, odore di sesso, di secrezione primaria, la punta del suo cazzo piange per me.

Ci baciamo, ci mordiamo, ci avvinghiamo.

"Che tipo di animale sei?" mi chiede.

"Sono un cane fedele," dico, pur sapendo di essere più gatto che cane.

"No, non è vero," dice lui. "Tu sei una gattina. Vedo i tuoi artigli, anche se cerchi di nasconderli."

Resto molto colpita. Sarà vero o è solo un gioco di innamorati?

"E tu?"

"Io sono una volpe, una volpe astuta."

(La mia amica Emmie dice sempre: "*Ascolta quello che dicono all'inizio di una storia d'amore: ti dicono sempre come finirà.*")

"Ora dormi," dice lui, adagiandomi sul fondo della barca, slacciandomi i ganci del body di pizzo e cominciando a scoparmi molto lentamente, in tutte le posizioni. Siamo tutt'e due semisdraiati e ho le guance bagnate di lacrime. Mi scopa come se volesse penetrare ogni piccola parte di me, scoprire l'America.

Non riesco a smettere di piangere e quando comincio a venire, lui mi grida: "Dai, dai, dai, apriti, apriti!"

Si muove e si ferma; si muove e si ferma, si muove di nuovo... finché vengo, tutta colma di lui, penetrata, pervasa, e lui viene con me, riempiendomi di stelle salmastre.

Sto ancora piangendo, ma quando torno in me, mi accorgo che lui mi sta osservando, tranquillo, un po' discosto.

"Cosa vuoi da me?" gli chiedo.

"Sesso," dice lui. "E altri due gemelli. Se arrivano i gemelli, divento monogamo."

Ah, parole, parole. Quest'uomo non sarà mai monogamo, come Julian non mi scoperà mai. Ma il mio giudizio è smarrito, perché nella Terra della Scopata non esiste il giudizio.

"Potremmo fare 50-50?" dice lui, "anche se tu sei un'amazzone? O almeno 49 e 51?"

Siamo passati dal sesso al potere, salto inevitabile.

Sto con la testa sul suo grembo. Il cielo si oscura. Spuntano le stelle.

"Hai un corpo stupendo," dice lui. "Riesci a rilassarti completamente. La prima volta quasi, la seconda meglio, questa volta in modo completo."

E io penso che in fondo il sesso è tutto qui, l'uomo che vuole penetrare una donna, entrare completamente dentro di lei, invaderla e farla sua. Senza questo bisogno di dominio, di possesso, non esiste sesso animale. Ci sono solo giochi intellettuali a proposito di dormire negli scatoloni. Ci sono solo battute sull'"industria delle scarpe". Ma senza questo animale che entra, il sesso non funziona e solo quando il sesso funziona così bene, si può approdare alla Terra della Scopata.

Ma allora, in definitiva è solo una questione di cazzo e se funziona o meno? È tutta questione di quanto è lungo? Le donne dicono di no, no, no, perché hanno imparato bene la lezione dagli uomini, che temono di avercelo troppo piccolo. Gli uomini dicono no, ma intendono sì, perché tutto il loro modo di comportarsi dice che l'unica cosa che importi per loro, è come funziona il loro cazzo. Thom, Elmore, Dart, Danny, Lionel, Renzo, Julian; non ho mai conosciuto un uomo che non si preoccupasse delle dimensioni e dell'efficienza del proprio cazzo.

Questa è una cosa che le donne non osano mai dire. È una cosa su cui mentiamo decisamente. E perché? Perché è fin troppo vera. Le dimensioni e la rigidità del cazzo determinano la vita di un uomo. Determinano l'opinione che l'uomo ha di se stesso. Determinano se l'uomo si piace. E un uomo che non può fidarsi del proprio cazzo, non può fidarsi di se stesso. Né di una donna. Né di un altro uomo.

Ma è davvero così semplice? Temo che la risposta sia sì. I porno film, il baby oil, il cuoio, le candele nere, sono tutte compensazioni per cazzi che non funzionano. O funzionano in modo incostante. Perché quando funzionano, tutto quello che serve è solo un po' di musica e un po' di chiaro di luna. O anche silenzio e sole. O anche tramonto, mezza luce o niente luce (cioè buio).

Mettiamo in moto e andiamo in cerca di una trattoria aperta. Procediamo lentamente, cercando un posto per ormeggiare. Nessun posto per ormeggiare il motoscafo (proprio come a New York) e nessuna trattoria aperta (proprio come nel Connecticut).

Sono triste, dopo essermi aperta così completamente. Cerco di ricordarmi del distacco, ma è inutile. Voglio ritrovare il mio centro, il mio equilibrio, ma la Terra della Scopata non me lo restituirà. Avendo completamente dimenticato che l'unica cosa che conta è il presente, mi cullo in fantasticherie di una vita futura con Renzo.

Finalmente troviamo un posticino per comperare dei panini e ce li portiamo in mezzo alla laguna screziata di luna, dove mangiamo come in sogno, ascoltando i gabbiani che gridano in quella ultraimmobilità, e fissandoci. Qual è il segreto di Renzo?, penso. Lui mantiene riservata una parte di se stesso, come vorrei sapere fare anch'io. A tratti, ho l'impressione di avere la versione italiana di Dart. Un altro Don Giovanni, ma stavolta autentico: l'uomo latino, che interpreta veramente la parte nel modo giusto. Cera per ricevere e marmo per trattenere. Che ci sia cascata di nuovo con un Don Giovanni?

(*La mente sana*: Me lo stai chiedendo o me lo stai dicendo?)

Isadora: Sono d'accordo con lei!
Leila: Con lei, chi?
Isadora: La tua mente sana.
Leila: Vuoi stare zitta e lasciarmi godere questo momento?

Restiamo nella laguna fino all'ultima goccia di luna. Poi Renzo mi riporta al mio albergo, da Julian, al mio malinconico io.

"*Non* innamorarti di lui, tesoro!" mi dice Cordelia. Stiamo pranzando nel giardino di Corte Sconta, circondati dalla solita folla poliglotta che invade Venezia durante il periodo della Regata.

"Innamorarmi di *chi*?"

Cordelia mi lancia un'occhiata tipo non-prendermi-per scema.

"Ma di Renzo Pisan, naturalmente. Tesoro, è il Romeo di Rialto, il Casanova di Cannaregio, il Don Giovanni di Dorsoduro, il gigolò di Palazzo del Giglio, per non parlare del Gritti, del Bauer-Grünwald e via dicendo. Lei gli allenta il guinzaglio abbastanza per lasciargli mettere fuori il naso (e qualcos'altro), ma poi dà uno strattone alla catena e lui torna di corsa a casa, con la coda, per così dire, tra le gambe... L'unica cosa peggiore di avere un gigolò, tesoro, è prendere a prestito quello di un'altra."

"Chi è lei?"

"Se guardi laggiù, in quella direzione, la puoi vedere... perciò parla piano."

Guardo. A una lunga tavola, seminascosta da tralicci di rampicanti, siede una splendida apparizione bionda con uno sgargiante abito viola e un cappello rosso, adorno di un grappolo d'uva rossa. Alle dita sottili le brillano grossi gioielli; il collo rifulge di smeraldi, più adatti al ballo Viva Venezia che a un semplice ristorante al Castello. E accanto a lei, è seduto Renzo, che da bravo cavalier servente le sta sbucciando un fico. Tengono banco a un tavolo di finocchi del bel mondo e tutti i maggiorenti della mondanità americana. Renzo non mi vede.

"Raccontami la loro storia," dico a Cordelia.

"Non sono proprio sicurissima di tutto, comunque so che sono sposati da tempo immemorabile. Lei è una autentica principessa austriaca; e lui è un ebreo di famiglia italo-spagnola. La madre di lei lo ha salvato dai nazisti quando era piccolissimo, alla fine della guerra, e lo ha cresciuto come fosse figlio suo (insieme col suo fratello gemello). Questa donna aveva un debole per lui, lo ha fatto studiare da architetto, gli ha dato sua figlia in moglie, gli ha intestato delle proprietà. Pare che un tempo fossero amanti e forse lo sono tutt'ora. Immagina: la principessa nazista e il piccolo ebreo mendicante. Pensa cosa riuscirebbe a tirare fuori la tua dominatrice, da questa storia! Renzo vive in uno strano ménage-à-trois, con la figlia e la madre. Non so esattamente chi scopa in casa, ma fuori Renzo le scopa tutte. Anche la mamma, è un bel tipetto. Pare che giovanissima sia stata sposata per breve tempo con un conte di qualcosa, tanto è vero che qualcuno la chiama ancora 'la contessa cuoca', perché una volta aveva un programma su Rai Due tipo il nostro Julia Child. Adesso è impegnata in un progetto di restauro della sinagoga del ghetto. Per fare ammenda dei peccati di Hitler. È lei che finanzia i sogni di Renzo. Lui è fedelissimo, a modo suo. Ed è anche un brillante architetto. Sta' pur tranquilla che sanno tutto di te, o lo sapranno se la cosa dovesse andare un po' più in là. Lui non le lascerà mai, tesoro. Il sesso è il sesso, ma denaro e posizione sono per sempre. Mammina gli ha procurato tutte le sue prime grosse commesse. E lui sa, anche se un americano non lo farebbe, che dovrebbe lasciare tutto. Noi americani siamo molto romantici e crediamo nei cambiamenti radicali. Gli europei sono molto più pratici di noi, in questo. Non te ne dimenticare mai, tesoro. E poi la mamma è sempre la mamma. E sua moglie è stupenda – anche se un po' freddina. Lo fa pedinare. Sa *tutto*."

"E tu come lo sai?"

"Non mi insultare, Zandberg. Questa è la *mia* città. Venezia è come un piccolo paese. L'ho visto come ti ha adocchiata, quella sera a casa mia, e non credere che non ti abbiano visto tutti salire a bordo del Riva di mammina. E per affascinante che tu sia, posso dirti che non sei la *prima* bella straniera che Renzo abbia sedotto..."

"Anche tu...?"

"Oh, secoli fa. Ricordo l'agilità dei suoi fianchi e un cazzo, da scriverci sopra una letterina alla mamma... ammesso di avere una mamma tipo madama di bordello. Ma lui è troppo abietto, per i miei gusti. Ricordo uomini del sud proprio come lui. Li preferisco meno carini, ma più seri. Tu hai sempre avuto un debole per le canaglie, i cacciatori di dote, i gigolò e i mascalzoni. Poco importa che questo sia ebreo (e anche spagnolo, come Don Juan). Non te lo puoi ugualmente portare a casa dalla mamma..."

"Non ho *sempre* avuto dei mascalzoni..."

"Be', non sempre. Solo da quando sei diventata davvero famosa. Tesoro, io ti capisco meglio di chiunque altro. La sindrome di Cher, il complesso Sunny von Bulow... potrei scriverci un libro... Ma bisogna dire che lui è davvero un grande scopatore. Lo sa *tout le monde*. Ricordo vagamente una resistenza sovrumana. Ma non lasciarti accalappiare. E che mi dici del tuo piccolo Julian?"

"Siamo amici... niente di più."

"Impotente?"

"Non so più bene cosa voglia dire questa parola. Julian vibra alla musica delle sfere celesti."

"Ma non vuole o non può?"

"E chi lo sa? Credi che importi? Siamo come fratello e sorella. Mica una cosa da buttar via. Ha un suo strano fascino. E dura più del sesso."

"Santo Dio, è la nuova malattia degli uomini di successo: il calo del desiderio. O non possono o non vogliono farselo rizzare, oppure, anche se gli si rizza, poi si rifiutano di venire. Si rifiutano di cedere all'*indegnità* dell'orgasmo. In sciopero contro la liberazione della donna. È assolutamente *orribile*, ecco cos'è."

Lancio un'occhiata a Renzo e il mio cuore salta parecchi battiti. *Forse la lascerà per te*, mi sussurra il diavolo all'orecchio.

"No, non lo farà," dice Cordelia, leggendomi nel pensiero.

"Ma sono *così* trasparente?"

"Tutti lo sono, quando diventano lunatici, matti. E poi, siamo giusti, Venezia è Venezia, e gli uomini italiani fanno sembrare gli americani come Louie, Huey e Dewey. Si muovono come consommé in gelatina, parlano come il Pinot Grigio e scopano con una serie di fuochi d'artificio verbali. Ti sussurrano versi, rubacchiati dai libretti di Lorenzo Da Ponte, un altro Renzo veneziano. Comunque, ha un bel nome. Renzo Pisan. Suona bene."

"Non mi ha mai parlato della moglie. E nemmeno della madre."

"Lo farà, appena farai l'errore di chiedergli di passare la notte con te, o di portarti fuori a pranzo o a fare un weekend ad Asolo o a Porto Ercole. Lui rientra *sempre* alle sei. Si trasforma in una zucca, come la carrozza di Cenerentola, ti do la mia parola. E più una donna gli piace, più veloce sarà la fuga. Credimi sulla parola anche per questo. Ha paura di impegnarsi, almeno quanto i corteggiatori americani, ma lui in più ha il baluardo della famiglia. È molto italiano, in questo."

"Ma allora che differenza c'è tra la tua situazione con Guido e questa?"

"Tutta la differenza del mondo, tesoro. Guido e io siamo praticamente sposati, Renzo invece si dà da fare con tutte: belle americane, francesi e italiane che vengono qui in vacanza, e muoiono letteralmente dalla voglia di essere travolte dal fascino latino. Leggi Luigi Barzini. Renzo e i tipi come lui dovrebbero ricevere una pensione di stato per meriti speciali dal ministero del turismo. Una sveltina al chiaro di luna in barca, con ogni bella straniera che arriva a Venezia, perché ritorni tutti gli anni a fare le vacanze in Italia. Un mio amico pittore, Luke, conosce una tale, una terapista sessuale, sposata, di Los Angeles che tutte le estati viene al Danieli per due settimane, per farsi scopare da un chitarrista. Come chitarrista è pessimo, ma ovviamente è un magnifico scopatore. Superdotato, ho sentito dire."

Guardo Cordelia, con un moto improvviso di fastidio. È *gelosa*, penso. Come è possibile che Renzo non mi voglia nemmeno un pochino di bene? È possibile scopare a quel modo, senza provare niente?

Isadora: Lettore, tu conosci *la risposta.*
Leila: Smettila di influenzare il teste.

Proprio in quel momento, Renzo ci passa accanto con la principessa e il suo seguito.

"La famosa pittrice Leila Sand," dice Renzo alla moglie, che mi lancia un'occhiata gelida, valutando il rischio. Poi Renzo mi fa il baciamano in quello sconcertante modo continentale, in cui le labbra sfiorano la pelle solo nella tua più scatenata fantasia. Da come mi guarda — sapendo che *lei* sta osservando come lui mi guarda — capisco che è un abilissimo simulatore. Sembra che guardi attraverso di me, come se non volesse penetrare nessuna parte di me, né corpo né anima. Ma un attimo prima di andarsene, si gira a guardarmi *di nuovo*, coi suoi famosi occhi marini che brillano e sembrano dire: "Leila, apriti, apriti."

Julian e io stiamo svegli tutta la notte a parlare di come potremmo riorganizzare la nostra vita.

"Potremmo andare a Bali," dice Julian. "O alle Fiji. O alle Trobriand. Potremmo comperarci un'isoletta."

"Ma sei veramente in grado di *comperarti* un'isola?"

"Assolutamente. Potremmo passare tutto il resto della nostra vita senza più dover comporre un solo rigo di musica spaziale e dipingere una sola tela. Ti prenderei due bei ragazzi balinesi per servirti, e passeremmo il tempo a bere latte di cocco, mangiare frutta tropicale e leggere Proust."

"Carino," dico io, evitando di fargli notare che se non dipingo, impazzisco e che non lo faccio per denaro. E che non mi va di essere "servita".

Non rivelo niente di tutto questo e dico invece: "Julian, dimentichi che la tua religione è quella del servizio in camera."

"Posso sempre convertirmi alle noci di cocco," dice Julian. "Il punto è che non dovrò mai più lavorare per Hollywood.

Scriverò fughe e sinfonie, o anche poesie... Sai che prima di diventare un puttaniere di Hollywood, scrivevo poesie?"
"Credo di saperlo. Recitamene una."
"D'accordo. Questa l'ho scritta a Firenze, quando ero un ragazzino:

All'ombra dei pioppi, che s'allunga sul colle
tra file di calendule e di terra
e per il labirinto di siepi di bosso camminiamo
mentre le campane della sera suonano a stormo...

"Carina. Ti ricordi anche il resto?"
Julian riflette. Alza al cielo gli occhi intelligenti color agata. Sta comunicando col suo pianeta. $E=mc^2$. "No," dice.
"Julian, ti amo con tutto il cuore... ma sai come sono *negletti* i poeti? Dici di odiare Hollywood, ma sei abituato alle limousine, ai jet privati, alle segretarie. Non *sai* cosa vuol dire essere ignorati. Non metti piede nella sotterranea almeno da trent'anni. Scommetto che non sai nemmeno quanto costa il biglietto."
"Cinquanta dollari."
"Non te lo dico. Il fatto è che tu stai sempre fuggendo dal tuo agente, il tuo manager, i tuoi legali, il telefono. Sai cosa vuol dire, non sentire *mai* il telefono squillare?"
"Non avremo telefono; avremo foglie di palma."
"Va bene: non sentire mai suonare la foglia di palma?"
"Ma le foglie di palma non suonano."
"Sì, ma puoi anche impazzire, se non suonano."
"Siamo già pazzi."
"Giusto. E l'educazione delle gemelle?"
"Istitutori. Istitutori privati. La scuola è un disastro. È solo un modo di indottrinare socialmente i ragazzi, un modo per iniziarli ai valori della classe sociale dei loro genitori. Gli insegnanti privati sono molto meglio. Le alleveremo come gli abitanti delle Trobriand, gli unici che abbiano una perfetta risposta all'amore e al sesso."
"E quale sarebbe?"
"Be', i ragazzi godono di assoluta libertà sessuale dalla pubertà in poi, fino all'età di circa diciotto anni. Scopano come matti e si cavano ogni possibile curiosità. Poi, all'età di diciotto anni, si sposano e restano monogami — eccetto i tre giorni della festa della Yam, quando può succedere di tutto."

"E se ti viene l'influenza proprio nei giorni della festa?"
"Alle Trobriand, non viene mai l'influenza."
"Pensi che Mike e Ed sarebbero preparate per la vita nel mondo civile, crescendo in quel modo?"
"E dove, di grazia, sarebbe il mondo civile? Hollywood? New York, Venezia? La verità è che le ragazzine migliori vengono educate fuori dal lavaggio del cervello della nostra cultura. Beryl Markham, per esempio, è cresciuta coi guerrieri africani. Tutto quello che la civiltà fa per le ragazze, è insegnare loro che si presume che siano esseri inferiori. Meglio avere foglie di palma e feste dello Yam. Faresti loro un enorme favore. Pensaci, Leila. Non sto scherzando."
"Sai cosa disse Gandhi quando gli chiesero cosa pensava della civiltà occidentale?"
"No."
"Che sarebbe stata una buona idea!"
Scoppiamo tutt'e due a ridere e alla fine, sempre ridendo e abbracciandoci, ci addormentiamo.
A un certo punto, durante la notte, squilla il telefono. Mi giro nel letto e afferro il ricevitore.
"Leila, piccola," dice Dart. "Leila, piccola."
Mi sveglio di colpo. È come una telefonata dal mondo dei morti.
"Cosa succede?" chiedo.
"Mi manchi, baby."
"Ti passerà," dico.
"Stavo camminando per Madison Avenue e sai cosa vedo, nella vetrina di una galleria? Il Cavaliere solitario. Ricordi, il Cavaliere solitario, baby?"
"Come potrei dimenticarlo?" (Dart allude a uno dei miei fotogrammi fissi, in cui lui era vestito da Cavaliere solitario e aveva la pistola infilata nei pantaloni in modo che sembrasse la sporgenza di un cazzo.)
"Grazie a te," dice Dart, "adesso tutte sanno del mio pistolone..."
Completamente sveglia e riportata in un mondo che mi ero lasciato alle spalle, dico allegramente: "Tesoro, lo conoscevano già prima."
"Solo poche elette," precisa Dart.
"Già, poche centinaia di migliaia di elette."
Dart ride, suo malgrado. Il tentativo di manipolazione non gli è riuscito.

"Buonanotte, tesoro," dico vivacemente e torno a dormire.

Il pomeriggio prima del ballo Viva Venezia sono sulla laguna a fare l'amore con Renzo, sul suo motoscafo.

Sono così inebriata, che gli faccio la domanda proibita.

"Mi ami?" chiedo.

Lui mi copre la bocca con la mano.

"Non fare mai domande sulle cose importanti della vita," dice.

20

Le donne sfrenate non soffrono di malinconia

Quando hai un uomo, non devi mai trattarlo lealmente,
altrimenti lui si farà una donna in ogni posto.
Io non ho mai trattato un uomo onestamente,
li ho sempre fatti sgobbare giorno e notte,
perché le donne sfrenate se ne fregano,
le donne sfrenate non soffrono di malinconia.

Ida Cox

Il ballo Viva Venezia è stato preceduto da colazioni, tè, cene, ricevimenti vari, durante i quali le scheletriche signore bene di New York coi loro porcini mariti (o con esili ed eleganti accompagnatori) giravano in mezzo ad altrettanto scheletriche signore bene italiane (e austriache e francesi e inglesi) anche loro coi loro porcini mariti (o con esili ed eleganti accompagnatori), baciandosi reciprocamente l'aria vicino alle guance. Visto che siamo in Italia, si baciavano l'aria vicino a tutt'e due le guance. (A New York, invece, si sarebbero baciate l'aria vicino a una guancia soltanto.)

È una folla che fa molto *Town & Country* o *Vanity Unfair*. La marchesa tale bacia la principessa tal altra. Gli accompagnatori di Park Avenue incrociano quelli di via Veneto o di Avenue Foch. Si dicono banalità in tre o quattro lingue. Sì, siamo già stati a Venezia. No, quest'anno non eravamo a Cortina o a Gstaad; eravamo a Vail. Sì, a Lindos ha fatto un caldo bestiale. No, l'Orient Express per Bangkok non è ancora in funzione. Mustique in gennaio? St. Barts in febbraio? Autunno a New York? Natale a St. Moritz? Nel Kenya? Ad Aspen? Chi è scappata col figlio della sua migliore amica? Non può avere *davvero* lasciato quel bravo Piero. L'ha proprio piantato? E che mi dici di James? È sempre ambasciatore in... in che paese, scusa? E sono sempre sposati? Bene, sia ringraziato il cielo. Lei ce la farà a superare la cosa... ma lui?

E così ha inizio il ballo!

È una sera d'un caldo soffocante, sul Canal Grande, e Palazzo Pisani-Moretta, un grosso edificio cinquecentesco, un tempo luogo di feste e di intrighi ducali, oggi è diventato, ahimè, un palazzo a noleggio. Gli invitati scendono dalle gondole e dai motoscafi noleggiati per l'occasione, con un'aria oltraggiosamente compiaciuta. Hanno fatto e disfatto bagagli. Allungato mance e alzato il gomito. Superato e scavalcato se stessi e gli amici — poveri cari — rimasti nei soliti e scontati Hamptons, Litchfield, Kennebunkport, Newport, o (Dio ce ne scampi!) Westport. Venezia è *sempre* chic. (Almeno dal primo al quindici settembre. Prima, la gente è introvabile, e dopo è già ora di raggiungere New York, Londra, Los Angeles.)

Scendendo dalle barche, i Lacroix sfiorano i Givenchy, gli Ungaro passano svolazzando vicino ai Lagerfeld, i Rhodes scintillano accanto ai Valentino, e i Ferré volteggiano accanto ai Saint-Laurent.

Darling, darlina, tesoro, amore, cara, carissima, tu piccola puttanella calcolatrice.

Eccoci tutti quanti in Italia, insieme con la solita gente che vediamo a New York! Non parleremo *qui* con questa gente più di quanto non lo facciamo *laggiù*. Siamo qui per farci vedere. Siamo qui perché questo è il traguardo di una corsa che abbiamo cominciato fin da quando avevamo due anni. (Ma come siamo entrati in gara? Di sicuro, non lo sappiamo.) Siamo qui, perché *siamo qui*. È abbastanza *chiaro*?

Siccome sono nata povera, nelle Heights di Washington, questo genere di cose dovrebbe a maggior ragione impressionarmi. E così era, all'inizio, quando il mio viso divenne il biglietto per entrare in gara, il mio nome un apriti-sesamo, i miei quadri la combinazione magica per aprire la serratura.

Un mondo di vincitori! Ma allora, perché hanno quell'aria così afflitta? E perché sono così tormentati, sposati, nervosi? Essere ricchi, non dovrebbe essere *divertente*?

Ho letto F. Scott Fitzgerald. E so che i ricchi sono gente diversa da voi e da me. Ma sembrano così terribilmente tesi, così frenetici, così timorosi. Chissà, forse negli anni venti si divertivano anche. Ma adesso, essere ricchi sembra sia quasi un *lavoro*. Che fine ha fatto l'aggettivo "ozioso"?

Una signora bene, magra e scattante come un levriero (con la pelle incartapecorita color ocra, con fianchi, mascella, gomiti, naso e ginocchia sporgenti) entra fluttuando in un Valentino rosso e rubini vari, al braccio di un finocchio dal naso rosso. È Mrs Rentier, la famosa: "Rentier la magra", nota per la sua magrezza, il suo accompagnatore dal naso rosso, il suo maestro di ginnastica sulla Nona Strada, il marito banchiere che non esce mai, perché sta sempre chiuso nella sua tana ad aria condizionata in Park Avenue a guardarsi i filmini di vecchie partite del superbowl e a vezzeggiare il suo cameriere pachistano (Ismail, età anni ventidue.) Stasera comunque sembra più intelligente di quest'orda accaldata.

Ed ecco arrivare Mrs Leventhal, personaggio mondano di Beekman Place, Pound Ridge e Port Antonio. È la regina della beneficenza per malati di New York — titolo molto ambito. È qui col suo stilista, di cui il marito sta finanziando la nuova collezione, quel piccolo, adorabile puttaniere di Mij Nehoc (Jim Cohen scritto al contrario) che indossa una giacca bianca alla Nehru, un orecchino ad anello infilato all'orecchio sinistro, uno smeraldo, stile harem, con pantofoline smeraldo dalla punta rivolta, un po' fallicamente, all'insù.

L'ultima collezione di Mij Nehoc era più Lacroix di Lacroix. Ha fatto sfilare modelle Maori con cesti al posto delle gonne, e gusci di noci di cocco tagliati a metà per reggiseno. *Vogue* l'ha definito il look ritorno-alla-natura-del-buon-selvaggio. ("Dopo tante stagioni di fronzoli e di ostentazione, la natura appare di nuovo terribilmente fresca e i materiali naturali hanno vinto la battaglia.")

Ed ecco Lady Eglantine Brasenose di Melbourne, vedova del grande armatore del sud Pacifico. E il principe e la principessa Rupert di Inghilterra, noti da Kensington a Mustique a Hong-Kong per il loro matrimonio aperto. E Pia Le Quin, la voluttuosa attrice americana dai capelli rossi, che è stata quasi sul punto di sposare un Rothschild. Ma non l'ha fatto. (La carriera veniva prima di tutto, anche se ormai la sua carriera è andata a puttane, come dicono a Hollywood.)

Ed ecco arrivare anche Renzo Pisan, con la sua principessa, che ha organizzato la festa insieme con la sua collega di New York, la supersottile, quasi imbalsamata Mrs Rentier, mummia di società!

Renzo non è una mummia. Anche con lo smoking, trasuda sesso, sesso, sesso. Gli occhi semichiusi, la camicia da sera di piqué, su cui brillano i bottoncini di diamanti antichi, una fascia di seta grigia, uno smoking tagliato in modo da far risaltare i suoi fianchi sottilissimi e le sue spalle larghe, e mocassini di seta grigia, per farlo ballare, ballare, ballare.

La principessa è altissima e maestosa, nella guaina di seta gialla di Ungaro, con lussureggianti enormi fiori color fucsia. I capelli biondi, intrecciati con gioielli, il collo scarno ed eretto, abbagliante di diamanti paglierini, le braccia chiuse nei braccialetti, le dita sottili piene di anelli.

Renzo la pilota tenendola leggermente per un gomito, come un robusto rimorchiatore che spinge la *Queen Elizabeth II* (anche se lui sembra più un motoscafo da corsa a sigaretta, che un rimorchiatore). Le sue palpebre hanno un guizzo, come fossero code di lucertola, quando mi vede. Apriti, dicono.

Julian e io ci facciamo strada per andare a salutare la principessa e il mio "gondoliere".

Lei valuta il mio abito, un Emanuel di Londra color blu marino, con maniche ampie e corpino steccato che mi sostiene il seno, per la gioia di Renzo. Julian indossa il suo smoking di Hong-Kong, fatto fare su misura in ventiquattro ore, appositamente per l'occasione. È foderato in rosso scarlatto, con fusciacca scarlatta e cravatta in tinta.

Julian china il capo in un cenno di saluto a Renzo: il nano Rumpelstiltskin che si inchina al principe di Cenerentola. Julian non ha idea che questa apparizione sinuosa e dai fianchi stretti con i riccioli color ebano scompigliati, sia il mio "gondoliere", che fa guizzare le palpebre, dicendo: "Dai, dai, dai."

"Piacere," dice la principessa, tendendo una mano dalle unghie perfette, scintillante di anelli.

Poi veniamo trascinati via dall'onda di folla, che suda nei suoi abiti vistosi, sotto migliaia di candele sgocciolanti.

Il calore di tutti questi corpi è terribile. Penso alla Venezia del Cinquecento, quando non esistevano i deodoranti e questo palazzo era stato eretto da poco e non sono sicura che accetterai un biglietto della macchina del tempo per tornare a quell'epoca, se mi invitassero!

Ecco André McCrae, portato dalla marea, con una meravigliosa marsina a coda, che mi chiama: "*Tsatskeleh*!"

"Questo è Julian Silver, il compositore," dico presentandolo ad André. "Un mio carissimo amico."

"Che ci fai, qui, Silver?" chiede André. "Non dovresti essere su Marte?"

"Leila salva Venezia e io salvo Leila," dice Julian.

La nostra risata sale su per le scale coperte di velluto rosso. Le candele ardono, la gente suda, abiti da diecimila dollari vengono calpestati e strappati sotto piedi inguainati in scarpette fatte su misura. Penso che tutto questo sembrerà molto meglio sui giornali di quanto non sia ora, nella realtà. Nelle foto sui giornali non ci sarà il sudore, non ci saranno le chiacchiere insulse che si sentono: solo nomi altisonanti e posti scintillanti, per destare l'invidia dei "fortunati" che sono rimasti a casa.

Ma è proprio per questo che sono tutti qui, no? Per destare l'invidia di quelli che sono rimasti a casa.

Un mondo di vincenti che desta l'invidia di un mondo di perdenti (che in realtà sono i vincenti, visto che sono rimasti beatamente a casa). Com'è complicato! E com'è semplice!

Saliamo la scalinata pian pianino, aspettando in fila di essere fotografati, in modo che i perdenti ci possano invidiare, quando vedranno le nostre foto sui giornali.

Grazie al cielo il sudore non si fotografa!

Ma chi c'è davanti a me, sulla scala? Un tipo vivace con un piccolo abito a code e una moglie splendente in chiffon rosa ciliegia.

Che sia Lionel Schaeffer? Come farò a salutarlo, dopo la serata delle candele nere?

Lui si volta di colpo e sbircia giù per le scale, come se avesse colto al volo il mio pensiero.

"Leila!" esclama allegramente, come se Madame Ada non fosse mai esistita.

"Lionel!" esclamo io allegramente, come se Madame Ada non fosse mai esistita.

È quello che si chiama civiltà occidentale... fingere di non conoscere le nostre vite segrete?

In una sala scintillante di candele, la gente gira, si raggruppa, chiacchiera e si allontana, come figurine sulla scatoletta di un carillon, che fanno la loro danza stilizzata e ripetitiva.

Dio, che noia!

Almeno sono con Julian, perciò posso anche dirlo: "Dio, che noia!" Lui ride, approvando, poi va a prendermi un Bellini al bar. Io poso il bicchiere senza nemmeno assaggiarlo. So che se lo bevessi, la testa comincerebbe a martellarmi e poco dopo la mia mente sana mi abbandonerebbe.

"Non posso più bere," dico a Julian.

"Alle Trobriand non si beve," dice lui. "Laggiù mastichemo betel."

"Non vedo l'ora," dico.

E Lionel Schaeffer e la sua bella moglie Lindsay emergono dalla folla proprio davanti a noi.

Lionel apre la giacca del suo abito a code e dice: "Turnbull and Chung."

Lindsay fa una smorfia.

"Non posso portarlo da nessuna parte," dice.

Mi chiedo se abbia qualche vaga idea dell'esistenza di Madame Ada, della visita di Lionel nella contea di Litchfield, di *qualche* angolo segreto dell'anima di Lionel. A quanto pare, no. Ma porta la collana di Paloma Picasso in peridoto e diamanti e io no... a quanto pare è questo il prezzo del suo non sapere, mentre io, visto che so tutto, ho la gola nuda. Le donne vengono pagate per non vedere, per girare la testa dall'altra parte, o per vedere e non parlare. Un giorno dipingerò qualcosa, su questo. Oh, essere Hogarth, Goya, Daumier! Questa *fin de siècle* avrebbe bisogno dell'occhio di un artista ironico, satirico. Anche il paffuto Rowlandson, il caricaturista inglese, andrebbe bene!

"Julian, Lionel," dico, facendo le presentazioni. "Lindsay, Julian."

"Leila, Lindsay," dice Lionel.

"Ma ricordo *benissimo* Leila," protesta Lindsay. "Chi potrebbe dimenticare un'artista di così grande talento?"

"Grazie," dico.

"Oh no, non rigrazi me," dice Lindsay. "È *lei* da ringraziare per il dono che ha."

L'atteggiamento di Lindsay nei miei confronti è cambiato parecchio. L'ultima volta che ci siamo viste, a casa di McCrae, lei era decisa a ignorarmi, per contrastare l'interesse di Lionel per me. Ora ha cambiato strategia. Per neutralizzare l'interesse di Lionel, mi fa un sacco di moine. Ricordo di avere fatto lo stesso una volta con una delle puttanelle di Dart. Dio, come mi sembra lontano, adesso, tutto questo! L'ossessione per Dart è forse stata semplicemente sostituita dall'ossessione per Renzo? È un progresso? *Sembra* di sì, ma io temo che sia solo la Terra della Scopata.

Mi dirigo al bagno, veleggiando nel mio abito di seta azzurra. Una fila di donne si snoda intorno a un paravento. A Venezia, come a New York, le toilette per signore sono meno adeguate di quelle per uomini. I gabinetti degli uomini sono liberi. Decido di occuparli militarmente. E chi credete che esca proprio in quel momento? Renzo il Magnifico, naturalmente. Con un balzo, rientra nella toilette con me, sbarrando la porta e coprendosi pudicamente gli occhi mentre io faccio buon uso degli impianti igienici, mi pulisco, mi lavo e mi asciugo le mani. Poi, con incredibile rapidità, Renzo si butta sulle sue belle ginocchia, si lancia sotto la mia crinolina, slaccia i ganci del mio body e con la lingua esperta trae gemiti di piacere dalla mia bocca. Tutto accade con la rapidità del sogno. (Che sia davvero solo un sogno? *La mente sana*: Speriamo!) Sotto l'abito da sera, Renzo non porta biancheria. Il resto è silenzio, inframmezzato da gemiti.

Mi sistemo il trucco.

Renzo si aggiusta la cravatta e la fusciacca di seta, poi esce per primo, con gli occhi pudicamente bassi. Io esco dopo di lui. Due signori aspettano fuori, con aria terribilmente blasé, come se la cosa a Venezia succedesse tutti i giorni (e infatti succede).

Si torna al ballo.

A tempo debito, Julian e io veniamo accompagnati al nostro tavolo. Non è un buon tavolo. Al piano di sopra, coi tirapiedi, i personaggi di contorno, i tipi senz'arte né parte, siamo stati sistemati il più lontano possibile da Lionel. Che sia un errore? Non ci aveva invitati per sedere al suo tavolo? O è uno stratagemma di Lionel, per tenermi lontana da Lindsay? A parte il fatto che, con tutto questo baccano, non saremmo nemmeno riuscite a scambiarci una parola.

Julian osserva il tavolo. Un vecchio con la dentiera che sbatacchia. Un'infima presidentessa di qualche infimo ballo di carità newyorkese, uno stilista di moda, la cui stella è tramontata, una sbiadita attrice italiana: un tavolo di sopravvissuti al ballo dei vincenti! Julian, che sostiene di non badare a queste cose, in realtà è furioso.

"Siamo troppo vecchi," dice, "e troppo ricchi per stare qui seduti per tre ore su queste traballanti seggiole dorate." E prendendomi per un braccio, mi pilota per le sale soffocanti, giù per la scalinata coperta di velluto rosso, fino a un motoscafo in attesa.

"Andiamo a mangiare all'Harry's Bar," dice, "e poi affittiamo una gondola con tre musicisti."

E così ce ne andiamo all'Harry's Bar in smoking e abito da gran sera. Io mi sento colpevole per aver lasciato il ballo e per il mio interludio nella toilette degli uomini con Renzo (quanti soldi dovrò, adesso, alla mia analista?) e Julian si sente molto compiaciuto per aver protestato per il pessimo tavolo.

"Credevo non ti importasse di *mishuggas* del genere," dico a Julian quando siamo seduti all'Harry's Bar, davanti ad acqua minerale e rotolini di burro.

"Infatti, non me ne importa," dice Julian. "Solo, la vita è troppo breve, per sprecarla seduti su quelle sedie, con quella gente... non vedo il male, non sento il male, dico tutto il male."

"Te ne importa," insisto. "*Ammettilo.*"

"No, Leila, davvero."

"E invece sì."

"Mi rifiuto di discutere su questo argomento."

"D'accordo," dico. Ma sono arrabbiata. Avevo invitato io Julian e sembrerebbe quasi che abbia voluto andarsene per fare dispetto a me. Che abbia avuto sentore della faccenda del mio "gondoliere"?

Lascio cadere l'argomento. La vita è troppo breve. Ordiniamo risotto e fegato alla veneziana. Scherziamo fra noi e osserviamo la gente in sala. I soliti distinti veneziani e i soliti vistosi americani. E al banco, la solita plebaglia. Due spavaldi giovanotti gay, con capigliature punk intonate: una nera a strisce verdi, l'altra biondo platino, con strisce fucsia. Una signora inglese di una certa età, che è il ritratto sputato di Vita Sackville-West. Un signore cinese, con le guance rosee e antiquati pantaloni larghi di seta.

E infine, al tavolo d'angolo, scopriamo la coppia felice.

Lei è sulla quarantina, lui sui cinquanta. O forse sono della stessa età, ma lui è invecchiato più di lei. Brindano con dei Bellini, intrecciando le braccia e guardandosi fisso negli occhi.

"Ricordi Saint-Paul-de-Vence, nell'84?" dice lui.

Non sentiamo la risposta, ma dal sorriso della donna si direbbe proprio che se ne ricordi.

"Pensi che siano sposati?" chiedo a Julian.

"Neanche in un milione d'anni," risponde lui. "Vivono nella stessa città. Sono tutt'e due sposati con altre persone. Si vedono il mercoledì pomeriggio e nei giorni di festa, come questo. Da vent'anni vengono a Venezia in settembre."

"Che storia romantica!" sospiro.

"Non più romantica di quella dell'uomo che dorme nelle scatole, non credi?"

"Mi chiedo quale sia la verità..."

"Meglio non saperla," dice Julian.

"Eppure voglio saperla. Adesso vado a chiederglielo." Mi alzo, ma Julian mi trattiene e mi fa sedere di nuovo.

"Sono quarant'anni che mi guadagno da vivere scrivendo l'accompagnamento musicale di storie del genere," dice Julian. "Ho *creato* quello che chiamiamo romanzo. È tutto nella struttura degli accordi. Certe melodie fanno appello ai sentimenti, toccano le più segrete corde del cuore. *Fidati* di me. Meglio non sapere."

"Per l'amor del cielo, Julian, voglio solo sapere se sono sposati o no."

"No," insiste lui. "Meglio di no."

"E se lo fossero?"

"Se lo sono, ti sposerò, mi prenderò per sempre cura di te e ti comprerò un'isola nel sud Pacifico."

Mi alzo e mi avvicino alla Coppia Felice.

"Scusatemi," dico, "il mio amico e io abbiamo fatto una strana scommessa. Non prendetemi per una maleducata... ma siete sposati?"

"Sì," dice la donna.

"No," risponde l'uomo.

Torno da Julian e gli riferisco il sì di lei.

Cantiamo mentre percorriamo il Canal Grande in gondola, accompagnati da un fisarmonicista, un chitarrista e un violinista. Cantando in barca – stavolta con Julian – mi sento oltraggiosamente felice.

I tremolanti palazzi ci salutano capovolti nello straordinario chiaro di luna. Penso a Renzo e abbraccio Julian, come potrei abbracciare Renzo pensando a Julian, e mi rendo conto che se riesco a restare fedele a me stessa, avrò quello che mi ci vuole per essere felice per tutta la vita.

(*La mente sana*: Tu l'hai detto: due uomini uniti a formare un solo essere umano. La cura per la malinconia di ogni donna!)

Ci saranno sempre dei compagni di viaggio lungo la strada... oppure ci sarà una deliziosa solitudine. Ma non c'è giustificazione, per la paura. Cantando con Julian sul Canal Grande, intravedo vagamente una vita senza la mia paura. Cosa sarei, senza di lei? Sarei sempre Leila?

(*La mente sana*: Saresti Leila! Avresti te *stessa*!)

Sybille una volta mi ha fatto depositare la mia paura nella sua scatola di metallo.

"Te la terrò da conto finché non la rivorrai indietro," mi aveva detto. "Puoi riaverla in qualsiasi momento la desideri."

Sybille si tiene la mia paura; la mia mente sana e io possiamo farne a meno.

Quella notte, al Gritti, Julian e io parliamo fino all'alba.

"So che hai una storia con qualcuno," dice Julian, "e mi va bene, davvero. Voglio che tu sia felice. Puoi raccontarmi tutto."

"Già sai del mio gondoliere," dico.

"È qualcosa di più d'un gondoliere."

"Non lo so," dico. "E poi, se lo racconto, tutta la magia sparirà."

"Ma se non lo fai, menti per omissione. E questo spezzerebbe la *nostra* magia."

"È un bel dilemma, vero?"

"Lascia che ti racconti una storia," dice Julian. "Un episodio della mia vita che non ti ho mai raccontato, perché fino a poco tempo fa l'avevo bloccato, chiuso dentro di me..."

Ci mettiamo nella nostra posizione speciale, con le gambe avvinghiate.

"Quando ero un bambino a Toronto," comincia Julian, "mia madre e mio padre erano sempre in viaggio, in tournée col loro varietà. Così mia sorella maggiore e io restavamo soli per lunghi periodi di tempo. Mia sorella aveva solo quindici anni – ed era molto, molto carina – e in un certo senso era la ragazzina più sola che abbia mai conosciuto. Io dovevo avere circa dieci anni quando tutto questo avveniva... e cominciavo a provare i primi stimoli sessuali. Ero sempre così eccitato, che trasalivo continuamente e cominciavo ad avere polluzioni notturne, senza capirci niente.

La camera da letto di mia sorella aveva una porta a vetri, con delle tendine di mussola, e ogni pomeriggio lei si ritirava in camera sua a fare un pisolino. Deve essere successo un sabato, perché quel pomeriggio non ero a scuola. Ero di sotto a fare i compiti di scuola, quando a un tratto mi capitò di doverle chiedere qualcosa. Salii al piano di sopra e percorsi il corridoio fino alla sua stanza, ma qualcosa mi trattenne dall'entrare di colpo. La tendina di mussola era leggermente scostata – era una di quelle tendine trattenute in alto e in basso da una bacchetta d'ottone – e io rimasi immobile, sbirciando dentro la stanza.

Mia sorella era stesa sul letto, con la sua vestaglia color pesca, aperta sulle cosce. E sulla lampada era posato un foulard di seta color pesca. Tutta la stanza era immersa in una luce rosata.

Lei muoveva una mano delicata più o meno nel punto in cui la vestaglia si apriva. Mi sentii travolto da uno strano senso di disorientamento. Il cuore cominciò a martellarmi in petto. Il pene mi si rizzò. Mi sentivo pulsare tutto. Sapevo che non avrei dovuto guardare, ma non riuscivo a staccare gli occhi. Poi le dita di mia sorella sparirono dentro il suo corpo e piano, dolcemente, lei cominciò a muoverle dentro e fuori. Non resistetti più. Il mio pene e le sue dita erano tutt'uno...e venni con un orgasmo che mi fece urlare forte. Mia sorella alzò gli occhi, mi vide, capì tutto e venne ad aprire la porta, per farmi entrare.

'Julie,' mi disse – lei mi chiamava Julie – 'non avere paura.' Io tremavo tutto. Lei mi condusse al suo letto. Ci sdraiammo vicini, uno nelle braccia dell'altra, gambe e braccia avvinghiate. 'Julie... se pensi che sia bello, conoscerai qualcosa che pochi conoscono'. E piano piano portò la mia mano alla sua vagina e mi lasciò esplorare ogni sua parte, dicendomi come dovevo fare, dove dovevo toccarla e cominciando a sua volta a toccare anche me. È stato il momento più dolce e più bello di tutta la mia vita. Completamente innocente, il sesso nel giardino dell'Eden, prima che arrivasse il serpente. E poi restammo insieme sul letto, avvinghiati, come te e me ora.

Ora arriva la parte che non mi va di raccontare, la parte che mi sono tenuta chiusa dentro per quarant'anni e che ho riportato fuori solo sotto ipnosi.

Due giorni dopo, mia sorella venne portata d'urgenza all'ospedale, in piena notte. Ricordo solo che ero in piedi, davanti alla porta della sua camera, e sentii un'infermiera che diceva a un'altra: 'Quella puttana non ne avrà per molto.' Non l'ho mai più rivista viva."

"Ma di cosa è morta?" chiedo io debolmente, come si fa quando si è travolti dall'emozione e si cerca di stabilire dei "fatti", come se i fatti potessero salvarci.

"Per anni non l'ho mai saputo veramente," dice Julian. "Appendicite, avevano detto, ma io sapevo che non era questo. Ora penso sia stata una gravidanza extrauterina. Naturalmente allora ero sicuro di averla uccisa io."

"Naturalmente." Lo abbraccio. Ho gli occhi colmi di lacrime.

"Ma il peggio doveva ancora arrivare. I miei genitori non tornarono mai più a casa. Rimasero uccisi in un incidente d'auto, da qualche parte nel Midwest. Non so nemmeno se fossero stati informati della morte della figlia. Io rimasi con una zia e un cugino. Una notte li sentii discutere fra loro; parlavano di me. 'Non lo voglio qui, in casa mia,' diceva mia zia. 'È troppo strano.' 'Neanch'io lo voglio,' diceva mio cugino. 'Mi fa venire i brividi.' E così feci la valigia e me ne andai per la mia strada."

"Avevi dieci anni?"

"Sì, avevo dieci anni. E in qualche modo, ho ancora dieci anni."

"In qualche modo, tutti abbiamo ancora dieci anni," dico.

"Per questo penso che non dovremmo mentirci a proposito del sesso," dice Julian. "La vita è troppo breve."

"E non si può separare il sesso dal resto della vita, vero? Credevamo che si potesse, e invece no. Questa è la tragedia della nostra generazione... credere che il sesso potesse salvarci."

"Niente ci può salvare," dice Julian, "nemmeno l'amore. Ma possiamo cercare di rendere il mondo meno solitario e desolato. E a volte, non possiamo fare nemmeno questo."

"Per tutta la vita non ho desiderato altro che mettere insieme sesso e amicizia... ma a quanto pare sono più lontana che mai dal mio scopo."

"Anch'io," dice Julian. "È per questo che le Trobriand mi attirano tanto. Voglio sapere se esiste veramente una società, in cui la gente sia riuscita a risolvere il problema della colpa."

"Cosa ne pensi?"

"A leggere Malinovski, si direbbe di no... ma è fuori moda. Le isole dell'amore, le chiamavano negli anni venti, ma temo sia solo un altro mito del buon selvaggio. Gauguin, Stevenson, Melville, Michener... pensa a tutte le successive creazioni di miti. Eppure sogno di andarci. È sempre stato il mio sogno... Voglio morire laggiù, e il posto in cui vuoi morire, in realtà è il posto in cui vuoi vivere..."

"Vuoi sapere davvero del mio gondoliere?"

"Sì." Risponde Julian.

"Be'... sentendoti parlare di tua sorella, ho capito che il mio gondoliere, come Dart, è solo un'altra versione dell'amante impossibile. Il padre, insomma, l'uomo tabù, l'amante demone, il *dybbuk*, l'incubo incestuoso. È bello, ma i sogni di sesso sono sempre belli. Ed è irraggiungibile. Appartiene a un'altra donna, alla mamma..."

"Non è forse così per tutti quanti?" dice Julian, con sguardo sognante.

"E quando facciamo l'amore, tutte le barriere fra noi cadono... come quando tu e io *parliamo*. Non possiamo avere tutt'e due, vero?... parole e carne?" chiedo.

"Ah," dice Julian, "ma allora perché comporremmo musica e dipingeremmo quadri? Componiamo e dipingiamo per fare risorgere le parole cadute ed è solo perché il mondo è caduto che ha bisogno della bellezza che noi creiamo. In paradiso, saremmo così colmi della bellezza di Dio, da non doverla creare."

"Sofismi."

"Non proprio. Cosa è più facile dipingere, l'inferno o il paradiso?"

"L'inferno," dico.

"E cos'è più divertente da leggere, l'*Inferno* o il *Paradiso*?"

"L'*Inferno*."

"Vedi quindi che ci è stato dato un mondo caduto, perché tirassimo fuori il nostro potenziale umano. In paradiso, ci saremmo annoiati tutti a morte."

"Eppure tu vuoi andare nelle isole del Pacifico! Vuoi essere il Gauguin della musica elettronica."

"Voglio scrivere un'opera su tutto questo," dice Julian. "A modo mio, sono una specie di compositore di metodo. Voglio cominciare con un ragazzino che spia la sorella attraverso una tendina... e poi fare vela per la Polinesia con un uomo adulto in cerca del paradiso. Voglio scrivere una grande opera sulla ricerca del paradiso da parte dell'uomo."

"Cerchiamo tutti il paradiso," dico. "E sembra che nessuno di noi si renda conto che il paradiso è qui, con te e me avvinghiati così braccia e gambe, in questa stanza d'albergo, fluttando nell'universo...".

"Lo so," ribatte Julian. "Ma per definizione, il paradiso è sempre *là*, e non *qui*. Anche se tu sposassi il tuo amante perfetto, dopo un po' cominceresti a preoccuparvi della casa, dell'imprenditore edile, dell'imbianchino, delle tasse... il tuo lui impossibile diventerebbe fin troppo possibile. Meglio avere lui per il sesso e me per discorrere."

"Ma io voglio sesso e discorsi in una persona sola. È forse chiedere troppo?"

"Io non l'ho mai trovato, se non nei miei accordi," dice Julian. "Perché dovresti riuscirci tu?"

"Perché tu non ci credi, mentre io sì. In qualche modo, contro ogni evidenza, ci credo. E in definitiva credo anche di meritarmelo."

"Allora lo troverai di certo," dice Julian, "un giorno o l'altro. Ma prima devi *esercitarti* a crederci per un paio d'anni. E... be', questo è inevitabile, devi liberarti del tuo gondoliere."

Ci abbracciamo e sprofondiamo nel sonno.

Il giorno dopo, con la benedizione di Julian, prendo un motoscafo tassì e vado a trovare Renzo nella sua strana isola in mezzo alla laguna.

La casa è deserta, a parte i canarini che cinguettano e una cameriera invisibile. Le due principesse sono andate a Milano a scegliere gli abiti per la stagione invernale. Fiotti di sole entrano dalle finestre. L'acqua della laguna ci screzia di pagliuzze di luce, mentre facciamo l'amore.

Fare l'amore è talmente immerso nel presente, per noi, che è quasi una meditazione. Assolutamente fluido, senza principio né fine, non sembra sesso, ma un paradigma carnale del distacco.

Ci *conosciamo*, corpo a corpo, anima ad anima. Ci conosciamo dal primo momento che ci siamo incontrati e dalla prima volta che abbiamo fatto l'amore. Non c'è mai stato nessun dubbio, in proposito, nessun dubbio sul fatto che avrebbe certamente funzionato in modo perfetto. Sia che parliamo o stiamo zitti, che mangiamo oppure no, siamo sempre, sempre in armonia, uniti, congiunti.

Renzo mi tocca il seno.

L'acqua s'increspa su di noi, disseminando il soffitto di puntini tremolanti di luce. Gli tocco i capelli, i capezzoli. Lui mi succhia il labbro inferiore. Si toglie i pantaloni e la camicia di lino. Sto tra le sue braccia, annusando l'odore della sua ascella, contenta di abbracciarlo, toccarlo, senza cercare altro, senza cercare l'orgasmo. Siamo sott'acqua, nuotiamo nella luce. L'odore della sua pelle, il tocco del suo velluto, del suo muschio, bastano ad appagarmi.

La fluidità del suo corpo mi fa felice. È tutta per me, senza interruzioni, senza punti a capo. Una gioia, come l'acqua di Venezia, che si muove eppure resta sempre la stessa.

Mi succhia le labbra, i seni, mi chiama la sua piccola pittrice, e senza sapere come, siamo uno dentro l'altra, con le gambe intorno ai fianchi, le gambe unite, mentre lui dice: "Piano, piano," e si muove, si muove, si muove lentamente dentro di me per farlo durare. Ogni volta che sto per venire, lui si ferma, mi fa rilassare completamente, in modo che alla fine non mi importi più di venire, e lo sento tutto dentro di me, completamente compenetrato, totalmente preso, restituito a me, restituito alla natura.

È strano che noi esseri umani ci allontaniamo tanto dalla natura anche nel fare l'amore, che l'attesa dell'orgasmo, l'ansia di arrivarci, rendono teleologico anche l'amore, ne fanno una cosa di ansie, attese, pressioni. Renzo mi fa penetrare in pieno nel momento, perché *lui* lo fa, perché il suo sesso è libero da ordini del giorno, da pressioni, aspettative di ogni tipo.

Così, avendo deciso di non fare altro che *sentire* il momento, *essere* nel momento, il mio corpo, di sua stessa dolce e involontaria volontà, comincia il suo crescendo. Renzo si muove e si muove, si ferma e si ferma. Ma io ho cominciato a venire e lancio un grido, lui mi copre la bocca con la mano (la cameriera, la cameriera) e comincia a venire pure lui, occhi di smeraldo socchiusi, viso da fauno, bruno, obliquo, ridente, poi serio sull'orlo dell'orgasmo e poi di nuovo liquido, rilassato.

Siamo insieme, Pan e Cerere, il dio delle selve e la dea del grano, annusando il nostro muschio, la nostra porta dell'amore... poi suonano le campane, è mezzogiorno e dobbiamo andarcene, due cenerentole diurne, che allo scoccare del mezzogiorno si trasformano in zucche.

Mi tolgo la maschera, Leila, Louise, Luisa scivola via e resta solo una donna, animata da una musa invisibile, che traccia scarabocchi sul suo album, col corpo dolorante d'amore, il cuore felice, perché sa di non avere fatto niente per meritarsi quella benedizione e sa che l'amore divino è incondizionato.

È in stato di grazia. Vuole scappare via, vuole inginocchiarsi davanti alla Madonna, inventare disegni e dipinti per trasmettere gioia a chi è senza gioia, fede al miscredente, e amore a chi non ha amore. Vuole che tutti assaporino e celebrino la vita, perché la vita è una festa. È lì perché tutti la prendano. Basta solo aprire la bocca, aprire la mano, amarsi l'un l'altro, ringraziare Dio e esser felici.

Ridotta all'essenziale, la vita è una preghiera. Preghiamo in tanti modi. Questo è il mio.

Copro pagine e pagine di disegni e di parole, prima di crollare addormentata, quella notte.

Dormendo al fianco di Julian, sogno di girare per Venezia con una sedia a rotelle sulle spalle. La città è fatta di cime nevose e gole scoscese, con una laguna scintillante in lontananza. Trascino questa sedia a rotelle su e giù per pendii ghiacciati, per timore che un giorno non sarò più in grado di camminare. Impreco perché è molto pesante, da spezzare la schiena.

Gettala via, mi dico. Puoi camminare benissimo! Era solo la paura, che ti paralizzava.

Mi arrampico faticosamente sulla sedia a rotelle e mi lancio in una corsa pazza giù per un burrone. La sedia a rotelle sembra volare, poi in fondo si ferma. Miracolosamente, mi alzo, avvolta nella luce, e getto la sedia a rotelle nella laguna.

Mi sveglio. Nuda, vado in bagno e mi metto in piedi, davanti allo specchio. Sono immersa in una luce radiosa. Il mio cuore splende.

Ah, mi dico, è questo, è questo. È questo che dovevamo capire. Non dobbiamo mai essere soli. Siamo modellati sulla scintilla divina. La carne è solo una lezione. La impariamo e andiamo oltre. E mantengo questa certezza per tutto il giorno, mentre giro per Venezia, da sola.

Il mattino dopo, mi avventuro da sola a una mostra di disegni antichi di grandi maestri sulla bella isoletta su cui sorge la chiesa palladiana di San Giorgio Maggiore, in mezzo al bacino di San Marco. Col suo campanile dal tetto verde, il suo chiostro silenzioso e sereno, il suo teatro abbandonato, quest'isola è forse il luogo più dolce di tutta Venezia.

Lascio Julian in camera, alle prese con la sua partitura, e ignoro il passaggio di Renzo alle due, col suo motoscafo, davanti alla terrazza del Gritti. (Mi stupisce sentirmi tanto distaccata. Che stia diventando un uomo... o forse solo una donna saggia?)

Sola e felice, vado a vedere la mostra di disegni.

I disegni per me hanno un'immediatezza che manca ai quadri. Si vede il processo, si vede la mente dell'artista al lavoro. Nella linea, si rivela il gioco della mente.

Mi fermo davanti a un disegno di Domenico Campagnolo, dove si vede un uomo che minaccia una donna sotto un pioppo fronzuto. Il ciuffo ondeggiante dell'uomo, il braccio e il ginocchio sollevati della donna, la lotta fra i due nel tratteggio incrociato a penna, sanno di assassinio o di rozza seduzione, a seconda del punto di vista. (Per esempio, il vostro occhio ha colto il luccichio d'un pugnale, all'ombra dell'albero? E l'uomo non porta pantaloni, oppure il tratto dell'artista ha semplicemente fatto economia?)

L'uomo è per sempre fissato nel gesto di uccidere (o di baciare?) la donna. Per sempre questa coppia in lotta è fissata nell'attimo prima che la spada dell'uomo trafigga la carne della donna. Amore o omicidio? Mutilazione o fusione?

Non avendo risposta a queste domande, passo al disegno successivo. Santa Caterina sul punto di essere decapitata, mi interessa meno, come pure un paesaggio e un cartone per l'Ultima Cena. Passo davanti a schizzi di madonne e bambini, a disegni preparatori per divinità che dovranno affacciarsi dalle volte, a vari Abramo che sacrificano Isacco, a vecchi, cavalieri, baccanti, e arrivo a una ninfa del Veronese, che fugge in un bosco frondoso (popolato di piccoli dragoni), inseguita da un satiro (che somiglia perfettamente a Renzo).

La danza del sesso – inseguimento, fuga – del satiro e della ninfa, fauno e faunessa, continua da migliaia e migliaia di anni. E non sono certo io, la prima a volerla cogliere sulla carta. Finché esisterà la carne, ci sarà sempre qualcuno (o qualcuna) che sollevandosi dal calore della mischia nella caverna, si metterà in ginocchio per tracciare disegni – o parole – sulla parete della caverna, per compiacere – o irritare – gli dei e le dee. Continuiamo a svelare il nostro cuore, nella speranza che non smetta mai di battere. Vana speranza! Finché vivrò, so che terrò tra le dita la penna che disegna questo satiro, questa ninfa, questo bosco scuro, popolato di draghi.

Ed ecco, limpidi e appagati dopo l'amore, un fauno e una faunessa disegnati da Tiepolo. Lui le bacia la cima della fronte umana, lei chiude gli occhi obliqui nell'estasi. Gli zoccoli di lei sono pelosi quanto quelli di lui, ma lei ha seni di donna e un cuore umano, e lui è addolcito, per un attimo, dalla Terra della Scopata. L'artista ha sollevato la mano destra di lei, poi l'ha cancellata con uno scarabocchio, come se fosse incerto se darle o meno quel potere.

Mentalmente, tolgo quegli scarabocchi, tiro fuori il mio taccuino con la copertina marmorizzata e disegno rapidamente la mia versione della scena del Tiepolo. La mia faunessa è languidamente adagiata come la sua, ma la mano alzata regge una matita da disegno. Mentre sogna appoggiata alla spalla rozza e pelosa del suo fauno, lei traccia la scena fuggevole di desiderio, di amore, perché gli occhi futuri la possano vedere.

Tornerò a casa e farò una serie delle ninfe e del satiro. Ritroverò la strada alla sanità disegnando. Né le Trobriand con Julian, né Venezia con Renzo, sono la risposta. La risposta giusta l'ho io.

La tengo nella mano.

Postfazione
di Isadora Wing

Mi volto a guardare la mia vita e vedo una grande confusione. I miei uomini, mia figlia, i miei libri, le mie lezioni di volo, le mie paure, la mia controfobia, il mio quarto d'ora di celebrità. La mia ricerca della serenità. A metà della mia vita, sono morta e poi sono rinata.

A quarantacinque anni, o si muore o si rinasce dalle proprie ceneri, come la fenice. Io sono stata scelta per questa seconda ipotesi.

Cosa ne farò di questo libro che ho lasciato, di questo guscio della mia vecchia vita, della me stessa che ero un tempo, e di quell'altra me stessa che ero un tempo, che la interrompeva con critiche e frecciate? Un romanzo è forse un sistema a circuito chiuso, o si apre al mondo come un fiore che sparge la sua fragranza, un fiore che non esiste, finché qualcuno non lo annusa?

Supponete di avere aperto questo libro e che un microprocessore suonasse Bessie Smith che canta Any Woman's Blues. *Vi convincereste dell'immortalità? Un romanzo è uno strano circuito chiuso. Scrittrice e protagonista formano una specie di nastro di Möbius. E romanzo e lettore, un altro nastro di Möbius. La scrittrice scrive perché prevede la propria morte. Tu, lettore, leggi il libro quando lei è morta e la riporti in vita. Come questo libro ha riportato in vita me. Come il tuo cuore e i tuoi occhi mi hanno riportato alla vita (stavo per dire al riso, che è anche vero).*

Qualunque cosa Caryl Fleishmann-Stanger possa, o meno, avervi detto di "me" e del mio "ultimo" romanzo, io non *sono morta, ma sono di nuovo qui: io, Isadora White Stollermann*

Wing, alias Leila Sand, Louise Zandberg, Candida Wong, La Tintoretta, Antonia Uccello und so weiter. *Come ebbe a dire un altro scrittore in un'altra occasione: la notizia della mia morte era un'esagerazione.*

Pace e quiete nei mari del sud, non funzionarono affatto. "Sebastian Wanderlust", alias "Julian Silver" organizzava meravigliosi weekend e gite in gondola sul Canal Grande, ma anche lui, essendo un essere umano, aveva un suo segreto ordine del giorno. Quando anche il paradiso si rivelò una cura inadatta a guarirlo dai mali della civiltà, anche lui, come "Danny Doland", diede la colpa a me. Dopodiché, non riuscimmo a salvare né la nostra amicizia né *il nostro matrimonio.*

Tornata dal paradiso, ho deciso di scrivere solo poesie, preghiere, meditazioni, per eliminare l'"Io", per inventare una nuova forma capace di catturare l'eternità dell'esistenza, di raggiungere, al di là delle parole, le infinite e immutevoli realtà che hanno preceduto la nostra animalesca comparsa sulla terra e che dureranno a lungo dopo di noi.

Perciò, che io sia Leila, Isadora, Louise, Caryl o anche qualcun'altra che nessuno di noi conosce, è assolutamente irrilevante. Non si tratta che di maschere, che restano attaccate al mio viso per un breve tempo e poi cadono, mentre cade anche la carne che ci sta sotto. Le maschere servono solo a facilitare la nostra comprensione – dato che, fin dall'inizio, impariamo meglio da un viso umanoide. Ma sempre maschere restano, e la vera saggezza consiste nel riconoscerlo.

Dato che d'ora in poi penso di scrivere solo poesie e salmi, può darsi che tu, caro lettore, non legga mai più un mio libro... visto che le parole più preziose, in questa nostra beffa di società letteraria, tendono a essere le meno lette.

Perciò, addio. Ho amato i nostri momenti insieme. Ho *amato farvi ridere e farvi piangere. Spesso, scrivendo, ho riso e pianto anch'io. Vi amo sinceramente.* E *voglio sinceramente salvare la vostra vita.* E *la mia.*

D'ora innanzi scriverò solo poesie perché solo la poesia, essendo fuori dal tempo, lo trascende. Se potessi scrivere con l'inchiostro invisibile, lo farei. Perché in fondo scriviamo tutti comunque con inchiostro invisibile e le nostre parole salgono al cielo come le faville dell'inferno salgono al viso di Dio, che col suo fulgore le fa sparire.

Come Leila, Louise e anche come Isadora, prendo congedo da voi, e vi chiedo di amarvi l'un l'altro quanto è possibile, di essere audaci, in comunione col vostro Dio e di cercare di lottare contro la menzogna, dovunque si manifesti – prima di tutto in voi.

L'ex scrittrice di romanzi che ero (e in parte sono ancora) non sa resistere al tropismo di concludere la storia per la soddisfazione del lettore (e mia), e di tirare tutte le fila rimaste in sospeso, come si usava fare nei romanzi del Settecento e dell'Ottocento. Come scrittrice, sono troppo brava bambina per poter lasciare i miei personaggi in sospeso.

In seguito al fatto che Isadora smise di pubblicare (e in seguito ai suoi soggiorni sempre più prolungati in un monastero trappista), Caryl Fleishmann-Stanger, poiché la natura aborre il vuoto, divenne l'esperta e la portavoce della sua opera. Dava seminari, scriveva saggi eruditi, mandava lettere al Times Book Review, *appariva alla Modern Language Association e così via, tutto col risultato di creare un'Isadora Wing che non aveva mai conosciuto e che non era mai realmente esistita.*

"Sebastian" o "Julian" tornò a Los Angeles, divorziò dalla qui presente scrittrice con separazione consensuale, sposò una giovane e dolce fanciulla e, continuando a lamentarsi che in realtà voleva scrivere opere sulla vanità dei desideri umani e sulla trascendenza spirituale, ha continuato a comporre colonne sonore elettroniche per la Columbia, la Fox, la Universal e altre compagnie cinematografiche. Inoltre ha scritto, prodotto e musicato un grande film di successo, intolato Il naufrago di Papua *(diretto, come ricorderete, da Leonard Nimoy), e dopo d'allora il prezzo per ogni sua colonna sonora è salito a un milione di dollari. Intrappolato dal suo stile di vita e dalla sua nuova moglie (che per le loro due Ferrari gemelle aveva fatto fare due targhe, che dicevano rispettivamente: "*GUADAGNA*" e "*SPENDE*"), egli continua ancora oggi a giocare col suo sintetizzatore, un ottimo artista, completamente deluso dalla propria vita.*

Bean/Dart/Trick è finito anche lui nel distretto telefonico 213, ha sposato un'attrice più vecchia di lui, sognando sempre Leila/Louise/Isadora, il suo unico grande amore, e facendo particine nel film Rambo V *poi* VI *e via di seguito. Continua a dispensare generosamente il suo seme nella California del sud, come faceva a New York e nel Connecticut e maledice il suo karma, suo padre, le sue stelle per non avere avuto il coraggio di rinunciare al suo complesso di Casanova per l'unica donna che abbia mai veramente amato. Ma tra gli uomini e i loro padri, l'intenzione in fondo è l'ultima cosa che conti. "Dart" attribuisce a sua moglie la colpa del suo scarso successo e retrospettivamente idealizza "Leila" sempre di più, col passare degli anni.*

"Emmie" ha pubblicato il suo libro sulla menopausa e ha fatto un'altra piccola fortuna. Il termine "chic menopausico" coniato da lei è entrato nel Nuovo dizionario delle citazioni *della Penquin. A Emmie è andata bene, perché il suo cuore è puro – anche se non proprio purissimo, visto che in fondo anche lei è una scrittrice. È sempre innamorata del suo armatore greco ed è felice quando lui arriva in città.*

Anche André è finito nel distretto telefonico 213, avendo venduto la galleria, divorziato dalla moglie, sposato un'attrice di ventidue anni ed essendo diventato un "produttore indipendente" e un fanatico del "cibo naturale". La vostra umile amanuense nota con stupore che molti dei suoi personaggi sono migrati nella zona di Los Angeles, ma sapete cosa si dice in America della California del sud: che tutto quello che non è saldamente attaccato, finisce per scivolare laggiù.

E le "gemelle", o "Amanda Ace" – una bimba di tale vitalità da valere veramente per due, da sembrare raddoppiata, gemellata, al quadrato? In seguito alla scomparsa della madre e al suo straordinario ritorno, Amanda a undici anni ha scritto un libro, che è diventato un best seller, intitolato Guida del bambino alla vita *in cui dice ai ragazzi di oggi di concentrarsi, di essere sani, integri e di evitare le droghe, visto il crollo della civiltà folle e viziosa dei loro genitori.*

Sospesa temporaneamente la carriera letteraria per l'avvento della pubertà, "Mike" e "Ed", nota anche come "Amanda", ora va regolarmente a scuola come tutte le bambine della sua età, ma ha un agente, un amministratore e un legale per vagliare le offerte (per show televisivi, interviste, investimenti) che piovono tutte le settimane; resta da vedere se ce la farà a superare il derby ormonale dell'adolescenza senza perdere il senso dell'umorismo. Dopotutto è figlia di sua madre, e tra madri e figlie l'intenzione, ahimè, è l'ultima cosa che conti.

E così sono di nuovo a casa. Nel Connecticut. Gli aceri splendono sui pendii dei miei colli, come le arance risplendono nei bidoni della spazzatura di New York. Una losanga di luce colora il soffitto del mio studio. Uno spettrale plenilunio, ormai vicino all'equinozio d'autunno, fluttua sui monti. Sto scrivendo. Bessie sta cantando. La mia adorata figlia è qui con me.

Per la prima volta in vita mia, sono riuscita a mantenere la sensazione di aria sotto le mie ali. Finalmente, volo.

Non posso dirvi che sia per via di un uomo, o di un libro o per via della luna. Posso solo dirvi che mi sono liberata dalla prigione di me stessa e che mi muovo nel mondo senza paura.

Ha qualcosa a che vedere con la sobrietà, che ha tutto a che vedere con la libertà. E ha qualcosa a che vedere con la grazia.

Il Connecticut, Venezia, New York, la California, i mari del sud... Che importa, se Dio è nel tuo cuore e ogni parola è una meditazione, un atto di lode?

Non posso dire di essere arrivata fin qui senza qualche sbandata. Tanto per cominciare, devo confessare che ho bevuto ancora. Ma a quanto pare anche questo era necessario, perché mi ha fatto capire che non avevo ancora veramente toccato il fondo, che flirtavo con l'idea di smettere, ma non avevo veramente smesso. Non ero ancora interamente pronta.

È stata la mia ultima relazione con un uomo sposato a fare scattare la mia rinuncia. Si chiamava Marcus. Ci siamo conosciuti a una cena in un attico di Soho, uno di quegli attici pieni di costosi oggetti d'arte – Jasper Johns, Cy Twombly, Helen Frankenthaler – e mobili fatti fare su misura. Anche la gente era fatta su misura. Eurospazzatura. Debutramps con fondi fiduciari. Bei gioielli di via Condotti e di Old Bond Street. Castelli sul Reno e case di campagna a Orvieto. Scarpe di Azzedine Alaïa. Abiti di Chanel. Che sia benedetta la moda che ci mantiene volubili e leggeri, quando vogliamo essere profonde.

Lui aveva capelli d'argento, occhi a mandorla, un'ombra leggera di barba sulle guance. Un golf fatto a mano in qualche famiglia di pescatori irlandesi. Una cravatta fatta da qualche hippy in Costarica. Mocassini fatti di cinghialetto non nato... o Pooh.

Era anche lui nel racket dell'arte: faceva il consulente. Su due sponde: New York e Londra. Un pezzo grosso. Ma intenerì il mio cuore quando si mise a parlare yiddish.

Ero nauseata di eurospazzatura e avevo nostalgia di Brooklyn. Lui aveva Brooklyn nell'anima. Come mio padre.

Scoccarono le scintille fra noi. Zing. Zing. Bim. Bam. Crackle. Tagliammo la corda. Nella sua limousine d'argento coi finestrini *affumicati e il fax. Gli succhiai il cazzo e poi me ne andai, sapendo che gli uomini farebbero di tutto per averti – anche se sembra che non ti vogliano quando tu decidi di averli. (Ah, il mistero degli uomini e delle donne: perché ci inseguono così accanitamente, se poi sono terrorizzati se smettiamo di fuggire?)*

Cominciammo una storia piena di aglio, blues e burro. E orgasmi. E ancora orgasmi. Lui era intelligente, spiritoso, sensitivo (perlomeno mi leggeva letteralmente nel pensiero). Aveva gli stessi occhi di mia nonna. In due mesi mi innamorai disperatamente. Ma lui era disperatamente sposato. Tenendo il piede in due scarpe, come tutto il resto del sesso maschile, disperatamente incapace di fare altrimenti. Mi amava. Si preoccupava per me, voleva prendersi cura di me, ma essendo un uomo, era molto debole nelle scelte. Non devono mai farne molte di scelte, vero? Almeno per quanto riguarda le donne. Hanno poca pratica, semplicemente.

Un weekend in cui ero rimasta sola, uscii con un vecchio fidanzato, tanto per farmi passare la malinconia.

Il vecchio fidanzato beveva. Risaliva al tempo in cui bevevo anch'io. E così bevemmo. Bevemmo a Roxbury, Cornwall, Bethel, Redding e Darien. Bevemmo a Rye, Harrison e Bedford. Lui vomitò. Io persi conoscenza. Romantico, eh?

Il mattino dopo mi svegliai in un letto sconosciuto, sotto un mucchio di coperte. Nell'altra stanza suonava della musica. Una esile ragazza indiana stava in piedi davanti a uno specchio a mettersi e togliersi il sari. Sul letto, accanto a me, c'era un giovanotto pallido.

Panico. Desolazione. La testa che martellava. Bocca arida. Incapace di muovermi. La guerra nucleare e il collasso economico in arrivo. Cancro, AIDS, paralisi. Le lenti a contatto premevano sotto le palpebre. Mi svegliai singhiozzando. Ma senza lacrime.

Di colpo mi resi conto che tutti i miei giorni e i miei mesi di astinenza erano condizionati: Dio, non berrò più se questo libro sarà un successo. Dio, non berrò più se il mio amante tornerà da me. Dio, non berrò più se mi dai amore, affetto, soldi. Naturalmente io non credevo di porre delle condizioni a Dio, ma quella ne era la prova. Delusa dalla mia storia d'amore, mi ero rimessa a bere.

Scendo barcollando dal letto. Sono in ginocchio. Tremo. Il mio viso è rigato di lacrime. Voglio diventare sobria perché voglio diventare sobria, dico. Lo voglio, perché lo voglio e basta. Al disopra di un libro. Di un uomo. Al disopra di tutto. Lo voglio, perché lo voglio. Perché lo voglio come la vita stessa. Ora sono interamente *pronta.*

Con questa decisione improvvisa, venne una leggerezza che non avevo mai provato e una luce che non avevo mai conosciuto, come se Dio avesse preso il mio cuore e lo avesse lanciato come un frisbee sulla luna. Come se tutto il mio corpo fosse fatto di luce. Da allora non ho più preso un drink. Né un uomo sposato.

Sì, il mio quarto marito e io siamo *andati in volo nel sud Pacifico e abbiamo avuto un incidente aereo, ma la storia non finisce qui. Sorvolando gli atolli e i reef corallini, dove la violenza del nucleo della terra esce attraverso le acque spumeggianti, imparai che siccome siamo la prima civiltà a vedere le nuvole da tutt'e due le parti – letteralmente a volare – abbiamo una responsabilità speciale. Siamo più vicini a Dio della gente delle altre ere, eppure tanto più lontani.*

L'era di Icaro, la chiamo. L'epoca delle ali di cera. Non c'è da stupirsi se cerchiamo di colmare il nostro vuoto con l'alcool, la droga, il sesso. Abbiamo desiderio di spirito, e ci rivolgiamo erroneamente ai liquori. Desideriamo Dio e ci rivolgiamo erroneamente all'uomo.

Possiamo uscire da una cultura e entrare in un'altra – troppo in fretta perché la nostra coscienza riesca a tenerci dietro. Dall'età della pietra all'età dello spazio. Il tempo è compresso, per noi. Tutte le epoche coesistono.

Quello che ricorderò sempre del sud Pacifico è l'umidità, la sensazione di bagnato sulla pelle. Il mio corpo si sentiva diverso. Capivo che era fatto di acqua. E di aria. E l'odore del sud Pacifico: frangipani, copra, sago, fango e sangue. E il baccano degli insetti la notte. E il buio pesto del villaggio. Il fascino dell'età della pietra... fuori tempo. Alzarsi col sole. Andare a dormire con la luna. I giorni sono lunghi eoni. Gli eoni soltanto giorni.

I rumori della foresta tropicale – il baccano delle cicale. Il giornale a Port Moresby. Nu Gini Tok Tok. *La lingua del futuro sarà un gergo con vocaboli di più lingue semplificate? Un miscuglio di lingue. Montagne frastagliate contro il cielo azzurrissimo. "Donne e bambini non portano lance."*

Quando l'aereo cadde nel mare di Salomone (non si trattava di un Beaver ma purtroppo di un Grumman Goose), io non mi spaventai. Tutte le mie previsioni di paura – eppure, al momento del disastro, ero calma.

Lo stallo. L'avvitamento. L'altimetro che scende a precipizio. I castelli di nuvole. La radio che gracchia. Mio marito che ride. La caduta in verticale sul mare. L'acqua blu. La sospensione del tempo. La mia vita. Il cosmo. Una cosa sola.

Trovai in me stessa una calma oltre la calma – come se fossi andata all'inferno e fossi tornata cantando.

L'adrelina ebbe il sopravvento: la parte animalesca del cervello. Con calma, mi liberai dal relitto. Con calma, aprii lo sportello. Con calma, nuotai passando accanto agli squali.

Come per il parto, ricordo appena quello che accadde. Ma so che feci la cosa giusta. Sono viva.

Sapevo benissimo di stare sorvolando il territorio di Amelia Earhart, quando attraversai le città di nubi tra Port Darwin e Port Moresby. I castelli di nuvole che lei aveva descritto, pieni di oscure figure a doccione, che guardavano sospettosamente una donna che aveva la faccia tosta di sfidare i cieli, sovrastavano strane isole rocciose con dita di pietra puntate verso le stelle.

Una donna che ha la mano sui comandi, in naturale accordo con la volontà del vento – o così sembra finché il vento gira – non ha nulla da temere da nessun uomo. "Voglio farlo, perché voglio farlo," scrisse Amelia Earhart al marito da quello che sarebbe poi risultato il suo ultimo volo. "Le donne devono provare a fare le cose, come ci hanno provato gli uomini. Se falliscono, il loro insuccesso deve essere una sfida per le altre."

Le parole mi echeggiavano nelle orecchie, mentre scendevo in picchiata attraverso i castelli di nubi e la forza centrifuga mi inchiodava al sedile, e gli strumenti di navigazione impazzivano.

Mio marito rideva. Aveva sempre desiderato una morte ridente – come chiamano il kuru *da queste parti – ed era contentissimo. Non voleva essere salvato.*

Questo è quanto ancora non ho detto a proposito di "Sebastian" o "Julian" (chiamatelo come vi pare): voleva disperatamente morire prima di diventare decrepito. Era questa una delle ragioni per cui il sud Pacifico lo affascinava, uno dei motivi per cui era ineluttabilmente attratto dai cacciatori di teste e dai cannibali. E per cui rimase molto deluso, quando nessuno ci mangiò.

Sperava di arrivare alla morte, sperava di raggiungerla, prima che fosse lei a raggiungere lui. L'opera sulla ricerca del paradiso era solo una scusa: non cercava nessuna opera, nessun film: cercava l'ultimo spettacolo di luce guizzante della sua vita.

"Lascialo cadere," gridava mentre precipitavamo a vite. E cercava di lottare con le mie mani, per allontanarle dai comandi, sperando di impedirmi di riprendere il controllo dell'aereo. Ridendo follemente, coi capelli bianchi svolazzanti nel vento, cominciò a gettare tutto quanto fuori dall'aereo: salvagenti, razioni, carburante.

Fu allora e solo allora che mi prese il panico. Da sola, avrei potuto resistergli, ma la follia di un uomo mi avrebbe condannato, ne ero sicura. In un attimo (l'unico certo che il fato mi concedeva), picchiai una torcia sulla candida testa di Julian e lo stesi secco.

Lui mormorò, sonnecchiò e sognò, mentre io portavo l'aereo fuori dall'avvitamento poco prima che toccassimo la superficie obliqua dell'acqua, ma ormai era troppo tardi per evitare il disastro. Ammarammo, rimbalzammo sulle onde, cominciammo ad affondare. Mi arrampicai fuori dalla cabina appena in tempo. Sebastian/Julian, contro il suo volere, mi permise di tirarlo in mare.

Con riluttanza Sebastian/Julian si rese conto che era Dio e non lui a controllare la situazione.

Ci allontanammo a nuoto, mentre con l'angolo dell'occhio vedevamo il relitto che affondava, e continuammo a nuotare finché il corallo non ci graffiò le ginocchia e non ci tagliò i piedi.

L'isola ci faceva cenno. Era un miraggio? Questo è lo splendente fianco della mia collina? È tutto? Sì.

Circa nove mesi dopo, venimmo raccolti da un miliardario americano e dalla moglie di origine polacca, in crociera su una goletta piena di gente famosa, una specie di nave dei folli, sulla quale fummo accolti allegramente, come a una festa a casa di André McCrae. Potete immaginare lo shock culturale: brindare nei calici Tiffany col Krug del '61 per People *e* Time, *dopo aver mangiato bruchi e lumache, pesce crudo e radici marce, per quello che ci sembravano dieci anni. (Nell'età della pietra si perde la nozione del tempo.) Avevo bisogno del dentista, come pure della manicure e della pedicure. E arrivai a capire come mai la longevità non fosse una caratteristica della vita umana primitiva. (Comunque, vi assicuro che non è affatto divertente sopravvivere ai propri denti.)*

Ora vivo la mia vita come un guerriero. So che è un passatempo, non una privazione: un gioco, non un lavoro.

Tornata nel mio Connecticut dagli splendidi colori autunnali, sulla soglia dell'eternità, di nuovo con mia figlia, col mio roseto (dormiente), il mio cane, le mie poesie, il mio orticello di erbe e aromi, so di essere perfettamente felice. E non sono sola.

Mi muovo verso la luce.

Come una falena sbatto le ali, sia pur solo per morire in una fiammata. Scrivere, dipingere, pregare, fare l'amore, morire negli interstizi tra la luce.

Come dice Leila, finché la carne esisterà, ci sarà sempre qualcuno che si leverà dal calore del mucchio per trascinarsi sulle ginocchia e scarabocchiare disegni – o parole – per compiacere – o irritare – gli dei.

Il mio racconto è senza fine. Come le scatole cinesi, una dentro l'altra, come le bamboline russe, le matrioske, una dentro l'altra, come gli strati di una cipolla, continuiamo a rivelare il nostro cuore nella speranza che non smetta mai di battere.

Vana speranza!

Il mio cuore batte a queste parole.

Io, chiunque sia, immagino Leila, che immagina te, caro lettore, che cerchi la patria, la pace, la madre, il padre, Dio, la dea e speri di trovare la chiave per la serenità tra le pagine di questo libro. Come l'ho trovata io, scrivendolo.

Prendi la tua penna o il tuo pennello e dipingiti dal tuo angolo. Inspira. Espira. Siedi tranquillo.

Io ti aiuterò.

Questa è la mia preghiera e insieme una lettera d'amore per te.

Indice

I GRANDI Tascabili Bompiani
Periodico settimanale anno XI numero 166
Registr. Tribunale di Milano n. 269 del 10/7/1981
Direttore responsabile: Giovanni Giovannini
Finito di stampare nel marzo 1997 presso
il Nuovo Istituto Italiano d'Arti Grafiche - Bergamo
Printed in Italy

ISBN 88-452-1676-4